—————— 阅读之前 没有真相

午 夜 文 库

杰夫里·迪弗
林肯·莱姆系列

杰夫里·迪弗　Jeffery Deaver（1950— ）

杰夫里·迪弗一九五〇年出生于芝加哥，十一岁时写出了第一本小说，从此笔耕不辍。迪弗毕业于密苏里大学新闻系，后进入福德汉姆法学院研修法律。在法律界实践了一段时间后，他在华尔街一家大律师事务所开始了律师生涯。他兴趣广泛，曾自己写歌唱歌，进行巡演，也曾当过杂志社记者。与此同时，他开始发展自己真正的兴趣：写悬疑小说。一九九〇年起，迪弗成为一名全职作家。

迄今为止，迪弗共获得六次MWA（美国推理小说作家协会）的爱伦·坡奖提名、一次尼禄·沃尔夫奖、一次安东尼奖、三次埃勒里·奎因最佳短篇小说读者奖。迪弗的小说被翻译成三十五种语言，多次登上世界各地的畅销书排行榜。包括名作《人骨拼图》在内，他有三部作品被搬上银幕，同时也为享誉世界的詹姆斯·邦德系列创作了最新官方小说《全权委托》。

迪弗的作品素以悬念重重、不断反转的情节著称，常常在小说的结尾推翻，或者多次推翻之前的结论，犹如过山车般的阅读体验佐以极为丰富专业的刑侦学知识，令读者大呼过瘾。其最著名的林肯·莱姆系列便是个中翘楚。另外两个以非刑侦专业人员为主角的少女鲁伊系列和采景师约翰·佩勒姆系列也各有特色，同样继承了迪弗小说布局精细、节奏紧张的特点，惊悚悬疑的气氛保持到最后一页仍回味悠长。

除了犯罪侦探小说，作为美食家的他还有意大利美食方面的书行世。

杰夫里·迪弗 重要作品年表

少女鲁伊系列

1990 Death of a Blue Movie Star《蓝调艳星之死》
1991 Hard News《重要新闻》
1988 Manhattan Is My Beat《心跳曼哈顿》

采景师约翰·佩勒姆系列

1992 Shallow Graves《法外行走》
1993 Bloody River Blues《血河变奏》
2001 Hell's Kitchen《地狱厨房》

林肯·莱姆系列

1997 The Bone Collector《人骨拼图》
1998 The Coffin Dancer《棺材舞者》
2000 The Empty Chair《空椅子》
2002 The Stone Monkey《石猴子》
2003 The Vanished Man《消失的人》
2005 The Twelfth Card《第十二张牌》
2006 The Cold Moon《冷月》
2008 The Broken Window《破窗》
2010 The Burning Wire《燃烧的电缆》
2013 The Kill Room《杀戮房间》
2014 The Skin Collector《人皮拼图》
2016 The Steel Kiss《钢吻》
2017 The Burial Hour《安葬时刻》
2018 The Cutting Edge《快乐至死》(暂译)

凯瑟琳·丹斯系列

2007 The Sleeping Doll《睡偶》
2009 Roadside Crosses《路边的十字架》
2012 XO《唱片》
2015 Solitude Creek《孤独的小溪》

詹姆斯·邦德系列

2011 Carte Blanche《全权委托》

科尔特·肖系列

2019 The Never Game《游戏中毒》(暂译)

杰夫里·迪弗 重要作品年表

非系列作品

1992 Mistress of Justice《正义的情妇》
1993 The lesson of Her Death《她死去的那一夜》
1994 Praying for Sleep《祈祷安息》
1995 A Maiden's Grave《少女的坟墓》
1999 The Devil's Teardrop《恶魔的泪珠》
2000 Speaking in Tongues《说悄悄话的熊》
2001 The Blue Nowhere《蓝色骇客》
2004 Garden of Beasts《野兽花园》
2008 The Bodies Left Behind《弃尸》
2010 Edge《先手》
2013 The October List《十月名单》

破窗
The Broken Window

［美］杰夫里·迪弗 著
屠珀 译

新 星 出 版 社　NEW STAR PRESS

献给一位亲爱的朋友。

第一部分　共同之处

五月十二日，星期四

　　大多数隐私侵犯都不是大规模地曝光一个人的所有秘密，而是对生活细节日积月累的曝光……就像杀人蜂，一只蜂不过让人心烦而已，一大群杀人蜂却可以置人于死地。

——小罗伯特·奥哈罗
《无处可藏》

1

事情有些不对劲,她却想不明白原因。

就像是身上有哪里在隐隐作痛。

又或者是走近自己的公寓时,发现隔街有个男人在尾随你……他是那个在地铁里悄悄打量你的人吗?

也可能是一个往床边移动的暗点,突然又消失不见了。那是一只黑寡妇蜘蛛吗?

然后沙发上的客人看了爱丽丝·桑德森一眼,微微一笑,瞬间就让她忘记了刚才的忧虑——如果那能算是忧虑的话。不错,亚瑟头脑清晰,身材结实。但更重要的是他的微笑十分迷人,给他加了不少分。

"要不要来点儿酒?"她问,走进她的小厨房。

"好啊,你有什么我就喝什么。"

"嗯,挺有意思。两个成年人一起在工作日玩逃学游戏,我喜欢。"

"是天生的野性难驯。"他开玩笑地说。

窗外是一排排布鲁克林特有的褐石公寓,有的是自家刷的红褐色,有的是天然色。远处能看到一部分曼哈顿的天际线,在这个春色宜人的日子里显得越发朦胧。

还算新鲜的空气飘进屋来,夹杂着街头一家意大利餐厅里大蒜和奥勒冈香草的味道。他们都喜欢意大利菜，这也是他们最近发现的彼此诸多的共同点之一。几个星期前，他们在SOHO区的一家品酒会上相遇。那是四月下旬，爱丽丝和四十多个人一起听一位品酒师讲欧洲的葡萄酒。讲座上她听到一个男人向讲师询问某个西班牙的红酒品牌。

她忍不住笑了出来，但是声音不大。她碰巧拥有一箱那种红酒（当然，现在变成半箱了），那是一个很小众的酒庄产的酒。它也许不是里奥哈①最好的红酒，却别有一番风味——美好回忆的芳香。她和一位法国情人在西班牙喝了不少这种酒。那是一场完美的邂逅，正好适合一个年近三十、刚刚失恋的女人。这场假期邂逅充满了激情，当然，也注定没有结果，反倒令人难以忘怀。

爱丽丝俯身向前，想看看到底是谁提到这种酒。是一个平凡的西装男子。几杯品酒师精选的葡萄酒下肚之后，她壮起了胆子，端着一盘小吃，走到西装男子那里，问他为什么会对那种酒感兴趣。

他说自己几年前曾和前女友一起到西班牙旅行，于是便爱上了这种葡萄酒。他们坐在桌旁聊了一会儿。亚瑟似乎和她喜欢同样的食物和运动。他们都经常慢跑，而且每天早上都会在昂贵的健身俱乐部里花上一个小时。"但是，"他说，"我穿着在彭尼百货里能找到的最便宜的短裤和T恤。我不吃什么时装设计师那一套……"然后他脸红起来，意识到自己这么说可能会让她觉得尴尬。

但她笑了起来，她自己的健身服也差不多（她穿的是回新泽西州探望家人时，顺道从塔吉特百货店里买来的便宜衣服）。但她抑制住把这些告诉他的冲动，担心说出来会显得过于主动。他们玩着大城市里流行的约会游戏：寻找彼此的共同点。他们会比较对各家餐厅的评价，还有对每一集《消消气》的看法，然后再一起抱怨他们的心理医生。

---

① 丹魄（Tempranillo）葡萄广泛种植于西班牙和葡萄牙，以在西班牙里奥哈（Rioja）产区的表现最为突出。

一个约会就这样定了下来，然后是下一个。亚瑟是个有趣又殷勤的人。时而古板，时而腼腆，深居简出，她把这些归咎于亚瑟过去那场地狱般的分手——那个和他交往了很久，在时装业工作的前女友；还有他漫长繁重的工作日程，毕竟他是一名在曼哈顿讨生活的生意人，所以他几乎没有空闲时间。

这些约会是否会有结果呢？

他还不算是她的男朋友呢，但也已经比许多人都强了，让她乐意亲近。她想起最近的一次约会，他们接吻时她的感觉，哦，那就是生理上的吸引。今晚她也许有机会测试那个吸引力到底有多强。她注意到，亚瑟自以为不着痕迹地在偷偷看她为了约会特意在伯格多夫买的那件粉色紧身性感内衣。而爱丽丝也在卧室里做了准备，以防今晚的亲吻会愈演愈烈，变成更色情的节目。

只是那隐隐的不安，那只黑寡妇蜘蛛……依然徘徊不去。

到底是什么在困扰她？

爱丽丝想，也许只是因为刚才跟送货员那段不愉快的经历。他剃着光头，有一双浓密的眉毛，身上的烟味极重，说话时有很重的东欧口音。爱丽丝签收包裹时，他打量了她一番——带着调戏的意味——然后向她要了一杯水喝。她不情愿地把他领进了公寓，然后发现他站在客厅中央，盯着她的音响系统。

她说自己正在等客人来访，送货员皱着眉头离开了，仿佛对她的冷落颇为不满。爱丽丝随后一直盯着窗外，过了将近十分钟，才看到送货员钻进了停在路中央的货车开车离去。

这么长时间他到底在公寓楼干了什么？难道是查看楼里的——

"嘿，爱丽丝，回神啦。"

"抱歉。"她笑了，转身回到沙发上，坐在亚瑟旁边，他们的膝盖碰在一起。她不再想送货员的事情。他们举杯相碰，两人几乎对所有重要议题的观点都一致。从政治观念（他们为民主党投入的赞助费几乎完全一样，而且都在国家广播电台竞选筹款时捐了钱），到其他爱好——电影、美食、旅行，甚至连宗教信仰也相似——他们都曾经是新教徒。

当膝盖再次相碰时，他调戏似的轻轻蹭了蹭她。然后亚瑟笑着问："哦，你买的那幅普雷斯科特的画，收到了吗？"

她点点头，眼神炯炯。"收到了，我现在正式拥有一幅哈维·普雷斯科特的画了。"

按照曼哈顿的标准，爱丽丝·桑德森不能算是一个富有的女人，但是她很会投资，并且会享受自己真正热爱的东西。她一直在关注普雷斯科特的作品。普雷斯科特是一名来自俄勒冈州的画家，擅长描绘照片般逼真的家族场景。他画的并不是现实中的家庭，而是虚构的。有的传统些，有的稍显另类——单亲家庭、混血家庭或者同性恋家庭。市场上几乎没有她买得起的普雷斯科特画作，但她在偶尔贩卖他作品的画廊登记了自己的名字和联系方式。上个月，她得知西边的一家画廊会有一幅普雷斯科特早期的作品出售，约十五万美元。于是，当卖主正式决定出售时，她便动用了自己投资账户里的存款把它买了下来。

那便是她刚刚收到的快递。但是拥有这幅画的快乐却因为那名送货员蒙上了一层不安的阴影。她回忆起送货员身上的气味，还有他色眯眯的眼神。爱丽丝从沙发上站起来，拉开窗帘向外张望。没有送货车，也没有人站在马路的拐角处盯着她的公寓。她考虑了一下要不要把窗子关上锁好，但那样似乎有些偏激。

她回到亚瑟身边，看了看墙，然后告诉他，自己其实不知道该把画挂在哪里。那一瞬间，她幻想着亚瑟能留在这里，周六晚上到周日他们都能在一起。他们会睡到自然醒，吃早午饭，然后一起找到挂画的理想位置。

她的声音充满了愉悦和骄傲："你想看看画吗？"

"当然。"

他们站起来朝卧室走去，她确信自己听到了外面走廊里的脚步声。楼里的其他住户这时应该都在外面工作。

难道真的是那个送货员？

好吧，至少她并不是独自一人。

他们走到了卧室门口。

她忽然想到了那只黑寡妇蜘蛛。

爱丽丝心里咯噔一下，突然明白了自己为什么会感到不安，才不是因为什么送货员。不，有问题的是亚瑟。昨天他们通话时，他问普雷斯科特的画什么时候会到。

她确实告诉过他自己即将拿到一幅画，但是她从未提到艺术家的名字。现在在卧室门口，爱丽斯的行动缓了下来，手心直冒汗。如果他知道她喜欢的画家，他可能也知道她生活中的其他点滴。如果他们之间所有的共同点都是谎言呢？如果他在见到她之前便知道了她对西班牙葡萄酒的喜爱？如果他是为了接近她才去的品酒会？他们谈到的一切餐厅、旅行、电视节目……

天哪，她正带着一个只认识了几个星期的男人到自己的卧室。而且她对此毫无防备……

她感到呼吸沉重，瑟瑟发抖。

"就是这幅画。"他低声说，目光越过她看向画，"真是太美了。"

听到他平静悦耳的声音，爱丽丝心里暗笑了一下。她太神经质了，她一定是对亚瑟提到过普雷斯科特的名字。爱丽丝藏起内心的不安。冷静点儿，这都是因为你一个人住得太久了。想想他的微笑，他开玩笑时的样子，你们甚至连思考方式都一样。

放松点儿。

爱丽丝淡淡地笑了笑，看向长宽各两英尺的画布，画面的色彩柔和，五个人围坐在饭桌边看向观众，神态各异，有的似乎想到了什么趣事，有的似在沉思，而有的仿佛陷入困境。

"真是让人难以置信。"他说。

"画的结构是很不错，但他真正表达得淋漓尽致的是画里人物的表情，你不觉得吗？"爱丽丝转向亚瑟说，然后她的笑容消失了，"那是什么，亚瑟？你要做什么？"他的双手已套上米色布手套，伸进口袋里。他的眼神变得僵硬而冷漠，在紧锁的双眉下漆黑如墨。那几乎是一张完全陌生的面孔。

第二部分　交易

五月二十二日，星期日

　　人们常说，一个人的身体拆开来卖也就值四点五美元。但是我们的电子身份要昂贵得多。

——小罗伯特·奥哈罗

《无处可藏》

2

　　线索将他从斯科茨代尔带到了圣安东尼奥，然后是特拉华州九十五号州际公路的一个休息区，那里挤满了卡车司机和吵吵闹闹的家庭，最终将他带到了最不可能到的地方——英国伦敦。

　　而这条线索追踪的是哪个猎物呢？是一名林肯·莱姆已经花了不少时间追捕的职业杀手。莱姆曾一度阻止这名杀手犯下可怕的罪行，却未曾想到会让他在千钧一发之际从警察手下逃之夭夭。"跳着优雅的华尔兹，"莱姆苦涩地说，"轻而易举地离开了曼哈顿，简直像个周一早上还得回家上班的游客。"

　　线索如灰尘般散尽，警察和FBI都无法得知杀手可能的藏身处，或者他的下一个目标。不过几个星期前莱姆从亚利桑那州的一个线人那里得知，一名斯科茨代尔的美国陆军士兵被谋杀，而嫌疑人很有可能正是这名职业杀手。线人建议他在东边找线索——先是得克萨斯州，然后是特拉华州。

　　凶手的名字，或真或假，是理查德·罗根。他很可能来自美国西部或者加拿大。警察虽然找到了几名理查德·罗根，却没有一个符合凶手的真实身份。

　　然后爆发了一系列的偶然事件（林肯·莱姆永远不会使用"运气"这个词）。他从国际刑警组织欧洲刑事信息交流处了解到，一名美国职业杀手接了一份在英国的工作。他已经在亚利桑那州杀了人，并就此拿到军方的身份和信息,然后又在美国东岸的某个卡车休息区见了得克萨斯州的同谋并从他那里拿到了首付款。之后他飞抵伦敦希思罗机场,而今身在英国,具体位置不明。

当他读到刑警对杀手的描述时只能苦笑——理查德·罗根的谋杀行动资金充裕,目标是来自非洲的一位基督教牧师,他在非洲运营难民营时无意中发现了一个巨大的阴谋:难民营的艾滋病药物被窃取并出售,而赚来的钱被用于购买军火设备。这位牧师被转移到了英国伦敦,他在尼日利亚和利比里亚被暗杀了三次,但都幸免于难。最近一次对他生命的威胁是在米兰的马尔本萨机场转机时,发生在意大利国家警察全副武装的严密监视之下。

牧师塞缪尔·G.谷德雷特[①](莱姆无法想象比这更适合牧师的名字)现在被藏在伦敦的一个安全屋,受苏格兰场的警察保护。他目前正在帮助英国和其他国家的情报局破解"药物换军火"阴谋的线索。

加密的卫星电话和电子邮件在几大洲之间穿梭来往,莱姆和苏格兰场的朗赫斯特探长为捉拿嫌犯布下了天罗地网。他们在罗根自己筹划的布局上步步为营,还加上了一位来自南非的前军火商和他的情报网的大力援助。丹尼·克鲁格经营着一个出售了成千上万件武器的军火销售网,他卖军火就像普通商人卖空调、止咳糖浆那样高效而专业。但去年前往苏丹达尔富尔,目睹了自己的"玩具"造成的惨状之后,他动摇了,从此彻底断绝了军火交易,并搬到英国定居。这个工作组还包括来自英国军情五处、美国FBI伦敦办事处,以及法国中央情报局的人员。

他们甚至连罗根藏身在英国的哪个地方都不知道,更不用提他的其他计划。不过劲头十足的丹尼·克鲁格通过线人得知,罗根将会在接下来的几天内有所行动。克鲁格仍然保有和全球黑帮的联系,

---

① 谷德雷特(Goodlight),直译为"美好的光芒",在基督教中有牧师为信徒照亮通往天主的路途的意思。

并通过他们将谷德雷特和政府首脑会晤的"秘密"地点透露了出去。该地点有一个暴露的庭院,是刺杀牧师的理想选择。

那也将是发现并逮捕罗根的理想场所。建筑四周的监控已经到位。武警、军情五处和 FBI 特工都已在进行二十四小时警戒。

莱姆在中央公园西边联排别墅的一楼,坐在他的红色轮椅上。别墅早就不是曾经古朴的维多利亚风格,而是设备精良的现代法医实验室,比中等规模城镇的许多实验室还要大一些。他又在重复过去几天以来一直在做的事情——盯着电话。电话的二号键是连往英国的快速拨号。

"这个电话没坏吧?"莱姆问道。

"你为什么会觉得它坏了?"护理员汤姆耐着性子问,莱姆只当他是在叹气。

"谁知道?电路过载。电话线被雷击中。各种事情都可能发生。"

"也许你应该打一个试试,确认一下。"

"指令。"莱姆说,激活连接到电子环境系统中的语音识别设备——他的许多身体功能都被这个系统取代了。由于多年前在犯罪现场的一场事故,林肯·莱姆变成了高位截瘫——他的颅骨底部,第四节颈椎往下全部瘫痪。他对语音识别命令道:"拨打查号台。"

扬声器里传来拨号的声音,然后是哔哔哔的声音。这比电话故障更让莱姆心烦。为什么朗赫斯特还没有打电话过来?"指令。"他打断电话里的忙音,"中断连接。"

"电话似乎没什么问题。"汤姆将咖啡杯放在莱姆轮椅的杯架上。莱姆用吸管喝了一口浓重的咖啡,然后看向架子上的一瓶十八年的格兰杰单一麦芽威士忌。瓶子离他不远,却是他绝对够不到的地方。

"现在还是早上。"汤姆说。

"是啊,明显还是早上。我自己也知道,我倒不是想喝……只是……"他一直想和这个年轻人就此讨论一番,"我记得昨晚我才喝了两小杯就被阻止了,那几乎和没喝一样。"

"是三杯。"

"但是如果把杯里液体的体积按立方厘米来算,总量就只是两小杯而已。"这些鸡毛蒜皮的细节就像酒精一样让人不能自拔。

"无论如何,早上不能喝威士忌。"

"但是它能帮助我更清晰地思考问题。"

"不,它不能。"

"它能,而且可以让我更有想象力。"

"不太可能。"

汤姆身上穿着熨烫完美的衬衫、长裤,打着领带。

他的衣服比以前少了很多褶皱。许多高位截瘫患者的护理员每天的工作都是体力活。但是莱姆的新轮椅——Invacare TDX,可以实现"全程驾驶体验",在需要时自动打开成一张床,这让汤姆的工作变得容易了许多。这台轮椅甚至可以爬上低点儿的楼梯,或者加速到一个中年慢跑者的速度。

"好吧,那我就明说了,我想要一些威士忌。行了吧,我阐述了我的愿望。怎么样?"

"不行。"

莱姆哼了一声,又对着电话重新瞪大了眼睛。"如果又让他逃跑了……"他的话音隐去,"好吧,你不打算像其他人那样说吗?"

"说什么,林肯?"苗条的年轻男子已与莱姆一起工作多年。他曾被解雇过几次,自己也辞过职。但现在他还在这里,仍在他身边。完美地说明了这两人坚毅却乖张的性格。

"就是当我说'如果又让他逃跑了……'的时候你会说,'他不会的,别担心'。我会因为受到安慰而放心。人们都是这样做的,你知道吧?他们会在完全不清楚状况的时候安慰别人。"

"但我没有那么说。难道我们在为一件我没有做,却有可能做的事情而争吵吗？就像妻子生丈夫的气，因为她在街上看见一个漂亮的女人，觉得如果丈夫在场的话就会盯着那个女人看一样？"

"我哪知道？"莱姆心不在焉地说。他脑子里想的全是种种在英国捉拿罗根的计划。会不会有什么疏漏？安保工作又做得如何？线人不会向杀手透露消息吗？

电话铃终于响起，呼叫人显示框在莱姆身边的屏幕上打开。他很失望地看到电话号码不是来自伦敦，而是离家不远的地方——"大楼"，坐落在曼哈顿市中心的一号警察厅。

"指令，接听电话。"点击声，然后他说，"什么事？"

五英里外的某个声音嘀咕着："怎么，你心情不好？"

"还是没有英国的消息。"

"难道你在随时待命？"朗·塞利托警探问。

"罗根消失了，他随时都可能有动作。"

"就像生孩子似的。"塞利托说。

"你说什么就是什么吧。怎么了？我不想让这条线被占太久。"

"你那堆花哨的装备就没有一个呼叫等待的功能吗？"

"朗。"

"好吧，我的确有事要说。上周四有一个入室抢劫谋杀的案子。受害人是一个住在富人区的女人，叫爱丽丝·桑德森。凶手用刀将她刺死，然后偷走了一幅画。我们后来找到了嫌疑人。"

他打电话就为了这个？一个平凡无奇的案件和已经被找到的凶手。

"证据有问题吗？"

"不是。"

"那我为什么会对这件案子感兴趣？"

"负责案件的警探半个小时前接到了一通电话。"

"重点，朗，说重点，我这里正追人呢。"莱姆盯着墙上的白板，上面写着对罗根的详细追捕计划，一个他精心设计的计划。

也是极易被攻破的计划,可能出错的地方多如牛毛。

塞利托打破了莱姆的沉思。"林肯,虽然很抱歉,但我还是得告诉你。嫌疑人是你的堂兄,亚瑟·莱姆。罪名是一级谋杀。他至少会被判二十五年,而且检察官说这是板上钉钉的案子。"

3

"好久不见。"

朱迪·莱姆坐在实验室里,双手合十,脸色铁青,双眼紧紧盯着莱姆,全力避免去看其他任何地方。

人们对他身体状况的两种反应让莱姆很不耐烦。一种是努力假装他的残疾并不存在;另一种则是认为自己有义务成为他最好的朋友,跟他开玩笑、说粗话,仿佛他们一起上过战场。朱迪属于第一种,在莱姆面前字斟句酌,出言极为小心谨慎。不过,无论如何,她还算是家人,所以他保持耐心,努力不去盯着电话。

"确实。"犯罪学家莱姆附和道。

汤姆主动承担起了莱姆毫无概念的社会礼节。他为朱迪煮好了咖啡,咖啡杯在她面前未被动过,像一个道具放在桌子上。莱姆又看了一眼威士忌,眼神中充满渴望,被汤姆轻易地无视了。

黑发女子很有魅力,身形比上次见面时更为健美。那还是在他出事故的两年前。朱迪鼓起勇气看了一眼莱姆的脸。"对不起,我们从来没有来看过你。真的。不是我不想来。"

她说的不是他受伤前的那种普通来访,而是受伤后的慰问。灾难幸存者往往能读懂字里行间的意思,一句话里隐藏的含义和说出的内容一样清晰。

"你收到了花吧?"

事故发生以后，莱姆感到茫然无措——不停地吃药，身体的创伤和心理上的恐惧——他从此将再也不能走路。他不记得什么鲜花，但他相信他们确实送了，而且很多。送花不难，困难的是探访。"收到了，谢谢。"

沉默。朱迪不由自主地看了一眼他的腿，快如闪电。人们往往认为如果你无法走路一定是腿出了什么毛病。不，他的腿其实没什么问题。问题在于如何告诉这双腿该做什么。

"你看上去气色不错。"她说。

莱姆不知道自己是否真的气色不错，他从来没有考虑过这种问题。

"听说你离婚了。"

"是的。"

"我很抱歉。"

有什么好抱歉的？他心里想着。但他知道这样过于愤世嫉俗，所以他点了点头，表示接受她的同情。

"布莱恩现在在做什么？"

"她住在长岛，又结了婚。我们没有保持联系，没有孩子的话一般都会变成这样。"

"真怀念我们一起在波士顿的那段时光，你们两个来和我们一起度过的那个小长假。"她的微笑并不是真正的笑，而是一个画在面具上的表情。

"那次确实不错。"

莱姆想起了那个在新英格兰度过的周末。他们先去买了东西，然后驱车往南到科德角，在海边野餐。他当时觉得那个地方很美。他在海边看到了一块绿色的岩石，于是灵机一动，决定从纽约市周围采集海藻标本，为纽约市警察局犯罪实验室建立一个海藻数据库。他随后花了一个星期左右在城区周围转悠，开车取样。

而在前去探望亚瑟和朱迪的路上，他和布莱恩没有吵过一次架。

甚至返程途中，在康涅狄格州停下休息时也很开心。他记得他们在客房后的露台上做爱，空气里金银花的味道浓郁扑鼻。

那次旅行也是他与亚瑟最后一次见面。他们后来有过一次非常简短的对话，但是是在电话里。之后便是那场事故和随之而来的沉默。

"亚瑟好像从地球上消失了。"她笑了，笑声尴尬，"你知道我们搬到了新泽西州吗？"

"真的吗？"

"他在普林斯顿大学教书，但后来辞职了。"

"发生了什么？"

"他原本是做助理教授和研究员。但校方决定不给他签发教授合同，亚瑟说都是办公室政治搞的。你知道高校里都是那样。"

亚瑟的父亲亨利·莱姆曾任芝加哥大学的物理学教授，很有名气。进入学术界是莱姆家族备受推崇的职业道路。早在高中时，亚瑟和林肯就讨论过在大学任教和在私有公司就职的区别。"在学术界，你可以为社会做出重大贡献。"亚瑟曾表示，当时两个男孩正在分享一瓶可以算是非法得来的啤酒。甚至当林肯说出下一句话时两人都十分严肃。林肯说："而且，做助教的姑娘都很性感。"

亚瑟会走上学术这条路，莱姆并不惊讶。

"他本来可以继续当助理教授，但他辞了职。他当时非常生气。他以为自己很快就能找到另一份工作，却没有找到。于是他失业了一段时间，最终进了一家私企。是一家医疗设备制造商。"她再次不由自主地瞥了一眼，这次看的是他精心设计的轮椅。她脸红起来，好像自己刚刚犯下了什么大错。"那并不是他梦想的工作，他一直没有真正快乐过。他一定想来看看你，但也许他觉得很自卑，因为他混得不怎么样。我是说，毕竟你是有名的犯罪学家。"

终于，她喝下一口咖啡。"你们两个有很多共同点，像亲兄弟一样。我记得在波士顿的时候你讲的那些故事。我们聊到半夜，笑个不停。我听到了很多我从来不知道的关于他的事情。还有我的公公，亨利——他还在世的时候，总是谈起你。"

"是吗？我们曾经通过不少信。事实上，在他去世前几天我还收到过他的一封信。"

莱姆对这位伯父有很多难以磨灭的记忆。他身材高大，头顶微秃，面色红润，嘹亮的笑声让圣诞节前夕餐桌上的十几个家庭成员尴尬不已。只有亨利自己、他温柔的妻子和年幼的林肯会跟他一起笑。莱姆非常喜欢亨利伯父，经常去探望亚瑟和他的家人，他们就在离自己约三十英里外伊利诺伊州埃文斯顿海岸的密歇根湖畔。

只是此时此刻，莱姆无心怀旧。当他听到开门声和坚定的脚步声时松了一口气。从门槛到地毯，莱姆通过步伐的次数（七次）和步幅的大小确认了来者的身份。没一会儿，一个苗条的高个子红发女郎走进实验室。她穿着牛仔裤和黑色T恤，外面套了一件紫红色衬衫。衬衫很宽松，胯上可以清楚地看到一把黑色格洛克手枪的轮廓。

阿米莉亚·萨克斯笑着在莱姆的唇上轻轻一啄。他清楚地知道旁边朱迪的反应。莱姆思索着到底是什么让她感到震惊：是她完全忘记了询问莱姆现在的感情生活，还是她盲目地认为残疾人不可能谈恋爱——至少不会是和像萨克斯这么有魅力的女人。事实上，在进警校之前萨克斯曾经是模特。

他介绍两人认识。萨克斯仔细地听着亚瑟·莱姆被捕的过程，并询问朱迪的状况如何。然后她又问："你们有孩子吗？"

莱姆这才意识到他一直注意着朱迪的种种失礼之处，自己却犯了一个同样的错误——他完全忘记了询问他们儿子的情况，而且他连孩子的名字都记不起来。事实上，亚瑟的家庭成员增加了。除了正在读高中的小亚瑟，他们又添了两个孩子。"一个是九岁的亨利，另一个是女儿，叫麦德。今年六岁了。"

"麦德？"不知道为什么，萨克斯听到这个名字很惊讶的样子。

朱迪尴尬地笑了一声。"而且我们还住在新泽西州。但她的名字和那个电视剧①没有关系，而且她生在我听说那个剧之前。"

电视剧？

朱迪打破了短暂的沉默。"你一定想知道我为什么会找那位警官要到你的电话号码，但首先我要告诉你，亚瑟并不知道我来这里找你。"

"他不知道吗？"

"说实话，我一开始也没想到要找你。这些天来我一直很苦恼，睡得也不好，头脑晕晕乎乎的不清醒。但前几天我在看守所里见到亚瑟，他说：'我知道你在想什么，但是不要去麻烦林肯。这肯定是谁把身份搞错了，张冠李戴什么的。等一等自然就会水落石出。你得答应我不去找他。'他不想给你添麻烦……你知道亚瑟是那样的人。总是彬彬有礼，总是为别人着想。"

莱姆点点头。

"但是这件事，我越想越觉得找你才更合理。我不是让你去走后门，或者做什么不应该的事，但也许你可以打几个电话，然后告诉我你的看法。"

莱姆可以想象这个要求会在"大楼"里引出什么反应。作为纽约市警察局的法医顾问，他的工作是找出真相，无论结果好坏。但局里肯定还是想让他帮忙给嫌疑人定罪，而不是洗脱罪名。

"我看过一些关于你的剪报——"

"剪报？"

"亚瑟一直在做家庭手账，他会将有关你的报道从报纸上剪下存起来。关于你的新闻有不少呢，你做了很多了不起的事情。"

莱姆说："哦，我不过是服务大众。"

朱迪看着他的眼睛，终于露出一些真诚的感情。她微笑着说：

---

① 指的是 HBO 的电视剧《黑道家族》(The Sopranos)，麦德·沙普兰诺是剧中的一个角色。

"亚瑟说,他从来没有相信过你的谦虚。"

"是吗?"

"但那只是因为你自己从来没有相信过。"萨克斯笑了出来。

莱姆也跟着笑了一下,他觉得还算真诚。然后,他变得严肃起来。"我不知道我能做什么,但你可以先告诉我发生了什么事。"

"事情发生在上个星期四,十二号那天。亚瑟总是在周四提前结束工作。回家的路上,他会在国家公园里长跑一段,他喜欢跑步。"

莱姆记得他们小时候经常一起赛跑。两人出生的日期只相隔几个月。他们会沿着人行道或家旁边的黄绿色草场奔跑,草丛中的蚂蚱匆忙逃开,他们停下来喘息的时候,汗水和飞虫黏在皮肤上。亚瑟总是跑得比林肯更轻松,但林肯最终进了学校的田径队;而亚瑟却从来没有兴趣尝试。

莱姆将回忆放到一边,集中精神听着朱迪的叙述。

"亚瑟大概三点半下班,然后去跑步,七点或七点半回家。他和平时没有什么不同,也没什么奇怪的行为。他在家里洗了个澡。然后我们吃了晚饭。但第二天警察就来到了家里,是两名来自纽约和新泽西州的警员。他们问了他一些问题,然后去车里查看。说是发现了一些血迹,我不知道……"她的声音哽咽,那个可怕的早晨带给她的冲击尚未离去,"他们搜查了房子,带走了一些东西,然后又回来把亚瑟逮捕了,罪名是……谋杀。"她艰难地说出了那两个字。

"具体的指控内容是什么?"萨克斯问。

"警察说他杀害了一个女人,而且偷了她所藏的一幅稀有的画。" 她对此嗤之以鼻,"偷了一幅画?偷它到底能干什么呢?还杀人?怎么可能,亚瑟连只蚂蚁都没伤害过。他根本没有那个能力。"

"被发现的血迹呢?他们有没有进行 DNA 检测?"

"是的,他们做了。结论是血迹与受害者的血液匹配。但检测也有可能出错的,不是吗?"

"是有可能。"莱姆说,心里想着,但是非常非常罕见。

"也有可能是真正的杀手设下圈套把血迹放进车里。"

"那幅画,"萨克斯问,"亚瑟对它有什么特别的兴趣吗?"

朱迪摸了摸左手腕上黑白相间的粗塑料手镯。"问题是,有的,他曾经有一幅那个画家的画。他很喜欢,但他丢了工作后被迫把画卖掉了。"

"失踪的画找到了吗?"

"没有,没找到。"

"那他们怎么知道画被偷走了呢?"

"有目击证人。有人说看到一名男子从那个女人的公寓里背着画走出去,再到车上,就在她被杀害的那个时间段。但这一切都只是一个可怕的巧合,纯属巧合……一定是这样,必须是,一系列奇怪的巧合。"她再次哽咽起来。

"亚瑟认识她吗?"

"起初亚瑟说他不认识,但后来,嗯,他又说他们可能是见过的。在一个艺术画廊里,他曾经去过几次,但他说自己从来没和她说过话,至少他不记得说过。"她的眼睛现在才看到白板上捉拿罗根的详细计划。

莱姆回忆起他和亚瑟一起度过的时光。

咱们比赛跑到那棵树……不,你这个胆小鬼……是远处那棵枫树。比赛谁先摸到树干!数到三开跑。一,二……跑!

可你还没有数到三!

"这里还有其他的隐情,是不是,朱迪?告诉我们。"萨克斯也许是从朱迪的眼睛里看到了暗藏的故事。

"我只是觉得难过,为孩子们感到难过。这对他们来说是一场噩梦,那些邻居看我们就像在看恐怖分子。"

"对不起朱迪,我们必须知道你掌握的所有事实,这一点很重要。请继续说。"

朱迪脸上的潮红又回来了,她紧抓着膝盖。莱姆和萨克斯有一个在加州警局工作的朋友——凯瑟琳·丹斯。她是一名研究肢体语言的专家。莱姆曾认为这个专业属于旁门左道，不如刑侦鉴定科学，但在合作过程中他改变了看法，开始尊重丹斯的专业，并从她那里学会了一些东西。正如现在他可以轻易地看出朱迪·莱姆心里暗藏焦虑。

"说说看吧。"萨克斯鼓励道。

"就是警方发现了一些其他证据——嗯，我也不知道能不能算真正的证据。不是什么线索。但是……这让他们觉得也许亚瑟和那个女人在偷偷约会。"

萨克斯问："你的想法是？"

"我不认为如此。"

莱姆听出了她言语间的犹豫，完全不似对谋杀与盗窃罪名的否认来得坚决。她急切地希望那不是真的，但她同时也可能会得出与莱姆相同的结论：如果那个女人是亚瑟的情人，可能对亚瑟来说更为有利。毕竟比起枕边人，你更有可能去抢一个陌生人。尽管如此，作为一位妻子和母亲，朱迪迫切地需要一个否定的答案。

然后，她抬起头，看莱姆的目光不再那么小心翼翼，不再特别介意轮椅和他身边的各种设备。"不管别人怎么说，他没有杀那个女人。他不可能杀人。我知道他不会的……你能不能为他做点什么？"

莱姆和萨克斯对视了一下。然后莱姆说："很抱歉，朱迪，我们正在处理一个大案子。我们已经极为接近抓获一名非常危险的杀手，我不能在这个关键时刻停下来。"

"我也不会要求你停手。但是，如果你能帮到一点点……我实在不知道自己还能做什么。"她的嘴唇微微颤抖。

他说："我们会打几个电话，看看能发现什么。我不可能拿到你从律师那里得不到的消息，但我可以诚实地告诉你，我认为检察官成功的概率有多少。"

"谢谢你，林肯。"

"谁是他的律师？"

她说了律师的姓名和电话号码。是一位颇有名气，收费很高的刑事辩护律师。但这个律师手上的案子很多，而且他对金融犯罪的经验远多于暴力犯罪。

萨克斯又问了检察官的名字。

"伯恩哈德·格罗斯曼。我可以给你他的电话号码。"

"不用了。"萨克斯说，"我有他的联系方式。我以前和他一起工作过，他是个讲道理的人。我猜他给了你丈夫一个坦白从宽的机会？"

"确实，律师想让我们接受，但是亚瑟拒绝了。他口口声声说这只是一个误会，一切都会真相大白。但是这种事情不常发生，不是吗？即使是无辜的人，也有被冤枉后去坐牢的，不是吗？"

确实如此。莱姆心想，然后说："我们先去打几个电话。"

她站了起来。"我真的很后悔没能跟你保持联系。实在不可原谅。"出人意料地，朱迪·莱姆大步走到莱姆的轮椅旁，弯下腰，和他碰了碰脸颊。莱姆闻到紧张的汗水和两种不同的气味，也许是除汗剂和发胶，但不是香水。她似乎不是会喷香水的那类女人。"谢谢你，林肯。"她走到门口，停顿了一下，然后面向他们说，"无论你发现什么线索，关于那个女人和亚瑟的，他们之间的种种，我都无所谓。我只要他平安无事，不去坐牢。"

"我会尽我所能，如果发现了什么我们会给你打电话。"

萨克斯将她送走。

她回来以后，莱姆说："咱们先从律师那里了解一下情况。"

"对不起，莱姆。"

他皱起了眉头，她补充道："我只是想说，你一定觉得很难过。"

"我为什么会难过？"

"自己的亲人被指控谋杀。"

莱姆耸耸肩，那是他可以做到的为数不多的几个动作之一。"泰德·邦迪①也是某个人的儿子,也许也是谁的堂兄。"

"但这还是令人难以接受。"萨克斯拿起听筒打通了辩护律师的电话,在听到了他的应答服务后留了言。也许这位律师正在哪个高尔夫球场打球。

然后她又打通了助理地区检察官格罗斯曼的电话,格罗斯曼没能享受到休息日的福利,而是在市中心的办公室工作。他没有想到把嫌疑人的姓氏与犯罪学家的姓氏联系起来。"嘿,我很抱歉,林肯。"他诚恳地说,"但我不得不告诉你,这是一个滴水不漏的案子。我不是在瞎扯,要是案子里有漏洞我一定会告诉你。但目前看来没有任何漏洞。陪审团听了一定会给他定罪的。如果你能说服他认罪,才是帮了他一个大忙。我大概可以帮他争取到十二年。"

十二年牢狱,无假释。亚瑟会死的,莱姆想着。

"谢谢你。"萨克斯说。

助理地区检察官补充说,他明天一早有个复杂的案子,所以现在没时间和他们多聊。但如果他们愿意,他可以下周找个时间打电话过来。

不过他说了负责该案的警探的名字——鲍比·拉格朗日。

"我认识他。"萨克斯说着便往他家里拨电话,却只听到了他的语音信箱留言,然后她又试了试打他的手机,这一次很快就接通了。

"我是拉格朗日。"

呼呼的风声和浪花声解释了这位警探在天高云阔的温暖春日里做什么。

萨克斯表明了身份。

"哦,是你啊。你最近怎么样,阿米莉亚?我在等一个线人的电话。我们已经得到一些线索,现在在红钩区等待大鱼上钩。"

好吧,原来不是真的在钓鱼。

---

①臭名昭著的连环杀手,受害人至少三十名。于一九八九年在佛罗里达州被处死刑,终年四十二岁。

"我可能得随时挂电话。"

"明白,我开了免提。"

"警探,我是林肯·莱姆。"

对方犹豫了一下。"哦,是你。"林肯·莱姆的电话从来都能迅速得到对方的充分重视。

莱姆向他解释了亚瑟的事情。

"等等……亚瑟·莱姆,我就说这个姓氏好像有点奇怪。我是说,不太寻常。但我从来没想到是你的亲戚,他也从来没提到过你,审讯时也没吐露过蛛丝马迹。原来是你的堂兄。唉,老兄,我很抱歉。"

"警探,我不想打扰你办案。但是我答应了要打电话问问到底是怎么回事。案子已经到了助理地区检察官那里,我知道。我刚和他通过话。"

"我得说这案子办得漂亮。我在凶案组干了五年,除了被巡警撞到现场的那种帮派滋事,这是我见过的最干净利索的案子。"

"案子到底是怎么样的?亚瑟的妻子只说了个大概。"

拉格朗日的声音变得公事公办起来,回忆细节时不带任何感情色彩:"亚瑟那天早早离开了办公室,去了爱丽丝·桑德森的公寓,位于格林尼治村。她也提前下班回家。我们无法确定他到底在那里待了多久,但是晚上六时左右,桑德森被刀捅伤致死,然后一幅画被偷走了。"

"我听说还是一幅稀有画作?"

"对,但也不是什么梵高的大作。"

"画家叫什么?"

"一个叫普雷斯科特的人。哦,我们还发现了一些邮寄传单,就是画廊寄给亚瑟的关于普雷斯科特的宣传册。看起来对他很不利。"

"给我讲讲五月十二日那天。"莱姆说。

"六点左右,证人听到尖叫声,几分钟后看到一个男性背着画走出公寓，钻进停在路边的一辆淡蓝色奔驰轿车。车迅速离开了现场。目击者只看到了车牌上的前三个字母，但没看到州名。我们在城域网的车辆登记库里找了一遍，缩小了名单范围，然后逐个询问名单上的车主。其中一个是你的堂兄。我和搭档去了新泽西和他谈话，还找了个当地巡警和我们一起，是现在办案谈话的规矩，你知道的。我们在车后门和后排座椅上看到了疑似血迹的痕迹，还在座位底下找到一块沾满了血的抹布。上面的血迹和受害人公寓床单上的血迹匹配。"

"而且DNA也吻合？"

"是她的血，是的。"

"目击者排列指证的时候也把他认出来了？"

"没。目击者从公用电话打来，不肯留下自己的名字。说是不想参与进来。但我们其实并不需要证人，犯罪现场调查组在现场好好查了一番。他们在受害人房间入口处取到了一枚鞋印，和你堂兄穿的鞋是同款，而且在鞋印上找到了一些很有用的痕迹。"

"种属证据？"

"对。剃须膏遗痕、零食小吃的残渣，还有亚瑟车库草坪肥料的痕迹，和被害人公寓找到的完全匹配。"

不，并不匹配，莱姆想道，物证可以分成两类。"同一认定"证据是指只有单一来源的证据，比如DNA和指纹。"种属认定"证据则是指与类似材料的某些特性有相似点的证据，但它们的来源不一定相同。比如地毯的纤维。在犯罪现场，对血迹进行的DNA测试可以完全"匹配"到罪犯身上。但是犯罪现场的地毯纤维只能与在嫌疑人家中发现的纤维相比较作为"关联"证据，好让陪审团来推断他是否在犯罪现场出现过。

"你觉得他们认识吗？"萨克斯问。

"他声称不认识她，但我们发现了两张她写的便条。一张在她的办公室，另一张在她家里。一张上面写的是'亚瑟——喝酒'，另一张只写了'亚瑟'。哦，我们还在她的电话簿中找到了他的名字。"

"他的电话号码？"莱姆开始皱起眉头。

"不是，是一个预付费的移动电话号码。没有登记。"

"所以你认为他们不只是朋友？"

"我们确实想到过。否则为什么只给了她一个预付费号码，而不是他家的或办公室的？"他笑了一声，"显然，她也没在意。你要是知道有多少人倾向于对别人说的话全盘接受，肯定会惊讶的。"

倒也没有那么惊讶，莱姆想。

"电话找到了吗？"

"没有，没找到。"

"你认为亚瑟是因为桑德森逼他离开妻子，所以才痛下杀手吗？"

"检察官是准备这么定论的。"

莱姆回想起他认识的亚瑟。他们已经十多年没见面了，考虑到这一点，莱姆既不能肯定，也不能否认亚瑟面临的指控。

萨克斯问："其他人有动机吗？"

"没有。家人和朋友只知道她在和人约会，但不是特别认真的那种。所以也没有什么危险的前男友。我甚至在想没准儿是那个老婆干的——朱迪——但她有不在场证明。"

"难道亚瑟没有不在场证明？"

"没有。他说是去跑步了，但是没有证人。克林顿州立公园。很大的地方，而且相当冷清。"

"我很好奇。"萨克斯说，"审讯过程中他是什么表现？"

拉格朗日笑了起来。"正好你提起这件事——这是整个案件里最离奇的部分。他看上去好像很茫然，不敢相信我们就站在他面前。我干这行审了不少人，其中有一些极为专业的。我是说那些特别会装的，能以假乱真。他是我见过最会装无辜的一个，装得特别像，都能去当演员了。你印象中他是这样的人吗，莱姆警探？"

莱姆没有回答。

"那幅画呢?"

对方停顿了一下。"那是另一点,我们没找到那幅画。不在他的房子和车库里,但犯罪现场调查员在他的车后座和车库里发现了一些泥土。和他每晚都去跑步的国家公园里的泥土匹配。公园就在他家旁边,所以我们推测他把画埋在公园的某个地方了。"

"我有一个问题,警探。"莱姆说。

线路的另一端停了一下,其间传出一个难以辨认的声音,然后风声再次呼啸起来。"你说吧。"

"我能不能看看案宗?"

"案宗?"拉格朗日不是在反问,只是在拖延时间以做考量,"这案子滴水不漏,我们是一步步按规章办事的。"

萨克斯说:"这一点上我们毫不怀疑,不过我们听说他拒绝了一个认罪减刑的机会。"

"哦。你想说服他去接受吗?啊,我明白了。这对他是最好的。嗯,我这里只有复印件,助理地区检察官那里有所有的文档和证据。但我可以帮你拿到报告。一两天之内行不行?"

莱姆摇了摇头。萨克斯说:"你可以跟档案处打声招呼,我自己去取文件就可以了。"

电话那边又一次响起呼呼的风声,然后突然静了下来。

拉格朗日一定是进了什么避风口。

"行,我现在就给他们打个电话。"

"多谢。"

"没问题,祝你们好运。"

电话结束后,莱姆稍露出了一个笑容。"真聪明,提到说服减刑的事情。"

"你得了解你得听众。"萨克斯说着将背包提起,挂在肩上,走出了大门。

4

萨克斯如果乘公共交通或者看了红绿灯的话,她前往警局来回的行程就会慢上不少。莱姆知道她往车上放了闪闪发光的警灯。她那辆一九六九年款的科迈罗SS几年前被漆成了火红色,和莱姆心仪的轮椅颜色一样。她就像个青少年,时刻都在找借口把车的引擎轰到最响,让橡胶轮胎在地上留下烧焦的痕迹。

"我把所有文件都复印了。"她说,手上捧着厚厚的文件夹进了房间。将文件夹放在检查台上时她缩了一下手。

"你还好吗?"

阿米莉亚·萨克斯患有关节炎,是她常年的隐疾。她吃各种药片和止疼片就像在吃糖豆。但是她担心如果局里有人发现她的病,就会用这个理由把她锁在不离桌子的文职岗位。即使和莱姆独处时,她也很少喊疼抱怨。但是今天她坦白地说:"今天比平常更疼了。"

"你想坐下来吗?"

她摇了摇头。

"好吧,你都拿到了什么资料?"

"案子的报告、证据清单和照片复印件。没有录像,那些在地方检察官手上。"

"好,先把证据都列在白板上。我想看看第一犯罪现场和亚瑟的房子。"

她走到白板前（莱姆的实验室里挂着十几块白板），在莱姆的注视下，逐个将信息转写到上面。

爱丽丝·桑德森谋杀案

- Edge牌剃须凝胶的痕迹，含芦荟。
- 零食碎屑。无脂肪品客薯片，烧烤味。
- 芝加哥厨具牌餐刀（凶器）。
- TruGro牌肥料。
- 奥尔顿步行鞋的鞋印，十号半。
- 一小块乳胶手套。
- 电话簿中有"亚瑟"的名字及对应的预付费手机号码，号码已失效，无法联络（婚外恋？）。
- 两处提及"亚瑟"的便条。"亚瑟——喝酒"（办公室）和"亚瑟"（家）。
- 目击证人看到一辆淡蓝色奔驰，车牌号上有NLP三个字母。

亚瑟·莱姆的车

- 二〇〇四年产淡蓝色奔驰轿车，C级，新泽西车牌号NLP 745，车主亚瑟·莱姆。
- 车门及后座上有血迹（血迹DNA与受害者相匹配）。
- 染血抹布，与受害者公寓发现的带血抹布匹配（血迹DNA与受害者相匹配）。
- 泥土与克林顿国家公园的泥土构成类似。

亚瑟·莱姆家

- Edge牌剃须凝胶，含芦荟，可与第一犯罪现场发现的痕迹关联。
- 无脂肪品客薯片，烧烤味。
- TruGro牌肥料（车库）。
- 沾有泥土的铲子，泥土成分与克林顿国家公园泥土构成类似（车库）。
- 芝加哥厨具牌餐刀，与凶器相同。

- 奥尔顿步行鞋，大小为十号半，鞋印痕迹与第一犯罪现场鞋印相似。
- 来自波士顿威尔考克斯画廊和卡梅尔镇安德森-比林斯美术馆的哈维·普雷斯科特画作宣传单。
- 一盒乳胶手套，橡胶组合物与第一罪现场发现的一小块乳胶手套类似（车库）。

"这真是相当确凿的罪证，莱姆。"萨克斯说，后退了一步，双手叉腰。

"那个预付费手机，那些写着'亚瑟'的字条，却没有生活或工作地址。说明这很可能是外遇……还有什么其他细节？"

"没有，就剩下那些照片了。"

"把照片也挂上去。"他指示道，目光在白板上逡巡。遗憾的是他没法亲自搜查现场——与阿米莉亚·萨克斯一起搜查，就像他们经常做的那样。他通过麦克风和耳机或者高清摄像机给她指示。现在他拿到的也算是一个合格的现场侦查报告，但干得不是特别漂亮。没有犯罪现场房间以外的照片，至于凶器……他看到的照片里沾满血的凶器躺在床下，一名警官拉起床罩，为了能让照片拍得更清楚。但是在床罩被拉起前凶器是藏起来的吗？（这意味着罪犯可能在行凶时慌了手脚，忘记回收凶器）还是可见的？那样的话凶器就有可能是凶手故意留下的证据。

他研究了一下地板上包装材料的照片,这明显是用来包裹普雷斯科特的画的。

"有点不对劲。"他低声说。

萨克斯站在白板前,朝他的方向扫了一眼。

"是这幅画。"莱姆继续道。

"画怎么了?"

"拉格朗日提出了两个动机假设。一是亚瑟偷走普雷斯科特的画掩饰外遇,因为他想杀死爱丽丝,让她离开他的生活。"

"对。"

"但是,"莱姆接着说,"如果要伪造偶然的入室盗窃案以掩饰谋杀,任何有点脑子的凶手都不会去偷整个公寓里唯一一幅可以马上联系到自己身上的画。你要记得亚瑟也曾拥有一幅普雷斯科特的画,而且一直能收到关于画的宣传单。"

"确实,莱姆,这一点说不通。"

"第二个假设,亚瑟想要画却买不起。嗯,那么在白天爱丽丝工作的时候撬门进来把画偷走,要比杀人安全容易得多。"而且亚瑟并不是这样的人。虽然莱姆在判断他是否无辜时没有过多地考虑这个因素,但此刻他总觉得很在意。"也许他不是在装无辜。也许他是真的无辜……你是说罪证确凿吗?有点太确凿了。"

他暗自思索道,如果亚瑟并没有干下这些事,那么真相就太可怕了。因为这不只是身份上的张冠李戴,是证据匹配得太天衣无缝了——甚至包括她的血迹,还有亚瑟的车。如果亚瑟是无辜的,那么肯定是有人费了很大力气设下陷阱去陷害他。

"我在想,他可能是被陷害的。"

"为什么?"

"动机?"他喃喃地说,"我们先不考虑这一点。现在最关键的问题是,凶手是如何做到的?我们先回答这个问题,答案会帮我们指出真凶。在这个过程中也许动机就会揭晓,但那不是我们的首要任务。所以我们先从一个假设开始。假设凶手是别人,一位 X 先生,谋杀了爱丽丝·桑德森并且偷走了画,然后栽赃给亚瑟。那么现在,萨克斯,他是怎么可能做到这些的呢?"

一阵刺痛——又是她的关节炎——萨克斯坐了下来,然后想了一会儿,说道:"X 先生跟踪了亚瑟和爱丽丝,发现了两人对艺术的共同兴趣,让他们去了同一个画廊,然后通过画廊找出了两人的身份。"

"X 先生知道爱丽斯拥有一幅普雷斯科特的画。那是他渴望拥有的一件作品,但是他买不起。"

"对。"萨克斯在证据板前点了点头。

"然后他闯入亚瑟家,看到他吃的品客薯片,Edge 牌剃须膏,TruGro 牌化肥和芝加哥厨具的餐刀,于是每样偷了一些去设陷阱。他知道亚瑟穿什么鞋,所以能留下足迹,然后再去国家公园里搞些泥土放在亚瑟的铲子上……

"现在,再让我们想想五月十二日。X 先生通过某种方法得知亚瑟总是在周四提前结束工作,去一个荒凉的公园跑步——所以他没有不在场证明。于是 X 去了被害人的公寓,将她杀害并窃取了那幅画,然后又从电话亭打电话报警,说听到了尖叫声,还看到一个男人拿着画钻进了汽车,描述了亚瑟车子的外观,还有部分车牌号码。然后他又去了亚瑟在新泽西州的房子,在亚瑟的车里留下血迹、泥土、抹布和铲子。"

电话响了,是亚瑟的辩护律师。他声音匆忙,又重复了一遍助理地区检察官已经解释过的内容,却没有提出任何可能帮助他们的信息。事实上,他曾几次试图说服他们向亚瑟施压让他认罪。"帮他自己一个忙,"辩护律师说,"我可以帮他谈到十五年徒刑。"

"那会毁了他的。"莱姆说。

"不会像无期徒刑那样毁了他。"

莱姆冷冷地说了再见,挂断了电话。目光又向证据板看去。

然后一个想法钻进了他的脑海里。

"你想到了什么,莱姆?"萨克斯注意到他看向了天花板。

"也许他以前干过类似的事?"

"什么意思?"

"假设他的目标——他的动机——就是偷画,但那并非一时兴起。他偷的也不是莫奈级别的画,一幅可以卖个上千万美元,然后躲起来吃一辈子,永远消失。这件事看起来像是有筹划的连续犯罪。凶手找到了一个很聪明的方法逃脱罪行。他会一直做下去,直到被阻止。"

"嗯,有道理。所以,我们应该去找其他失窃画作的案子。"

"不是。他为什么只偷画?他可以偷任何东西。但是每个案子都有一个共同点。"

萨克斯皱了皱眉头,然后给出了答案:"杀人。"

"没错。因为凶手要栽赃给别人,所以要杀死受害者——受害者能指认他。你去打电话给凶案组,可以在家里打。我们要寻找相似的案子:有一个主要罪行,有可能是盗窃,过程中受害人被谋杀,而且证据确凿。"

"也许还有强有力的 DNA 证据。"

"好想法。"他说,有些兴奋,他们也许真能查到些什么。而且如果凶手按着这个套路走,案子里会有一个匿名证人给九一一打电话,并暴露一些准确的信息。

她走到实验室角落的一张桌子旁,坐下开始打电话。

莱姆把头靠在轮椅上,观察起他正在打电话的搭档。他看到她拇指上干涸的血迹,耳朵上可以看见一道划痕,被垂下的红发遮盖了一半。萨克斯经常这样,挠破头皮,啃咬指甲,在很小的地方伤害自己——那既是她的一个习惯,也显示出了她的工作压力。

她点着头,专注地在纸上做着记录。他自己的心跳——虽然他无法直接感觉到——也随之加速。她掌握了一些有用的信息。手上的笔墨水干了,她把笔扔在地上,然后以她在射击比赛中抽枪的速度又拿出一支继续做记录。

十分钟以后,她挂断了电话。

"嘿,莱姆,猜我打听到了什么。"她坐到他身旁的藤椅上,"我找了老火枪。"

"嗯,不错的选择。"

约瑟夫·弗林蒂克(Flintick)的绰号是老火枪(Flintlock)。在莱姆还只是一个菜鸟时,他就已经是凶案组的警探了。那个暴躁的老家伙在他冗长的任职期间几乎对纽约市的每一件谋杀案甚至在其周边发生的案子都了如指掌。而此时此刻,老火枪在本应儿孙绕膝、安享晚年的时候竟然还在周日工作,莱姆一点也不惊讶。

"我和他说了想找的案件,他想起两件符合我们要求特征的案子,一件是盗窃稀有硬币,价值约五万美元,另一件是强奸案。"

"强奸案?"这让案件变得更令人不安了。

"是的。两起案件都有一个匿名目击者打电话给警察报告案情,并且给出的信息在抓人的时候起到了关键作用——就像那个目击者透露出你堂兄车子的特征。"

"两个案子都是男性来电。"

"对。而且市政府提供了奖赏,但他们都没有出面领取。"

"证据怎么样呢?"

"老火枪记不太清了。但他说犯罪现场留下的痕迹能联系到犯罪嫌疑人身上。就像亚瑟案里出现的证据,在现场和犯罪嫌疑人家里都能找到五六种。而且在这两起案件里,受害者的血迹都是在嫌疑人家里的抹布或衣物上发现的。"

"我打赌强奸案里没能匹配上任何体液。"大多数强奸犯被定罪是因为他们在现场留下了三种液体痕迹——精液、唾液或汗液。

"对,都不匹配。"

"还有匿名来电的目击者——只说了部分车牌号码?"

她瞥了一眼笔记。"还真是,你是怎么知道的?"

"因为凶手需要给自己争取一定的时间。如果他留下完整的车牌号码,警察就会直接前往替罪羊的住所,他就不会有时间去埋下陷害用的证据。"凶手想得很周全。"两起案件的嫌疑人都极力否认罪行吗?"

"是的,完全否认。最后都是决定在陪审团那里赌一把,但是都赌输了。"

"不,不,不,太多巧合了。"莱姆喃喃道,"我得去看看——"

"我已经托人从结案的文档库里把两个案子的档案找出来了。"

他笑了。她常常抢先一步。他回忆起他们第一次见面的时候,那是几年前,萨克斯还是巡警,正准备放弃她的职业警察生涯,而莱姆准备放弃的远远不止他的职业生涯。他们一路走来,已经走了那么远。

莱姆朝语音设备发出指令:"指令,呼叫塞利托。"他现在觉得很兴奋。他能感觉到那种独特的节奏,一场狩猎正在拉开序幕的快感。快点儿接这个该死的电话。他生气地想道,这是他今天第一次没有去考虑英国那件案子。

"嘿,林肯。"塞利托的布鲁克林口音回荡在房间里,"什么事?"

"听我说,出了个问题。"

"我最近有点忙不过来了。"莱姆曾经的搭档——朗·塞利托警督最近的心情不太好。他一直在办的一件大案受到重挫。弗拉迪米尔·迪恩科,布莱顿海滩的俄罗斯黑帮老大,曾在去年被指控敲诈勒索和谋杀。莱姆在证据侦查上协助过那个案子。让人惊讶的是就在上周五,对迪恩科和他的三个同伙的指控被驳回……而案子的证人也变得举棋不定或者干脆消失了。塞利托和同事已经工作了一整个周末,试图寻找新的证人和举报人。

"那我长话短说。" 他解释了他和萨克斯对亚瑟案的想法,还有另两起案子——强奸案和硬币盗窃案。

"另两起案子？太他妈诡异了。你的堂兄怎么说？"

"我还没有和他谈。但他否认了一切指控，我想把这个案子搞清楚。"

"'搞清楚'是他妈的什么意思？"

"我不认为是亚瑟干的。"

"他是你堂兄，你当然不觉得是他干的。但是你有什么具体的证据吗？"

"还没有，这就是为什么我需要你的帮助。我需要一些人手。"

"我这里正被迪恩科案搞得人仰马翻。这个案子，我得说，本来应该得到你的帮助，只是你正忙着和那帮英国佬喝茶呢。"

"这可能是很大的案子，朗。另外两起案件很可能也是有人设下圈套，伪造了证据。我敢打赌，这样的案子不止两件。就像你常说的，朗，难道你能让杀人犯'逍遥法外'吗？"

"你随便说什么歇后语都不会打动我的，林肯。我忙得很。"

"这是成语，朗。歇后语分前后两部分。"

"妈的，我正在试图挽救俄罗斯黑帮的这个案子，因为这事，从市政厅到联邦大厦没一个人心情能好得起来。"

"向他们致以我最深切的同情。换个案子忙吧。"

"你这是凶杀案，我是重案组的。"

纽约市警察局的重案组不调查谋杀案，塞利托的借口激起莱姆唇边讽刺的一笑。"谋杀案只要你想查就能查，你从什么时候开始遵从各个部门之间的条条框框了？"

"听着。"塞利托嘟囔着，"今天有一个警监在市中心工作。乔·马洛伊。你认识他吗？"

"不认识。"

"我认识。"萨克斯说，"他挺靠谱。"

"嘿，阿米莉亚。今天是你冲锋陷阵？"

萨克斯笑了起来。莱姆咆哮了一句："真好笑，朗。这家伙到底是谁?"

"聪明、从不妥协,而且没有幽默感。你会欣赏这一点的。"

"今天跟我讲笑话的人够多了。"莱姆喃喃道。

"他真的不错。惩恶扬善,他的妻子在五六年前遭遇入室抢劫被杀害了。"

萨克斯抖了一下。"这个我不知道。"

"是啊,他工作起来投入百分之一百五的力气。大家都说他有朝一日能在大楼上层坐到临窗的位子甚至是直接去隔壁。"

隔壁指的是市政厅。

塞利托继续说道:"给他打个电话,看他能不能给你几个人手。"

"我要的是你来。"

"那是不可能的,林肯。我正在蹲守大案子呢。这他妈的简直是一场噩梦。但是你可以告诉我案子的进展情况。还有——"

"我得挂了,朗。指令,断开电话连接。"

"你挂了他的电话。"萨克斯指出。

莱姆哼了一声,然后呼叫马洛伊。如果再把他连到语音信箱,他非疯了不可。

但马洛伊在电话响第二声的时候就接了。另一名在周日工作的高阶警官。莱姆以前也经常这么做,所以他离婚了。

"我是马洛伊。"

莱姆做了自我介绍。

对面犹豫了一下。

"哦,林肯……我们没见过面,但我听说过你。"

"你的一名警探,阿米莉亚·萨克斯在我这儿。我们开着扬声器呢,乔。"

"萨克斯警探,下午好。"马洛伊的声音很严肃,"我能为你们做些什么?"莱姆向他讲述了相关情况,以及他为何认为亚瑟是被陷害的。

"是你的堂兄？我很抱歉。"但他听起来并不是特别抱歉。马洛伊当然会担心莱姆是来求他帮堂兄减刑的。这是伪装成正当求助的渎职行为。最坏的情况是造成内部事务调查和媒体披露。但如果不帮忙的话，对方又是一个为纽约市警局做出过无可估量的贡献的人，更何况还是一个残疾人。政治正确在政府部门十分重要。

但莱姆的请求显然更复杂一些，他补充说："而且我觉得凶犯很可能还犯下过其他类似的罪行。"然后他讲述了硬币盗窃案和强奸案的细节。

所以，不是一个人，而是三个人被纽约市警察局误捕。这意味着又多了三宗悬案，而真正的凶手仍然逍遥法外。这预示着一场噩梦般的危机公关。

"好吧，这案子是很奇怪。不太常见。莱姆，我知道你相信你的堂兄——"

"我只相信真相，乔。"莱姆说，毫不在意这句话听上去可能有些哗众取宠。

"嗯……"

"我只想让你分配给我们一两个人手，再审查一次这几个案件的证据。也许还需要他们帮我跑跑腿。"

"原来如此……抱歉，林肯。我们现在实在没有富余的人手。我也没法给这种案子调人，但我明天会跟副局长商量一下。"

"那为什么不现在就让我们和他谈谈？"

马洛伊又犹豫了一下。"不行，他今天有一些事情。"

早午餐、烧烤，还是周日午后的观影活动？《新科学怪人》或者《火腿骑士》。

"我会在明天早上的简会上提一下的。这案子的情况确实奇怪，但在得到确切回复之前你不能轻举妄动。"

"当然。"

他们挂断了电话。莱姆和萨克斯陷入了几秒钟的沉默。

奇怪的案件……

莱姆盯着墙上的白板——上面是一个刚刚开头就被搞定的案件调查。

萨克斯打破了沉默，说："不知道罗恩在干什么。"

"我们打电话问问他，怎么样？"他给了她一个极其罕见的、真诚的微笑。

她拿出手机，按下快速拨号键，然后打开扬声器。

电话里蹦出一个年轻的声音。"是，长官。"

多年来萨克斯已经无数次让年轻的巡警罗恩·普拉斯基叫她阿米莉亚，但他就是改不了口。

"我开着扬声器呢，普拉斯基。"莱姆警告说。

"好的，长官。"

这句"长官"莱姆也不喜欢，但他现在没有兴趣去纠正这个年轻人。

"你好吗？"普拉斯基问。

"这个重要吗？"莱姆回应道，"你现在在干什么？要紧吗？"

"现在？"

"正是我刚刚问的。"

"我在洗盘子。我和珍妮刚刚跟哥哥一家去吃了早午餐。然后一起去了农贸市场，孩子们高兴得不得了。你和萨克斯警探去过吗——"

"所以你在家，而且手头没有任何要紧的事情。"

"我在洗盘子。"

"把盘子放下，到我这儿来。"莱姆，作为一个普通公民，是没有权力命令纽约警察局的人（即使是普通巡警）去做任何事情的。

但萨克斯是三级警探。虽然她不能命令他来帮忙，但她可以正式要求他被分配过来。

"我们需要你，罗恩。而且明天也有可能需要你。"

罗恩·普拉斯基和莱姆、萨克斯还有塞利托都合作过。莱姆听说普拉斯基因为和林肯·莱姆这个名人合作,在局里也变得小有名气,不由得感到有点好笑。但他相信,普拉斯基的主管不会反对把他借给自己几天——只要他不打电话给马洛伊或市中心的其他人,从而发现所谓的案子甚至还不能算是一个案子。

普拉斯基把直属上司的联系方式告诉萨克斯,然后问:"哦,对了,长官,塞利托警督是不是也在办这个案子?也许我应该给他打电话协同合作?"

"不用。"莱姆和萨克斯同时回复道。

普拉斯基沉默了片刻,不太确定地说:"那好吧,我尽快赶过去。只是,我能不能先把碗擦干?珍妮非常讨厌留下水渍。"

5

　　星期天是最棒的。

　　因为大多数星期天，我都可以随心所欲地做喜欢的事情。

　　我收集各种东西。

　　任何东西，只要吸引我，我便可以让它落入我的背包或者后备厢。我会把它们收起来。我不是人们常说的那种收藏癖。那些鼠辈把收集来的东西扔到一边堆着。但我不一样，一旦我找到想要的东西，它就是我的。而且我永远不会放手，永远。

　　星期天是一周里我最喜欢的日子，因为对于普通大众、对于这个城市的居民来讲，星期天意味着休息。男人、女人、孩子、律师、艺术家、骑自行车的人、厨师、小偷、妻子和情人（我也收集DVD）、政治家、慢跑的人还有策展的人……他们用各种各样的娱乐来打发时间。

　　他们就像幸福的羚羊一样在新泽西州、长岛，还有纽约州北部的各个角落悠闲漫步。

　　而我可以随意捕猎。

　　现在，在终于推掉了所有无聊的干扰之后，我就在捕猎。吃早午餐、看电影，甚至被邀请去打高尔夫球。哦，还有去教堂做弥撒（一直都是最受欢迎的选择），当然，那也是因为弥撒之后通常还是吃早午餐或者去打个九洞球。

狩猎……

此时此刻，我正在回想最近的一次交易，这些记忆都被收藏在我脑海里的档案库中。年轻的爱丽丝·桑德森，编号3895-0967-7524-3630，她的样子很美，非常美。当然，直到她看到那把刀。

爱丽丝3895，穿着漂亮的粉红色连衣裙，衬托出她的胸，扭着腰来调情（事实上我觉得她的三围是38-26-36，不过这也只是我讲给自己的笑话）。她足够漂亮，身上的香水飘着亚洲花香。

我之所以盯上她，有一部分是因为哈维·普雷斯科特的画。她很幸运地在市场上抢到了那幅画（或许是她的不幸，买到画却送了命）。确认她收到了画以后，我就会拿出胶带。本来还打算在卧室里和她缠绵几个小时的，但她毁了这一切。正当我走到她的身后时，她却转过身来，发出那声噩梦般的尖叫。我只好像切番茄那样切断了她的脖子，然后抱着我美丽的普雷斯科特逃了出去——确切地说，是从窗户溜走。

我无法不去想还算漂亮的3895，她那件轻薄如翼的粉红色小裙子，她的皮肤泛着花香，闻起来有茶的味道。所以，说到底，我需要一个女人。

我沿着一条人行道漫步，戴着墨镜打量街边的人，他们却不会注意到我。这正合我意。我的打扮让我可以隐身人群，而没什么地方比曼哈顿更容易让人隐而不现。

我转过弯，沿着一条小巷溜达，在路上买了点儿东西——当然是用现金付款——然后走到城里一片比较荒凉的地方，这里是从前的工业区，现在是住宅区和商业区，SOHO就在离这里不远的地方。而且这里十分清静。非常好。希望和米拉·韦恩伯格的交易不要受人打搅，她的编号是9834-4452-6740-3418，是我已经盯了很久的人。

米拉9834，我对你非常熟悉。关于你的数据告诉了我一切。

啊，又会有人在这个单词问题上争论吧？"数据"到底是单数词还是复数词,《韦氏词典》向我们保证,两个用法都是可以的。我个人却是一个纯粹主义者:数据,复数词。但是在公共场合我努力将这个词用作单数,就像大多数人那样,并希望自己不要说漏了嘴。语言是一条河:它愿意流到哪里就流到哪里,在语言的大河里逆流而上会让你引人注意。那当然是这个世界上我最不愿意做的事情。

现在,让我看看米拉9834的资料。她住在格林尼治村韦弗利广场的一栋楼里,楼主希望通过驱逐计划将楼作为合作社类民宅卖掉。(我知道这一点,但楼里的穷房客还不知道。而且从他们的收入和信用记录来看,这楼一卖他们大多会完蛋。)

美丽的、充满异国风情的黑发米拉9834是纽约大学的毕业生,在一家广告公司工作了几年。她的母亲还健在,但父亲已经没了,死于一场肇事逃逸,肇事者的寻人启事这些年还一直挂着。而警察是不会太在意这种案子的。

目前的米拉9834还没有正式的男朋友,似乎也没什么亲密的朋友。因为她三十二岁生日那天的晚餐是来自西四街湖南王朝的炒木须肉(算是不错的选择)和卡姆斯白葡萄酒(是花了二十八美元从标价过高的村庄酒庄里买到的)。周六她和其他家庭成员一起去长岛旅行,在新闻日报上被高度评价的一家花园城市餐厅用餐,这是一笔较大的支出,还消费了大量的布鲁奈尔红酒,也许是在弥补生日那天的孤独夜晚。

米拉9834睡觉时穿着一件维密的T恤,我之所以会这么想是因为她买了五件相似的T恤但是号码过大,所以很难想象她是买来穿在外面的。她醒得很早,早餐是恩特曼的丹麦甜面包(而且从来不是低脂的那种,这让我为她感到骄傲)和自制的星巴克咖啡。她很少去咖啡馆。这让我觉得有些遗憾,因为我确实很喜欢在咖啡馆里观察我盯上的猎物,而星巴克就是最佳狩猎场之一。大约在八点二十分,她会离开公寓到中城去工作——"梅波,里德和萨默斯广告公司",她是那里的一位初级客户经理。

我继续前行。这个星期天我也在实行自己的计划，头上戴着不起眼的棒球帽（在这个城市里，百分之八十七点三的男人都选择棒球帽作为头饰）。和往常一样，我走路时眼睛朝向下看。如果你觉得卫星无法从三十英里外的太空录下你的笑脸，你需要再好好想想。全世界有十几个服务器用数百台高清相机拍摄你的照片，你最好庆幸他们在给你照相的时候，你不过是眯着眼睛想在阳光下看清楚轮胎的广告牌，或者想猜出天上的云彩是不是看起来像一只绵羊。

我不仅收集人们的生活细节，还对他们的头脑感兴趣。而米拉9834也不例外。我注意到她常常在下班后与朋友一起喝酒，而且经常请客。在我看来，请得有点儿太频繁了。她显然是在用钱来换取别人对她的喜爱，不是吗？这可能是她青少年时的青春痘造成的自卑与不安。她仍然会隔三岔五地去看皮肤科医生，不过每次的费用都不是很高，也许她只是和医生讨论了一下要不要做磨皮面膜（在我看来是完全不必要的），或者例行检查，以确保痘痘没有像夜晚的忍者那样悄无声息地归来。

然后，跟女伴们喝完三杯鸡尾酒，或者在健身房运动结束后，她便回到家里打电话、上网或者看电视，虽然她没有付费给多贵的电台。我喜欢浏览她的片单，她的观看记录说明她是个忠实的观众。《宋飞传》换供应商时，她也跟着换了供应商，她还推掉了两次约会，为了和杰克·鲍尔[①]共度夜晚。

然后便是入睡时间，她偶尔自慰（她会成套购买五号电池，她的数码相机和iPod都是充电的）。

当然，这些都是关于她平日生活的资料。但今天是一个灿烂的星期天，而星期天是不同的。星期天，米拉9834会跨上她那辆心爱的昂贵自行车，然后骑着车在纽约市穿街走巷。

每一次路线都有所不同。有时是中央公园，有时是滨江公园或

[①] 福克斯电视剧《24》中的角色。

者布鲁克林的展望公园。但无论她选择哪条路，米拉9834每次旅行结束前都有一个固定的停车点：百老汇大街的哈德森熟食店。她又饿又想赶快洗澡。考虑到市中心的拥堵状况，她会在买完早餐后选最快的路线回家——而那条路线的必经之地便是我现在站着的地方。

我站在一个院子前，院子通向一个阁楼公寓，公寓的主人是莫里和斯黛拉·格里金斯基（想象一下，十多年前这栋公寓的售价只有二十七万八千美元）。不过格里金斯基不在家，因为他们正在一艘渡轮上享受北欧春天的美景。

他们暂停了邮件，没有聘请给植物浇水的工人或宠物保姆，也没有设置报警系统。

但仍没有米拉的影子。嗯。会不会哪里出了差错？也许我搞错了什么。

但我很少出错。

让人坐立不安的五分钟过去了。我从大脑里的收藏间拿出普雷斯科特的画作欣赏，然后又把画收回脑海。我扫了一眼周围，抑制住想要去垃圾桶里找找有什么宝贝的欲望。

留在阴影里……不能被盯上。尤其是在这种时候。要不惜一切代价躲开窗口的位置。你不知道这世上有多少偷窥爱好者，又有多少人在隔着窗户看你，即便对你来说那不过是玻璃上的一道反光。

她在哪里？在哪里？

如果我不能尽快进行交易……

然后，啊，我看到她了——米拉9834。那感觉就像是刚刚中了头彩。

她缓缓驶来，美丽的大腿一下一下地蹬着那辆耗资一千零二十美元的自行车。价格超过我的第一辆汽车。

她身上的衣服紧贴线条。我的呼吸加快，我真的很想要她。

我环顾四周，没有人，除了那位即将落入陷阱的猎物。她越来越近，只有三十英尺了。我的手机关闭，但是盖子翻开，放在耳边，做出打电话的样子。超市的袋子在我的胳膊上晃来晃去。我看了她一眼,脚踏到路边,假装在和电话里的人聊天。我停下来让她通过。先是皱着眉头,然后抬起头,露出一个微笑。"米拉?"

她减速,衣服紧贴在身上。把持住,把持住,要自然。

临街的窗边没有人。路上也没有车。

"米拉·韦恩伯格?"

尖锐的刹车声。"你好。"她试图回想在哪儿见过我,人们在这种情况下为了避免尴尬什么都做得出来。

我向她走去,完全进入了角色。此时我是一个事业有成的商人,我对电话里的人说自己看到了熟人,一会儿再回电话给他,然后放下了手机。

她面带笑容地皱起眉,说:"抱歉,你是……"

"迈克,我是奥美的客户总监。我们在……啊对,在国家食品广告的拍摄现场见过。第二工作室。我遇到了你和那个——他叫什么来着?对了,里奇。你们那边的餐饮服务比我们的好多了。"

米拉露出了一个真心的笑容。"哦,对啊。"她记得拍国家食品的广告,还有里奇和工作室的餐饮服务。但她不记得我,因为我从来就没有去过那里。而且也没有什么叫迈克的人,只不过那正好是她已故父亲的名字,但她不会注意到这点。

"在这里见到你真好。"我露出了一个"这世界太小了"的笑容,"你住在附近吗?"

"格林尼治村,你呢?"

我朝格里金斯基的房子点了点头。"那里。"

"哇,个阁楼套间。真棒。"

我问了她的工作,她也问起我的。然后我露出了为难的表情。"我该回去了,刚才出来买了点柠檬。"我示意了一下手里的超市塑料袋。"一会儿有一些朋友要来。"说完这句话,一个绝妙的主意浮现在我的脑海里。"嘿,我不知道你有没有其他计划,我们正准备吃一顿早午餐。你想一起吗?"

"哦,谢谢,但我现在一身汗臭,太狼狈了。"

"别这样,来吧。我们今天一整天都在外边为慈善机构游走,我和我爱人。"编得不错,我想着。而且是完全即兴发挥。"我们比你更狼狈,相信我。这就是顿很随意的饭,肯定很有趣的。还有一位汤普森的资深客户总监、伯斯顿的几个家伙。人都很可爱,而且是直男。"我凄然地耸耸肩。"我们还有一位意外来宾,但我暂时不会告诉你是谁。"

"那么……"

"哦,来吧。你看起来需要来一杯大都会鸡尾酒……在工作室的时候,我们不是都说那是我们最喜欢的饮料吗?"

6

坟墓。

好吧,这里已经不是坟墓了,至少不是十八世纪初那个原装的。那个建筑早已不复存在,但大家提到这里时还是会用这个名字。曼哈顿拘留所——位于市中心,亚瑟·莱姆此时正坐在这里,他的心脏发出钝重而绝望的跳动声,一声、一声,又一声,自他被逮捕以来便一直如此。

但是无论这个地方是否被称为坟墓,曼哈顿拘留所／伯纳德·凯里克中心(前局长和拘留所长下台之前这地方的名字),对亚瑟来说就是地狱。

绝对的地狱。

他和其他犯人一样穿着橙色连体服,但他与那些人的相似之处也仅限于此。亚瑟身高五英尺十一英寸,体重一百九十磅,棕色头发修剪得清爽整洁。他和此处等待审判的其他人完全不同。不,他不是大块头,没有文身,没剃光头,不蠢,也不是黑人或拉丁裔。像亚瑟这样的犯人(通常是白领犯罪),一般是不会在"坟墓"里等待审判的。他们大多会被保释出来。无论他们犯下了什么罪,保释金也不会像亚瑟那么高。亚瑟的保释金是两百万美元。

所以,五月十三日以来,坟墓就成了他的家。这是他一生中最漫长、煎熬的日子。

也最令他感到迷茫。

是的,亚瑟可能遇到过那个被杀害的女人,但他甚至不记得她是谁。是的,他曾去过SOHO区的那家画廊,而且显然她也去过那里,但他不记得他们说过话。是的,他很喜欢哈维·普雷斯科特的作品。当他失去工作后,不得不把画卖掉贴补家用时,也确实很心疼。但是偷画?还为此杀了人?这些人他妈的疯了吗?他看上去像个杀人犯吗?

整个事情就是一道绝望的无解难题。就像费马定理,即使在阅读了证明答案后,他仍然没能想明白。车里有受害者的血迹?他是被陷害的,那是当然。他甚至觉得陷害他的人可能就是查证的警察。

而当他在"坟墓"里度过了十天以后,辛普森杀妻案[①]的判决结果似乎也没那么像《阴阳魔界》了[②]。

为什么,为什么,为什么?幕后主使是谁?普林斯顿大学拒绝让他任职教授时,他写过一些愤怒的书信。信里的言语有些过激,有些根本就很愚蠢、小气,也有过威胁。嗯,学术领域确实有一部分精神不太稳定的人。也许他们想报复他。某个班上的学生曾想和他搞不正常关系,但被他拒绝了,不,他不想搞外遇。也许她因此怀恨在心。

《致命诱惑》[③]……

警方已经去查过她了,而且认为她不是幕后黑手,但是他们真的下功夫去核对她的不在场证明了吗?

他环视了一下拘留所宽敞的公共活动区,周围有数十名嫌犯。起初他们还对他好奇不已,听说他是因为涉嫌谋杀而被捕时,对他

[①]此案当时的审理一波三折,辛普森在持刀杀前妻及餐馆的服务员朗·高曼两项一级谋杀罪的指控中,由于警方的几个重大失误导致有力证据失效,以无罪获释,仅被民事判定为对两人的死亡负有责任。本案也成为美国历史上疑罪从无的最大案件。
[②]《阴阳魔界》(*Twilight Zone*)是二十世纪八十年代美国流行的科幻恐怖电视剧。
[③]一九八七年美国知名影片,讲述一位律师在一夜情后被情人跟踪、威胁,甚至牵连妻子和孩子。

就更有兴趣了，但是后来他们的兴趣消退了，因为听说受害人既没有偷他的毒品，也没给他戴绿帽子。他们只接受以这两种理由杀女人。

最终他们发现他其实也没什么特别的，就是一个把人生搞砸了的普通白人，之后他的日子就变得越发艰难。

他们骚扰他，拿走他的牛奶——就像中学里欺负人的恶霸。好在他们不会强奸他，至少不是在这里。这儿的罪犯都是刚刚被抓进来，所以暂时还能忍住。但他的一些新"朋友"告诉他，一旦被判了长期徒刑，"童贞"是肯定保不住的，尤其是如果他被判二十五年徒刑的话。

他已经被人揍了四次，被绊倒两次，还被变态的阿齐拉·桑切斯按倒在地。那人的汗水滴到他的脸上，嘴里嚷嚷着西班牙式英语，直到几个百无聊赖的警察把他从亚瑟身上拉下来。

亚瑟尿了两次裤子，吐了十几次。他就是一条虫子、渣滓，没人稀罕他的屁股。

至少暂时还没有。

他的心脏一直跳个不停，仿佛随时可能罢工。就像他的父亲亨利·莱姆那样。但那位著名的教授才不是在"坟墓"这种可耻的地方去世的，而是在庄严得体的伊利诺伊州海德公园的人行道上。

到底为什么会变成这样？证人和证据都齐全……但是这根本就说不通。

"莱姆先生，你应该接受认罪减刑协议。"助理地区检察官告诉他，"这也是我对你的建议。"

他的律师也是这么说的。"我对这个案子了如指掌，亚瑟。这件案子比GPS地图还简单明了。我可以明确地告诉你之后会发生什么——而且我也可以告诉你，你不会被判死刑。纽约可懒得严格规定死刑法。对不起，这个玩笑有点儿过了。但是不认罪，你无论如何也至少会被判二十五年。而我可以给你减到十五年。"

"但我什么都没有做啊。"

"啊哈。这句话对任何人来说都没有什么真正意义,亚瑟。"

"但是我没有杀人!"

"嗯哼。"

"我不能认罪,陪审团会理解我的。当他们看到我,就会知道我不是一个杀人犯。"

短暂的沉默。

"好吧。"虽然这句话明显言不由衷。他显然生气了,尽管他的收费高达每小时六百美元,而且已经耗费了不少时间在亚瑟身上。

说到这个,他要到哪儿去搞到这么多钱啊?他——

亚瑟突然抬起头,看到两个拉美囚犯正在打量他。他们的表情一片空白。既不友善,也没有恶意,不显得强硬。他们似乎对他很好奇。

当他们走近时,亚瑟思索着该起身还是留在原地。

留在原地。

但是要盯着地面,不要与他们有目光接触。

他低着头。其中一名男子来到他面前,脚上磨损的跑鞋进入了亚瑟的视野。

另一个人则绕到他的身后。

亚瑟·莱姆知道自己死定了。要做就快点儿,早死早超生。

"哟。"他身后的男子大声说。

亚瑟抬头看向站在他面前的人。他双眼通红,戴着大耳环,满口的坏牙。亚瑟说不出话来。

"哟。"那个声音又响了起来。

亚瑟不由得吞了口唾沫。"我们跟你说话呢,我和我的朋友。你没啥礼貌啊。为什么,混球?"

"抱歉。我只是……你好。"

"哟。你干啥的?"身后的人又问道。"我……"亚瑟的大脑一时间宕机了,他应该说什么?"我是一名科学家。"

耳环男子说:"妈的,科学家?你到底干啥,做火箭吗?"

他们都笑了起来。

"不是,我是做医疗设备的。"

"就是电击的那玩意儿。《急诊室》里面那种,人快死了,你电击他,是不?"

"不,这解释起来很复杂的。"

耳环男子皱起了眉头。

"我不是那个意思。"亚瑟快速道,"我不是说你听不懂,只是我很难解释清楚。我做的是肾透析的质量控制系统。还有——"

后面那人打断他:"好赚钱,是吧?听说你进来的时候穿着一套不错的西装。"

"我不知道算不算好,我是在诺思通买的。"

"诺思通,他妈的诺思通是啥?"

"是一家商店。"

亚瑟重新低下头,看着耳环男的脚。另一个囚犯继续说:"我说,你赚大钱吧?你赚多少?"

"我——"

"你是想说你不知道吗?"

"我——"是的,他是准备这么说。

"你赚多少钱?"

"我不……我猜大约六位数吧。"

"操。"

亚瑟不知道他们是觉得多还是少。

然后高嗓门笑了起来:"你有老婆孩子吗?"

"我什么也不会告诉你们。"他绝对不会透露家人信息的。

"你有孩子吗?"

亚瑟·莱姆往别处看去,附近的墙上有一根突出的钉子,说明那里曾经挂过什么东西,只是现在没有了,可能是被拿了下来,也可能是被偷走了。"离我远点儿,我不想跟你们说话。"

他试图让自己的声音听上去更有力,但他听起来像是在舞会上被某个书呆子搭讪的小女孩。

"我们这儿使劲想和你进行文明对话。"他居然真的这么说?这还算文明对话?

然后他想着,老天啊,也许他们真的只是想聊聊天。也许他们能成为他的朋友,为他两肋插刀。天知道他现在特别需要朋友,他还能挽救这个场面吗?"对不起。只是,现在这个情况对我来说非常特殊。我从来没有惹过任何麻烦。我只是——"

"你老婆是干啥的?她也是一个科学家吗?她是个聪明姑娘吗?"

"我——"亚瑟原本想说的话消失殆尽。

"她奶子大吗?"

"你干她屁眼儿吗?"

"你听好了,科学垃圾,这里的规矩是这样的。你那个聪明老婆,她得从银行取些钱。一万美元。然后开车去布朗克斯,把钱给我的堂兄。一个——"

高嗓门的话音落了下去。

一个身高六尺二的黑人囚犯走近他们,他身上满是肌肉和脂肪,橙色的囚服袖子卷起。他盯着两个拉丁人然后眯起眼睛。

"哟,小吉娃娃。滚一边儿去。"

亚瑟·莱姆全身僵在那里不能动弹。即使现在有人朝他开枪(这种情形下,他不会很吃惊),也无法让他移动半步。

"去你妈的,黑鬼。"耳环男说。

"你他妈的狗屎。"高嗓门说,引来了黑块头的笑声,他伸手搂过耳环男的胳膊,把他带到一边去嘀咕了几句。拉丁男的双眼暗下来,他朝自己的同伙点了点头,两人屈辱地离开了。如果亚瑟现在不是非常害怕自己会被威胁,他会认为这是个很有趣的现象——学校恶霸被吓得夹着尾巴逃跑了。

黑人伸展了一下，亚瑟听到了关节转动的声音。他的心脏跳得更快更狠了。脑海中甚至浮现出半个成形的祷告：请主把他带走吧，现在就带走。

"谢谢你。"

黑人说："去他妈的。那两个杂种，他们必须得懂这里的规矩。你明白我在说什么吗？"

不，他一点也不明白。但亚瑟·莱姆说："无论如何，谢谢。我叫亚瑟。"

"我他妈知道你叫什么。这里大家对彼此都一清二楚。除了你，你屁都不懂。"

但有一件事亚瑟·莱姆现在知道了，那就是他死定了。所以他说："好吧，那你告诉我你他妈的是谁，混蛋。"

巨大的脸转向他，亚瑟能闻到他的汗水和嘴里呼出的烟味。他想到了家人，孩子们，然后是朱迪。想到了他的父母，先是母亲，然后是父亲。出乎意料的是他甚至想到了林肯。他回想起在伊利诺伊州的某个夏天，他和林肯赛跑，他们那时都还年少。

咱们比赛跑到那棵橡树。你看到了吗，就在那边。准备好了吗？咱们数到三。一……二……跑！

然而黑人只是转身穿过大厅，大步走到另一个黑人囚犯旁边。他们碰了碰拳头，把亚瑟·莱姆忘在了一边。

亚瑟坐下来看着两个黑人之间的互动，心中越来越迷茫。然后，他闭上眼睛，低下了头。亚瑟·莱姆是一位科学家，他一直相信生命是在自然选择中优胜劣汰，弱肉强食，没有什么是神圣或正义的。

但现在，他陷入了绝境，绝望犹如冬天无情的巨浪将他吞没。他不由得想，也许世上真的存在什么因果报应，如今轮到了他。老天在惩罚他犯下的错误。哦，可是他做了那么多好事。把孩子们抚养成人，教给他们豁达和宽容。他是一个称职的丈夫，在妻子得了癌症时帮她渡过难关，在事业上为伟大的科学尽了自己的一份力。

但是人无完人，总有犯错的时候。

他坐在这里，身上的橙色囚衣臭气熏天，他努力让自己相信这个他曾维护的政体，这个司法系统可以将他送回正义天平的另一端，让他与家人团聚，重新开始正常的生活。

只要有积极向上的精神和毅力，他也许可以逃脱厄运，就像他当初和林肯在那个炎热的夏天，尘土飞扬的草丛里，全力以赴地奔向那棵橡树。

也许他可以得救。也许——

"一边儿去。"

虽然讲话者的声音不高，但亚瑟还是吓了一跳。是一名囚犯，白人，披头散发，身上满是文身，但是牙齿没那么黑，身体因为戒断反应而颤抖不已。他在亚瑟身后，盯着亚瑟的那张木椅。明明还有那么多地方可以坐，很明显他只是想为难亚瑟。

而亚瑟刚刚燃起的希望——对道德正义和科学体系的信仰——在瞬间消失殆尽。被这个危险却遍体鳞伤的男人用一句轻描淡写的话吹灭了。

一边儿去……

亚瑟·莱姆忍住泪水，挪到了一边。

7

电话铃响起，林肯·莱姆被吵得很不耐烦——他在集中精神思考有关 X 先生的假设，他是如何栽赃嫁祸到别人身上，事实真相又是如何？莱姆在集中精神的时候不喜欢被打扰。

但他很快被拉回了现实。他看到了来电显示的国家代码，+44，是英国打来的。"指令，接听电话。"他立即命令道。

电话接通了。

"朗赫斯特探长？"他只称呼姓氏，跟苏格兰场合作的规矩如此。

"莱姆警探，你好。"她说，"我们这里有动静了。"

"请讲。"莱姆说。

"丹尼·克鲁格从以前的一个线人那里得到了一些消息。理查德·罗根离开伦敦，很可能是为了去曼彻斯特取什么东西。我们虽然不能确定具体是什么，但曼彻斯特的地下武器交易市场不小。"

"你知道他的具体位置吗？"

"丹尼正在查。如果我们能把他带到曼城是最好的，在伦敦就只能干等着。"

"丹尼有没有保持低调？"莱姆回忆起在视频会议上看到的那个人。那是个高大，皮肤黝黑，嗓门颇高的南非人，圆滚的肚子和小手指上的金戒指都十分突出。莱姆曾参与过一件涉及达尔富尔的案子,他和克鲁格一起讨论过那边发生的冲突事件。

"哦,他知道自己在做什么。需要低调的时候,他很低调。但如果情况需要,他也能挺身而出。他会尽他所能获取信息。我们正在与曼彻斯特的同行联络,组织一个突击队给他帮忙。如果有更多的消息,我们会再给你打电话的。"

他向她致谢,然后挂断了电话。

"咱们一定能抓到他,莱姆。"萨克斯说,她并不是为了安慰他,她也很想找到罗根。萨克斯也曾险些丧命于他的诡计。

萨克斯接了一个电话,听过后回复说她十分钟内赶到。"还记得老火枪提到的另外几个案子吗?他们准备好了档案,我这就去找他们……哦,帕米可能会过来。"

"她最近在忙什么呢?"

"和一个朋友在曼哈顿学习,男朋友。"

"干得不错啊。是谁?"

"学校里认识的一个孩子。我特别想见见他。她最近总在说他的事情。她交男朋友是好事,但我不希望他们进展太快。我得见到他,实际接触过之后才能安心。"

莱姆点点头,萨克斯离开了。他盯着白板上爱丽丝·桑德森案的信息,然后下指令拨打了另一个电话。

"你好?"温和的男声伴着华尔兹的乐声传来,背景音乐十分响亮。

"梅尔,是你吗?"

"林肯?"

"那是什么该死的音乐?你在哪儿?"

"新英格兰舞厅竞赛。"梅尔·库柏回答道。

莱姆叹了口气。洗碗,午间戏院,交际舞。他痛恨星期天。"好吧,我需要你。我有一个独一无二的案子。"

"你所有的案子,林肯,都是独一无二的。"

"这一个比别的更独特,希望你不要介意我的语法错误。你能过来吗?你刚才提到新英格兰。不要告诉我你在波士顿或是缅因州。"

"我在中城。我应该可以过来——格雷塔和我刚刚被淘汰了。萝西·塔尔博特和布莱恩·马歇尔会赢的。这可以算是丑闻了。"他的语气变得严肃起来,"你要我什么时候过去?"

"现在。"

库柏笑了。"我要在你那儿待多久?"

"也许需要待一段时间。"

"意思是到今晚六点?还是下周三?"

"好吧,你最好打电话给你的上司,告诉他你被重新分配了。我希望这案子不会拖到周三。"

"我得给他一个名字。谁是案子的负责人?朗?"

"这么说吧:你最好含糊其词。"

"唔,林肯,你还记得当警察是怎么回事儿吗?'含糊其词'行不通。'非常具体'可以。"

"这个案子还没有带头儿的警察。"

"你是说,你在独自办案?"他的声音有些不确定。

"也不完全是。还有阿米莉亚和罗恩。"

"就你们几个?"

"还有你。"

"我知道了,谁是嫌犯?"

"实际上,嫌犯已经在监狱里了。两名已被定罪,另外一个在等待审判。"

"而你对我们是否抓对了人心存疑惑?"

"差不多就是这样。"

作为纽约市警察局犯罪现场组的警探,梅尔·库柏专门从事实验室的工作,他是局里最出色的调查员之一,也是最精明的一个。"哦。所以,你要我帮你找出我的老板是如何搞砸了案子,抓错了人,然后说服他们为找出真凶重新翻案,开始昂贵的调查,而当真凶知道自己没能逍遥法外时,也不会有多高兴。所以这是那种两败俱伤、满盘皆输的事儿,是不是,林肯?"

"代我向你的女朋友道歉,梅尔。赶快过来吧。"

萨克斯开着她鲜红色的科迈罗SS,突然听到一声:"嘿,阿米莉亚!"

那是一个漂亮的少女,长长的栗色头发,几绺红色的挑染,两只耳朵上有几个雅致的耳洞。她拖着两个帆布包,脸上有细小的雀斑,容光焕发,看起来很开心。"你要走了吗?"她问萨克斯。

"有个大案子,我正要去市中心。你要搭车吗?"

"当然。我可以在市政厅那一站搭地铁。"帕米说着钻进车里。

"你的学习怎么样?"

"你知道的。"

"好吧,你的朋友在哪儿呢?"萨克斯环顾四周。

"你刚好错过他。"

斯图尔特·埃弗里特在帕米就读的曼哈顿高中,和帕米同校。他们在一起几个月了。他们是在课堂上相识的,而且立刻发现了彼此对书籍和音乐的共同爱好。两人都是学校诗社的成员,这也是让萨克斯稍稍放心的地方。至少他不是一个机车党或者街头小混混。

帕米把一个装着课本的袋子扔到后座上,然后打开了另一个。一只毛茸茸的小狗从里面探出头来。

"嘿,杰克逊。"萨克斯说,摸了摸它的头。

这只小哈瓦那犬接过女警探从杯架里取出的牛奶骨头。这个杯架的唯一作用就是给它装零食。萨克斯开车时喜欢玩漂移,实在没法让杯子里的液体不洒出来。

"斯图尔特不能送你到车站吗?太不绅士了。"

"他要去踢球。他很迷恋运动,男人都是这样吗?"

萨克斯把车开进拥挤的街道,给了她一个苦笑:"是的。"

这个年龄段的女孩问这样的问题似乎有些奇怪,因为她们往往对男孩子和体育运动的关系已经很了解了。但帕米·威洛比不是大多数女孩。她的父亲在她很小的时候死于联合国的一次维和任务,而她情绪不稳定的母亲则投身极右组织的政治和宗教活动中,而且越搞越大,也越来越激进,而她现在因谋杀罪而被判处终身监禁(几年前她曾设计轰炸联合国,导致其中六人死亡)。阿米莉亚·萨克斯和帕米就是那个时候相遇的,阿米莉亚从一个连环绑匪手下救出了小女孩,可她随后就消失了。不过由于一个纯粹的巧合,萨克斯再次救了她。[①]

帕米终于从她极端的家庭里解脱出来,现在由布鲁克林的寄养家庭收养。当然,萨克斯先行对这里做了仔细的考察,细致得就像在准备总统的来访。帕米很喜欢自己的新家,但她和萨克斯仍然时常见面。因为帕米养母的时间通常被自己五个年幼的孩子所占据,于是萨克斯承担起了大姐姐的角色。

这个安排对她们两个都好。萨克斯一直想要孩子,但她的情况很复杂。她曾计划与同居的前男友建立家庭,前男友也是警察,但事实证明他是这个世界上最糟糕的选择(滥用职权,袭警,最终进入监狱)。那之后她便一直单身,直到遇见林肯·莱姆,然后和他在一起。莱姆对孩子不感兴趣,但他是个好人,公允而且聪明,可以把家庭生活和坚如磐石的敬业精神分开,而这是很多男人做不到的。

但是现在开始建立家庭对两人来说都有些困难。他们必须考虑到警察生涯的危险性和他们躁动不安的精力——而且莱姆未来的身体状况也是未知。他们还必须克服一些生理上的阻碍,虽然现在他

[①]此案发生于《冷月》。

们已经了解到问题出在萨克斯身上,而不是莱姆(他完全有能力孕育一个家庭)。

所以,现在有帕米在就足够了。萨克斯很喜欢这样的关系,对此尽心尽力。小姑娘也慢慢敞开心扉,给予信任。莱姆也很喜欢帕米。目前他在帮她勾勒出一本书的大纲,写她在右翼地下组织被抚养长大的经历。汤姆曾告诉她,没准她还能上奥普拉脱口秀。

萨克斯加速绕过一辆出租车,然后说:"你一直没有回答我的问题,你的学习怎么样了?"

"挺好的。"

"下周四的考试都准备好了吗?"

"都搞定了。"

萨克斯笑了一下。"你今天连书都没打开过一次是不是?"

"阿米莉亚,别这样。今天天气这么好!这一整周天气都不怎么样。我们必须到外面透透气。"

萨克斯下意识地想提醒她,期末考试的成绩至关重要。帕米很聪明、智商很高,而且喜欢读书,但她离奇的经历和到目前为止所受的教育会让她很难考上好大学。但小姑娘看上去那么开心,萨克斯心软了。"好吧,你今天都干了什么?"

"散步,一路走到哈林区,还去了旁边的水库。船坞旁边还开了演唱会,虽然只是翻唱,但他们完全搞定了酷玩乐队的曲子……"帕米回想了一下,"我就是和斯图尔特聊聊天。也没什么主题,天南地北地瞎聊。要我说,这才叫聊天。"

阿米莉亚·萨克斯对此也无法反驳。"他很可爱吗?"

"当然了。"

"你有他的照片吗?"

"阿米莉亚!你怎么能这么问呢。"

"好吧,那这个案子结束以后,咱们三个一起吃顿饭怎么样?"

"真的吗？你真的想见他？"

"任何跟你约会的男孩都应该知道你背后有靠山，而且靠山手上有枪和手铐。好吧，你扶住狗。我要开始飙车了。"

萨克斯使劲挂上挡，踩足了油门，在平平淡淡的沥青马路上留下两条黑色的感叹号。

8

自从阿米莉亚·萨克斯开始时不时地在莱姆这里过夜，这栋维多利亚风的房子便发生了一些变化。当他在这里独自生活的时候，也就是在事故发生后、遇到萨克斯之前，这里还算整洁——整洁程度取决于他有没有开除各任助理和管家——但无论如何，"温馨"是绝对谈不上的。那时他的墙上没有任何私人信息。无论是他在警局就任时的证书、学位、表彰还是奖牌，还是他父母或者亨利伯父一家的照片，全都没有。

萨克斯对此一直颇有微词。"这些都很重要。"她坚持道，"你的过去，你的家人。你这是在清除自己的历史，莱姆。"

他从来没有见过她的公寓。那个地方没有残疾人通道。但他知道她的房间里一定有许多过去的东西。当然，他已经看了很多她的照片，年轻漂亮的阿米莉亚·萨克斯，那时她不怎么爱笑，脸上还有一些雀斑。高中时期的她手里握着机械工程师的工具，大学时的她夹在父母的中间，笑嘻嘻的警察父亲和不苟言笑的母亲。还有作为杂志和广告模特的她，眼神里透着一股别致的冷漠（但莱姆知道，那是对模特仅被当成衣架子的蔑视）。

还有数以百计的其他照片，大多出自她父亲的柯达相机。

萨克斯研究了莱姆光秃秃的墙壁之后，搜刮了房间的各个角落，有些东西甚至连汤姆都没有碰过。比如地下室的盒子，里面装着莱姆的过去。各种东西被遗忘在纸箱里,仿佛永远不会对现任提起的前妻。而现在,这些证书和文凭,还有家人的合影挂满了莱姆家中的墙壁和壁炉。

其中有一张正是他目前在研究的——照片上,莱姆是瘦弱的少年,身上穿着运动服,那是他刚刚参加完田径会时拍的。照片上的他有着张扬的头发,汤姆·克鲁斯般坚挺的鼻子,双手在膝上,微微向前弯曲,似乎刚刚完成了一英里赛跑。莱姆从来就不是一个短跑健将,他更喜欢长跑的优雅和韵律。跑步对于他来说是"一个过程"。有时候,他甚至会在冲过终点线后继续跑下去。

他的家人会在看台上围观。父亲和伯父都住在芝加哥郊区,虽然两家隔了一定距离。林肯的家在西边,地势平坦,当时正在扩建,所以沿路的一部分仍是农田,是轻率的开发商和可怕的龙卷风共同的目标。亨利·莱姆和他的家人对这两者都有一定的免疫力,他们住在埃文斯顿湖畔。

亨利每周有两天会去芝加哥大学讲授高级物理,单程火车要两个小时,穿越大半个城市。他的妻子宝拉任教于西北大学。夫妇两人有三个孩子——罗伯特、玛丽和亚瑟,每个名字都取自著名的科学家。其中科学家奥本海默和居里夫人最为有名。而亚瑟则是来自亚瑟·康普顿——一位在一九四二年负责芝加哥大学著名的冶金实验室的科学家。他的实验室创造了世界上第一个人工原子核链式反应。

所有的孩子都受到了很好的教育。罗伯特上了西北大学医学系,玛丽上了加州大学伯克利分校,而亚瑟则是去了麻省理工学院。

罗伯特早年在欧洲发生的一场工业事故中去世,玛丽在中国研究环境问题。至于莱姆的四位长辈,如今只剩下了一位:宝拉伯母住在养老院接受专业护理,她过去六十年的记忆依旧生动、连贯,对当前发生的事情却倍感迷茫,只能记住一些片段。

而现在莱姆无法移开视线,正凝视着自己的照片,回想起田径运动会……在大学课堂上，亨利·莱姆教授会轻轻扬起眉毛以示肯定。但是在田径场上，他总是踮着脚跳起来在看台上为他加油、吹口哨，嘴里喊着林肯的名字，加油，加油，加油，你可以的！鼓励他第一个冲过终点线（而他也的确经常是第一名）。

自从和堂兄见面以后，两个男孩经常聚在一起，想借此弥补彼此缺失的兄弟情。罗伯特和玛丽都比亚瑟大很多，而林肯则是独生子。

所以，林肯和亚瑟成了兄弟。大多数周末和每年夏天哥儿俩都会聚在一起，玩各种男孩子的冒险游戏。他们经常开着亚瑟的车出去，参与的也是典型的青少年娱乐——约女孩子、打球、看电影、吵架、吃汉堡和比萨、偷喝啤酒，谈天说地。

而现在，莱姆坐在自己的新轮椅里，他不知道他和亚瑟是从什么时候开始渐行渐远的。

亚瑟，他如亲兄弟的堂兄……

自从他的脊椎像块朽木般被敲裂以后，亚瑟从来没有探访过他。

为什么，亚瑟？告诉我为什么……

门铃声打断了莱姆的回忆。汤姆朝走廊转去，片刻之后，一个身材稍显健壮、穿着燕尾服的秃顶男子大步走进了房间。梅尔·库柏将他细挑鼻梁上厚厚的眼镜向上推了推，朝莱姆点了点头。"下午好。"

"穿得这么正式？"莱姆看了看他的燕尾服。

"跳舞比赛。如果我们入围决赛，我是不会来这里的。"他脱掉外套和领结，卷起衬衫袖子，"来说说看，你这个极为特殊的案子到底是怎么回事？"

莱姆将事情的来龙去脉讲了一遍。

"林肯，很遗憾你堂兄遇到了这样的事。我不记得你提起过他。"

"你对罪犯的作案手法怎么看？"

"如果真像你推断的这样，那实在是很精彩。"库柏凝视着爱丽丝·桑德森案的证据板。

"你的看法呢?"莱姆问。

"哦,一半的证据都是在你堂兄的车上或车库里发现的。把栽赃用的证据放在这两个地方要比放在家里容易得多。"

"我也是这么想的。"

门铃又响了起来。不一会儿,莱姆听到护理员的脚步声独自返回。莱姆在想,也许是有人送来了快递包裹。但随后他心里跳了一下:星期天。来访的人可能穿着便服和跑鞋,那样的话就不会在入口的地板上踩出声音来。

果然。

年轻的罗恩·普拉斯基从走廊拐角转出来,略显羞涩地朝他们点了点头。在做了好几年巡警以后,他已经不能再算是个菜鸟了。但他看上去还是有点像个新人,也许对莱姆来说他确实是,而且可能永远都会是。

他脚上穿着轻便的耐克鞋,身上却穿了非常鲜艳的夏威夷衬衫,还有蓝色的牛仔裤。他的金发用发胶梳起,显得很时尚,头上有一道明显的疤痕,那是他第一次与莱姆和萨克斯办案时留下的。他受到了几乎致命的一击。那次他伤得很重,大脑受损,并且几乎放弃了做警察。但是最终这个年轻人决定同创伤做斗争,努力复健,最终康复,留在了纽约市警察局。这个决定其实很大程度上是受到了莱姆的影响(当然他只告诉了萨克斯,没有直接跟莱姆讲,是萨克斯将他的想法转述给了莱姆)。

他看着库柏的晚礼服眨了眨眼,然后点点头算是和两个人打了招呼。

"你的盘子都洗干净了吗,普拉斯基?花浇好水了吗?剩菜都装进餐盒放进冷藏柜里了吗?"

"我接到电话马上就赶来了,先生。"

他们正在讨论案件的来龙去脉,门口传来了萨克斯的声音。"在开化装舞会吗？"她看着库柏的燕尾服和普拉斯基的衬衫说，然后转向库柏，"你穿得很正式。我没用错词吧，形容晚礼服的时候是该说'正式'吗？"

"可惜我唯一能想到形容它的词是'半决赛'。"

"格雷塔能接受吗？"

格雷塔是他美丽的北欧女朋友。库柏说，"正在与她的朋友们用北欧特产的烈酒来浇灭她的悲伤。那是她家乡的一种酒。但是，如果你问我，我觉得那根本就不能入口。"

"你母亲怎么样了？"

库柏和母亲住在一起，那是一位争强好胜的老太太，地地道道的皇后区土著。

"她好得很，现在正在中央公园的船屋享用早午餐。"

萨克斯接着又问了普拉斯基的妻子和两个年幼的孩子，然后补充道："谢谢你能在星期天过来办案，太感激了。"然后她对莱姆说，"你其实已经谢过他了，是吗？"

"我肯定是说了几句类似的。"他喃喃地说，"那么现在，我们可以开始工作了吧……你呢，查到什么了？"他看着她手里的棕色大文件夹。

"硬币盗窃案和强奸案的证据清单，还有照片。"

"档案原件呢？"

"在长岛证据库里存着呢。"

"好吧，让我们来看看都有什么。"

和亚瑟案一样，萨克斯拿起一支标记笔，开始在另一块白板上写起来。

三月二十七日凶杀／盗窃案

三月二十七日

- 罪行：谋杀，六盒稀有硬币被盗。
- 死亡原因：多处刀伤导致失血过多，休克死亡。
- 地点：湾岭，布鲁克林。
- 受害人：霍华德·施瓦茨。
- 嫌疑人：兰德尔·彭伯顿。

受害者住处收集的证据

- 油渍。
- 发胶喷雾留下的干沫。
- 聚酯纤维。
- 羊毛纤维。
- 贝斯步行者牌鞋印，九号半。
- 目击者报告看到穿棕褐色背心的嫌疑人逃进一辆黑色本田雅阁轿车。

嫌疑人住处和车上收集的证据

- 庭院雨伞上发现的油渍与在受害人住处发现的油渍匹配。
- 一双九号半的贝斯步行者牌鞋子。
- 伊卡璐发胶，与案发现场的干沫匹配。
- 刀／手柄处的印痕。
- 尘土与犯罪现场或嫌犯住处尘土不匹配。
- 旧纸板的斑点。
- 刀刃／手柄处：
- 受害者血液，检验结果匹配。
- 犯罪嫌疑人拥有一辆二〇〇四年的黑色本田雅阁。
- 一枚硬币确定来自受害者的收藏。
- 可波特户外公司背心，棕褐色。在现场发现的聚酯纤维与其相匹配。
- 车上的一条毛毯与现场发现的羊毛纤维相匹配。

注：在上庭前，调查员在城域网或互联网上询问了各大钱币商，无人兜售被盗硬币。

"所以，如果真凶偷了硬币据为己有。而灰尘不与犯罪现场和嫌犯家中的灰尘的匹配……这意味着它可能是来自真凶的住所。但到底是什么样的灰尘呢？他们没有进行分析吗？"莱姆摇了摇头，"好吧，我想看看照片。照片在哪儿呢？"

"我正在找，稍等一下。"

萨克斯找到了一些胶带，然后把照片贴在了第三块白板上。莱姆把轮椅移动到白板前，眯起眼睛查看几十张犯罪现场的照片。硬币收藏家的住所很是整齐，嫌疑人的住所就没那么整齐了。硬币和凶器在厨房水槽里被发现，横七竖八地放着，桌子上到处是脏兮兮的盘子和外卖包装盒。桌子上还有一沓邮件，看上去大部分都是垃圾邮件。

"下一个案子。"莱姆宣布道，"咱们看看下一个。"他努力压制住声音里透出的急躁。

四月十八日凶杀／强奸案

四月十八日

- 罪行：杀人，强奸。
- 死亡原因：勒死。
- 地点：布鲁克林。
- 受害人：丽塔·莫斯克尼
- 嫌疑人：约瑟夫·奈特利。

受害者的公寓

- 高露洁棕榄油洗手液的痕迹。
- 避孕套润滑剂。
- 绳索纤维。
- 胶带上的灰尘与公寓中任何灰尘都不匹配。
- 胶带，美国粘胶牌。
- 乳胶痕迹。
- 羊毛／聚酯纤维，黑色。
- 受害人身上的烟草（见下方注释）。
- 两英尺长的相同绳索，上面沾有受害人的血迹，还有巴斯夫B35型六号尼龙纤维，最有可能是洋娃娃的头发。

嫌疑人住处收集的证据
- 杜蕾斯避孕套上的润滑剂与受害人身上发现的润滑剂相同。
- 缠绕的绳索,绳索纤维与犯罪现场发现的吻合。
- 高露洁棕榄油洗手液。
- 胶带,美国粘胶牌。
- 乳胶手套,痕迹与现场发现的吻合。
- 男士袜子,羊毛,涤纶混纺,与在现场发现的纤维吻合。另一对相同的袜子在车库里被发现,上面有受害者的血迹。
- 泰雷顿雪茄烟草屑(见下方注释)。

"嫌疑人把带血的袜子留起来,还带回了自己家里?真是一派胡言。肯定是伪造的证据。"莱姆又把材料读了一遍,"注释在哪儿呢?"

萨克斯找到了注释。负责案件的警探在注释上写下了几个疑点给地方检察官做参考。她拿给莱姆看。

斯坦:

被告可能会提出几个疑点:

一、污染问题:在犯罪现场和嫌疑人家中发现了类似的烟草屑,但受害者或嫌疑人都不吸烟。已询问过逮捕人员和犯罪现场的工作人员,但他们都可以保证自己不是烟草屑的源头。

二、没有发现除受害者血液以外可以证明DNA关联的证据。

三、嫌疑人有不在场证明。在案发时期,目击者在离案发现场大约四英里远的地方看到嫌疑人。不在场证人是一名无家可归的乞丐,嫌疑人偶尔会给他钱。

"有不在场证明。"萨克斯指出,"但是很明显,陪审团不会相信他。"

"你觉得呢,梅尔?"莱姆问道。

"我坚持我的理论,这一切都安排得太巧合了。"

普拉斯基点点头:"发胶、肥皂、纤维、润滑剂……"

库柏继续说:"这些证据都是用来陷害人的首选。而且再看看DNA证据——不是嫌疑人留在犯罪现场的证据,而是在嫌疑人家里找到了受害者的血迹。这种证据更方便伪造。"

莱姆继续审查了一遍图表,看得十分仔细。萨克斯补充说:"而且并不是所有的证据都相匹配。比如旧纸板和灰尘——无论和哪个现场都无法匹配。"

莱姆说:"还有烟草屑。如果不是受害者的,也不是嫌疑人的,那就可能属于真凶。"

普拉斯基问:"那洋娃娃的头发怎么解释呢?这是否意味着他可能有孩子?"

莱姆盼咐道:"把这些照片都挂起来,一起看看。"

像其他的现场照片一样,受害者的公寓、嫌疑人的房子和车库都被犯罪现场调查组详细记录了下来。莱姆扫过所有的照片。"没有洋娃娃,什么玩具都没有。也许真正的凶手有孩子,或与玩具有一定的联系。而且他吸烟,或者可以接触到卷烟或烟草。好的,我们还是有点进展的。"

"该做嫌疑人侧写了。我们一直叫他'X先生',但这名字可不能一直用下去……今天是几号?"

"五月二十二日。"普拉斯基说。

"好的。那就叫犯罪嫌疑人五二二。萨克斯,请你……"他向白板点了点头。"开始侧写吧。"

犯罪嫌疑人五二二侧写

- 男性。
- 可能抽烟或与会抽烟的人一起生活/工作,或接近有烟草的地方。
- 可能有孩子,或与儿童一起生活/工作,或能接触到儿童。
- 对收集艺术品、硬币感兴趣?

非栽赃证据

- 灰尘。
- 旧纸板。
- 洋娃娃的头发,巴斯夫B35型
- 六号尼龙纤维。
- 泰雷顿雪茄的烟草屑。

嗯,这只是一个开始,他暗自思索着,虽然证据很少。

"我们是不是应该给朗和马洛伊打个电话?"萨克斯问,莱姆嗤之以鼻。"然后告诉他们什么呢?"他朝墙上的图表点了点头,"要是说了,我们的秘密警探小组恐怕很快就得解散了。"

"你的意思是,这还不是正式的警探组?"普拉斯基问。

"欢迎来到地下组织。"萨克斯说。

年轻的警官开始努力消化这个信息。

"这就是为什么我们穿着伪装。"库柏补充道,指了指自己的燕尾服。他可能还眨了眨眼睛,但他浓黑的墨镜遮住了一切。"我们下一步该怎么做?"

"萨克斯,给皇后区的犯罪现场调查组打电话。我们拿不到亚瑟案的证据。庭审在即,所有嫌疑犯都被押在检察官那里。但是,你可以看看有没有人能从档案库那里找到强奸案和盗窃硬币案的证据。我需要看到关于灰尘、旧纸板和绳索的证据。再有,普拉斯基,你去警局大楼一趟。我需要你将近半年来每一起谋杀案的文件都查一遍。"

"每一起谋杀案?"

"纽约犯罪率已经下降很多了,你没听说吗?你要庆幸我们不是在底特律或华盛顿。老火枪想到了这两件案子,我敢打赌,还有其他的。你去看的时候要注意找犯罪类型为盗窃或强奸的,但都死了人,而且证据确凿。犯罪后警方接到匿名举报电话。哦,而且嫌疑人发誓自己是清白的。"

"好的,长官。"

"那我们呢?"梅尔·库柏问。

"等待。"莱姆喃喃道,好像这个词本身便是一场罪过。

9

一场美妙的交易。

我现在很满意,走在街上觉得快乐,很满足。脑海中回味着种种关于米拉9834的画面。那些让人血脉贲张的图像保存在我的记忆中。而电子摄像机上存着一切。

走在街上,我看着身边的其他十六位号码。

我看到他们在街上行走。在汽车上、公交车上、出租车上,还有卡车里。

我透过窗户看他们,他们对我视而不见,而我却可以好好研究他们。

十六位号码……啊,我不是唯一一把人想成数字的人,不不,当然不是。这是业内极为普遍的记录方法。不过我可能是唯一觉得把人当成数字会更好的人,这个想法让我觉得很安心。

十六位数字比姓名更精确高效。人的名字让我觉得不踏实,我很不喜欢。那对我来说不好,对任何人都不好,尤其是我觉得不踏实的时候。人的名字……啊,多么可怕。比如,姓琼斯和布朗的人各占美国人口的百分之零点六。姓穆尔的占百分之零点三,而大家最爱的史密斯——高达百分之一。那可是几乎三百万个史密斯。

如果你对名字有兴趣,你也许会觉得约翰是最流行的名字。不,它占人口的百分之三点二,詹姆斯才是赢家,占百分之三点三。

所以想想吧：当我听到有人说"詹姆斯·史密斯"的时候，他指的到底是几十万个詹姆斯·史密斯里的哪一个？而那几十万还只是活人。再加上历史上所有的詹姆斯·史密斯。

哦，天哪。

光是想想就让我觉得快疯了。

不踏实……

而这种错误的后果可能会很严重。如果现在是一九三八年的柏林。你找的威廉·弗兰克尔是犹太人还是非犹太人？这可是有很大区别的，而且无论你怎么想，那些穿棕色衬衫的小年轻们[①]在追查身份时是绝对的天才。而且他们从那时起就开始用电脑追踪了！

人的名字会导致错误。错误是噪声，噪声会污染。而污染必须被消除。

这个国家可能有几十个爱丽丝·桑德森，但只有一个爱丽丝3895，她牺牲了自己的一条命，才让我得到一幅亲爱的普雷斯科特的画作。

至于米拉·韦恩伯格？嗯，估计倒是不会有很多，但也绝对不止一个。然而，只有米拉9834牺牲了自己，才有可能让我觉得这样满足。

我敢打赌，这世上有很多德莱昂·威廉姆斯，但只有德莱昂6832-5794-8891-0923要为强奸并谋杀米拉9834而坐一辈子的牢，他也让我可以继续逍遥法外，做各种类似的交易。

我正在去他家的路上（实际上我已经知道那是他女朋友的家），身上带着足够的证据，足以确保那个可怜人在一个小时之内就被定罪。

德莱昂6832……

我已经打了电话给九一一，向警方报告看到了一辆老款米色的

[①] 由于价格低廉，希特勒早期军队的军装都是棕色的。

道奇车（他开的车型）加速驶离犯罪现场，我可以看到里面的人，车内只有一人，一个黑人。"他的双手！两只手上都是血迹！哦，快来人吧！那声尖叫实在是太可怕了。"

你会是多么完美的犯罪嫌疑人，德莱昂6832。大约有一半的强奸犯是在酒精或药物的影响下作案的（他现在只喝适量的啤酒，但是几年前曾去过戒酒所）。而大多数强奸案都发生在认识的人之间（德莱昂6832曾经为米拉9834经常光顾的杂货店做过一些木工，所以逻辑上设想他们认识是说得通的，尽管他们可能并不相识）。

大多数强奸犯年龄都在三十岁或以下（德莱昂6832正好三十岁）。与毒贩和瘾君子不同，强奸犯大多没有被捕的前科，最多也就是家庭暴力——而我的德莱昂6832刚好有殴打女朋友的前科。这是多么完美的计划啊。大多数强奸犯都处于社会底层，经济困难，德莱昂6832已经失业好几个月了。

所以现在，各位陪审团的女士们先生们，请注意，前两天强奸案的被告人刚刚购买了一盒木马牌安全套，正是在受害者尸体附近发现的那种。

而真正使用过的安全套——我自己用过的——早已不存在了。那是当然，DNA这东西是很危险的，尤其是现在纽约对各种重罪都采集DNA证据，不只是强奸。而很快，在英国，即使是你的狗在人行道上随地大小便，或者你在不应该的地方掉了头，都是会被收集DNA证据的。

还有一件事，如果警方认真做了功课就会考虑到。德莱昂6832曾是在伊拉克服役的老兵，但他退伍时不知为何没能归还点四五口径手枪，档案上写的是"于战时丢失"。

更奇怪的是，几年前他刚好购入了一把点四五口径的手枪。

如果警察注意到这一点，就可以轻易查到这些信息。他们可能会怀疑他是持枪犯罪。再深入一点，警察就会发现，他曾在退伍军人医院里接受过治疗——因战争引起的创伤后应激障碍。

一个情绪不稳定，带有枪支的犯罪嫌疑人。

哪个警察不会先下手为强呢？

让我们拭目以待吧。我对自己挑选的号码并不总是信心满满。你永远也不知道哪里会冒出意想不到的不在场证明。或者一个白痴陪审团。也许德莱昂6832今天会一命呜呼，被装进运尸袋里。为什么不呢？难道我不值得拥有一点好运，以安抚天生的焦躁难耐？生活并不是件容易的事。

从这里步行去他在布鲁克林的房子大约需要一个半小时。刚才与米拉9834的交易令我心满意足，所以连走起路来都很享受。我背上的包重重地压在脊椎上。包里不仅有要嫁祸于他的各种证据和一只可以证明德莱昂6832脚印的鞋，还有其他一些宝贝，是我今天在街上逡巡时收集的。遗憾的是，我的口袋里只有从米拉9834身上拿来的一个小纪念品，她的一小片指甲。我其实很想拿更多，但凶杀案在曼哈顿是很严重的，任何丢失的身体部位都会引起警方的密切关注。

我加快了脚步，享受着背包里的东西碰撞时发出的节拍声，享受着这个清爽的周日早晨，还有记忆中我与米拉9834的交易细节。

虽然我可能是全纽约市最危险的人，但是我无懈可击。所有的号码都对我视而不见，让我得以毫发无伤。这一点最令我安心。

灯光引起了他的注意。

街上传来一阵闪光。红色的。

又一阵闪光。蓝色的。

手机深陷在德莱昂·威廉姆斯的手里。他在试图打电话给一个朋友，一个他曾经为其工作过的朋友。这个朋友在木工生意破产后逃出了城，身后只留下一堆债务，其中包括亏欠他最可靠的员工的四千多美元，而那个员工就是德莱昂·威廉姆斯。

"德莱昂，"电话另一端的人说，"我也不知道那个混蛋在哪儿。他给我留下的——"

"我等会儿再打回去给你。"

挂机。

男人的手心冒出汗来，透过周末他和珍妮丝刚刚挂起的窗帘向外望去（威廉姆斯对珍妮丝不得不为窗帘付款感到很抱歉，非常抱歉，哦，他真讨厌失业的自己）。他注意到的红蓝闪光来自两辆警车。两名警探从车里走了出来，解开衣服上的扣子，似乎并不是因为感受到了春天的温暖。两辆警车开过去，挡住了路口。

他们谨慎地向四周环顾了一圈。威廉姆斯最后的希望也被打破了，显然这一切并非单纯的巧合。警探走到威廉姆斯的米色道奇车旁，记下了车牌，然后往车内扫了一眼，其中一个对着对讲机说了什么。

威廉姆斯绝望地垂下眼帘，叹了一口气。

又是她在作怪。

她……

去年威廉姆斯曾与一个性感又聪明善良的女人交往。至少她一开始似乎是这样的。不久后，他们开始认真地交往，也就是那时她变成了一个可怕的泼妇。情绪大起大落，易妒，而且时常怀恨在心，不稳定……他们在一起大约四个月，那是他生命里最糟糕的一段日子。他大部分时间都在保护她的孩子们免受母亲的伤害。

而他的善行却将他推进了牢房。一天晚上，在莱蒂西亚因为没有把锅擦干净而对自己的女儿拳脚相向时，威廉姆斯本能地抓住了那个女人的手臂，让抽泣的女孩逃开。他安抚这位母亲，让她安静下来，问题似乎就此解决了。几个小时后，他坐在门廊上思索怎么才能把孩子们从她身边带走，也许可以带回他们父亲身边。就在这时，警察赶到现场，把他抓走了。

莱蒂西亚指控他暴力侵犯自己，并向警方出示了手臂上的瘀青。

威廉姆斯感到震惊。他向警方解释到底发生了什么事，但警官也无能为力，将他逮捕了。案件庭审时，虽然女孩愿意帮他，但威廉姆斯不愿意让她出席做证。他被判轻度伤人罪，需要做社区服务。

但在审讯过程中，他指出了莱蒂西亚的暴行。检察官相信了他，并将她的名字告知了社会服务部。社会工作者去她家调查孩子们的处境，将他们从她身边带走，带回父亲那里进行监护。

从此莱蒂西亚便开始骚扰威廉姆斯，而且已经持续了很长一段时间。但随后她就消失了，就在几个月前，威廉姆斯才刚刚以为自己终于安全了。

但是，看看现在。他知道她仍在背后捣鬼。

上帝啊，他还能容忍多久？

他又看了一眼。不会吧！警探把枪都拿出来了！

他忽然惊恐万分。她会不会真的伤害了她的一个孩子，并声称是他做的呢？就算真是这样，他也不会感到惊讶。

威廉姆斯的手颤抖起来，眼里涌出豆大的泪珠，顺着脸颊滑落。他神经紧张，就像在伊拉克的沙漠中作战时那样。他想起了战争。他转身看向来自亚拉巴马州的好友灿烂的笑脸，下一个瞬间伊拉克的导弹就将他炸成了一团粉红色的肉末儿。直到那一刻之前，威廉姆斯或多或少还能忍受战争。被人用枪击，被子弹打中，滚烫的沙子溅满全身，这些都可以忍受。但当他看到杰森在一瞬之间变成肉末儿的时候，一切都变了。他从此患上了创伤后应激障碍，而此时此刻他的症状完全爆发了。

彻底的、无助的恐惧。

"不不不不。"他大口吸气，呼吸困难。他几个月前就停止用药，相信自己已经痊愈了。

而现在，看着两名警探从房子两边围近，德莱昂·威廉姆斯盲目地想着：逃，一定要快逃！

他不得不逃。他不能连累珍妮丝，只有这样才能挽救她和她的儿子——他真正爱着的两个人。他会消失。他把前门的滑链锁上，下边的锁舌也拴上，然后跑到楼上去随便拿起一个包，把能想到的都扔了进去。都是些没什么意义的东西：剃须膏，但没有剃须刀；内衣，但没有衬衫；鞋子，但没有袜子。

然后他从衣柜里取出了另一样东西。

他的军用手枪，柯尔特点四五口径手枪。枪膛里没有子弹。他不想朝任何人开枪——但可以用来吓唬吓唬抓他的警察，或许可以去劫持一辆车，如果他不得不这么做的话。

而现在他满脑子想的都是：快跑！逃跑！

威廉姆斯最后看了一眼和珍妮丝母子俩的合影，三个人一起去六旗游乐场玩耍。他又开始哭了起来，然后擦了擦眼睛，将背包斜挎在肩上，用力握紧手枪的握把，向楼下走去。

10

"前方狙击手是否就位？"

波·豪曼，前军队教官，现任紧急勤务组组长——用手指了指眼前那栋提供了完美狙击点的大楼。大楼正好挡住一个独立的私人住宅，楼顶上可以看到德莱昂·威廉姆斯家的小小后院。

"是的，警官。"他附近的一名警察说，"乔尼也已经在后方就位。"

"很好。"

铁面队长波·豪曼一头渐霜的灰发理成了清爽的平头。他下令让两名狙击手各就各位。

"不要被人看到。"

豪曼自己家的后院离这里不远，接到电话时他正一点一点地试着把去年留下的木炭点燃做烧烤。电话里他被告知有一名几乎被确认的强奸／谋杀犯罪嫌疑人需要他的队伍出马。他便把燃烧木炭的任务转交给了儿子，换好制服，立刻赶了过来。幸好他还没来得及打开第一瓶啤酒。豪曼或许可以在喝掉几瓶啤酒后去开车，但他从来没有在酒后八小时以内开过枪。

而这个晴朗的星期天，很有可能会出现枪战。

对讲机里传来噼啪的声音，耳机里有人说："SS一队呼叫基地，完毕。"SS指的是街对面的搜索与监视小队，他们旁边还有第二狙击手。

"这里是基地。请讲,完毕。"

"有热感应,里面可能有人。但是没听到声音。"

可能有。

豪曼心里有些恼火。他知道队里用的那些设备价值几何,这些装备的价格高到应该足以确认里面是否有人,而不只是"可能"。考虑到价格,他们应该连目标的鞋码、早上有没有用牙线都一清二楚。

"再检查一遍。"

豪曼感觉仿佛等了一个世纪,然后才听到对讲机里传来:"SS一队。我们现在确定里面只有一个人在,从窗口可见。里面的人是德莱昂·威廉姆斯,与发来的犯罪嫌疑人照片一致。完毕。"

"好的,完毕。"

豪曼联系了两个战术小队,他们正在向房子周围的指定位置移动,行踪极其隐蔽。"我们没有太多解说时间,大家听好了。嫌疑人是强奸杀人犯。最好是活捉,但如果让他脱身,后果非常危险。所以如果他做出任何敌对姿态,你们可以开枪将其击毙。"

"B队收到,我们已在指定位置。北向街道和后门在监控范围内,完毕。"

"A队报告基地,收到指示。我们在前门就位,可覆盖南向和东向街道。"

"狙击手。"豪曼用无线电传话,"你们都收到允许开枪的指令了吗?"

"收到。"他们又补充说枪支都已经满膛上锁。

满膛上锁,这是豪曼私下里很喜欢的一个说法。因为只有用老式M1步枪的时候才会这么说。用这种枪时,你必须将螺栓拉回来锁定,再通过枪顶填装子弹。现代的步枪不需要手动上锁,都是自动的。但现在不是讲课时间。

豪曼将身上绑枪的腰带解开,溜进了房子后面的小巷里,那里还有其他警员。和他一样，他们悠闲的春日假期在短短一瞬间就发生了翻天覆地的变化。

就在此刻，他的耳机里传来一阵沙沙声："SS 二队，我们这里有发现。"

德莱昂·威廉姆斯跪在地板上，从门缝往外看。他一直想修好这道裂缝，而此时，多亏了这道缝，他看到门外的警官不见了。

不，他立刻纠正了自己，不是他们不见了，而是他看不到他们了。这两者有很大的区别。他可以从灌木丛中看到金属或玻璃的反光，也许是来自邻居收集的那些怪异的精灵或鹿形草坪饰物。

也可能是来自警察和他们的配枪。

他拖着背包爬到房子后面，再一次偷看。这次他鼓起勇气从窗户向外看去，努力压下心中难以控制的恐慌。

后院和小巷里似乎都空无一人。

然后他再次纠正自己：只是看上去没人。

又是一阵恐慌。他有一种冲动，想要跑出门去，拉上枪，冲进小巷里对着任何威胁他的人大喊一通，尖叫着让他们退后。

他头昏脑涨，下意识地伸手朝门上的旋钮拧去。

不行……

放聪明点。

他坐了回去，头靠在墙上，努力缓和自己的呼吸。

过了一会儿，他平静下来，决定试试别的办法。地下室有一个窗口，通向房子旁边的小侧院。走过八英尺疏于照料的草地便可到达一扇小窗子，进入邻居的地下室。邻居王家这个周末在外度假——他同意帮忙给植物浇水——威廉姆斯想着，也许他可以从那里钻进王家的地下室，然后上楼从后门出去。如果他走运，警方没有部署警力到后边的侧院。他就可以从小巷到大街上，再从那里慢跑到地铁站。

这个计划不是很好,但也算是一个机会,总强过在这里干等。眼泪再次从他的脸上流下。又是一阵恐慌。

别怕,士兵。加油。

他站起来,摇摇晃晃地下楼,去了地下室。

赶紧逃出去,外边的警察随时可能踢开大门闯进来。

他打开窗户爬出来,伏在地上向王家的地下室窗户匍匐前进,他向右瞥了一眼,然后愣住了。

老天爷啊……

两名警察,一男一女,右手都拿着枪,在狭窄的侧院蹲着。他们没有看向他,而是紧紧盯住后门的小巷。

他再次感到了恐慌。他可以拔出手枪威胁他们,让他们坐下,铐起双手,再扔掉他们的对讲机。他很讨厌这个想法,袭警是真正的犯罪。但他没有任何选择。他们显然认定他犯了什么可怕的罪行。是的,他会夺走他们的枪然后逃跑。也许他们在附近有一辆没有警标的普通汽车。他可以拿走车钥匙。

而掩护他们的又是谁呢,是不是他看不到的人?也许是狙击手?

他现在只能拼命抓住眼前的机会了。

他悄悄将背包放下,伸手去掏枪。

正当此时,那名女警察转过身来看到了他。

威廉姆斯倒吸一口冷气。我死定了,他想着。

珍妮丝,我爱你……

那名女警瞥了一眼手上的一张纸,然后眯起眼睛,看着他问道:"德莱昂·威廉姆斯?"

他的声音哽咽。"我——"他点点头,肩膀塌下来。他只能盯着她美丽的脸庞、她梳成马尾辫的红发和冰冷的目光。

她举起挂在脖子上的徽章。"我们是警察。你是怎么从房子里出来的?"然后她注意到了窗口,点点头。"威廉姆斯先生,我们正在执行任务,你能回到房子里去吗?你在那里会更安全。"

"我——"他的声音里仍充斥着恐惧,"我——"

"现在就回去。"她飞快地说,"问题解决后我们会尽快同您联络。请保持安静,不要再次试图离开房子。请快回去。"

"当然。我……当然。"

他丢下背包,慢慢从窗户爬回去。

她对着对讲机说道:"我是萨克斯,我想将覆盖范围扩大。他会非常谨慎。"

这到底是怎么回事?威廉姆斯没有再浪费时间推测。他笨拙地爬回地下室,然后朝楼上走去。一上楼,他便径直走进了浴室。他掀起马桶后面冲水箱的盖子,将手枪放了进去。他走到窗口,偷偷朝外看了一眼,然后又停了下来,跑回浴室,吐得翻天覆地。

这么说也许很奇怪,尤其是在这个美好的日子——加上和米拉9834的好事——但我很想念办公室。

首先,我喜欢工作,一直都很喜欢。我享受那种气氛,被许多十六位号码的友谊包围,像一个大家庭。

还有那种高效的感觉,被卷入快节奏的纽约生活之中。

"前沿"是人们常用的一个词,我痛恨这种说法,这些都是公司用语——这个词本身并没有意义。真正伟大的领袖——罗斯福、杜鲁门、恺撒、希特勒——从来都不需要将自己藏在这些简单空洞的修辞中。

最重要的,当然,是我的工作对我的爱好非常有帮助。不,远远不止有帮助,这份工作对我的爱好来说至关重要。

我的处境很好,非常好。我只要想要离开,便随时可以离开。只要调整一下工作内容,我便可以在工作日抽时间去捕猎。而我在公众眼里的职业形象,让我不太可能被怀疑。

我也经常在周末工作，一周里我最喜欢的就是周末。当然，前提是如果我没有在和某个美丽得像米拉9834的姑娘做交易，或是在收集某件艺术品、漫画书、硬币或瓷器古玩。在周末或者假期时，即使办公室里还有其他人，走廊里也能听到推动社会的齿轮在静静转动，向着美丽的新世界前进。

啊，这里有一家古玩店。我停下来往橱窗里看了看。店里有一些图片、纪念品盘子、杯子和海报，看起来很不错。可惜我不能回到这里购物，因为它的位置过于靠近德莱昂6832。虽然在附近的商店购物不一定会让人把我和"强奸犯"建立起联系，但是……为什么要去冒险呢？（我只在大商场或者跳蚤市场购物。在易趣上到处看看也是有趣的，但在网上买东西？你真是疯了。）几年之内现金还可以用。但很快它就会被标记，像其他东西一样。一些国家的钞票已经被装上了射频识别。你从哪个提款机或是分行里提出了二十块钱，银行都一清二楚。他们也知道你是把钱花在了毒品上、给情人买了内衣，还是给职业杀手付了首付。我们都应该回到只用黄金交易的年代，我有时会这么想。

不会被轻易查到。

啊，可怜的德莱昂6832。我认得他的脸，因为我看过他驾照上的照片，照片上的人对摄像头投来无害的目光。我可以想象警察敲响他的门，说他因谋杀和强奸罪证确凿而被捕时他的表情。还有他看向女朋友珍妮丝9810时一脸惊恐的样子。她十岁的儿子的表情，如果他被捕时他们刚好在家的话。不知道他是不是一个爱哭鬼。

还有三个街区就到了，而且——

啊，等等……这里有些不对劲。

两辆新皇冠维多利亚停在这条林荫道上。从统计学上来说，在这个街区看到两辆外观这么整洁的这种车是不大可能的。两辆同类型的车同时出现更是不可能。它们停靠的位置一前一后，和其他车不同，车上没有一片叶子或花粉留下的斑点——这两辆车是刚刚才开过来的。

而且，是的，再用普通路人好奇的目光随意往车里看看，就会明白它们原来是警车。

这并不是普通家庭纠纷或入室抢劫的例行程序。是的，从历史数据上看，布鲁克林有数不胜数的这类案件。只是数据显示，每天发生在这个时间段的案件很少。而且白天停在路边的往往是标志鲜明的蓝白色警车，而不是这种卧底车辆。让我们来好好想想。他们离德莱昂6832有三个街区之远……必须考虑到这一点。他们的指挥官不可能这样对属下说："他是一个极为危险的强奸犯，我们十分钟之后要进行突袭。把车停在三个街区外，然后再赶回这里。速战速决。"

我扫了一眼离我最近的巷子。好吧，事情越来越严重了。树荫道那里停了一辆纽约警察局的ESU卡车，就是紧急勤务组的车。一般用来逮捕像德莱昂6832这样的嫌疑人。但是他们怎么这么快就到了？我半个小时前才刚刚拨了九一一。打电话的时机很重要，如果你在做了交易之后很久才打电话，警察可能会怀疑，然后进一步询问你为什么听到尖叫声后直到现在才报告，为什么没有更早发现形迹可疑的人？

我对现在这种状况有两种解释。最合乎逻辑的是在接到我的匿名电话以后，他们在数据库里搜了一遍城市里五年以上的米色道奇车牌（直到昨天，这座城市里有一千三百五十七辆符合条件的车），而且不知走了什么狗屎运，正好找到了这里。这样的话即使没有我去把证据放进他的车库里，他们也已经相信了德莱昂6832就是强奸并杀害米拉9834的凶手，他们逮捕了他，或者正在哪里趴着等他回来。

另一种解释则更令我担忧。警方也许已经察觉他是被人陷害的，而他们真正在等的人是我。

冷汗从我的头上冒出。这可不好，非常不好……

但是，不要惊慌。你的宝贝们是安全的，你的藏身之处也是安全的。放松。

尽管如此，我还是得确认到底是哪种情况。如果警察在这里只是巧合，与德莱昂 6832 或我没有任何关系，那我就把证据放下，然后以最快的速度回去。

但是，如果他们已经发现了我，他们也可以找出其他人。兰德尔 6794、丽塔 2907，还有亚瑟 3480……

把帽檐稍稍拉低一些，再把太阳镜往鼻子上推一推。我完全改变了路线，在房子周围盘旋起来，通过小巷和花园，再在各家后院周围溜达。我把行动范围限定在三个街区之内，感谢警察帮我圈出了安全活动范围。

我绕着这个小区走了大半圈，直到一块通往高速公路的草堤前。爬上去刚好能看到德莱昂 6832 住的那条街，看到一块块极小的后院和房前的门廊。我开始数街边的房子，寻找他的家。

不过我其实并不需要去数。我可以清楚地看到一个拿着枪的警察在他家后巷的一栋两层楼的房顶上待命。那是一名狙击手！而且不止他一个，另一个不仅有枪还有双筒望远镜。还有几个便衣，穿着西装或普通路人的衣服，在旁边的灌木丛处待命。

然后，两个警察指向了我这边，我又看到街对面的楼顶上竟然还有一个警察。他也在往我这边指。考虑到我并非身高六尺三、体重二百三十磅、皮肤黑得像乌木——他们等的不是德莱昂 6832，他们一直在等我。

我的手开始颤抖。试想一下，如果我冒冒失失地按原计划走过去，就正好自投罗网，还背着一书包的证据。

十几名其他警务人员正跑向各自的警车，或直接朝我的方向迅速跑来。迅速得仿佛捕猎的豺狼。我转身爬向公路旁的草堤，呼吸困难，惊慌失措。听到第一声警车鸣笛时，我甚至还没跑到草堤顶部。

不，不！

我的宝贝，我的藏品……

高速公路上四条车道都拥堵不堪，这是好事，因为他们在这样的路上只能慢慢开。我在车流边行动可以隐藏得很好，肯定没人能看清我的脸。然后我跳过路障，又跑上了另一段草堤。我的爱好让我保持了良好的体能，很快我便冲向最近的地铁站。在那期间我只停下来过一次，套上棉手套，把身上的背包脱下，包里装着我准备栽赃用的塑料袋，我把塑料袋塞进垃圾箱。我不能背着它被捕。不能。离地铁站又近了半个街区，我闪身躲进一家餐厅后的小巷，把双面外套翻过来穿好，又换了一顶帽子才走回到大街上，背包放进了一个购物袋里。

我终于到了地铁站，哦，感谢老天。我闻到了列车开进站时从隧道里带出来的霉味，听到了笨重车厢的巨响，金属摩擦金属的尖叫声。

但我在检票口前停了下来。原先的震惊已经过去，取而代之的是一种紧迫的直觉。我明白，我还不能就这么离开，暂时还不能。

我现在终于明白了问题的严重性。他们可能还不知道我的身份，但已经想通了我在做什么。

这意味着他们想从我这里夺走什么。我的宝贝、我的收藏……我的一切。

我当然不能接受。

在确保自己不会被任何摄像头拍清楚的情况下，我状似随意地走回到楼梯上，一边翻着包里的东西，一边离开了地铁站。

"在哪里？"阿米莉亚·萨克斯的耳机里传来了莱姆的声音，"他到底在哪儿？"

"他发现了我们，跑掉了。"

"你确定那是他吗？"

"非常确定。监控在几个街区外看到有人。他似乎是发现了一些警探的车，然后改变了路线。他看见了我们，然后跑了。有一个小队在追他。"

她与普拉斯基、波·豪曼还有半打紧急勤务组的警官在德莱昂·威廉姆斯的前院里。一些犯罪现场小组的技术人员和巡警正在探索可能的逃跑路线，并在附近询问证人。

"有任何迹象表明他有车吗？"

"不知道，我们看到他的时候他是走路来的。"

"天哪。好吧，等你找到什么有用的东西再来通知我"。

"我会——"

电话挂断了。

她朝普拉斯基做了个鬼脸，普拉斯基此时正抱着对讲机仔细倾听缉拿小队的消息。豪曼也同样在监控着进展。从他们的对话听来，缉拿小队似乎没有什么收获。高速公路上没人见过他，即便有，也没有人愿意承认见过他。萨克斯转身看向房子，满脸疑惑的德莱昂·威廉姆斯正站在那里，透过窗户关切地向外看。

成功地避免一个无辜的市民成为疑犯五二二的另一个受害人，靠的不只是运气，还有出色的侦查工作。

为此，他们要感谢罗恩·普拉斯基。这位年轻的警员穿着招摇的夏威夷衬衫，应莱姆的要求去执行了一个任务：立即跑去警察厅寻找与疑犯五二二案件相似的情况。他虽然没有查到什么，但是在他和凶案组交流时，中央指挥部接到了一个匿名举报电话。那人说自己在SOHO区附近的一间阁楼外听到里面传出了尖叫声，并看到一个黑人男子钻进了一辆旧款米色道奇车逃离。巡警接到电话后前去巡查，发现了一名被奸杀的年轻女子——米拉·韦恩伯格。

普拉斯基已经熟悉疑犯的套路，所以对打来的匿名电话极为敏感，于是立即打电话给莱姆。莱姆认为，如果疑犯五二二真的是凶手,那么他很有可能准备按计划行事:往替罪羊那里放伪证。而他们要从一千三百多辆旧款米色道奇车中找出那个会被疑犯五二二选作替罪羊的人。当然,这也可能并不是疑犯五二二的案子,只是普通案件。但即使不是,他们也能逮捕一名强奸杀人犯。

在莱姆的指示下,梅尔·库柏将犯罪记录库里的数据和道奇车主的数据交叉检索了一遍,最后锁定七名黑人男子,他们每个人的记录上都有比交通违法更严重的犯罪记录。但其中一个的可能性最高:他的罪行是袭击女性。德莱昂·威廉姆斯是完美的替罪羊。

所以说靠的是运气和出色的侦查工作。

要组织一次逮捕行动,他们至少需要一名警督或更高职位的人来批准。而乔·马洛伊还不知道关于追查疑犯五二二的行动,所以莱姆打电话给塞利托,塞利托虽然嘴上抱怨,却同意打电话给波·豪曼并授权紧急勤务组行动。

阿米莉亚·萨克斯和普拉斯基还有其他队员一起来到威廉姆斯的家。两人从监控小组那里了解到,房间里只有威廉姆斯,疑犯五二二并不在。他们便当场开始部署,等待凶手来放置伪证时将其捉拿。这个计划难度很大,所有细节都是临时安排的——而且显然也没能成功,但他们也因此不必冤枉一个无辜的人涉嫌强奸和谋杀,而且他们也许已经发现了一些对于抓住真凶很有用的证据。

"找到什么了吗?"她问正在与其他警员进行沟通的豪曼。

"没有。"

然后他的对讲机又响了起来,萨克斯听到了另一端传来的声音。"我们是一队,在高速公路的另一边。他逃得无影无踪,应该是钻进了地铁站。"

"该死。"她低吼了一句。

豪曼的脸色沉了下来,但什么都没说。

对讲机里的警察继续说:"不过我们追踪了他可能逃跑的路线。在逃跑途中,他可能往垃圾桶里扔了一些证据。"

"那还是有收获的。"她说，"丢在哪里了？"她记下了对讲机里警察说的地址，"告诉他们，把那个地方保护起来，我十分钟后就到。" 萨克斯说罢走上台阶，敲了敲门。德莱昂·威廉姆斯开了门，她说："对不起，我一直还没来得及解释。我们想抓的那个人的目标就是你家。"

"我家？"

"我们是这样认为的，但是他逃跑了。" 她向他解释了米拉·韦恩伯格的案子。

"哦，不——她死了？"

"很遗憾，她死了。"

"哦，可怜，真是可怜。"

"你认识她吗？"

"不认识，我从来没听说过她。"

"我们认为嫌疑人可能想把罪名推到你头上。"

"我？为什么？"

"我们暂时还不知道原因。在这之后，我们会做更多的调查，到时也许会需要你的协助。"

"当然可以。"他把自己家里的电话还有手机号都给了她，然后皱起了眉头，"我能问一个问题吗？你似乎很确定这个案子不是我干的，可是你怎么知道我是清白的呢？"

"您的汽车和车库。我们的人已经对这两个地方进行了搜查，但是并没有发现杀人现场的证据。而真正的凶手，我们可以肯定，是打算将一些相关证据放进这两处以便栽赃嫁祸。当然，如果我们在他栽赃之后才检查，你就会有很大的麻烦了。"

萨克斯补充道："哦，还有一件事，威廉姆斯先生。"

"怎么了，警探？"

"只是一些小事，但你可能会感兴趣。你知道在纽约市，拥有一把未注册的手枪是非常严重的罪行吗？"

"我可能在什么地方听说过。"

"还有另一件值得一提的小事,就是本地有缴枪大赦的活动。如果你在那里交出枪……好吧,你保重。祝你周末愉快。"

"我尽力而为。"

11

我看着那名女警搜查我扔掉证据的垃圾桶。起初我有些沮丧,但后来我意识到,其实没必要如此。如果他们聪明到能推测出我所犯的案子,当然也能找到垃圾桶。

我不认为他们看到了我,我非常小心。当然,我现在并不在办案现场。我在街对面的餐厅里,强迫自己吃下一个汉堡,慢慢地喝着水。警方对便衣这一身行头有个特别的称呼——"反犯罪"着装。这一直让我觉得非常荒唐,仿佛所有其他的着装都是在鼓励犯罪一样。反犯罪人员身穿便衣,在犯罪现场寻找目击者,偶尔还能碰到返回现场的罪犯。大多数这样做的罪犯不是愚蠢,就是丧失了理智。但是,我返回现场有两个非常具体的原因。首先,我已经意识到了一个问题,而我不能忍受这个问题的存在,所以我需要一个解决方案。而如果你不了解问题,你自然无法解决问题。但我现在已经有了初步的了解。

例如,我知道追捕我的人都有谁。其中之一就是这位在现场身穿白色塑料连体服寻找线索的红发女警,她对蛛丝马迹的专注就像我专注于数据一般。

我看到她走出了黄色胶带封锁区,手里拿着几个袋子。她把这些袋子放在灰色的塑料箱里,然后将身上的白色塑料连体服剥去。尽管今天下午的意外让我有些挥之不去的惶恐,但我仍能感觉到休内的振奋,我看到她的紧身牛仔裤,早些时候与米拉9834的交易得来的满足正在缓缓消失。

当警察们回到汽车里时,她打了一个电话。

我起身付账,若无其事地走出门,和在这个美好的星期天光顾这家餐厅的其他顾客一样。

不能被查到。

哦,我在这里的第二个原因?

非常简单。是为了保护我的宝贝们、保护我的生活,这意味我要尽全力让他们滚得远远的。

"疑犯五二二在垃圾桶里留下了什么?" 莱姆对着免提电话问道。

"没有太多,但是可以确定是他的东西。一张血淋淋的纸巾和染血的塑料袋——他可以放在威廉姆斯的汽车或车库里。我已经把血样送到实验室进行DNA检测。其他的还有电脑打印出来的受害人照片,一卷胶带——家居聚集地牌。还有一只跑鞋,看起来是新的。"

"只有一只?"

"是的,就一只。"

"也许是他从威廉姆斯家偷出来去犯罪现场留下脚印用的。有没有人看到他的脸?"

"SS小队的一个狙击手还有两名警员看到了,但他离得太远所以没看清楚。也许是白人或浅肤色种族,中等身材。戴着棒球帽和太阳镜,背着背包。看不出年龄,也没看到头发的颜色。"

"就这些?"

"是的。"

"好吧,赶快把证据送到这里来。然后去韦恩伯格的强奸现场走格子,他们为了等你还在那里保护现场。"

"我还有另一个线索,莱姆。"

"另一个?什么?"

"我们发现了一张粘在装有证据的塑料袋底部的便贴条。五二二想扔掉塑料袋,但我不确定他是否真的想要连便条也一并扔出来。"

"上面写的是什么?"

"一家住宅公寓酒店的房间号,在曼哈顿的上东区。我想去看看。"

"你认为那是五二二的住所?"

"不,我打电话给公寓酒店的前台,他们说租客在房间里待了一整天。是一个名叫罗伯特·约根森的人。"

"好吧,但我们需要去强奸现场进行搜查,萨克斯。"

"让罗恩过去,他可以应付。"

"我想让你去。"

"但我认为我们真的需要尽快去看看这个约根森和五二二之间的联系。"

在这一点上他没有什么可以辩驳的立场。而且他们两人也一直在精心苦训普拉斯基如何在犯罪现场走格子。这个词是莱姆用于搜索犯罪现场的一个技巧,就是把犯罪现场划分成一块块小格子,把每个格子当成一个点细细搜寻,尽可能全面地搜查现场。

莱姆觉得自己既像一名上司也像一位家长,他知道普拉斯基这个孩子迟早都必须独自去杀人现场进行调查。"好吧。"他抱怨道,"希望这张便利贴能值回票价。"他忍不住又加了一句,"而不是完全浪费时间。"

她笑了:"我们每一次不都是这样希望的吗,莱姆?"

"还有,记得告诉普拉斯基让他不要搞砸了。"

挂断电话之后,莱姆告诉库柏证据已经在路上了。然后他凝视着证据板,低声说:"让他逃走了。"

他让汤姆把关于五二二仅有的一些线索写在白板上。

也许是白人或浅肤色人种……

光知道这个有什么用呢？

阿米莉亚·萨克斯坐在自己的科迈罗SS里，车停在一边，门开着。春日傍晚的空气飘进车里，可以闻到老皮革混合着油的味道。她迅速地记录着犯罪现场报告。她总是会在搜索现场后的第一时间做记录，防止忘记。人在短时间内会忘记的细节可谓惊人。记忆中的颜色变了，物品的位置从左边变到了右边，门和窗子从墙的一边移动到另一边，或者干脆彻底消失了。

她停顿了一下，这个离奇的案子让她静不下心来。凶手是如何将一个完全无辜的人和一场令人震惊的强奸谋杀案联系得几乎天衣无缝？她从来没碰到过这样的嫌疑人。制造伪证误导警方并不罕见，但这个家伙的手法简直是天才。

她的车停在离罪犯的垃圾桶两个街区远的地方。街道昏暗阴沉，一个人都没有。

一个移动物体引起了她的注意。想到五二二，她感到一阵不安。她抬起头，在后视镜里看到一个朝她走来的人影。她眯起眼睛，仔细打量着他。这个男子看上去似乎是无害的：很干净利落的商务人士打扮。他一只手拎着外卖袋，另一只手举着手机讲话，通话时脸上露出了笑容。一个典型的普通公民，出门买了中餐或者墨西哥菜回家吃。

萨克斯继续写笔记。

终于写完后，她把笔记本放进了公文包。突然间她脑子里灵光一闪，刚才有什么地方不对劲。人行道上的那个人现在无论如何都应该路过了她的科迈罗SS。但他没有。也许他已经走进了居民楼？她转过身来，去看那条人行道。

不!

她看到人行道上放着外卖袋子,袋子在她车的左后方。那只是一个用来掩饰的道具!

她伸手拿枪,但在她把枪拔出来之前,右侧的车门被扯开了。下一秒,她凝视着杀手的脸,他死死地盯着她,一把手枪正对着她的脸。

门铃响起片刻后,莱姆听到一阵与众不同的脚步声。沉重的脚步声。

"在这里,朗。"

朗·塞利托点头打了招呼。他结实的身材被包裹在蓝色牛仔裤和暗紫色的男士套头衫里,脚上穿着跑鞋,这让莱姆有些惊讶。他很少看到朗穿休闲服,而且在他的印象中,这位警督似乎没有哪件西服不是皱皱巴巴的,而他现在这身行头却好似刚刚从熨衣板上揭下来的,这就更让人觉得讶异。朗身上唯一不太协调的是他肚子上撑起的一道褶皱,纹路正好在他腰间的肚脐下,这是因为他身后的手枪。手枪在背后凸起一大块,显然藏得不是很好。

"听说他溜走了。"

莱姆叱道:"溜得无影无踪。"

地板因为朗的体重被压得吱吱作响,他缓步走到证据白板前看了看。"这就是你给他起的代号?五二二?"

"因为五月二十二日那起案件。俄罗斯那边的情况怎么样了?"

塞利托没有回答。"这位五二二先生留下了什么证据吗?"

"我们马上就会知道了。他抛弃了一个准备用来栽赃陷害的证据袋,袋子正在来的路上。"

"他倒是周到。"

"冰茶,还是咖啡?"

"呃。"警探低声对汤姆的问题做出回答,"谢谢,咖啡。你有脱脂牛奶吗?"

"只有脱到两成的。"

"好,还有上次的那个巧克力曲奇吗?"

"只有燕麦的。"

"也不错。"

"梅尔,"汤姆问道,"你想来点什么?"

"如果我在证据检验台附近又吃又喝,会有人吼我的。"

莱姆打断他说:"难道辩护律师不接受被污染的证据是我的错吗?又不是我定的规矩。"

塞利托了然道:"看来你的情绪并没有什么改善,伦敦那边怎么样了?"

"我现在不想谈这个。"

"好吧,为了给你提提神,我们现在还有另外一个问题。"

"是马洛伊吗?"

"是的。他听说阿米莉亚在现场,而我又批准了紧急勤务组参加行动。他正高兴地以为这是在办迪恩科的案子,然后当他发现事实并非如此时,可是一点儿也不高兴。他问我这事是不是跟你有关。我可以为你挡拳头,林肯,但不是子弹。所以我把你给供出去了……哦,谢谢。"他点头向给他带来了点心的汤姆致谢。这位护理员在离库柏不远的桌子上放了类似的点心和饮料,库柏戴上乳胶手套,拿起一块曲奇吃了起来。

"来点儿威士忌,如果可以的话。"莱姆赶紧说。

"不可以。"汤姆转身离去。

莱姆皱起了眉头:"我知道马洛伊一听到紧急勤务组出动就会明白是怎么回事。但是我们需要筹码,而现在这个案子势头正猛。我们接下来该怎么办?"

"你可得好好想想怎么说,因为他要我们打电话给他。半小时以前。"他又啜了一口咖啡，然后纠结地放下了手里的半块曲奇，没有一口气吃完。

"我需要他们都站到我这边来。我们需要人手，在外面盯着这家伙的行踪。"

"那就打电话吧。你准备好了吗？"

"好了。"

塞利托拨了一个号码，然后按下扬声器。

"降低音量。"莱姆说，"我猜这个电话可能会有点儿吵。"

"我是马洛伊。"莱姆能听到电话里传来的风声、说话声、盘子或玻璃器皿碰撞的声音。也许他在一家露天咖啡馆里。

"警监，是我，塞利托，还有林肯·莱姆。我们开着扬声器呢。"

"这到底是怎么回事？你本可以告诉我那个紧急勤务组的活动和林肯有关。你知道我已经告诉过他，让他明天再决定是否出动了吗？"

"不，他不知道。"莱姆说。

一旁的警督脱口而出："是的，我不知道，但多少能猜到。"

"你们都愿意维护对方，我很感动，但问题是你为什么不告诉我呢？"

塞利托说："因为我们有机会抓到一个强奸杀人犯，所以我认为不能有任何延误。"

"我又不是小孩，警督。发生了这种事，你应该把情况汇报给我，我再根据你的汇报做出相应的判断和决定。这才是办事的顺序。"

"对不起，警监。这件事在当时看来是正确的决定。"

对面沉默了片刻，然后说："但他逃跑了。"

"是的，他跑了。"莱姆说。

"怎么跑的？"

"我们以最快的速度组建起一个行动小组，但是掩护做得不够好。嫌疑人离得比我们预计得更近。我猜他是看到了一个便衣,或是行动组里的什么人。他马上就跑了。但他丢下了一些证据,可能有助于破案。"

"那些证据是在前往皇后区实验室的路上呢?还是往你那里去?"

莱姆看了一眼塞利托。能在纽约警局这种机构里往上爬的人都有过人的经验、决心和头脑。马洛伊就正好抢在他们前面半步。

"是我要求把证据送到这里来的,乔。"莱姆说。

这一次对面没有沉默,扬声器里传来了一声无奈的叹息。"林肯,你明白问题所在,不是吗?"

利益冲突,莱姆想道。

"你作为嫌疑犯亚瑟的堂兄和作为警局顾问的两个身份之间有利益冲突。同时,你在暗示警察抓错了人。"

"但警察确实抓错了人。两次。"莱姆提醒马洛伊,还有老火枪告诉他们的两起案子——强奸案和硬币盗窃案件,"如果还发生过其他类似的案件,我也不会觉得奇怪……你知道罗卡定律吧,乔?"

"那是你书里写的,警察学院用的那本,对不对?"

法国犯罪学家埃德蒙·罗卡指出,凡有接触,必留痕迹。证据会从罪犯身上转移到犯罪现场或受害人身上。他举的例子是灰尘,但该原则也适用于许多其他物质。即便踪迹难寻,却总有蛛丝马迹。

"罗卡定律是我们的指导方针,乔。但是这个罪犯在利用这个定律作为武器,这是他的主要作案方式。他杀人,然后把罪行嫁祸给别人,好让自己逃脱。他知道什么时候出手袭击,嫁祸什么样的证据,何时行动。现场调查人员、警探、实验室人员、检察官和法官都被他利用了,所有人都成了他的帮凶。这与我的堂兄没有关系,乔。关键是如何制止这样一个异常危险的人继续行凶。"

又是一阵沉默,但是没有叹息声。

"好吧,我批准了。"

塞利托抬起一条眉毛。

"但是我有条件,你一定要通知我每一个进展。我的意思是每一个。"

"当然。"

"而且,朗,你要是再敢不和我实话实说,我就把你调到预算部去,你明白了吗?"

"好的,非常明白。"

"既然你在林肯那里,朗,我猜你想从弗拉迪米尔·迪恩科的案子里调出来。"

"皮蒂·希门尼斯清楚所有的细节。他做的跑腿工作比我还多,而且很多事情都是他亲自去办的。"

"而德尔瑞在联系线人,对不对?还有联邦管辖范围?"

"是的,完全正确。"

"好吧,你可以调走,但只是暂时的。给这个不明嫌疑人建立官方文档——我的意思是,把你们已经背着我偷偷收集好的文档整理好。而且,听着:我不打算和任何人提起警察抓错人的事。不与任何人提起。你们也不要有这种打算。这个问题完全不能放到台面上。你们唯一要办的案子就是今天下午这起强奸谋杀案,仅此而已。这个不明嫌疑人的主要作案手法是让别人给他顶罪。我再强调一遍,仅此而已。如果有人问起,你们只能说这么多。不要自己提出这个话题,而且看在上帝的分上,不要让媒体知道。"

"我从来不和媒体说话。"莱姆说。如果能够避免,谁会愿意和媒体打交道呢?"但我们需要其他案件的细节,以了解他的作案手法。"

"我没有说你不能。"这位警监说,坚定但并不刺耳,"记得随时通知我案件进展。"他挂断了电话。

"好吧,我们给自己搞到了一个案子。"塞利托说,终于投降,开始就着咖啡吃掉剩下的半块曲奇。

* * *

阿米莉亚·萨克斯与其他三名便衣一起站在路边,和她说话的正是那个拉开她科迈罗SS车门、拿枪指着她的男人。原来他并不是五二二,而是联邦毒品管制局正在执行任务的便衣。

"我们还在努力弄清这到底是怎么回事。"他说着,看向他的上司,一位负责布鲁克林联邦毒品管理局的助理特工。

助理特工说:"我们等几分钟就知道了。"

此前不久,枪口下萨克斯慢慢抬起手,告知对方自己的确是一名警察。而这位便衣拿过她的武器,检查了她的证件。两次。然后把枪还了回去,摇摇头说:"我完全搞不懂。"他道了歉,但是他的表情似乎并没有很抱歉,而是一脸迷茫。

在那之后,他的上司和另外两名工作人员赶到现场。那位助理特工接到一个电话,对着话筒听了几分钟,然后关掉了手机,开始解释他们为什么会在这里。原来不久前,有人从电话亭报警说,一名特征与萨克斯吻合的持枪女子射杀了一个人,似乎是因为毒品冲突。

"我们手头有一个案子。"他说,"有人在暗杀毒贩和供应商。"他示意了一下自己的手下——刚刚试图拿下萨克斯的那个人。"安东尼住的地方离这边只有一个街区远。负责案件的领导派他到这里来做评估,自己则开始组织应急小组。"

安东尼补充道:"我还以为你要走了,所以拿了一个旧外卖袋,准备抓人……"现在想想当时的情景,他的心沉了下来,脸色铁青。萨克斯知道格洛克手枪的扳机很敏感,她当时很有可能被误杀。

"你在这里做什么?"助理特工问道。

"我们在办一起凶杀强奸案。"她并没有解释五二二的作案手法,"我猜是嫌疑人盯上了我,给你们打了电话以减缓我的追查速度。"

或者想让她在误杀中丧命。

联邦助理特工摇了摇头，皱着眉头。

"怎么了？"萨克斯问。

"我只是在想这家伙真聪明。大多数人都会打给警局——但是警局的人知道你的身份和任务。于是他打电话给我们，而我们对你一无所知，只知道你身上有枪。我们会谨慎对待，如果你稍动武器，随时可能把你击毙。"他的双眉紧锁，"这实在是太绝了。"

"也太吓人了。"安东尼说，他的脸色仍旧苍白。

联邦局的人离开后萨克斯给莱姆打了电话。电话接通后，她把这件事告诉了他。

莱姆消化了一下这些信息，然后说："他打电话给FBI了？"

"是的。"

"这简直就像是他知道FBI的人在查那个毒贩的案子，而那位准备将你拿下的特工刚好住在附近一样。"

"他不可能知道吧。"她反驳道。

"也许不知道，但有一件事他肯定是知道的。"

"什么？"

"他肯定知道你在哪里，这说明他在暗处看着你。你要小心，萨克斯。"

莱姆向塞利托解释了嫌疑人在布鲁克林算计萨克斯的事情。

"他能干得出来吗？"

"看起来是可以的。"

于是大家开始讨论嫌疑人是如何获取这些信息的，却没有得出任何有意义的结论。正在此时，莱姆的电话响了起来，他看了一眼来电显示，迅速接起电话："探长。"

朗赫斯特的声音传了出来："莱姆警探，你怎么样啊？"

"我很好。"

"太好了。我就是想让你知道，我们发现了罗根的藏身地。不是在曼彻斯特,而是在城东郊外的奥尔德姆附近。"她解释说,丹尼·克鲁格已经从线人那里打听到,一名叫理查德·罗根的男子在咨询购买一些修理枪支的零部件,"你要知道,并不是购买枪支本身。但如果你有修枪的零件,想必也可以做出一把来。"

"步枪?"

"是的,大口径。"

"有查到身份吗?"

"没有,但他们认为罗根以前在美国参过军。他承诺说可以弄来一批廉价美国军火,他似乎持有美国官方军火的库存文件和规格档案。"

"所以,他还是有可能在伦敦射杀目标的。"

"似乎是的。至于他的那个藏身点——我们和奥尔德姆当地的印度社区取得了联系,他们的消息相当灵通。他们听说有个美国人租下了城郊的老房子。我们顺着这条线索追了下去,但是还没有仔细搜查。我们可以派出小队,但我认为最好先和你谈一谈。"

朗赫斯特继续说:"所以现在,警探先生,我的感觉是,他还不知道我们发现了他的藏身地。我怀疑那里面很可能有一些比较有用的证据。我给MI5的人打了电话,从他们那儿借了一个昂贵的玩具。是一架高清摄像机。我们想让一个警员把它穿在身上,再请你通过现场视频来指导他,并告诉我们你的想法。我们应该可以在四十分钟后把设备弄好上线。"

要想对藏身地做一次全面的搜查,就要检查包括出口、入口、抽屉、卫生间、橱柜、床垫的各个角落……这会消耗他晚上的大部分时间。

为什么会是现在呢?他深信疑犯五二二是一个真正的威胁。事实上,考虑到各个事件的发生时间线,以前的案件,亚瑟的案子,还有今天的谋杀案——各种罪行似乎正在加速出现。案情的最新进展让他尤为苦恼:五二二开始将注意力转移到他们这里,而且差点儿让萨克斯因枪击丧命。

至于这次搜查——

接手，还是不接？

他挣扎了一会儿，然后说："很抱歉，探长，我这里出了一个新案子。是连环杀人案，我要集中精力查这边的案子。"

"我知道了。"临危不乱的英式回复。

"这件案子就交给你了。"

"当然，警探先生。我明白。"

"你可以直接做出判断和行动。"

"感谢您对我的信任。我们会自行处理此次搜索，我会随时向你汇报新情况。那么我就先挂了。"

"祝你好运。"

"你也是。"

这对林肯·莱姆来说是很艰难的选择——放弃一次猎捕，特别是当猎物是这个特殊的嫌疑人时。

但决定已经做出，五二二现在是他唯一的猎物。

"梅尔，打电话，搞清楚布鲁克林的那些证据到哪里了。"

12

好吧,这实在是让人吃惊。

便利贴上的地址在上东区,恒基大厦公寓。罗伯特·约根森又是一名骨科医生。所以阿米莉亚·萨克斯本以为这个地方会更高档时髦一些。

但这里实在是个令人作呕的魔窟。这是一家临时旅店,里面住的全是酒鬼和瘾君子。脏兮兮的大堂里全是不配套的发霉家具,空气里混杂了一股大蒜、廉价消毒剂、空气清新剂和人体的酸臭味。大多数流浪汉接济中心都比这里要强。

她站在肮脏的大楼门口,停了下来,转过身。因为刚才发生的事,她还有一些不安。嫌疑人五二二那么轻易就给布鲁克林的联邦特工下了套。她仔细观察了周边的街道,似乎没有人注意到她。但刚才德莱昂·威廉姆斯的房子周围也没有嫌犯的踪影,她完全没发现他。她研究了一下街对面的废弃建筑物。那被污垢覆盖的窗口背后,是不是有人在移动?

也可能是那里!二楼有一扇破碎的大窗户,她看到黑暗中有人动了一下。那是不是一张脸?还是屋顶上反射的光?

萨克斯走近了些,仔细查看楼的四周,但什么都没有发现,刚才肯定是她看错了。她转身回到酒店公寓,放浅呼吸,走了进去。在前台,她向一个肥胖的服务员出示了警徽。他似乎一点也不惊讶会有警察找上门来,甚至连眉头都没皱一下。他指了指电梯,但是闻到电梯里的恶臭,萨克斯决定还是走楼梯比较好。

上楼的时候,她不得不忍受关节炎的酸痛。她推开通往六楼的门,找到了六七二号房间。她敲了敲门,然后闪到一边。"我是警察。约根森先生,请开门。"她不知道这个人与连环杀手有什么联系,所以她的手依然徘徊在格洛克手枪上,这是把不错的武器,如太阳一般可靠。

没有回答,但她听到了门上窥视孔金属盖的声音。

"我是警察。"她重复道。

"把你的警徽从门下塞进来。"

她依言照做。

一阵停顿,然后门上的几个锁链被撤下,锁栓拧开。门只打开了一个小缝就被安全栓挡住了。打开的距离比门上的链子稍长一些,但仍不足以让一个人进去。

一名中年男子探出头来。他的头发很长,没有洗过,脸上布满了乱糟糟的胡子,眼角有些抽搐。

"你是罗伯特·约根森先生?"

他盯着她的脸,然后又朝她的警徽看了看,把警徽反转过来,举在灯光下看——虽然长方形警徽的塑料圆角夹层是不透明的。他把警徽还给了萨克斯,然后取下了安全栓。门开了以后。他仔细地看了看她身后的走廊,指了指萨克斯,让她进来。萨克斯谨慎地走进屋里,手还放在武器上。她检查了房间和里面的壁橱。房间里除了这个男人,没有别人,他手上也没有武器。"你是罗伯特·约根森?"她重复了一遍。

他点了点头。

萨克斯越过他,朝他简陋的房间看去。房间里有一张床、一张桌子和一把椅子——扶手椅,还有一张破烂的沙发。肮脏的深灰色地毯上痕迹斑斑。一只落地灯投下昏暗的黄色灯光,灯罩被拉了下来。他的生活似乎都依赖房间里的四个大箱子和一个运动包。屋里没有厨房，客厅的一角放了一个微型冰箱和两个微波炉，还有一个咖啡壶。他的食物主要是汤和方便面。背后的墙上认真地摆满了一排排黄色的马尼拉纸质文件夹。

他的衣服表明了他曾经的生活，比现在好很多的生活。只是曾经昂贵的衣物，如今已破旧肮脏。看上去价值不菲的鞋跟也被岁月磨平。萨克斯猜，他可能是因吸毒或酗酒问题被吊销了医生执照。

而目前他正在忙着做一件奇怪的事情："解剖"一本大部头精装教科书。一只残破的放大镜被挂在一个鹅颈式支架上，支架夹在办公桌上，他正从教科书里割下书页，然后划成一条一条。

也许是某种心理疾病让他沦落至此。

"你是为那些信来的吗？你们也该给我回复了。"

"什么信？"

他怀疑地看着她："你不是为了信来的吗？"

"我不知道信的事情。"

"我把信寄到华盛顿了。你们互相之间都有联系，不是吗？所有的执法人。维护公共治安的人。你们当然会保持联系，那是必须的。还有刑事数据库什么的……"

"我真的不知道你在说什么。"

他似乎相信了。"好吧，那么——"他突然睁大了眼睛，看向萨克斯的胯，"等等，你的手机是开着的？"

"哦，是的。"

"老天爷啊！你这人是怎么回事？"

"我——"

"你为什么不跑到街上去裸奔？告诉每个陌生人你家的地址？把电池取出来，不能只是关机。电池！"

"不行。"

"把电池取出来扔掉，不然你现在就滚出去。还有你的掌上电脑和对讲机,拿掉电池!"

他似乎很在乎这些,但她坚定地说:"我不会扔掉掌上电脑的存储记忆卡,但我可以取出手机和对讲机的电池。"

"好吧。"他抱怨道,身子前倾,看着她从两个设备里取出电池,然后把掌上电脑关机。

她随后询问了他的身份。他挣扎了一下,翻出了自己的驾照。驾照上的地址是康涅狄格州的格林尼治,城镇近郊里最奢华的小镇之一。"我来这里与信件无关,约根森先生。我只是有一些问题想问你,不会占用你很多时间。"

他请她在肮脏的沙发上坐下,自己则坐在桌子旁不太稳当的椅子上。他不由自主地转向身后的书,用剃刀从书上割下一页。他用刀的手法很专业,迅速而肯定。萨克斯很高兴他们之间还隔了一张桌子,而枪就在她身上,随时可以拔出来。

"约根森先生,我来是为了询问今天早上发生的一起犯罪事件。"

"啊,当然,当然。"他抿起嘴,再一次看向萨克斯时,表情变成了彻底的厌恶和放弃,"那么这次我又做了什么不该做的事?"

这次?

"是强奸谋杀案。但是,我们知道你并没有参与。你一直都在这里。"

他露出了一个残酷的笑容。"啊,跟踪我呢。那是当然。"然后他的表情变得狰狞起来。"他妈的。"他这么说似乎只是因为在被他"解剖"的书脊上找到了(或者没有找到)什么。他把纸张丢进垃圾桶,萨克斯注意到那里已经装满了衣服、书籍、报纸和各种被割开的小盒子。

然后她看到微波炉里也有一本书。

细菌恐惧症,她猜测道。

他注意到了她的目光。"微波是摧毁它们的最好方式。"

"细菌?病毒吗?"

他笑了起来，仿佛她是在开玩笑。他朝眼前的精装书点了点头。"有时真的很难找到，但你必须要看到敌人是什么样子。"然后他又朝微波炉点了点头，"过不了多久，他们就会做出连微波都不能摧毁的东西。嗯，你最好相信这一点。"

他们……它们……

萨克斯曾做过几年巡警。移动警察，这是巡警在警察间的外号。她以前在时报广场巡逻，那时的时报广场，嗯，还只是时报广场，而不是北边的迪士尼乐园。萨克斯有很多与流浪汉和情绪不稳的人打交道的经验。她能感觉到面前的人有偏执型人格，甚至是精神分裂的迹象。

"你认识一个叫德莱昂·威廉姆斯的人吗？"

"不认识。"

她又提了几个其他受害者和替罪羊的名字，包括莱姆堂兄的名字。

"没有，我从来没听说过你提到的任何人。"他说的是真话。他全神贯注地盯着眼前的书，差不多三十秒，然后撕下一页，把书举起来看，愁绪又爬上他的脸庞。他把书扔了出去。

"约根森先生，我们今天在犯罪现场附近找到了一张便条，您的地址就写在上面。"

拿着刀的手僵在半空。他看着她，眼神可怕而炯炯有神。他激动地问："在哪里？你在哪儿发现的？"

"在布鲁克林的一个垃圾桶里，粘在我们找到的一些证据上。所以很有可能是凶手把它弄丢了。"

他用吓人的耳语低声问道："你知道他的名字吗？他长什么样？告诉我！"他半站起来，脸色变得通红，嘴唇颤抖。

"请你冷静下来，约根森先生。冷静。我们并不确定他就是留下便条的人。"

"哦，就是他。我敢和你打赌。那个混蛋！"他身体前倾，"你知道他的名字吗？"

"不知道。"

"告诉我，他妈的！就这一回，为我做一些事情，而不是对我步步紧逼。"

她坚定地说："如果我可以帮你，我会的。但你必须保持冷静。你说的人是谁？"

他放下刀，坐回到椅子里，肩膀塌下来，脸上绽开了一个苦笑。"是啊？是谁？当然是上帝啊。"

"上帝？"

"而我则是约伯。你知道约伯吗？在《圣经》里被上帝折磨的无辜人。他遭受的那些精神与肉体的考验，都无法与我的经历相提并论……哦，就是他。现在他又发现了我住在这里，还把地址写下来让你看到。我本以为我逃过他了，但是我又被逮到了。"

萨克斯似乎在他脸上看到了眼泪。她问道："这到底是怎么一回事？请您告诉我。"

约根森揉了揉脸："好吧……几年前我是名职业医生，住在康涅狄格州。有妻子和两个可爱的孩子。银行里有存款，有退休金，还有度假屋。生活舒适顺心。当时我过得很愉快，但后来发生了一件奇怪的事情。一开始也没什么大不了的。我申请了一个新的信用卡——想参加他们的里程积分活动。那时候我年薪三十万美元，而且从来没有拖欠过信用卡账单或房贷，但我被信用卡公司拒绝了。一定是个错误，我想。但那个公司说，我有信用风险，因为我在过去的六个月里搬了三次家。而事实上我哪儿也没去。有人用我的名字、社保号码等信息，假冒我去租了个公寓。然后拖欠房租。但在此之前他还买了近十万美元的商品，送到了那三个假冒的地址。"

"是身份被盗了吗？"

"哦，登峰造极的身份盗窃。上帝用我的名义开了各种信用卡，欠了一大笔债务，还把每张账单都送到各个假地址去，而他当然从来没有付过任何一张。只要我把其中一个账单厘清,他就会去搞些其他的名堂。而且这个上帝总能拿到我的所有信息。他知道我的所有事情!我母亲的娘家姓、生日,我第一只狗的名字,我第一辆车的型号——各个公司所有验证问题的答案。他有我的电话号码甚至是我电话卡的号码。他以我的名义打了一万美元的电话。你知道是怎么做到的吗?他会打电话去询问莫斯科、新加坡或者悉尼的时间和温度,然后就把电话晾在那里好几个小时不挂断。"

"为什么呢?"

"为什么?因为他是上帝,而我是约伯……那个狗娘养的还买了一套房子,用我的名字!整整一栋房子!然后就从来没有付过按揭。我知道这件事是因为一个律师请了讨债公司来追查我的下落,一直追到我在纽约的诊所,然后要求我付款,因为我欠了银行整整三十七万美元。上帝同时还在网上赌城欠了二十五万美元的赌债。

"他以我的名义伪造保险索赔,最终保险公司把我除名了。我在诊所工作,不能没有保险,但是没有人肯为我作保。我们不得不把房子卖了,当然,每一分钱都去还了那些子虚乌有的债务——那时候已经高达两百万美元。"

"两百万?"

约根森短暂地闭了一下眼睛。"事情越来越糟,我的妻子一直坚持着,支持着,自始至终。那么艰难,但她一直和我在一起……直到上帝又送了礼物——昂贵的——以我的名义送给曾经在诊所工作的一些护士,用的是我的信用卡,加上各种邀请和带有暗示的短信。其中一个女人在家里的留言电话上留了言,感谢我,说她非常愿意和我去共度周末。我的女儿听到了电话留言,哭着把这件事告诉了妻子。妻子也许相信我是无辜的。但她还是在四个月前离开了我,与她在科罗拉多州的妹妹搬到一起住了。"

"我很抱歉。"

"抱歉?哦,好的,非常感谢你。但我还没说完呢。哦,不,离完结还远着呢。我的妻子刚走,各种逮捕就开始了。似乎是因为我购买了枪支弹药,然后去纽约东部的纽黑文和杨克斯一带进行抢劫。一名店员被打成重伤。纽约调查局的人来把我抓了进去。他们最终放了我,但还是留下了逮捕记录,永远存在我的档案里。缉毒署也逮捕了我,他们根据一张购买非法进口处方药的账单顺藤摸瓜地找到了我。

"哦,其实我还在牢里蹲了一阵子——嗯,确切地说不是我本人,而是从上帝那里买走我的信用卡和驾照的人。当然,那个犯人与我毫无关系。谁知道他的真实姓名是什么?但世人只知道政府记录上显示着'罗伯特·塞缪尔·约根森,社保号 923-67-4182,住在康涅狄格州的格林尼治,囚犯'。这便是我从今往后的档案。"

"您一定在追踪这件事,报案了吗?"

他听后嗤之以鼻。"哦,拜托。你自己就是警察。你知道这样的事情落在警察手里能有什么结果。没人会在乎,它的重要性仅仅略高于乱穿马路。"

"那你对这个人有没有了解?也许可以帮助我们查案。任何关于他的事情,年龄、种族、受教育程度、住址?"

"什么都没有。我到处都找过了,从头到尾就只有一个人:我自己。他将我从我自己这里剥离。哦,人们说有社会保障,也有社会保护。那都是废话。真的,如果你弄丢了信用卡还能挂失。但是,如果有人想毁掉你的生活,你是完全没有抵抗能力的。人们只相信电脑里显示的事情。如果电脑上说你欠了钱,那你就是欠了钱。如果电脑上说你是一个有信用风险的人,那你就是有风险。报告上说你没有信用,你就没有信用,即便你是千万富翁也没用。人们只相信数据,不关心真相。"

"啊,你想看看我最近的工作吗?"他一跃而起,打开衣柜,里面是一套快餐加盟店的统一制服。约根森回到桌子旁,开始重新"解剖"那本书,同时喃喃自语道,"我会找到你,你这个混蛋。"他抬起头,"你想知道最糟糕的是什么吗?"

萨克斯点点头。

"上帝从来没有住过他以我的名义租的公寓,也从来没有取走送来的违禁药物,或是其他用信用卡买的商品。警察找回了所有东西。他甚至从来没有在他买的那栋漂亮房子里住过。他就是要折磨我。他是上帝,而我是约伯。"

萨克斯注意到了他桌子上的照片。上面是约根森和一位年龄相近的金发女郎,他们的手臂环绕着一个十几岁的女孩和小男孩。背景中的房子非常漂亮。如果疑犯五二二确实是这一切的幕后黑手,她想知道他为什么要费这么大力气去毁掉一个人的生活。他是不是在用这个人来测试自己接近受害者、栽赃嫁祸的技能是否纯熟?而这个罗伯特·约根森就是用来做实验的小白鼠?

又或者五二二是个残忍的反社会人格?那么他对约根森所做的一切都可以被称作一场无性的强奸。

"我想你应该另找一个住处,约根森先生。"

他回了一个无奈的笑容。"我知道,那样才安全。让人永远找不到。"

萨克斯摆出自己曾看到父亲用过的表情,她认为这或多或少说明了她对生活的看法。"只要你保持移动,他们就抓不到你……"

他对着那本书点了点头。"你知道他是怎么发现我在这里的吗?就是这个。我有一种直觉,一切都是在我买了这本书之后开始崩塌的。我一直想从它这里找到答案。我把它放进了微波炉,但显然没有奏效。可是这里面一定有答案,一定有!"

"你在找什么呢?"

"你不知道吗?"

"不知道。"

"哦,当然是追踪设备。他们把东西放在书里,还有衣服上。很快,他们就能在几乎所有东西上放追踪设备。"

所以不是细菌恐惧症。

"微波炉可以破坏追踪设备?"她顺着问了下去。

"大部分都可以。你可以用微波把天线毁掉,但是如今的天线非常小,几乎是微型的。"约根森陷入了沉默,她意识到他在目不转睛地盯着她看,然后他宣布,"你拿去吧。"

"拿什么?"

"这本书。"他的目光在房间里逡巡,"它上面有你想要的答案,关于我的答案……拜托了!我讲述自己的故事时,你是唯一一个没有冲我翻白眼,把我当疯子的人。"他往前坐了坐,"你和我一样想捉到他。我敢打赌,你还有各种各样的装备。扫描显微镜,传感器……你能找到追踪设备!而它会带你找到他,是的!"他把书推到她面前。

"好吧,我其实不知道我们在找什么。"

他同情地点点头。"哦,你什么都不必说。这就是问题所在,他们随时随地在变化,而且始终领先我们一步。但是,拜托你了……"

他们……

她接过书,犹豫着到底要不要把它当作证据,放进塑料证据袋里,再加上一张证据保管卡。她想着莱姆的嘲笑声会有多大。也许最好还是用手拿着。

他俯身向前,用力握住她的手。"谢谢你。"他又开始哭起来。

"那么,你会搬家吗?"她问。

他说会的,然后给了她另一个临时旅馆的名字,在下东区。"不要把它写下来,不要告诉任何人,别在手机上提到我。他们随时随地都在监听你,你知道的。"

"如果你想到了任何其他……关于上帝的事情,请打电话给我。"她递出了自己的名片。

他记下上面的信息,然后把名片撕碎,走进浴室,将一半碎片冲到马桶里。他注意到她好奇的眼神。"我以后再冲掉另一半。一次性将所有东西倒在马桶里冲掉就像把自己的账单留在邮箱里,还把上面的红标翻出来让所有人知道,就是有这样的傻瓜。"

他送她到门口,然后凑近,衣服上的汗臭味瞬间向她袭来。他通红的眼睛紧紧盯着她。"警官,请听我说。我知道你胯上有把枪。但是,那个对他来说没什么用。你必须先接近他,才能开枪。但他要伤害你,却完全不需要靠近你。他可以在黑暗的房间里坐着,一边抿着红酒,一边把你的生活撕成碎片。"约根森朝她手中的书点点头,"而现在,你拿到了它,你也就被盯上了。"

13

我一直在留意新闻,现在有这么多获取信息的方式,可是我完全没听说红头发警察在布鲁克林被联邦特工误杀的消息。

但至少他们在害怕。

现在,他们会开始忐忑不安。

那就好。凭什么只有我要忍受这种不安?

我边走边想:这是怎么回事?怎么会发生这种事呢?

这可不好,这实在是不好,非常非常不好……

他们似乎确切地知道我在做什么,还有我的受害者都是谁。

知道我正在前往德莱昂6832家的路上,时间也刚刚好。

到底是怎么回事?

我再次整理了所有数据,重新排列、分析。不,我不明白他们是怎么做到的。

先别放弃,再好好想想。

我没有足够的数据。如果没有足够的数据,怎么能得出结论?怎么可能呢?

啊,慢下来,慢下来,我告诉自己。当十六位数们惊慌失措的时候,他们到处都会留下信息痕迹,至少对那些聪明人来说,都可以用作推理的线索。

城市的街道暗淡无光,周日不再美丽。这是丑陋的一天,完全被毁了。阳光污浊刺眼。这个城市很冷漠，棱角分明。十六位数们在嘲讽我，刻薄而虚伪。

我恨他们！

但是，要保持低调，装作很享受这一天。

最重要的是——要思考、要分析。电脑在面临问题时，是如何对数据进行分析的？

现在，思考。他们是怎么发现的？

一个街区、两个街区、三个街区、四个……

没有答案。只有结论：他们非常厉害。还有一个问题：他们到底是谁？也许——

我突然冒出一个可怕的念头。天哪，不要……我停下来，在背包里翻动。不，不，不，它不见了！那张便利贴，粘在证据袋上，在扔掉袋子之前我忘了把它取下来。我最喜欢的十六位号码的地址：3694-8938-5330-2498，我的宠物——罗伯特·约根森医生。我刚刚才发现他逃到了哪里，试图藏匿自己的行踪，我把地址记在了一张便利贴上。我为自己没有把地址背下来感到气愤无比，我现在又把便利贴扔掉了。

我恨自己，恨这一切。我怎么会这么不小心？我想哭，想大声尖叫。

我的罗伯特3694！两年以来，他一直是我的小白鼠，我的人体试验。公共记录、身份盗用、信用卡……

但是，最重要的是，摧毁他给我带来了无与伦比的快乐。那是性高潮一般的巅峰体验，难以用言语形容，像吸了海洛因一样。找到一个拥有完全正常的、幸福家庭的人，一个有良心、有爱心的医生，然后摧毁他。

好吧，我不能冒任何风险。我不得不假设有人发现了那张字条，并给他打了电话。他肯定会逃跑……而我必须得放手。

今天有人从我手里把我的东西抢走了。我无法描述自己的感觉。

那种火烧火燎的痛苦,那种盲目的恐慌,就像是从高空坠落,知道自己随时会撞上坚实的地面,但是暂时还……没……有。

我在羊群里跌跌撞撞,这些十六位数在休息日漫游,而我的幸福却被破坏,平静被摧毁。就在几个小时前,我仍带着无害的好奇和欲望看向众人,但现在我只想向某个人发起攻击,像削番茄皮一般将他苍白的肉削下来,用我八十九把刀中的一把。

那把十九世纪后期库洛斯兄弟做的刀就不错。超长的刀刃,纤细的牡鹿角手柄,是我藏品中的骄傲。

"证据,梅尔。让我们仔细看看。"

莱姆指的是在德莱昂·威廉姆斯家旁的垃圾桶里收集到的证据。

"有指纹吗?"

库柏检查的第一项是塑料袋上的指纹。袋子里装的是五二二准备栽赃陷害用的证据,里面有一些血迹仍未干透的纸巾。但是塑料袋上没有发现任何指纹——这非常令人失望,因为塑料袋通常是保存指纹的最好媒介。留在塑料袋上的指纹往往是显性指纹,而非隐性,不需要任何特殊的化学物质或照明来观察。库柏的发现表明,嫌犯戴着棉手套。有经验的犯罪分子比起乳胶手套会更偏爱棉手套,因为棉手套可以完美地隐蔽他们的指纹。

利用各种喷雾剂和光源,库柏把袋子里的其他证据都查了一遍,却没有任何收获。

莱姆意识到,这个案子同其他可能出自五二二之手的案子都不太一样,原因在于这个案子中会有两类证据。首先是虚假证据,凶手打算用来栽赃陷害德莱昂·威廉姆斯的。他自然会确保假证据没有一样能指向自己。其次是他无意之间留下的真证据——比如他们发现的烟草和娃娃的头发。

带血的纸巾和未完全干涸的血迹是第一类证据,是凶手打算在替罪羊那里留下来栽赃用的。同样地,胶带也属于这一类,是凶手想要顺手放进威廉姆斯的车库或汽车里的。所以这条胶带和勒死米拉·韦恩伯格的一定会匹配无疑。而且他会十分小心,不让胶带上留下任何自己的痕迹。

还有一只十三码的田径跑鞋,也许五二二原本并没有打算把它留在威廉姆斯家里,但在这个案子里它仍然属于"第一类证据"。五二二显然是想用它来留下类似威廉姆斯的鞋印。梅尔·库柏检查了鞋子,在鞋底发现了一些啤酒的痕迹。通过对比多年前莱姆为纽约警局建立的发酵饮料数据库发现,很可能是米勒牌啤酒。而这也可能是两种证据中的任何一种——栽赃证据或真正的证据。他们要等到普拉斯基从米拉·韦恩伯格的犯罪现场返回之后才能确认。

塑料袋里还有一张米拉的照片,应该是电脑打印出来的,可能是用来暗示威廉姆斯一直在跟踪她的证据。也正因此,它被认为是第一种证据。不过,莱姆还是让库柏仔细检查了一遍,但茚三酮试验没有显示出指纹。显微镜和化学分析都表明照片是通用纸,没有什么特点,而打印机也是用的惠普的激光碳粉,一样难以追查牌子以外的线索。

不过他们还是发现了一些也许能派上用场的痕迹。莱姆和库柏在纸张上发现了葡萄穗霉菌的痕迹。这是种臭名昭著的霉菌,会腐蚀建筑物。由于发现的量非常微小,所以它可能不属于第一类证据,而是来自凶手的住所或工作地点。这种霉菌几乎只在室内出现,这意味着五二二的家中或工作场所,至少有一处是阴暗潮湿的。因为霉菌不会生长在干燥的地方。

而那张便利贴应该也不是第一类证据。便利贴是3M牌的,不是廉价便利贴,但依然无法追到购买源头。库柏在便利贴上没有其他发现,只查出了几小点霉菌,但这至少说明便利贴确实有可能属于五二二。写字用的墨水来自在全国各地无数商店都能买到的一次性水笔。

这便是他们拿到的所有证据。库柏记下各种检验结果时,做加急医学分析和报道的实验室打电话来告知,说初步检测可以证实塑料袋中的血液确实属于米拉·韦恩伯格。

塞利托也接了一个电话,但只简短交谈了片刻就挂了。"没有收获……缉毒署去追踪举报阿米莉亚的那个匿名电话,只找到了一个公共电话亭。没有人看到是谁打的。高速公路上也没有人看到逃跑的人。他逃走的那段时间,两个距离最近的地铁站的巡警也说,没有看到任何可疑行为。"

"哦,他当然不会有任何可疑行为,不是吗?那些巡警以为会是什么样的?逃亡中的嫌犯会主动跳过地铁票闸引人注目,还是会把身上的衣服脱光,再换上一套超人的紧身服?"

"我就是转达一下他们的话,林肯。"

莱姆皱着眉,让汤姆在白板上写下证据检查的结果。

德莱昂·威廉姆斯住所旁的街道

- 三个塑料袋。体积一加仑,自封保鲜袋。
- 一只右脚十三码的田径跑鞋,鞋底花纹内有干啤酒痕迹(可能是米勒牌),并无磨痕,也没有其他明显痕迹。买来是为了在作案现场留下脚印?
- 带血的纸巾。初步测试证实,属于受害人。
- 塑料袋中有两立方厘米血液。初步测试证实,属于受害人。
- 写着地址的便利贴:恒基大厦公寓,六七二室,住有罗伯特·约根森。留言和笔没有留下线索。纸也查不到源头。纸上发现有葡萄穗霉菌。
- 受害者的照片,看上去是电脑彩打。惠普打印机,无法查出源头。纸也查不到源头,纸上发现葡萄穗霉菌。
- 胶带,家居聚集地牌,无法追溯至具体位置。
- 没有发现指纹。

这时门铃响了，罗恩·普拉斯基快步走进房间，手上是从米拉·韦恩伯格被害现场收集到的证据袋，整整两个牛奶箱那么多。

莱姆立刻就发现他的表情变了，变得非常平静。普拉斯基的脸上往往带着些胆怯，有时也会显得不知所措，偶尔透出些许骄傲，甚至会脸红。但现在他的眼神空洞，之前的坚定一扫而空。他看了一眼莱姆，点点头，郁闷地走到检查台，将证据盒转交给库柏，还有由现场医检签署的证据保管卡。

菜鸟向后退了几步，看着汤姆写的白板，手插进牛仔裤口袋里，夏威夷衬衫没有掖进去，他根本一个字也没看进去。

"你没事吧，普拉斯基？"

"当然。"

"你看上去不像没事儿。"塞利托说。

"哦，没什么大不了的。"

但这显然不是真话。他第一次独立在凶案现场取证，一定是遇到了什么困扰。

最后他说："她只是躺在那儿，面朝上，眼睛盯着天花板，仿佛还活着，在寻找什么东西。她皱着眉头，表情有点好奇。我原以为她会被盖起来。"

"是啊，哦，你知道我们是不盖尸体的。"塞利托嘀咕着，普拉斯基看向窗外，"就是有点……好吧，这个想法太疯狂了。但是她看起来有点像珍妮。"他的妻子。"感觉有些奇怪。"

林肯·莱姆和阿米莉亚·萨克斯在工作上的许多方面是相似的。他们认为在犯罪现场取证时需要用心去体会，让自己身临其境，感受凶犯和受害者之间的互动。这会帮你更好地了解现场，找到被忽略的证据。

那些能够掌握这个技巧的人，虽然在办案之后会感到难过，却是在现场走格子取证的专家。

但莱姆和萨克斯在很重要的一点上观念不同。萨克斯认为永远不要对罪行的恐怖感到麻木是很重要的。每一次去凶案现场再回来,你都要设身处地地去感受。但是如果你开始感到麻木,你的心就会慢慢变得坚硬起来,就离你追捕的人黑暗的内心更近了一些。而莱姆的观点则正相反,他认为你应该尽可能保持冷静。只有当你完全置身事外,不带任何情感的时候,才有可能成为最好的警察,更有效地阻止未来的悲剧。"这时候你已经不是一个人了。"他会在给新警察讲课时说,"你就是一座证据库,而且是最棒的那种。"

普拉斯基拥有成为像莱姆那样的警察的潜力。但如今他在职业生涯的早期加入了阿米莉亚·萨克斯的阵营。莱姆很理解这个年轻人,但他们有个必须要破的案子。今晚在自己的家里,普拉斯基可以抱住妻子,默默悼念那个和她长得相似的女子的死亡。

他生硬地问:"你回过神了没,普拉斯基?"

"是,长官。我没事了。"

这并非实话,但莱姆需要他集中精神。"你处理了尸体吗?"

普拉斯基点点头。"我和来做尸检的医生一起处理的,我让他在鞋上套了橡皮圈。"

为了避免混淆,每当莱姆有犯罪现场需要搜证时,他都会让人在鞋上套橡皮圈,即使他们穿着可以防止头发、皮肤碎屑等微量迹证污染现场的塑料连体服。

"好样的。"莱姆关切地看了一眼证据箱,"开始吧。我们已经阻止了他的一个计划。也许他正气得发疯,想要找人出气。也或许他已经买票逃到了墨西哥。无论是哪种情况,我们都应该尽快采取行动。"

年轻的警察翻开笔记本:"我——"

"汤姆,到这里来。汤姆,你到底在哪儿呢?"

"哦,当然,林肯。"面带欢快笑容的护理员走进房间,"面对这样礼貌的请求,我总是非常乐意效劳。"

"我需要你再来写一次,把证据画成一张图表。"

"是吗?"

"拜托你了。"

"你不是真心的。"

"汤姆。"

"好吧。"

"米拉·韦恩伯格犯罪现场。"

汤姆在白板上写了标题,站到一边随时准备做笔记,莱姆问道:"那么现在,普拉斯基,据我所知,这并不是她的公寓?"

"确实是如此,长官。公寓的主人是一对夫妇,他们去度假了,在游轮上,我设法联络到了他们。但他们从来没有听说过米拉·韦恩伯格这个人。你真应该去听听,他们听说这件案子以后特别生气,想不出来谁会这么做。而且嫌疑人进屋时破坏了门锁。"

"所以,他知道房子是空的,没有安装报警系统。"库柏说,"这倒是有趣。"

"不然呢?"塞利托摇了摇头,"难不成他只是因为地理位置才选了这栋房子?"

"那附近真的很冷清。"普拉斯基插嘴道。

"那你觉得,她在那么冷清的地方干什么呢?"

"我发现她的自行车在外面。她口袋里有一把钥匙,刚好可以打开车锁。"

"所以她是在骑自行车。也许他已经了解了她的行车路线,知道她会在某一时间经过那里。而且不知何故,他也知道公寓里的夫妇不在家,所以他不会受到任何干扰……好了,小子,和大家说一遍你的发现。汤姆,希望你能高抬贵手,把内容写下来。"

"用力过猛了,莱姆。"

"哈。死亡原因?"莱姆问普拉斯基。

"我和法医说了,希望能加快出尸检报告的速度。"

塞利托僵硬地笑了一下:"那他是怎么说的?"

"好像是'行吧,无所谓'之类的。"

"在你可以做出这样的请求之前,你还需要在警局里再往上爬一爬。但我很欣赏你的努力。那么你有什么初步结论?"

他看了看自己的笔记。"头部遭遇数次重击,验尸官说凶手是想征服她。"这位年轻的警察停下来,或许是回想起了自己几年前也遭受过同样的经历,然后继续说,"死因是窒息。眼睛和眼睑内有瘀点,说明有点状内出血——"

"我知道,继续。"

"呃,好的。头皮和面部出现了静脉曲张。这个有可能是杀人凶器。"他说着举起了一个装有约四尺长绳子的袋子。

"梅尔。"

库柏抓住绳子,小心翼翼地摊开在干净的报纸上,喷上粉,查看是否留有什么线索。然后他取了几片纤维,做了一下检查。

"发现了什么?"莱姆不耐烦地问。

"我在查呢。"

普拉斯基又埋头回到笔记本里。"至于强奸,阴道和肛门遭到了性侵。医生说应该是死后奸尸。"

"尸体姿势有什么特别之处?"

"没有……不过,长官,我注意到了一点。"普拉斯基说,"她所有的指甲都很长,除了一枚,被剪得很短。"

"见血了吗?"

"是的。指甲是被快速切断到底的。"他犹豫了一下,"也许是她还活着的时候。"

所以五二二有些虐待狂倾向,莱姆想着。"他喜欢疼痛。"

"检查其他犯罪现场的照片,从先前的强奸案开始。"

年轻的警察急忙去找图片。他从图片中找出一张,眯着眼睛看。"看这张。是的,他在这个案子里也剪下过一枚指甲。而且是同一根手指。"

"凶手喜欢战利品，这个信息很有用。"

普拉斯基兴致高昂地附和道："那这么想来，他取走的是无名指的指甲，是戴结婚戒指的手指。可能和他的过去有关。也许他的妻子离他而去，也许他的母亲从小就将他遗弃，或者这位母亲——"

"说得好，普拉斯基。这让我想起了一件事，我忘记问了。"

"忘记什么了，长官？"

"今天早上，我们开始调查之前你查运势了吗？"

"什么？"

"哦，是谁负责解读手相来着？我忘了。"

塞利托咯咯地笑了起来，普拉斯基则羞红了脸。

莱姆话音一转："心理分析侧写没什么用处。指甲告诉我们真正有用的信息是——我们知道现在五二二身上留有可以把他和罪行联系起来的DNA证据。更何况，如果我们可以检测出他是用什么东西来取下战利品的，也许还能追查到购买地点，进而抓到他。要靠证据，菜鸟。不是心理学那套瞎扯。"

"当然，长官。我明白了。"

"叫'林肯'就行了。"

"好的，当然。"

"绳子怎么样了，梅尔？"

库柏正在翻阅纤维数据库。"是通用麻绳，可以在全国各地数以千计的零售网点买到。"他又做了化学分析，"没有留下任何痕迹。"

糟糕。

"还有什么，普拉斯基？"塞利托问。

他看向自己罗列的各项线索。渔线，用来绑她的手，而且已经勒进皮肤里，导致出血。胶带贴住了嘴，家居聚集地牌的，是从五二二想要丢掉的那卷上撕下来的。被撕下的胶带两端的锯齿完全匹配。两个未开封的避孕套在尸体旁被找到，年轻的警察举起证据袋解释说，它们是木马恩资牌的。

"这是取证棉签。"

梅尔·库柏接过塑料袋，检验起在阴道和直肠取证的棉签。医检的办公室会给出更详细的报告，但很明显，棉签上遗留有避孕套上杀精润滑剂的痕迹。但现场没有发现精液痕迹。

另一根棉签从地板上取证，因为普拉斯基发现了跑鞋的痕迹，棉签上带有啤酒的残迹。鞋印属于田径跑鞋。鞋底花纹的静电图像也显示出，这是一只十三号码的右脚跑鞋——与五二二扔进垃圾桶里的那只一样。"公寓里没有啤酒，对不对？你有没有搜索厨房和储藏室？"

"对，都搜了，长官。没有发现啤酒。"

朗·塞利托点了点头："我赌十块钱，米勒肯定是德莱昂最喜欢的啤酒。"

"我是不会和你赌这个的，朗。还有其他证据吗？"

普拉斯基举起一只塑料袋，里面有一块棕色物质。是他在受害人耳朵上方发现的。经分析，那块物质是烟草。"是什么牌子，梅尔？"

梅尔·库柏检查后发现，这是一片细切的烟草，最常见的是放在香烟里，但它与数据库中的采样不同。林肯·莱姆是全国为数不多自己不吸烟，却也强烈谴责禁烟令的人。烟草和烟灰是能把罪犯和犯罪现场联系起来的最精彩的证据。库柏不能确认烟草的品牌。但他觉得从干燥的程度来看，它可能已经有些年头了。

"难道米拉抽烟吗？或者是住在公寓里的那两个人？"

"我没有发现这类证据。我按照你教的方法工作，一到现场就闻了闻气味。空气中并没有吸烟留下的异味。"

"做得好。"到目前为止，莱姆对他的现场查证很满意，"指纹呢？"

"我已经检查过房主的指纹样本——是从药柜和在床边的各种东

西上取到的。"

"所以你不是在瞎扯,你真的看过我写的书。"莱姆在他的犯罪现场调查教科书中,用了好几个段落阐述在现场收集对比指纹的重要性,以及应该到哪儿去寻找指纹。

"是的,先生。"

"我感到很荣幸,我有没有赚到版税?"

"我是借了哥哥的那本。"普拉斯基的双胞胎哥哥也是警察,在格林尼治村的第六分局工作。

"希望他是付钱买的书。"

公寓中发现的大多数指纹都属于那对夫妻。其他的有可能是来访客人的,但也并非完全不可能是五二二一时疏忽留下的。库柏将所有人的指纹都输入了自动识别系统中,很快就会有结果了。

"好了,告诉我,普拉斯基,你对凶案现场的印象如何?"

这个问题似乎让他有点不知所措。"印象?"

"这些是树。"莱姆垂下眼睛看向证据袋,"你觉得林子怎么样?"

年轻的警察想了想:"好吧,我有一个想法。虽然有点蠢。"

"你知道,如果你想出了什么愚蠢的理论,我会第一个告诉你的。"

"就是,刚到那里时我的印象是,打斗的痕迹很奇怪。"

"为什么?"

"你看,她的自行车拴在外面的灯柱上。就像特意停在那里一样,不像被绑架来的。"

"所以他不是从大街上把她抓进去的。"

"对。想进公寓,你需要通过一扇门,然后沿着长长的走廊到前门去。走廊很狭窄,全是那对夫妇存的瓶瓶罐罐,还有运动器械、一些被回收的垃圾、园艺工具。但是每样东西都安然无恙。"他点了点另一张照片。"但是再看看屋子里面——这才是争斗的开始。比如桌子和花瓶。在刚一进门的右侧。"他的声音放轻，"看起来她用尽全力挣扎过。"

莱姆点点头。"好。所以，五二二引诱她到公寓，甜言蜜语说动了她。她锁好自行车，跟着他走过走廊，然后进入公寓。她在入口停了一下，因为发现他在说谎，所以才开始设法脱身。"

他想了一下。"所以，他一定对她有足够的了解，才能让米拉放下心来，让她觉得自己可以信任他……当然，大家想一想，他知道所有人的情报——这个人是谁，会买什么东西，是否在度假，是否有报警器，还有他们要去哪里……还不错，菜鸟。现在我们对他有了一些稍微具体的了解。"

普拉斯基努力不要笑得太明显。

库柏的电脑响了一下，他读了屏幕上的结果。"没有找到匹配指纹，一个都没有。"

莱姆耸耸肩，并不感到意外。"我感兴趣的是，他为什么能知道这么多信息？你们谁给德莱昂·威廉姆斯打个电话，问问看五二二栽赃的证据都对得上吗？"

塞利托打过电话后说，是的，威廉姆斯穿的鞋码就是十三号，他经常买木马恩资牌避孕套，他家里有四十磅的渔线，还经常喝米勒牌啤酒，他最近也到过家居聚集地，买了胶带和麻绳，用来绑东西。

从先前的强奸案证据板上看，五二二使用的是杜蕾斯牌的避孕套。而之所以选用这个牌子，是因为替罪羊约瑟夫·奈特利就是买的这个牌子。

塞利托问电话那头的威廉姆斯："你丢过一只鞋吗？"

"没有。"

塞利托说："所以，他去买了一双同款的鞋，一样的尺寸。他是怎么知道的？你有没有看到什么人最近在你家附近转悠，或是在你的车库周围，翻你的车或垃圾箱？你最近有没有遭遇盗窃？"

"没有,肯定没有。我没有工作,大多数时间都在看家。如果有,我一定会知道的。而且我们住的这个区治安不怎么样,所以房子装了报警器,一直是开着的。"

莱姆和塞利托对他表示感谢,然后挂掉了电话。

刑侦专家把头向后仰,凝视着白板上的证据表,告诉汤姆要写上什么。

米拉·韦恩伯格犯罪现场

- 死因:窒息。正在等待验尸报告。
- 对身体没有残害或摆成特殊姿势,但左手无名指指甲被剪短。可能被作为战利品,大概率是死前遭遇。
- 润滑剂,来自木马恩资牌避孕套。
- 未打开的避孕套(两个),木马恩资牌。
- 没有留下使用过的避孕套或体液。
- 地板上有米勒牌啤酒的痕迹(并非来自犯罪现场)。
- 渔线,四十磅重的单丝,普通品牌。
- 四尺长棕色麻绳(通用)。
- 嘴上贴有胶带。
- 烟草薄片,老旧,品牌不明。
- 脚印,十三码男士田径跑鞋。
- 无指纹。

莱姆问道:"他给九一一打了电话,对不对?去告发关于道奇车的事?"

"是啊。"塞利托说。

"查查那通电话。他说了什么,声音什么样。"

莱姆补充道:"还有之前案子的电话,我堂兄、硬币盗窃和强奸案。"

"当然,没问题。我怎么没想到这一点。"

塞利托联系了中央调度处。九一一的通话录音会按报案时间保存起来,他向调度处提出了要求。十分钟后,他收到了回复。调度处的系统里还有亚瑟案和米拉案的录音,调度员已经将两个语音文件发到了库柏的电子邮箱。更早的案件已被存档到硬盘,想要调出来可能需要好几天,但一名助手已经帮他们提出了申请。

收到音频文件后,库柏点开播放。里面是一个男人的声音,说让警察迅速赶到他听到尖叫声的地址。他还描述了逃逸车辆。两个文件里的声音听起来是相同的。

"可以做声纹匹配?"库柏问,"如果锁定了嫌疑人,就可以对比一下。"

声纹匹配在法医界比测谎仪可信度更高,而且,在某些法院,法官是允许声纹被作为证据呈堂的,但莱姆摇了摇头。"仔细听。他是在对着盒子说话,难道你听不出来吗?"

盒子是用来伪装声音的设备。但是它不会让人声变成达斯·维德[①]那样。通过盒子的音色是正常的,只是有点儿空洞。许多查询台和客户服务公司会用这种设备来使员工的声音听起来统一和谐。

就在这时,门被打开了,阿米莉亚·萨克斯大步走进客厅。她的胳膊下夹着一个东西,莱姆看不出是什么。她点点头,看了看证据板,又对普拉斯基说:"看起来你干得不错。"

"谢谢。"

莱姆指出她拿着一本书,而且似乎是被拆了一半的书。"这到底是什么?"

"是我们的医生朋友,罗伯特·约根森送我的礼物。"

"那是什么?证据吗?"

"很难说,他讲的事情实在奇怪。"

"怎么奇怪了,阿米莉亚?"塞利托问。

---

① 《星球大战》正传中的反派,透过面具说话时声音低沉失真。

"阴谋论。蝙蝠男孩①、猫王和外星人刺杀肯尼迪的那种奇怪。"普拉斯基扑哧一下笑了出来,引来林肯·莱姆的一脸嫌弃。

---

①专门报道恶搞新闻的《世界新闻周报》以纪实小报的形式虚构出来的半蝙蝠半人的生物。

14

她讲述了一个由于身份被盗而陷入困境、生活被毁的人的故事。这个人将他的克星称为上帝,把自己比作约伯。

显然,他已经有些精神失常。"离奇"已经不足以形容他的遭遇。然而,即使这个故事只有一部分是真实的,也十分令人动容,不禁悲从中来。他的人生被搅得支离破碎,而他遭受的苦难根本毫无意义。

萨克斯随后说的话引起了莱姆的全部注意。她说:"约根森声称自从他两年前买了这本书以后,那个人对他的一举一动便了如指掌。对方似乎对他的事情无所不知。"

"无所不知。"莱姆重复了一遍,望着证据板,"正是我们几分钟前得出的结论,他知道被害人和替罪羊的所有信息。"然后他把刚才讨论的内容给她讲了一遍。

她把书递给梅尔·库柏,告诉他约根森认为书被装了跟踪装置。

"跟踪装置?"莱姆嗤之以鼻,"他是看了太多奥利弗·斯通的电影……好吧,如果你想搜查的话。但是,我们不要忽略了真正的线索。"

萨克斯给约根森提到的各个司法管辖区的警局打了电话,但没有得到什么有用的结论。是的,有很多起身份盗窃,那是毫无疑问的。"但是,"一个在佛罗里达州的警察说,"你知道到底有多少这样的事情吗？我们发现一个假住所就赶去突袭，但等我们到那里时，房子已经空了。他们带走了记在受害人账上的所有商品，然后跑到得克萨斯州或者蒙大拿州去了。"

他们中的大多数人都听说过约根森的事情（"他确实写了不少信"），并表示了同情。但谁也没有什么具体的线索，无论是幕后指使的个人还是团伙都无从知晓，即使他们愿意帮忙，也没有足够的时间来办理这个案件。"就算我们再多一百名警察，也无法在那个案子上取得任何进展。"

挂了电话后，萨克斯解释说，因为五二二知道约根森的地址，所以她告诉了酒店的店员，如果有人问起约根森，请马上让她知道。如果店员按她说的做，萨克斯就不计较酒店的各种违规问题，不把他们告到城建办公室那里去。"干得漂亮。"莱姆说，"你知道他们有违规行为？"

"他同意之前我是不知道的，哦，但他同意的速度堪比光速。"萨克斯走到普拉斯基搜来的证据板前看了起来。

"你有什么想法，阿米莉亚？"塞利托问。

她站在白板前，手指着搜来的各种迥然不同的线索，思索着。

"他从哪儿弄来的这张照片？"她拿起装有米拉·韦恩伯格照片的证据袋。照片上的她笑容甜美愉快，眼睛看向镜头，"我们应该查查。"

好点子。莱姆没有考虑图片的来源，只当是五二二从某个网站上下载的。他一直更感兴趣的线索是打印纸本身。

照片里米拉·韦恩伯格站在一棵开花的树旁边，回身凝视着镜头，脸上露出笑容，手里拿着一个装有粉红色饮料的马提尼酒杯。

莱姆注意到普拉斯基也在看米拉的照片，他再次露出了困惑的表情。

事实上……她看上去有点像珍妮。

莱姆注意到照片有明显的边界，右边似乎写有文字，到边界时消失了。"他一定是在网上找到的。为了让德莱昂·威廉姆斯看起来像是在跟踪她。"

塞利托说:"也许我们可以找到他是从哪个网站上下载的图片,反追他的行迹。但是怎么查到照片出处呢?"

"用谷歌查她的名字。"莱姆建议。

库柏依言照做,发现了十几个结果,其中好几个都不是他们要找的米拉·韦恩伯格。剩下的都是受害者工作的专业机构,但没有和被五二二打印出来的照片相似的。萨克斯说:"我有个主意,让我打电话给我的电脑专家。"

"谁,网络犯罪部门的人?"塞利托问。

"不,比他厉害。"

她拿起电话,拨了一个号码。"帕米,嗨。你在哪儿呢?……好的,我有一个任务。你能去开一下电脑吗?我们打个视频通话。"

萨克斯转向库柏:"你能启动你的摄像头吧,梅尔?"

梅尔在电脑上敲了几下,不一会儿,他的显示器上就出现了帕米养父母家的图像。漂亮的少女出现在屏幕上,她坐了下来。

她的图像由于广角镜头稍微有些失真。

"嗨,帕米。"

"嗨,库柏先生。"电话里传来轻快的声音。

"让我来说。"萨克斯说,代替库柏在键盘旁坐下,"亲爱的,我们找到了一张图片,我们认为是从网上传出来的。你可以看看,然后告诉我们你知不知道是从哪儿下载的?"

"当然。"

萨克斯将图片举到摄像头的高度。

"照片有点反光,你可以把它从塑料袋里拿出来吗?"

萨克斯戴上乳胶手套,小心地把照片取出来,再次举起。

"这回好多了。哦,当然,这是从 OurWorld 上扒下来的。"

"那是什么?"

"就是一个社交网站。类似 Facebook 和 MySpace。现在流行这个,大家都在上面。"

"你知道这个吗,莱姆?"萨克斯问。

他点了点头。奇特的是,他最近一直在思考这个问题。他在《纽约时报》上读到一篇关于社交网站和虚拟世界(比如《第二人生》[①])的文章,读完后他才惊讶地得知,人们如今花在现实世界的时间比在虚拟世界里少——不管是在网上进行社交,还是远程通信办公。据说如今青少年的室外活动比美国历史上任何时期都要少。讽刺的是,莱姆的复健计划和想要努力恢复身体机能的愿望,倒是让他变得常常出门在外,在虚拟世界里的时间反倒少了。区分正常人和残疾人的界限已然模糊。

萨克斯问帕米:"你能看出它是从哪个网站上下载的吗?"

"是啊,他们的照片有特殊的花边。如果你离近了看,会发现它不只是一条线,而是一个个的小地球似的图案。"

莱姆的眼睛眯成一条缝。是的,照片的边界就像她说的那样。他回想起那篇《纽约时报》的文章。"你好,帕米……那个网站有很多会员,是吗?"

"哦,你好,莱姆先生。是啊,好像有三四十万人。这是谁的领界?"

"领界?"萨克斯问。

"就是你的页面,叫'领界'。她是谁啊?"

"很遗憾,她今天被杀害了。"萨克斯平静地说,"就是我早些时候告诉你的那个案子。"

莱姆不会向一个十几岁的孩子提起谋杀案,但这是萨克斯的决定。她知道什么可以告诉她,什么不能。

[①] Second Life,林登实验室二〇〇三年推出的一个虚拟世界网络游戏。

"哦，对不起。"帕米满是同情，但并没有震惊或听到坏消息时的沮丧。

莱姆问道："帕米，任何人都可以登录网站，进入你的领界吗？"

"哦，你先要注册成为会员。但是如果你不想发帖子或者开一个领界，也可以只是上来四处看看。"

"所以，打印这张照片的人会用电脑。"

"是啊，那肯定的吧，只是他并没有把照片打印出来。"

"什么？"

"你不能打印或者下载任何东西。截屏打印都不可以。这个系统有过滤器——就是为了防止跟踪狂的，而且无法破解。就像电子图书的版权保护。"

"那他是怎么做到的？"莱姆问。

帕米笑了起来。"哦，他估计就是做了我们在学校里干的事情，如果我们想留下谁的照片，就把图片用手机拍下来。大家都是这么做的。"

"当然。"莱姆说，摇摇头，"我就完全没想到。"

"别担心，莱姆先生。"小姑娘说，"很多时候，人们都会错过最明显的答案。"

萨克斯瞥了一眼莱姆，他听过帕米的话笑了起来。"好了，帕米。谢谢你，到时候再见。"

"再见！"

"来把这些信息补充上吧。"

萨克斯拿起标记笔，走到白板前。

犯罪嫌疑人五二二侧写

- 男。
- 可能抽烟或与抽烟的人一起生活/工作，或接近有烟草的地方。
- 可能有孩子，或与儿童一起生活/工作，或能接触到儿童。
- 对收集艺术品、硬币感兴趣？
- 可能是白种人或浅肤色人种。
- 中等身材。
- 身体强健——能够扼杀受害者。
- 可以使用语音伪装设备。
- 可能熟知电脑；知道OurWorld这个网站。其他社交网站？
- 从受害者那里取得战利品。虐待狂？
- 居住/工作的一部分区域黑暗潮湿。

非栽赃证据

- 灰尘。
- 旧纸板。
- 洋娃娃的头发，巴斯夫B35型六号尼龙纤维。
- 泰雷顿雪茄烟草。
- 老烟丝，不是泰雷顿，牌子不明。
- 葡萄穗霉菌。

莱姆在研究阿米莉亚所写的细节时，听到了梅尔·库柏的笑声："哈，哈，哈。"

"什么？"

"这还真是有趣。"

"请你具体一点。我不需要有趣，我需要事实。"

"但这的确很有趣。"库柏用强光打在被罗伯特·约根森切开的书脊上，"你们都说这位医生疯了，一直在说什么跟踪设备？好，你猜怎么着？奥利弗·斯通可能还真得在这儿拍个电影——书脊里面有东西。"

"真的?"萨克斯说,摇摇头,"我还以为他疯了呢。"

"让我看看。"莱姆说,他的好奇心被激起,暂时放下了疑虑。

库柏将一架小型高清摄像机拉近到实验台上,用红外光打在书上。摄像机照出胶带下面一小块矩形的纵横交错的线。

"把它拿出来。"莱姆说。

库柏小心地把书脊上的胶带切开,从里面取出一个一英寸左右的"塑料卡片",上面有计算机电路般的纹路。此外,还有一系列数字和制造商的名称,DMS公司。

塞利托问:"这他妈的是什么?真的是一个跟踪装置?"

"不太可能,没有电池也没有其他电源。"库柏说。

"梅尔,查一下这家公司。"

搜索显示DMS是家数据管理公司,位于波士顿郊外。他看了一遍公司的简介,其中的一个部门专门制造这些被称为射频识别标签的小设备。

"我听说过这些。"普拉斯基说,"CNN的新闻上说过。"

"哦,还真是最权威的法医知识来源。"莱姆嘲讽地说。

"哦,不,最权威的是《犯罪现场调查》。"塞利托说,引来罗恩·普拉斯基又一声短笑。

萨克斯问:"这能干什么呢?"

"非常有趣。"

"又是有趣?"

"本质上这是一种可以通过无线扫描仪读取的可编程芯片。不需要电池,天线可以接收无线电波,那就足够了。"

萨克斯说:"约根森确实说想要破坏天线。他还说你可以用微波炉摧毁这种东西。但是,这本——"她朝书做了个手势,"他说是不能的。"

库柏继续说:"这个东西被制造商和零售商用来做库存控制。在未来的几年里几乎每一个在美国销售的产品都会有自己的射频识别标签,一些大型零售商已经在要求进购任何商品之前都要先装上这个了。"

萨克斯笑了起来:"约根森也是这么说的。"

"也许他并不像《国家询问者》[①]那么疯狂。"

"每一个产品?"莱姆问道。

"是的。好让店家知道仓库里都有哪些东西,有多少,哪种商品卖得快,什么时候应当进货上架,什么时候又该追加库存。航空公司也用它来管理行李,让他们不用扫条码就能知道你的行李在哪儿。它还被用在信用卡、驾照、员工卡上。就是所谓的'智能卡'。"

"约根森要求查看我的警官证。他真是非常仔细地看了一遍,也许他就是想看看有没有射频识别。"

"它们无处不在。"库柏继续道,"还有那些超市优惠卡,航空公司的积分卡,智能收费站的通行卡。"

萨克斯朝证据板点点头。"想想看,莱姆。约根森在谈论这个男人时,称他为上帝,因为他知道关于他生活的一切。可以盗取他的身份,以他的名义买东西、借贷款、开信用卡,还能找出他的位置。"

莱姆感到逼近猎物前的兴奋。"所以五二二对他的受害者有足够的了解,然后接近他们,让他们放下防备。他也了解替罪羊的种种,所以能在他们家里埋下证据加以陷害。"

"而且,"塞利托补充说,"他知道他们在案发时的确切位置。因此,替罪羊不会有不在场证明。"

萨克斯看了看库柏取出的小标签。"约根森说,他的生活在买了这本书以后就分崩离析了。"

"他在哪儿买的?有没有条码或价签,梅尔?"

[①]一本美国杂志,以刊登不着边际、有时近乎极端疯狂的文章出名。

"没有。如果有，也已经被剪下来了。"

"那么给约根森打电话，让他到这里来。"

萨克斯掏出手机，给刚刚那家临时酒店打电话。她皱着眉头说："已经走了？"

不是好好打招呼再走的人，莱姆想着。

"他搬走了。"她挂断电话后说道，"但我知道他接下来会去哪儿。"她找出一张纸条，又打了另一个电话。但是简短聊了几句后，她就挂了，叹了口气。约根森根本没有在那家酒店入住，她说。他甚至没有打电话和酒店预约。

"你有他的手机号码吗？"

"他没有电话。他不相信手机，但他知道我的电话号码。如果幸运的话，他会打电话给我。"萨克斯走近那个微型设备，"梅尔。剪断天线，就是那些金属丝。"

"什么？"

"约根森曾说，既然我们拿到了这本书，我们也就被感染了。剪断它。"

库柏耸耸肩，朝莱姆看了一眼，莱姆认为这个想法实在是荒谬。尽管如此，阿米莉亚·萨克斯却不是一个会被轻易动摇的人。"好，剪吧。但是要在证据保管卡上记上一笔。'证据安全上缴'。"

这句短语通常是用来形容炸弹和手枪的。

莱姆对射频识别的兴趣消减了大半。他抬起头："好吧。在约根森打来电话之前，咱们先做一些推想……来吧，伙计们，大胆点儿。我现在需要听听你们的想法！我们已经有了一个嫌疑人，他该死的知道所有人的所有信息。他是怎么做到的？他甚至知道替罪羊买的东西。渔线、菜刀、剃须膏、肥料、避孕套、胶带、绳子、啤酒。目前我们已经知道有四名受害者和四名被冤枉的替罪羊——那还只是至少。他不可能贴在每个人身边跟踪大家，他也没有闯进他们的房子。"

"也许他是在某家大牌折扣店里工作的店员。"库柏建议。

"德莱昂在家居聚集地买了一些证据里的物品,但那里可不卖避孕套和零食。"

"也许五二二在一家信用卡公司工作?"普拉斯基提议道,"所以他能看到什么人买了什么东西。"

"还不错,菜鸟,但有些时候受害人是现金支付的。"

倒是汤姆提出了一个出人意料的答案。他掏出自己的钥匙。"我听到梅尔提到优惠卡。"他从自己的钥匙链上取出几个小塑料卡片。一张是A&P商店的,一张是食品超市的。"我一刷卡就能获得折扣。即使我付现金,商店还是能查到我买了什么。"

"好。"莱姆说,"但是,下一步该怎么做?我们仍然有几十个不同的购买地点。"

"啊。"

莱姆看向萨克斯,她正盯着证据板,脸上露出一个淡淡的微笑。"我想我已经知道了。"

"什么?"莱姆问道,期待她可以巧妙地应用某个刑侦学知识。

"鞋。"她简单地说,"答案是鞋子。"

15

"他并不只是知道每个人平时的购物习惯。"萨克斯解释说,"他知道这些人具体的购物清单。看看这三件案子。你堂兄、米拉·韦恩伯格,还有硬币盗窃案。五二二不仅知道替罪羊穿的是哪种鞋,还知道鞋码。"

莱姆说:"不错,让我们去查查德莱昂·威廉姆斯和亚瑟是在哪里买的鞋。"

跟朱迪·莱姆和威廉姆斯通过话后他们得知,鞋子都是邮购的。一个是从公司的邮寄目录上买的,另一个是通过网站买的,但都是直接从公司买的。

"好吧。"莱姆说,"随便挑一个公司,给他们打电话,然后搞清楚这些做鞋的企业是怎么运作的。抛个硬币。"

田径跑鞋胜出。而且他们只打了四个电话就找到了该公司的总裁兼首席执行官。

电话里传来流水的声音,还有孩子们的欢笑声,电话里的男人听上去不太确定:"是犯罪吗?"

"与你没有什么直接关系。"莱姆安慰道,"但是你的一个产品是证据。"

"但不像那个把炸弹放进鞋里,想要炸毁飞机的人?"他住了嘴,仿佛只是提出这个问题都违反了国家安全法。

莱姆说明了情况。一名凶手获取了受害者的个人信息，包括和田径跑鞋有关的细节，还有其他各种品牌的鞋子。"你们通过零售点卖鞋吗？"

"没有，只在网上卖。"

"你会和竞争对手分享信息吗？有关客户的信息？"

对面犹豫了一下。

"你好？"莱姆对着沉默问。

"哦，我们不能共享信息。那是违反反垄断法的。"

"好吧，那为什么有人能得到顾客信息呢？"

"这个很复杂。"

莱姆皱起了眉头。

萨克斯说："先生，我们在追查一个强奸杀人犯。你知道他是怎么获取客户信息的吗？"

"我不知道。"

朗·塞利托吼道："好吧，那我们就去他妈的搞一个搜捕证来，然后把你的证言一条条查清楚。"

不是莱姆偏好的处理方式，但这种强硬的手段还是很有效的。那个男人脱口而出："等等，我想到了一个可能。"

"什么？"塞利托打断他。

"也许他……好吧，如果他能获得各种不同的信息，有可能是从数据挖掘公司里拿到的。"

"那是什么？"莱姆问道。

这一次电话那端的停顿似乎是惊讶而致。"你没听说过吗？"

莱姆翻了个白眼。"没有，你指的是什么？"

"就是字面上的意思，信息服务公司。他们对消费者的信息进行挖掘探索，对他们购买的东西——房屋、汽车、信用记录，还有其他一切数据进行分析。分析好了以后，再把信息卖掉，用来帮助公司预测市场的发展趋势、寻找新客户、锁定邮件对象、规划广告预算等。"

关于他们的一切……

莱姆想：这也许是一个突破口。

"他们会从射频识别芯片里获取信息吗？"

"肯定的，那是他们重要的数据来源之一。"

"你的公司用哪个数据挖掘公司？"

"哦，我不知道。我们会用好几个。"他听上去有些冷漠。

"请你一定要告诉我们。"萨克斯说，和塞利托一唱一和，"我们不希望任何人再受到伤害，这个人很危险。"

对面传来了一声叹息。"好吧，我想SSD是主要的供应商之一。他们规模很大，但那里不可能有人参与犯罪。他们是世界上最棒的人，还有保安措施——"

"他们的总部在哪里？"萨克斯问。

他又犹豫了一下。

快点说出来，该死的，莱姆想着。

"在纽约市。"

五二二的大本营。莱姆看着萨克斯，露出了笑容。这似乎是一条很有希望的线索。

"纽约市周边还有什么主要公司吗？"

"没有了。Axciom、益百利和选择点，还有其他大型公司，总部都不在这里。但是，请你相信我，不会有SSD的人参与犯罪。我发誓。"

"SSD是什么的缩写？"莱姆问道。

"战略系统数据库。"

"你在那里有联系人吗？"

"没有固定的联系人。"他迅速答道，太迅速了。

"真的没有？"

"好吧，我们有销售代表专门做这个。我现在一时半会儿想不起他们的名字,但是我可以回去查查。"

"公司是由谁在经营?"

又是片刻的沉默。

"应该是安德鲁·斯德林。他是公司的创始人兼CEO。我保证,那里没有人会做违法的事,不可能的。"

莱姆突然明白了一件事情:这个男人在害怕。不是害怕警察,而是怕SSD这个公司。"你在担心什么?"

"我只是……"他有些懊悔地说,"没有他们,我们是无法正常工作的。我们其实……是他们的合作伙伴。"

但是从他的语气听来,伙伴关系有些牵强,可能说是"赖以为生"更合适。

"我们会很慎重的。"萨克斯说道。

"谢谢,真的。谢谢你。"他明显更放松了一些。

萨克斯礼貌地感谢他的合作,引来了塞利托的一个白眼。

莱姆挂断电话。"数据挖掘?你们谁听说过吗?"

汤姆说:"我不知道SSD,但我听说过数据挖掘。那是二十一世纪最抢手的职业。"

莱姆扫了一眼证据板。"所以,如果五二二在SSD工作,或者是他们的客户之一,他就能找到关于某个用户的一切信息,他能知道谁买了什么样的剃须膏、绳子、避孕套、渔线——所有可以栽赃用的证据。" 然后他又想到了什么。"跑鞋公司说他们购买数据是为了寻找邮购客户。亚瑟也在普雷斯科特画作的直邮名单上,还记得吗?五二二可能是从那里发现了他,也许爱丽丝·桑德森也在这个名单上。"

"而且你们看——犯罪现场的照片。"萨克斯走到白板前,指向硬币盗窃案的几张现场图片,图片里,桌子和地板上的直邮信件清晰可见。

普拉斯基说:"还有一件事,长官。库柏警探提到过射频识别的电子停车收费卡。如果 SSD 也搜集这些数据,那么凶手也有可能知道你堂兄是什么时候进城,又是什么时候回家的。"

"老天。"塞利托嘀咕着,"如果这是真的,这家伙真他妈的是无所不能了。"

"去查查这个数据挖掘公司,梅尔。搜一下。我想确认 SSD 是否是本地唯一的一家数据挖掘公司。"

一番搜索之后,梅尔·库柏说:"嗯,'数据挖掘'的搜索结果有超过两亿条信息。"

"两亿条?"

在接下来的一个小时里,整个队伍看着库柏一步步找出最顶尖的数据挖掘公司,直到只剩下五六个。随后他下载了这些公司的信息页面,主页和其他细节页面加起来有几百页,再将各大公司的服务对象与产品和五二二案的证据一一对比,结论则是 SSD 很可能是所有信息的唯一来源。而 SSD,事实上,是唯一一个把总部设在纽约附近的公司。

"如果你想看看的话。"库柏说,"我可以下载他们的销售手册。"

"哦,当然,梅尔。让我们来看看。"

萨克斯坐在莱姆旁边,几人一起看着 SSD 的网页出现在屏幕上,最上面是公司的标志——一个有窗口的瞭望塔,窗口的光线照向外面。

战略系统数据库
找到属于你的机遇之窗

"知识就是力量。"二十一世纪最有价值的商品就是信息,而

SSD 负责利用知识帮你定制商业战略，重新定义你的商业目标，设计解决方案，和你一起面对世上的众多挑战。SSD 作为行业标杆，在美国本土和海外拥有超过四千名客户，是全球最先进的知识服务提供商。

数据库

innerCircle® 是世界上最大的私有数据库，拥有二十八亿美国人和十三亿海外公民的关键信息。innerCircle® 存储在我们自行开发设计的大规模并行计算机阵列网络（MPCAN®）上，是迄今为止世界上最强大的商用计算机。

innerCircle® 目前拥有超过 5PB[①]（相当于万亿页）的数据——我们预计不久的将来，该系统的数据将增长到一个艾字节（1EB），这个数字非常之大，因为记录历史上每个人一生说过的每一个字，只需 5EB 存储空间！[②]

我们拥有个人和公共信息等各种宝藏：电话号码、地址、车辆登记、许可信息、购物记录和偏好、旅游概况、政府记录和其他重要数据、信贷、收入记录及更多。我们可以光速将这些数据送到您的手中，您可以随时使用，完全为您的需求量身定制。

innerCircle® 每天都会新增上万条数据。

产品

· 瞭望塔 DBM®，世界上最全面的数据库管理系统。您的战略规划合作伙伴，瞭望塔 DBM® 帮助您定位销售目标，从 innerCircle® 数据库中提取最有意义的数据，并直接为您制定一个

---

① PB：拍字节；EB：艾字节。1PB=1024TB，1EB=1024PB。
② 实际结果应该比 5EB 大很多，大家可以自己找数据来算一算。——编者注

走向成功的商业企划，随时通过我们高速安全的服务器送到您的办公桌。瞭望塔 DBM® 已经达到并超越多年前的结构化查询语言（SQL）创出的标准。

·Xpectation® 是可以预测行为的软件，基于最新的人工智能和建模技术。制造商、服务供应商、批发商和零售商……想知道您的市场是怎么回事，而您的客户将来又想要什么样的产品？Xpectation® 就是您需要的产品！还有，执法者，请注意：有了Xpectation®，您可以预测何时何地会有犯罪发生，最重要的是，还可以算出最有可能的嫌疑犯是谁。

·FORT®（寻找潜在关系的工具）。一个独特的，革命性的产品。它可以分析数以百万计看似毫无关联的信息，来发现被忽略的真相。无论你是一家商业公司，希望更多地了解市场（或者你的竞争对手）；还是执法机构，面临一个困难的刑事案件，FORT® 都会给你带来优势！

·消费者选择®，监控软件和设备帮您查看消费者对广告、营销计划，以及新产品的真实态度。请不要再去参考片面主观的小组调研意见。现在，您可以通过生物计量监测，收集和分析每个人对您计划的真实感受——通常情况下，他们甚至不知道自己正在被观察！

·Hub Overvue®，信息整合软件。这个易于使用的产品可以让您控制您组织中的每个数据库——并在适当时候，掌握其他公司的经营情况。

·SafeGard®，安保和身份验证软件及服务。无论您担心的是恐怖主义的威胁、商业绑架、工业间谍，还是雇员、顾客盗窃，SafeGard® 都可以确保您设备的安全，让您专注于自己的生意。该部门包括全球领先的背景调查、安保和毒品检测公司，被世界各地的企业和政府客户所信赖。SSD 的 SafeGard® 分部还拥有行业领先的生物识别硬件和软件，BioChek®。

·NanoCure®，医学研究软件及服务。欢迎来到用微生物智能系统诊断和治疗疾病的世界。我们的纳米技术专家和医生们一起，正在为当今民众遇到的常见健康问题起草解决方案。从监测基因问题，到开发用于检测、治疗致命疾病的注射剂，我们的 NanoCure® 正在努力创造一个健康的社会。

·On-Trial®，支持民事诉讼的系统。从产品责任到反垄断案，On-Trial® 简化文档处理，储存并进行证据控制。

·PublicSure®，执法支持软件。这是个庞大的公共记录整合管理系统，专门存储国际、联邦局、各个州和本地罪犯数据，包括盟国罪犯数据库。PublicSure® 的搜索结果可以在执法人员发出请求的几秒钟内下载到办公室、巡逻车电脑、掌上电脑或手机上，以帮助调查人员迅速破解案件，并加强对基层执法人员的培训。

·EduServe®，学术支持软件及服务。管理好孩子具体学习什么是当今社会成功的关键。EduServe® 帮助教育各个年龄段学生的老师，学校董事会将最有效地利用资源，保证纳税人的每一分钱都得到价值最高的回报。

莱姆难以置信地笑了起来。"如果五二二可以得到所有这些信息……好吧，他确实能知道一切。"

梅尔·库柏说："我刚才在找SSD旗下的公司，猜猜其中一个是什么？"

莱姆说："我猜是那个缩写成DMS的公司，那本书上发现的射频识别标签的制造商，对不对？"

"是的，你答对了。"

大家都沉默了一会儿，莱姆注意到，所有人都在看电脑屏幕上SSD的网页。

"所以，"塞利托嘀咕着，目光又回到证据图表上，"我们下一步又该怎么做？"

"监控？"普拉斯基建议道。

"有道理。"塞利托说,"我给 SS 组打电话,组建一个小队。"

莱姆投给他讽刺的一瞥。"拿什么来监控?这个公司有多少人?一千名员工?"他摇了摇头,然后问,"你知道奥卡姆剃刀吗,朗?"

"谁他妈的是奥卡姆?理发师?"

"一位哲学家。剃刀是一个比喻——将不必要的解答剔除。他的理论是,当一个问题有多重解答的时候,最简单的那个往往就是正确答案。"

"那么,你的正确答案是什么,莱姆?"

凝望着宣传手册,莱姆对萨克斯说道:"我觉得你和普拉斯基应该明天早上去一趟 SSD 公司总部。"

"去那儿做什么?"

他耸了耸肩。

"去问问那里的员工之中是否有杀人凶手。"

16

啊，终于到家了。

我关上门。

把整个世界锁在外面。

我深吸了一口气，把背包放在沙发上，走进一尘不染的厨房，喝了些纯净水。现在可不需要更多的刺激。

又是那种不安的感觉。

这栋联排别墅是座不错的房子。建于战前，特别大（如果你和我一样乐于收集，大房子是必需的）。想找到一个完美的地方很不容易，我花了不少工夫。但是，在这里我可以完全隐形。想要在纽约默默无闻简直轻而易举。多么奇妙的城市！在这里，所有人都是默认隐形的。在这里，你需要努力争取才会被注意到。当然，许多号码都在这样努力。这个世界上总是有不少傻瓜。

但是，表面工作是一定要做好的。这栋房子最外面几间房间就布置得简洁高雅（感谢北欧）。我家不怎么来客人，但家里还是需要普通的装修。你必须能融入现实世界。如果你做不到，十六位数们就会开始怀疑你是否有什么隐情，是否并非那么无害。

这样的话，不久就会有人来敲你的大门，找到你的宝藏，在里面翻箱倒柜，然后把你的一切都抢走。你辛辛苦苦积攒的一切。

所有的一切。

那是最糟糕的。

所以你要守住宝藏的秘密,要把你的宝贝藏好。同时,在众目睽睽之下,你要保持另一种面貌,就像被阳光照亮的半边月亮。想要完全不被留意,你最好准备另一个"正常的"生活空间。你应该像我一样,将这张北欧简约风的外皮保持得闪闪发光、整洁有序,即使它像铁片碾磨在石板上一样折磨着你的神经。

你有一栋正常的房子,因为每个人都有。

而你也与同事和朋友保持愉快的接触,因为每个人都是这么做的。

你偶尔会去约会,然后邀请她来你这里过夜,走走过场。

因为所有人都会这么做,即使她其实激不起你的性趣。因为只有当你面带微笑,口袋里装着录音机和小刀,用甜言蜜语顺利混进一个女孩的卧室,讨论你们有多少共同点,到底是不是灵魂伴侣的时候,才是最兴奋的。

而现在,我拉上窗帘,走向客厅的后面。

"哇,这地方真不错……它从外面看起来好像更大些。"

"是的,还真是这样。"

"嘿,你的客厅里有一扇门。它是通往哪里的?"

"哦那个,那只是仓库。一个衣柜,没什么可看的。你想喝点儿酒吗?"

好吧,黛比/桑德拉/苏珊/布伦达,那扇门通往的,就是我的目的地。我真正的家。我称它为我的衣柜。它固若金汤,就像一座中世纪的城堡。城堡的中心是我的避难所。落败之时,国王和他的家人就会撤回到这里寻求庇护。

我走进城堡。它实际上是一个真正的衣柜,可以走进去的那种,里面有挂着的衣服和鞋。但当你把它们推到一边,就会发现后边的一扇门。打开它就能看到房子剩下的部分,比前面那间闪闪发光的可怕北欧风要大得多。

我的衣柜……

我走了进去，锁上身后的门，打开灯。

我试着放松。但在今天之后，在发生了那场灾难之后，我无法摆脱那种不安。

这可不好，非常不好，这……

我坐进办公椅，等待开机的同时，凝视着那幅普雷斯科特的画。多亏了爱丽丝3895，他的画笔多么传神！每个家庭成员的眼睛都那么迷人。普雷斯科特为每个人物赋予了不同的目光。很明显，他们是有血缘关系的，他们的面部表情多少有些相似。然而，他们又是那么的不同，好似各自都在传达家庭生活中的某一个方面：快乐、忧愁、愤怒、困惑，控制人的和被控制的。

那才是家庭生活应有的样子。

大概。

我打开背包，拿出今天收获的宝物。一个锡罐，一个铅笔套，一把用旧的奶酪刀。为什么会有人把这些扔掉呢？我还拿出了一些更实用的东西，它们会在接下来的几周内派上用场：一些被毫不在意地扔掉的邮件，上面是预先核准的信用卡信息、信用卡账单、电话账单……我说什么来着？这个世界上总是有不少傻瓜。

当然，这里还有我收集的另一件东西，但我会最后再拿出那个录音机。它本可以更好，但是因为我把米拉9834的指甲剥下来的时候，她的尖叫声震耳欲聋，所以我不得不用胶带贴住了她的嘴（我很担心会被路人听到）。不过，不是所有的收藏品都会成为皇冠上的明珠。红花需要绿叶来相衬。

我在衣柜里游走，将收集来的珍品一一归位。

它从外面看起来更大……

迄今为止，我收藏了七千四百零三份报纸，三千二百三十四份杂志（其中最主要的当然还是《国家地理》），四千二百三十五个火柴盒……还有数不胜数的衣架、厨具、饭盒、汽水瓶、空麦片盒、剪刀、剃须用具、鞋拔、纽扣、袖扣盒、梳子、手表、衣服、有用的工具和过时的工具、彩色唱片、黑白唱片、瓶子、玩具、果酱广口瓶、蜡烛和烛台、糖果盘、武器,细数起来没完没了。

衣柜里还有什么呢?十六位数们的展览馆,就像博物馆一样,一间间屋子里装着令人心情愉快的玩具(不过《你好杜迪》[①]实在是有点吓人了)。而我的展览馆里则陈列着被我视为珍宝,对大多数人来说却,嗯,有些令人不适的东西。那里收藏了每次交易中取回的头发、指甲,还有其他一些已经皱巴巴的纪念品。就像今天下午收集到的东西。我把米拉9834的指甲放在了一个显眼地方。通常这个动作本身就能带给我足够的快乐,再次点燃我的欲望,但是此时此刻围绕我的只有黑暗,乐趣都被破坏了。

我恨死他们了……

我的手颤抖着关上雪茄盒,看着里面的珍宝也无法让我感受到任何快乐。

痛恨,痛恨,痛恨……

回到电脑前,我开始思考。也许他们并不能对我造成威胁,也许他们跑到德莱昂6832家,只是因为一连串奇妙的巧合。

但我不能冒任何风险。

我面临的问题:我的宝物有被夺走的风险,这个想法目前正在侵蚀我。

解决办法:完成我在布鲁克林的计划。为了反击,为了消除风险和威胁。

十六位数们,包括想要逮捕我的人,都不明白最关键的一点,所以他们才会处于劣势。我相信一条亘古不变的真理,那就是夺人性命并非不道德的行为。因为我知道,我们不需要依赖这副皮囊存在。我有证据:只要看看那些关于你的生活的数据宝库,从你出生

[①]二十世纪五六十年代美国流行的一档儿童节目,故事主要以马戏团和西部牛仔为主题。

的那一刻开始,数据被永久地存储在上千个地方,被复制、备份,无形且坚不可摧。人固有一死,但是当你的身体死去以后,关于你的数据却可以永存。

如果这都不算永生的灵魂,我不知道什么才算。

17

卧室里很安静。

莱姆已经将汤姆遣回家,让他和伴侣彼得·霍丁斯共度周日夜晚。莱姆是个很棘手的病人,有时候他只是忍不住,但有时他对此也感到很抱歉。所以他也会试图做出补偿,尤其是当阿米莉亚·萨克斯留宿的时候,比如今晚。所以他赶走了汤姆。年轻人需要在外边有更多自己的生活,而不是总耗费时间照顾一名易怒的老瘸子。

莱姆听到浴室里叮叮当当的声音,那是一个女人准备上床睡觉的声音。玻璃门打开关上,还有塑料盖子、喷雾剂发出的嘶嘶声,哗哗的流水声,浴室里湿润的空气夹杂着芳香剂的味道从门内逸出。

他喜欢这样的时刻,这让他想起了之前的生活。

他又想到了楼下实验室里的那张照片。照片里林肯穿着运动服,旁边还有一张黑白照片。上面的两个人二十多岁,身材瘦高,穿着西装,并排站在一起。他们的手臂伸直,好似在考虑是否要给彼此一个拥抱。

那是莱姆的父亲和伯父。

他经常想起亨利伯父,倒是不怎么想起父亲。他一直如此。哦,这并不是因为他对泰迪·莱姆有什么偏见。父亲泰迪与世无争,性格内敛。他喜爱朝九晚五的工作、在不同的实验室捣鼓数字。他喜欢读书,每天晚上最热衷活动就是坐进一个厚厚的、陈旧的靠背椅,悠闲地看书。他的妻子安妮在一旁，或是缝缝补补，或是看电视。泰迪青睐历史类书籍，对美国南北战争尤其感兴趣。所以，莱姆猜，自己才会被起名叫"林肯"。

莱姆和父亲关系很好，虽然也不时会有尴尬的沉默。困扰会让你绞尽脑汁，而挑战会让你感觉到活力焕发。泰迪却从来不会让他觉得困扰或备受挑战。

但是亨利伯父会，而且总是如此。

但凡与他在同一个房间待上几分钟，就一定会被他注意到。他就像一个巡逻的探照灯，搜查屋子里的每一个人。然后就是接二连三的笑话、琐事、家人近况。而且他总有各种问题。有些是因为他真的好奇，想知道答案。但大多数情况下，他只是为了与你争辩。亨利·莱姆非常热衷于智力上的比拼。你可能会畏缩，可能会脸红，也可能会大发雷霆。但是，当你得到他难得的赞美，心里会燃起无比的自豪，因为你知道你赢得了他的肯定。亨利伯父的嘴里从来没有虚假的表扬或鼓励。

"你已经想得八九不离十了。再努力想想！你能行的。爱因斯坦在研究出他最重要的成果时，只比你大一点点。"

如果你得出了正确答案，就会得到他赞许的扬眉，无异于赢得西厅屋科学①大会的头等奖。但很多时候你的论点是荒谬的，你的前提假设不堪一击，而你的批评情绪化，你对事实的认知不够全面……问题的核心，实际上，不是他想要赢过你。他只是就事论事，让你明白真理是怎么得出来的。当他将你的论点细细剖析开来，并确定你明白了其中的缘由，争论也就结束了。

所以，你明白了你错在哪里了吗？你计算温度的时候用的一系列假设都不正确。的确！那么现在，让我们打几个电话——周六叫几个人一起去看白袜队的球赛吧。我想吃好吃的热狗，但这东西在

---

① 自一九四二年起年度高中生科学竞赛，先后几次更名，但最初名为西厅屋科学大会，得奖者中的许多人在数学、科学、科技等领域做出了杰出贡献。

十月的柯米斯基体育场可买不到。

林肯曾经很享受那些机智的辩论,经常一路开车到海德公园,去参加伯父的研讨会或大学里非正式的讨论小组。事实上,他去得比亚瑟还要勤快。亚瑟常常还有许多其他的活动。

如果他的伯父还活着,会毫无疑问地走进他的房间,而且完全不会在意他残疾的身体,亨利在看到他那台气相色谱仪之后会脱口而出:"你为什么还留着这台垃圾?"然后对着写满证据的白板沉思,开始质疑目前为止莱姆对五二二案的处理。

是的,但是假设他以这种手法作案,合乎逻辑吗?再跟我说一遍你的假设。

他回想起之前忆起的那个晚上:他高中最后一年的平安夜,在埃文斯顿,亨利伯父的家里。当时大家都在。亨利、宝拉和他们的孩子——罗伯特、亚瑟和玛丽;泰迪和安妮·莱姆,还有他们的孩子林肯;以及一些叔叔阿姨、其他的堂兄弟。也许还有一两位邻居。

林肯和亚瑟那个晚上大部分时间都在楼下打台球,一起谈论上大学的计划。林肯的心已经锁定了麻省理工学院,亚瑟也一样。他们都相信录取不是问题,所以那天晚上他们一直在讨论是要一起住宿舍,还是去外面合租。

之后家人聚集在餐厅的大桌子边。密歇根湖在翻腾,风吹过后院光秃的灰色树枝。亨利以他一贯的授课方式主持大局。他精力充沛,观察细微,眼睛快速在屋子里扫过,将大家的谈话都听了进去,脸上带着淡淡的微笑。他会讲笑话,聊各种趣事和八卦。他对所有话题都感兴趣、好奇,有时还会主导话题。"所以,玛丽,既然现在我们大家都在,快跟我们说说你在乔治城的奖学金申请得怎么样了?我们都觉得那里很适合你,杰瑞也能开着他那辆花哨的新车在周末去看你。顺便问一句,申请的最后期限是什么时候?我记得好像快到了。"

他那头发细软的女儿会避开他的眼睛,说因为圣诞节和期末考试，她还没有写完申请，但是她会按时完成。

亨利的目的，当然，是为了让他的女儿当着众人的面许下承诺，全然不管她会与自己的未婚夫分开六个月。

莱姆一直认为，他的伯父可以成为杰出的辩护律师或者政治家。

火鸡和百果馅饼都被席卷一空后，金万利橘子甜酒、咖啡和茶也被端上桌来，亨利请大家来到客厅，中间是一棵巨大的圣诞树，壁炉里火烧得正旺，上方是林肯严厉的祖父的肖像——老人家有三个博士学位，还是哈佛大学的教授。

接下来是竞赛时间。

亨利会最先提出一个科学问题，第一个答对的得一分。而前三名选手将获得由亨利精挑细选并由宝拉精心包装的奖品。

竞赛的气氛很紧张——亨利主持场面的时候往往是这样，每个人都严阵以待。林肯的父亲可以在化学问题上得一些分数。如果涉及数学，他的母亲，一位兼职数学老师，也常常会在亨利没有问完之前就给出答案。不过领先比赛的是几个孩子——罗伯特、玛丽、林肯和亚瑟，还有玛丽的未婚夫。

到了最后，将近晚上八点，选手们紧张地坐在椅子的边缘。每一个问题问出后，排名都会改变。他们的手心开始出汗，而宝拉的计时器显示离比赛结束只剩下几分钟，林肯回答了三个问题，一跃成为第一。玛丽是第二，亚瑟第三。

在一片掌声中，林肯戏剧性地鞠了一躬，并接受了亨利颁发的最高奖项。他还记得打开包装纸时的惊讶：里面是一个一立方英寸大小的透明塑料盒。但这是绝对不是一个玩笑。林肯拿到的，是芝加哥大学斯塔格运动场的一块石头。就是在那里，第一个人工原子核链式反应实验成功，而带领实验的两名科学家是与亚瑟同名的亚瑟·康普顿，还有恩雷克·费米。据说亨利在二十世纪五十年代该地点被拆除的时候，跑去拿走了这块石头。林肯很感动能拿到这块历史遗迹，忽然为自己认真答题而感到高兴。那块石头他还留着，藏在地下室的某一个纸箱里。

但是林肯没有时间欣赏他的奖品,因为那天晚上他和阿德里安娜有个约会。

就像他今天出乎意料地想起了家人一样,他也想起了美丽的红发体操运动员。

阿德里安娜·维乐斯卡——维字的发音很轻,因为她家人来自格坦斯克①。她在林肯高中的学院咨询办公室兼职。他之前去送申请表,在她的桌子上看到了一本《异乡异客》,那是海因莱因写的一本十分精彩的书。他们随后花了一个小时讨论这本书,有的时候同意彼此的观点,偶尔也会争论一番,最后林肯意识到自己完全错过了化学课。没关系,该优先的一定要优先。

她身材高挑、清瘦,戴着隐形矫正牙套。茸茸的毛衣和喇叭裤下是一副诱人的身材。她的笑容时而热情洋溢,时而蛊惑人心,他们很快就开始约会,两人都是首次涉足认真的恋情。他们会出席对方的体育赛事,一起去看艺术展,去老城区的爵士俱乐部听音乐,偶尔也会去她那部雪佛兰的后座上探访。不过那辆车几乎没有什么后座可言。阿德里安娜住在离他家不远的地方,至少以林肯田径赛跑的标准来看是这样,但他是绝不会跑过去的。不能满头大汗地出现在她面前。所以,情况允许的时候,他会借家里的车开去看她。

他们会花好几个小时讨论、聊天,就像和亨利伯父那样。

当然,两人之间也有阻碍。他明年就要离开,去波士顿上大学了。而她要去圣地亚哥,学习生物学。她打算在动物园工作。但这只是一些小事,而林肯·莱姆,无论过去还是现在,都不会被这种事情绊住脚步。

而之后——在事故发生以后,在他和布莱恩离婚以后——莱姆经常会想,如果他和阿德里安娜没有分开,而是一直在一起,又会

---

①美国西海岸港口城市。

发生什么？其实在那个平安夜的晚上，他只差那么一点儿就要向她求婚了。他曾经考虑送给她——不是一枚戒指，而是一块"特殊的石头"（他还为此排练了几次）——就是那块从伯父的科学知识竞赛上赢到的奖品。

但是他犹豫了，是那天的天气不作美。他们在长椅上坐下来，依偎在一起，大雪从沉默的中西部天空翻滚而来，没几分钟，他们的头发和外套上便覆盖了一层湿湿的白色毛毯。两人将将赶在道路被完全封锁之前回到了家。那天晚上，他躺在床上，练习着自己的求婚演讲，身边躺着那个装着石头的塑料盒。

只是那段求婚演讲从来没有说出过口。各种事情闯进他们的生活，把他们送上了不同的道路。看似微小的事件，就像在寒冷体育馆里发生的原子裂变，永远改变了他们的世界。

一切都可能变得不同……

莱姆正好瞥到萨克斯在梳理红色长发，她今晚会留下来。他看了她一会儿，觉得很高兴，比平常更高兴。莱姆和萨克斯并不是如胶似漆的情侣，他们都是非常独立的人，都有各自的生活。但今晚他希望她留在这里。他想要靠近她，感受她身体的存在——用他尚有知觉的少数身体部位。正是因为少，所以知觉才更明显。

对阿米莉亚的爱是他进行复健的动力之一。他要在电脑控制的跑步机上跑步，在电子自行车上骑车。如果医学技术可以无声无息地跨过那条终点线——让他能够重新走路——他的肌肉需要为此做好准备。在那之前，他可能还要去做一个改善身体状况的手术。一种实验性的、有争议的手术——周围神经改道手术。医学界针对这种手术发起过讨论，偶尔也有人实际尝试，但多年来都没有什么显著的效果。最近外国的医生已经成功做了一些手术，尽管美国医学界仍持保留态度。这个手术要将损伤部位以上的神经连接到下面的神经上。实际上，就是绕过那个已经不再工作的神经桥。

成功的手术案例大多发生在身体损伤没有莱姆这么彻底的病人

身上,但结果是非常显著的。病人可以重新控制膀胱、四肢的运动,甚至行走。莱姆这种情况,恢复行走是不太可能了,但还是可以改善身体状况。有位日本医生现在专攻这项技术,他有一个在常青藤大学医学院教书的同事,两人都认为手术后莱姆也许可以重新获得一些感觉,比如手、手臂和膀胱。

还有性。

瘫痪的男人,即使四肢都瘫痪了,也完全有能力做爱。如果刺激是心理上的——看到一个有吸引力的男人或女人——那么,虽然这个感觉无法通过受损的脊髓神经网传达给四肢,但身体是很神奇的,在损伤部位以下还有一个自行运转的神经网络。只要一点刺激,即使严重残疾的男人也往往还可以做爱。

浴室灯被拉灭,他看着她走来,爬上了她不久前宣布过的世界上最舒服的床。

"我——"他刚开口,声音就立刻被她的嘴堵住,她狠狠地吻住了他。

"你说什么?"她低声说,嘴唇顺着他的下巴向下,到他的脖子上。

他已经忘了。

"我忘了。"

他用嘴咬住她的耳朵,然后发现毯子被拉开了。这需要费点力,因为汤姆把床铺得严严实实,就像在军营里一样。但很快,毯子便在脚下团成一团。而萨克斯的T恤也加入了其中。

她又吻了他,他用力吻回来。而就在此时,她的电话响了。

"嗯,嗯。"她低声说,"我没有听到这个电话。"

电话响了四声以后,转入了语音信箱。但片刻后又响了起来。

"可能是你的母亲。"莱姆指出。

罗丝·萨克斯最近在治疗心脏。虽然治疗很成功,但她还是经历了一些不便。

萨克斯哼了一声，翻身打开手机，屏幕的蓝光照在两人的身体上。看着来电显示，她说："是帕米，我接个电话。"

"当然。"

"嘿，怎么啦？"

电话对面一直说个不停，莱姆猜可能是出了什么事。

"好的……当然……但我在林肯这里。你要到这边来吗？"她看了莱姆一眼，他点头同意了，"好吧，亲爱的。我们不会睡的，当然。"她啪的一声关上了手机。

"出什么事了？"

"我不知道，她不肯说。她只是说丹和伊妮德今晚有紧急任务，所有的大孩子不得不到同一个房间里去。所以她想离开，她也不想一个人去我家。"

"她当然可以来，你知道的。"

萨克斯躺回去，她的嘴唇继续积极地在他身上探索。她低声说："我算过了。她要收拾好东西，把车从车库里开出来……怎么也要至少四十五分钟才能赶到这边。我们还是有一点点时间的。"

她俯身向前，又吻了他。

正在此时，刺耳的门铃声响起，门外的对讲机也响了起来。"莱姆先生？阿米莉亚？嗨，我是帕米，能不能帮我开下门？"

莱姆笑了起来："她也可能是在门口打的电话。"

帕米和萨克斯坐在楼上的一间卧室里。

这个房间是特意留给帕米的。几只毛绒玩具在隔板上备受冷落（当你的母亲和继父都在逃避FBI的追查时，玩具对年幼的你而言就不是那么重要了），但她有很多书和光盘。多亏了汤姆，这里总有干净的外衣、T恤衫和袜子。房间里还有一个收音机和一个光盘播放器。她的跑鞋也在。帕米喜欢沿着中央公园水库边一英里半长的道路快跑。她喜欢跑步,她需要跑步。

现在,女孩正坐在床上,用棉球将脚趾分开,仔细地往脚上涂金色的指甲油。母亲曾禁止她化妆("出于对基督的尊重"——帕米一直搞不懂这是什么意思),但当她逃脱了右翼分子基地以后,便开始一点一点地做各种各样的尝试,展现自己的个性。比如红色的挑染,还有三个耳洞。萨克斯很庆幸她没有走极端。毕竟,帕米完全有理由走向极端。

萨克斯闲坐在椅子上,脚翘起来,她自己的脚趾甲上什么也没涂。一阵风吹进小房间里,风里夹杂着中央公园特有的春天的味道,混合着泥土、潮湿树叶上的露水和汽车尾气。她呷了一口热巧克力。"哎呀烫,记得要先吹一吹。"

帕米朝杯子吹着气,尝了一口。"不错。是啊,烫。"她继续涂指甲。比起今天早些时候,女孩的脸上写满了困扰。

"你知道这些被称为什么吗?"萨克斯问。

"脚?脚趾?"

"不,它们的底部。"

"当然。脚底和脚趾的底部。"两人都笑了起来。

"是脚垫。而且它们也有特定的纹路,就像指纹一样。林肯曾经有一个案子,嫌疑人光脚将受害者踢昏,他就是靠脚垫上的纹路将罪犯定罪的。那个犯人踢错了一次,重重地踢在了门上,上面留了脚印。"

"这很酷啊,他应该再写一本书。"

"我会让他写的。"萨克斯说,"现在说说吧,你怎么了?"

"斯图尔特。"

"继续说。"

"也许我不该来这里,这太傻了。"

"快说,你要记得我是一个警察。无论如何也能让你说出来的。"

"就是,艾米丽给我打了电话。很奇怪,她从来不在周日打电话。我就想，估计是出了什么事。她好像不太想说，但最后还是说了。她说今天看到斯图尔特和别的女孩在一起，是我们学校的。在足球赛之后。但是他告诉我他会直接回家。"

"好吧，实际情况是怎样的？他们只是聊聊天？那也没什么的。"

"她说她不知道，但是他们看起来好像在拥抱，被人看到之后他就迅速走开了。就像是在掩饰什么。"帕米停下了涂指甲油的手，已经涂完了一半，"我真的，真的很喜欢他。如果他不想再见我了，我会很难过。"

萨克斯曾和帕米一起去看过心理医生。经帕米同意，萨克斯与那位心理医生单独谈过一次话。帕米的心理创伤需要一个漫长的恢复期，不仅是因为她曾与一名反社会的母亲长期囚禁在一起，而且在一次突发事件中，她的继父为了谋杀一位警察，差点儿害死了她。像斯图尔特·埃弗里特这样的事情，大多数人也许觉得只是小事，却会在女孩的心里被无限放大，甚至可能造成严重的后果。心理医生告诉萨克斯，不要给帕米增加恐惧，但也不要轻描淡写地面对已有的恐惧。要仔细研究每一种恐惧，尝试去分析它。

"你们有没有谈过这件事呢？"

"他说……好吧，一个月前，他说他没有。我也没有再跟别人约会，我已经告诉过他了。"

"还有其他情报吗？"萨克斯问。

"情报？"

"我的意思是，你的其他朋友怎么说？"

"他们没说什么。"

"你认识他的朋友吗？"

"认识一些，但没有熟到可以问这种事情的地步。"

萨克斯笑了："所以间谍行动是行不通的。那么，你应该去问他本人，直接一些。"

"真的吗？"

"是的，我是这么想的。"

"那如果他说，他是在和她约会呢？"

"那你应该感谢他老实跟你说了。这是好事。然后你要说服他甩掉那个傻姑娘。"她们都笑了起来。"你要和他说明白，你只想和他一个人约会。"萨克斯内心的母亲角色迅速补充道，"要说清楚我们不是在谈婚论嫁，也不是要住在一起，只是约会而已。"

帕米赶紧点头："哦，当然。"

萨克斯松了口气，继续说："告诉他，他是你唯一想要约会的人，你也希望他可以只和你约会。你们能互相理解，聊得来，但这些东西的重要性，很多人是看不到的。"

"像你和莱姆先生。"

"是啊，像那样。但是如果他不想要我，我也只能接受。"

"不，那可不行。"帕米皱起了眉头。

"我只是告诉你该怎么说。但你也要告诉他，如果他不同意，你当然也会和其他人约会。他不能两者兼得。"

"也许吧。但是如果他觉得那样也行该怎么办？"她想到这里，脸色又暗了下去。

萨克斯笑着摇摇头。"是啊，当他们发现你是在虚张声势的时候可真讨厌。但我不认为他会这么做的。"

"行，他明天下课后会和我见面。我去和他谈谈。"

"打电话给我，让我知道进展如何。"萨克斯站起来，把指甲油拿走、盖上。"去睡吧，已经不早了。"

"但我的趾甲，我还没涂完呢。"

"那就不要穿凉鞋。"

"阿米莉亚？"

她停在门口。

"你和莱姆先生会结婚吗？"

萨克斯笑了笑，关上了门。

第三部分 占卜师

五月二十三日，星期一

  计算机通过商家收集的客户数据，以惊人的准确性预测其行为。这颗被称为预测分析的自动化水晶球，在美国已经成为一个高达二十三亿美元的产业，并有望在二〇〇八年达到三十亿美元。

——《芝加哥时报》

18

真大啊……

阿米莉亚·萨克斯坐在SSD摩天大楼的大堂里,想着那位总裁对数据挖掘公司的描述就像个普通企业,让她低估了这个地方。

SSD在纽约中城的大厦有三十层高,是一栋棱角分明的灰色大楼,楼的两侧是光滑的花岗岩,岩石中的云母在阳光下闪烁。楼上的窗户狭窄,鉴于大楼的地理位置和高处的壮丽景色,这样的窗户设计让人惊讶。她对这栋建筑并不陌生,大家都叫它"灰岩",只是她从来都不知道大楼的主人是谁。

她和罗恩·普拉斯基没有穿便装,而是分别穿着海蓝色的警服和西装。他们坐在一堵墙的对面,墙上画着SSD在世界各地的分布图,其中包括伦敦、布宜诺斯艾利斯、孟买、新加坡市、北京、迪拜、悉尼和东京。

真大啊……

地图上各个分布点上方是公司的标志:一个带窗的瞭望塔。

她突然觉得胃里有些不舒服,想起了罗伯特·约根森酒店对面那栋废弃大楼的窗户。还有林肯·莱姆在得知布鲁克林联邦缉毒处的事情后说的话。

他肯定知道你在哪里,这说明他在暗处看着你。你要小心,萨克斯……

环顾大厅,她看到有六七个商业人士在等待,他们看上去似乎都很不安。她又回想起那个跑鞋公司的总裁,他很害怕SSD不再和他合作。正在此时,她发现那些人几乎同时转过头去,看向服务台后面。那是一个矮个子男人,他看上去很年轻,走进大厅,从黑白相间的地毯上直接走向萨克斯和普拉斯基。这个金发男人大步流星地走来,点头微笑,向路过的许多人致以问候,每个人的名字他都记得。

是总统候选人的材料。这是萨克斯对他的第一印象。

他没有停下脚步,而是径直朝两位警官走来。"早上好,我是安德鲁·斯德林。"

"我是萨克斯警探,这位是普拉斯基警官。"

斯德林比萨克斯还要矮上几分,但他看上去肩膀宽阔,身材健硕。一尘不染的白衬衫上是笔挺的衣领和袖口。他的手臂结实,外套很合身,身上没有其他的珠宝首饰。他露出了一个和煦的微笑,绿色的眼睛边上弯出亲切的笑纹。

"走,去我的办公室吧。"

这样的大公司的负责人……却来亲自迎接他们,而不是找一个下属护送他们到他的王座。

斯德林轻松地走过宽阔而安静的走廊,跟每一位员工打招呼,偶尔询问他们周末过得如何。员工们看着他的笑容,说起愉快的周末。在听到有谁的亲戚生病了,或是什么比赛被取消了以后,他会皱起眉头。十几个员工,他和每个人都能亲切地聊上几句。

"嘿,托尼。"他对着一个正在打扫卫生,把废纸腾进一个大塑料袋的人说,"你看比赛了吗?"

"没有,安德鲁,我错过了。要忙的事太多了。"

"也许我们该开始实行每周三天休息日的制度了。"斯德林开起了玩笑。

"我肯定会支持的,安德鲁。"

他们顺着走廊继续前进。

萨克斯觉得她在纽约警察局认识的所有人加起来都没有斯德林在这五分钟的路上打招呼的人多。

公司的装修极为简约。走廊只有一些品位高雅的小幅黑白照片和素描，挂在一尘不染的白色墙壁上。家具也只有黑白两色，是简洁但昂贵的那种。这也许是某种风格，她猜，但她却觉得有些不近人情、冷冰冰的。

他们继续往前走，她想起昨晚和帕米道过晚安之后查到的关于这个男人的信息。虽然只是一些从网页上七拼八凑起来的信息碎片，但也能大致看出他的生活轨迹。他是一个极为低调的人——绝对是霍华德·休斯①，而不是比尔·盖茨②。他的早年生活是个谜。她没有发现任何提及他童年的报道，或是关于他父母的消息。一些粗略的新闻只能追溯到他的十七岁。那时他得到了第一份工作，工作内容主要是上门推销和电话销售，然后逐渐发展到销售更大、更贵的产品，最后是卖计算机。他是一个"从夜校获得八分之七个学士学位的孩子"，斯德林告诉记者，他发现自己很擅长推销。然后他回到了大学，完成了剩下的八分之一学位，又在短期内拿到了计算机科学与工程学的硕士学位。

然后，在他二十多岁的时候，他"醒悟"了。斯德林卖了很多电脑，但那并不能满足他。为什么他没有更成功呢？他并不懒惰，也不傻。

然后，他意识到了问题所在：这样卖东西，效率太低了。

而且很多和他一样的推销员都面临这个问题。

于是斯德林开始学习计算机编程，花了好几个星期，每天十八个小时在黑暗的房间里编写软件。他赌上了一切，创办了一家公司，

---

① 美国著名工程师，电影制作人，飞行员。后半生由于飞行事故造成的忧郁、耳聋、长期疼痛归隐于市。
② 美国微软公司创始人，早年从哈佛辍学成才。成长经历众人皆知。

而他这么做完全是基于一个要么愚蠢，要么绝妙的理念：公司里最有价值的资产不再属于他，而是属于数以百万计的人们——是那些关于他们自己的信息。而这些东西大部分时候都是可以免费获取的。斯德林开始编写一个数据库，囊括了很多服务商和制造商的潜在客户，这些潜在客户所在的地理位置、收入、婚姻状况、财务、法律和税收情况，无论好坏。数据库还尽可能多地收录其他信息，无论私人的还是工作的——但凡是能买到、窃取，或者通过其他方式获得的信息，他都不会放过。"只要是事实，我来者不拒。"一篇采访引述道。

瞭望塔数据管理系统的早期版本是具有革命性的软件。和当时著名的 SQL 数据库相比，有着飞跃性的进步。短短几分钟之内，瞭望塔便可以算出哪些人更有可能成为客户，如何去诱惑他们，又有哪些人不值得下功夫推销（但他们的名字和信息有可能被出售给其他公司）。

公司的成长速度就像科幻电影中的怪物。斯德林将公司改名为 SSD，把总部搬到了曼哈顿，开始吞并其他更小的信息企业，为他的帝国添砖加瓦。虽然不受隐私权力组织待见，但 SSD 也从来没有过像恩荣油业①那样的丑闻。对员工来说，SSD 的工作也是一分耕耘一分收获。虽然没有华尔街那样的高额红利，但如果公司获利，他们也能从中得到好处。SSD 提供学费和购房补助，为员工的孩子提供实习机会，员工也拥有长达一年的产假或陪产假。公司以其大家庭般的文化而远近闻名。斯德林鼓励员工推荐配偶、父母和子女入职。每个月还有丰富的团队建设和娱乐活动。

这位 CEO 非常注重隐私。萨克斯查了这么多资料，目前只知道他不吸烟、不喝酒，也没有人听他说过脏话。他为人谦虚，住所也很低调，领的薪水微薄得令人惊讶。他的大部分财富留在 SSD 的

---

① 二〇〇〇年初由于假账倒台的巨型能源公司。

股票里。他对纽约社交圈避之不及。没有超快的跑车，也没有私人飞机。虽然他鼓励员工重视家庭，自己却离过两次婚，目前单身。至于子女，有些报道说他年轻时有过孩子，但消息来源并不可靠。他有多处住宅，但他将住宅地址保护得很好，在公共记录上是查不到的。也许是因为他深知数据的威力和危险。

斯德林、萨克斯和普拉斯基走到了长长走廊的尽头，进入办公室。办公室里有两名助理的工位，两人的桌子上都堆满了摆得井井有条的纸张和文件夹。此时只有一个助理在，一名年轻的男子，面目英俊，身穿一套保守的西装，名牌上写着马丁·科伊尔。他的桌子也更有条理——身后的书都按高低大小排列好。萨克斯觉得很有趣。

"安德鲁。"他向老板点头致意，发现老板没有将他介绍给两位警官，便自动将他们忽略掉，"您的电话留言都在电脑上了。"

"谢谢。"斯德林瞥了眼另一个工位，"杰里米是去看新闻招待会用的餐厅了吗？"

"他今天上午去过了，他还去律师事务所送了一些文件。"

萨克斯有些惊讶，斯德林居然有两个助理。显然，一个处理内部工作，另一个处理外部事宜。而在纽约警局，警探都是公共资源，大家都互相借人手，职责范围从来没分得这么清楚过。

他们走进斯德林单独的办公室，但这间屋子并没有比其他办公室大多少，墙壁上也没有任何装饰。尽管公司的标志是带窗口的瞭望塔，安德鲁·斯德林的窗帘却是紧闭的，将城市的景色阻隔在外。萨克斯感到有些窒息，她的幽闭恐惧症发作了。

斯德林坐在一张简单的木椅上，并不是真皮的旋转宝座。他示意他们坐到类似的椅子上，不过上面有椅垫。他身后有一排摆满了书的矮书架。奇怪的是，书的脊背朝上，而不是向外。所以来访的客人是看不到他的阅读口味的，如果要看，就不得不从他身边走过去，低下头，或者把书拉出来。

他朝一排扣放的五六个玻璃杯点点头。"这里有水。但是如果你们想喝咖啡或茶，我可以找人去取。"

"不了，谢谢。"

普拉斯基摇了摇头。

"不好意思。我处理个事情，很快。"斯德林拿起电话，拨通，"安迪？你打电话来了。"

萨克斯从他说话的语气推断，电话里的人和他很亲近，但电话的内容显然是工作问题。斯德林的声音毫无感情："啊，但是，你必须那样做。我们需要那些数字。你知道的，他们可不会坐以待毙，任何时候都可能有所行动……好。"

他挂了电话，发现萨克斯正在盯着他看。"是我的儿子，他也在公司里工作。"然后他朝办公桌上一张照片点了个头，上面有一位帅气、清瘦的年轻人，神似这位首席执行官斯德林。照片上两人都穿着SSD的T恤，可能是某次员工郊游，也可能是在某个度假村。两人并排站在一起，但是没有身体接触，脸上也不带笑。

好吧，至少现在萨克斯对他的私生活多了一点了解。

"那么现在，"他说，绿色的眼睛看向萨克斯，"到底是什么事呢？你提到了犯罪行为。"

萨克斯解释说："过去几个月里，纽约市发生了数起谋杀案。我们认为，可能有人在利用您系统里的信息接近受害者，杀害他们，然后把罪行嫁祸给无辜的人。"

对一切都了如指掌的人……

"信息？"他看起来似乎真的很担忧，但也十分困惑，"虽然我觉得这不太可能发生，但还是请您再详细说说。"

"好的。这名凶手知道受害者使用的个人用品，并将其作为证据栽赃到替罪羊的住所，使其与罪案产生联系。"斯德林专心听着，那双翡翠般的眼睛上方眉头紧皱。她向他讲述了绘画和硬币盗窃案的细节，还有另两起性侵案。他看起来十分困扰。

"这太可怕了……"在听完她的叙述后，他看了她一眼，"强奸？"

萨克斯冷冷地点头，解释了他们为什么认为 SSD 是凶手的信息来源。这是纽约市内唯一的大型数据公司。

他揉了揉脸，缓缓点头。

"我明白你的担忧……但凶手只要去跟踪受害者，记下他们的购物偏好，不是也很容易做到这些吗？甚至是入侵他们的电脑、邮箱、住所，在街头记下他们的车牌号码？"

"这就是问题所在：也许他确实是像你说的那样行动。但如果要知道得那么详细，他就得花大把时间跟踪每一个人。目前已经至少有四人被害，我们认为还可能有更多的受害人——这就意味着他需要四个受害人和四个替罪羊的最新信息。而获得这些信息最有效的方式，就是利用数据挖掘公司。"

斯德林微微笑了一下，脸色变得不那么好看。

萨克斯皱了皱眉，抬起头。

他说："你用'数据挖掘'这个词也没有错。媒体用起来肆无忌惮，现在所有人都这么说。"

两亿搜索结果……

"但我更愿意将 SSD 称为知识服务供应商。也就是 KSP，像互联网服务提供商（ISP）一样。"

萨克斯有种奇怪的感觉，他似乎被她的话伤到了。她想告诉他，她不会再那么说了。

斯德林将桌面上的一摞文件平铺开来。起初，她以为这些纸是空白的，但随后她才发现原来这些纸都是倒扣着放的。"好了，相信我，如果真是 SSD 的员工做的，我和你一样想把这个人揪出来。这件事可能会变成丑闻，尤其是最近，知识服务供应商在媒体和国会那里都不太得人心。"

"首先，"萨克斯说，"凶手在购买作案物品时用的是现金，这一点我们可以肯定。"

斯德林点点头："他不想留下任何踪迹。"

"对，但鞋子是邮购或者网购的。请问你能查到在纽约地区同时购买了这些鞋子的人吗？"她将写了三种鞋的品牌和鞋号的单子递给他，"这些鞋是同一个人买的。"

"什么时间段？"

"过去三个月内。"

斯德林打了一个电话，简短地交谈了几句。一分钟都没到，他就看向电脑屏幕，然后把屏幕转过来对着萨克斯，可是她完全看不懂——屏幕上都是产品信息和代码。

首席执行官摇了摇头："过去的三个月里，大约售出了八百双奥尔顿EZ步行鞋，一千二百双贝斯鞋，还有两百双田径跑鞋。但是，没有一个人买了全部三种鞋。甚至都没有人同时买了两种。"

莱姆曾怀疑凶手如果真的在利用SSD的信息，肯定也会注意掩盖自己在网上的行踪，但他们还是对此抱有一丝希望。萨克斯望着那些数字，想起了罗伯特·约根森，也许凶手盗用了别人的身份去买鞋。

"抱歉。"她点点头。

斯德林拿出一支饱经风霜的银色钢笔，拉过一个记事本，迅速写了几行萨克斯无法辨认的笔记。他盯着笔记，对自己点点头。"我猜，你们在想，凶手可能是外部人员、内部员工、客户，或者黑客，对不对？"

罗恩·普拉斯基看了一眼萨克斯说："没错。"

"好的，我们一定要查清这件事。"他看了一眼手表，"我想叫一些其他人进来，可能还要再等几分钟。我们每周一这个时候有个晨会。"

"晨会？"普拉斯基问。

"由各部门领导主持的激励大会，应该很快就结束了。我们早上八点准时开工。但有些人开得比别人稍微长一点，每位领队的风格都不同。"他说，"指令，通话系统，马丁。"

萨克斯心里暗笑。他用的是与林肯·莱姆相同的语音识别系统。

"你好，安德鲁？"他桌上的一个小盒子里传出了声音，"我想让汤姆——安全部的汤姆——和萨姆两人过来。他们是不是在开晨会？"

"不，安德鲁，萨姆这个星期在华盛顿，周五才会回来。但是他的助手马克在。"

"那就让马克来。"

"是，先生。"

"指令，通话系统，断开。"然后他对萨克斯说，"应该马上就来了。"

萨克斯想道：当安德鲁·斯德林召见你，你就会具象化在他面前。他又写了几行字。萨克斯看了一眼墙上的公司标志。他写完以后，她说："我很好奇——瞭望塔和窗口，分别代表了什么？"

"表面上代表数据观测，但它还有第二层意思。"他笑了，高兴地解释道，"你知道社会学里的'破窗效应'吗？"

"不知道。"

"我多年前听说后，一直印象深刻。破窗效应认为，要改善社会治安，就必须专注细小的问题。如果你能控制、解决这些小问题，就能从整体上改变环境。比如犯罪高发区的住宅——即使在周围的街道花上百万美元投入警力和监控资源维持治安，如果房子看起来还是破败、危险的，整个地区就会一直破败、危险下去。但是如果不去花数百万美元，而是花几千块钱把破窗子修好，再刷好油漆，把大厅整理干净。这虽然只是表面的修复，但人们会注意到。他们会爱上自己居住的地方，就会告发威胁和破坏他们住宅财产的人。

"你肯定听说过这个，这是也是纽约二十世纪九十年代力推的犯罪预防准则，而且很有效。"

"安德鲁？"对讲机里传来了马丁的声音，"汤姆和马克都到了。"

斯德林命令道："请他们进来。"他将便条摆在面前，给了萨克斯一个冷静的笑容，"让我们看看是否有人在偷看我们的窗户吧。"

19

门铃响后,汤姆带进来一个三十岁出头的男人,蓬乱的棕色头发,牛仔裤,一件破旧的棕色运动外套下是"艾尔·扬科维奇"①的T恤。

如今从事法医鉴定的人,没有一定的电脑知识是不行的,但莱姆和库柏都知道自己的局限性。而很明显,当他们意识到五二二的案子涉及电子犯罪时,塞利托便向纽约市警察局计算机犯罪组寻求帮助,这个精英小组由三十二名警探组成,还有一些辅助人员。

罗德尼·萨内克大步走进房间,往最近的监护仪上扫了一眼,说了句"嘿",就像是在和硬件讲话一样。同样地,他也扫了莱姆一眼,对他的身体状况全然不在意,只对连接到莱姆扶手上的无线环境控制系统表露出了兴趣。他似乎对那个机器的印象深刻。

"你在休假吗?"塞利托问,看了一眼罗德尼的衣服,他对那件T恤明显有些不满。莱姆知道这位警探很传统,觉得警察就应该穿着得体。

"休假?"萨内克回问道,对他的讽刺毫无察觉,"没有啊,我为什么要休假?"

"我就是问问。"

---

① 艾尔·扬科维奇(Weird Al Yankovic)是美国加州的音乐作曲家,以幽默好笑的说唱出名。

"好吧,所以现在到底是什么情况?"

"我们需要一个陷阱。"

林肯·莱姆的计划——到SSD去,开门见山地问里面是不是出了凶手,其实并不像表面上那样天真。当他看到该公司网页的描述时(SSD的PublicSure软件支持执法部门),他的预感是,纽约警局也许是他们的一个客户。如果是这样的话,那么凶手就有可能访问该部门的文件。简单查一查便知,是的,警察局确实是该部门的客户。PublicSure软件和SSD为这座城市提供数据信息管理服务,包括对案件信息、报告和记录的整理。如果巡警需要一张搜查令,或者哪名警探新接到一宗杀人案,需要知道案子的历史,PublicSure可以在几分钟之内将所需信息送到他的办公桌、车载电脑甚至是掌上电脑或手机上。

派萨克斯和普拉斯基到SSD总部去询问谁有可能接触到案件相关的数据,五二二就会知道警察在找他,并尝试通过PublicSure进入警察局的系统看报告。如果他这样做了,他们也许能追查到谁访问过文件。

莱姆向萨内克说明了情况,他点了点头,表示明白了——仿佛设置这样的陷阱是家常便饭。不过,当他得知犯罪可能和SSD有关时,还是吃了一惊。"SSD?那是世界上最大的数据挖掘公司。所有人的资料都在他们手上。"

"有什么问题吗?"

他无忧无虑的理工男形象有些动摇,轻声回答说:"我希望不会。"

然后他便开始设置陷阱。他会将文件中他们不希望五二二知道的细节删去,再将这些敏感文件挪到一个没有联网的电脑上。然后,他会在纽约警局服务器上"米拉·韦恩伯格强奸杀人案"的文件夹里放一个可视化路由跟踪报警程序,并在里面添加子文件诱惑凶手,比如"犯罪嫌疑人行踪""法证分析"和"证人",但这些文件夹里只有无关紧要的一般注意事项。如果有人访问它，无论是通过正规渠道还是黑进来，那个人的 IP 和具体的地理位置就会被追查到，并发送给萨内克。他们会立刻得知翻动文件的是警察还是其他人。如果是外人，萨内克就会通知莱姆和塞利托，他们会让特别行动小组直接出动。萨内克在文件夹里放了大量的阅读材料，比如 SSD 的公开信息，并全部加密，这样凶手就会在系统里花更长时间解码，为追查争取更多时间。

"设陷阱大概要多久？"

"十五到二十分钟。"

"好。当你把这些做好以后，我还想让你看看是否有人能从外部入侵 SSD。"

"黑进 SSD？"

"对。"

"哦，他们的防火墙跟俄罗斯套娃似的，一层套一层。"

"但是我们必须知道。"

"如果员工是幕后黑手，你也不希望我通知公司，请求协助？"

"是的。"

萨内克的脸蒙上了阴影："看来我只能试试能不能入侵他们的系统了。"

"你能合法地黑进去吗？"

"能也不能。我可以只测试防火墙，如果我没有真的黑进他们的系统，把系统拖垮，又暴露给媒体，把自己送进监狱，那就不是犯罪。"他黑着脸补充道，"当然，结果也可能会更糟糕。"

"好吧，但我们首先要把那个陷阱设好。尽快。"莱姆瞥了一眼时钟，萨克斯和普拉斯基已经开始在 SSD 大楼里打探消息了。

萨内克将一部沉重的便携式电脑拉出背包，放在附近的桌子上。"呃，我有点想喝……哦谢谢。"

汤姆将咖啡壶和杯子端了进来。

"正是我想要的。多加糖,不要牛奶。即使当上了警察,极客也还是极客。我从来没习得过那个叫'睡眠'的技能。"他放了不少糖,搅拌了一下,然后一口喝下半杯,而汤姆站在一旁,直接帮他续上。"谢谢。好吧,该干正事了。"他看向库柏的电脑,"哎哟。"

"哎哟?"

"你在一台只有一点五兆的调制解调器上运行?你知道他们现在做的电脑屏幕都是彩色的吧,还有个叫互联网的东西。"

"有意思。"莱姆喃喃道。

"等这个案子结束了和我联系一下。我们帮你重新连线,再做一下局域网的调整。另外给你设置一个 FE①。"

萨内克戴上眼镜,将他的电脑和莱姆的电脑联机,然后开始不停地敲键盘。莱姆注意到他键盘上的某些字母已经被磨掉,触摸板上有严重的汗渍。而键盘本身似乎撒满了面包屑。

塞利托看向莱姆的眼神说,警察这行,什么人都需要。

第一个走进安德鲁·斯德林办公室的中年人身材消瘦,脸上看不出情绪,活像一位退休的警察。另一位年轻一些,举止谨慎,典型的企业初级主管。他看起来像那个情景喜剧《欢乐一家亲》里的金发兄弟。

关于第一个人,萨克斯的猜测八九不离十。他虽然没有穿警服,却是前 FBI 特工,现任 SSD 的安全部长——汤姆·奥德。另一位是马克·惠特科姆,公司合规部部长助理。

斯德林解释道:"汤姆和他的手下是安全部的,确保外面的人不会对我们做什么坏事。而马克的部门确保我们不会对外面的公众做什么坏事。我们运行起来如履薄冰,到处是雷区。你在来之前肯

---

① FE 是转发引擎的简称,是高性能比特路由器的关键组成部分之一,直接影响路由器的整体性能和网速。

定已经研究过SSD，我们目前受缚于数以百计的联邦隐私法——从管制滥用个人信息、手机监控的格雷厄姆·里奇·比利雷法案，到公平信用报告法案、医疗电子交换法案，还有司机隐私保护法。更不要提各个州的相关法规。合规部门确保我们知道每个地方的规矩，并保证我们不越线。"

好，她想。这两个部门是传播五二二案件信息的完美渠道，进而促使他去纽约警察局的服务器上打探消息。

马克·惠特科姆在黄色的书写板上写了几笔，说："如果迈克尔·摩尔要拍关于数据安全的电影，希望我们不是里面的主角。"

"别开这种玩笑。"斯德林笑着说，虽然他脸上的忧虑十分明显，然后他问萨克斯，"我可以告诉他们你讲给我的案子吗？"

"当然，请讲。"

斯德林为他们简单讲了讲，包括萨克斯讲述的所有细节，甚至还说了鞋的线索。

惠特科姆边听边皱起眉头。奥德则静静地听完了讲述，沉默地板着脸。萨克斯相信，这位前FBI特工的冷静不是后天养成，而是与生俱来的。

斯德林坚定地说："所以，这就是我们面临的问题。如果SSD以任何形式参与其中，我都要知道，而且我需要解决方案。我们已经确定了四种可能的风险来源。黑客、外部入侵者、员工和客户。你们的想法呢？"

前特工奥德对萨克斯说："好吧，让我们先来考虑黑客。我们有业界最好的防火墙，比微软和太阳计算机系统的都好。我们用波士顿的控制系统保证互联网安全。可以说，我们就是街机游厅里的《打鸭子》——世界上每一个黑客都想破解我们。自从我们五年前搬到纽约，还没有人能做到。我们曾经碰到过几个进入我们行政服务器的黑客，最多也就待了十到十五分钟。但没有任何人能闯进innerCircle。而你所说的那名未确认凶犯，若要得到那些信息，是必须进入那里的。他无法通过打通某一个服务器黑进去,要入侵那里,他至少要破解三到四个单独的服务器。"

斯德林补充道:"至于外部入侵者,那就更不可能了。我们大楼的安保和国家安全局是一样的。有十五名专业保安和二十名兼职保安。此外,访客无法接近 innerCircle 服务器。所有进去的人都要登记,也不能自由走动,客户也不行。"

萨克斯和普拉斯基就是被那些保安的其中一名护送到大堂的。一位缺乏幽默感的年轻人,并没有因为他们是警察而降低警惕。

奥德又接着说:"我们三年前有过一起事故,但之后就再也没有了。"他看了一眼斯德林,"就是那个记者。"

首席执行官点头道:"那是某家地铁小报的明星记者。他在撰写和身份盗窃有关的文章,认为我们就是魔鬼的化身。Axciom 和选择点那两家公司判断得不错,甚至都没有让他进入总部大门。而我相信新闻自由,所以同意和他谈谈……他去了洗手间,声称他迷路了。他回来时看上去很自然,可事情似乎不太对劲儿。我们的保安人员查了他的公文包,在里面发现了一个照相机。里面有他拍下的机密商业计划的图片甚至还有打开文档的密码。"

奥德说:"那名记者不仅失去了工作,而且以非法入侵罪被起诉。他在州立监狱里服刑六个月。而且,据我所知,他再也没有找到稳定的记者工作。"

斯德林稍微低下了头,对萨克斯说:"我们非常重视安全问题,非常非常重视。"

一名年轻男子出现在门口。起初她还以为是斯德林的助理马丁,但随后她意识到,这个人只是身型外表相似,同样穿着黑色的西装。"安德鲁,很抱歉打断你们。"

"啊,杰里米。"

所以这是第二助理。他看了看普拉斯基的警服,然后又看了看萨克斯。最后和马丁一样,当他意识到自己没有被介绍时,便旁若无人地做起了汇报。

"卡朋特。"斯德林说,"我今天要见到他。"

"好的,安德鲁。"

他走了之后,萨克斯问:"那么员工呢?你是否有任何有纪律问题的员工?"

斯德林说:"我们雇人时会做很深入的背景调查。我不会雇用任何有比交通违章更严重的违法记录的人,而且背景调查是我们的专长之一。但是,即使员工进入 innerCircle,也不可能偷走任何数据。马克,给她讲讲关于数据圈的事情。"

"当然,"马克对萨克斯说,"我们有水泥防火墙。"

"我不是技术人员。"萨克斯说。

惠特科姆笑了起来:"不,不,这算不上科技。我说的就是字面上的水泥墙。我们收到数据后,会将其分开存储在不同的地方。我告诉你SSD是如何运作的,你就能明白了。数据是我们的主要资产。如果有人能将 innerCircle 里的数据复制下来,那我们一周之内就可以歇业了。所以,我们的口号是"保护我们的资产"。那么,这些数据是从哪里来的呢?我们有数以千计的信息来源:信用卡公司、银行、政府记录、零售商店、在线操作、法庭记录、汽车驾驶管理部、医院、保险公司。我们将产生数据的行为称为'事件','事件'可以是拨出的电话、登记车牌号、医疗保险索赔、提起诉讼、出生、结婚、购房、退货、投诉……而在你们警察的工作范围内,'事件'可能是强奸、抢劫、谋杀——任何犯罪行为。此外,还有建立案宗、选择陪审员、审判、定罪。"

惠特科姆继续说道:"任何'事件'的数据来到SSD时,都会先进入数据进口中心库,在那里进行评估。为了安全起见,我们还有一个数据屏蔽策略——就是用代码替换个人的名字。"

"社会保障号码?"

斯德林的脸上出现了一丝情感波动。"啊,不是。那个是政府为公民退休账户单独设立的，是很久以前的事了。它能成为确认身份的标准纯粹是一个偶然。它很不准确，容易被盗。那是很危险的——就像将一把上了膛的枪放在家里。而我们的代码是一个十六位数字，百分之九十八的美国成年人都有一个SSD码。而现在，每一个刚出生的婴儿登记时，无论在北美哪里，都会自动获得一个代码。"

"为什么是十六位？"普拉斯基问。

"这样就有扩展的空间。"斯德林说。"我们再也不用担心会用完数字序列。十六位数可以产生将近五万亿个号码。在地球的生活空间被用完之前，SSD的代码都还有余地。这些代码使我们的系统更加安全，而且比使用名字或社保号码的处理速度要快很多。此外，使用代码代表个人，可以中和人为因素，把偏见从数据方程里剔除。心理上，我们在见到名字的瞬间就会对一个人有所判断。而数字可以消除偏见，提高效率。请继续吧，马克。"

"当然。数据中的名字被替换后，就会进入数据进口中心库，进行评估、分类，发送给一个或多个不同的数据圈。我们一共有三个数据圈。数据圈A存储个人生活方式数据；B是金融类数据，包括工资、银行记录、信用报告、保险；C是公众和政府记录。"

"然后我们就会统一数据格式，清除冗余信息。"斯德林又一次接着道，"比如，有时女性被标记成'F'，有时是全拼的'女性'一词。有时又只是一个1或0。我们的信息要保持一致。

"我们也需要消除数据里的噪声，也就是不纯数据。数据可能有误，可能有太多细节，也可能没有细节。噪声是污染，而污染必须被消除。"他再次流露了些许情感，"然后，清理好的数据会被存储在数据圈里，直到有客户需要一位占卜师。"

"占卜师？"普拉斯基问道。

斯德林解释说："在二十世纪七十年代，计算机数据库软件公司可以进行历史数据分析。二十世纪九十年代，数据分析可以随时随地进行。而现在,我们可以预测消费者的下一步行动,并引导客户充分利用这一优势。"

萨克斯说:"你们不只是预测未来,也试图去改变它。"

"确实如此,但人们去找占卜师,不就是为了改写未来吗?"

他的目光平和,甚至有几分兴味。萨克斯却感到不安,想起了昨天自己在布鲁克林与FBI特工的惊险相遇。那也正是因为五二二预测了未来——他们之间会发生一场枪战。

斯德林示意惠特科姆继续说下去。

"所以,数据中没有姓名,只有数字,进入不同的数据圈。这三个数据圈位于不同的楼层,彼此独立,保安队伍也不同。C圈的员工不能进入A圈或B圈。而且没有人能同时访问数据进口中心和数据圈的信息,将姓名与代码联系起来。"

斯德林说:"所以他才会说,黑客要拿到所有信息,将不得不入侵至少三到四个服务器。"

奥德补充道:"而且我们有二十四小时监控。如果有人未经授权,试图闯入数据圈楼层,我们会立刻知道。他们会被当场解雇甚至可能被捕。除此以外,你还不能从数据圈的电脑下载数据——那里根本没有端口。即使你设法进入服务器,连上一个硬件设备,也不可能带出来。每个人都会被搜查。每一位员工、高级管理人员、保安、消防员、看门人。即使是安德鲁本人。我们有金属和致密材料检测器,在数据圈和进口中心的每个入口和出口,甚至是防火门旁。"

惠特科姆说:"而且,你必须要穿过一个磁场产生器。它会删除你携带的任何介质上的所有数据。iPod、手机或移动硬盘。没有任何人能走过那些房间,还带出来上千字节的数据。"

萨克斯说:"所以想要偷这些数据圈的资料,无论是黑客、入侵者还是员工,几乎都是不可能的。"

斯德林点点头:"数据是我们唯一的财富,我们如信仰一般保护着它。"

"那么其他的可能性呢?客户之类的。"

"就像汤姆说的,这个人需要受害者和替罪羊在innerCircle里的档案。"

"是啊。"

斯德林举起双手,像一个教授。"但是客户没有进入个人档案的许可,他们也不会愿意进去。innerCircle里包含的原始数据对他们来说并没有什么用处。他们需要的是我们对数据的分析。客户会登录到瞭望塔DBM(我们的专利数据库管理系统)还有其他程序,比如Xpectation或者FORT。这些程序会对innerCircle进行搜索,找到相关数据,把它们变成有用的信息。如果你想要一个比喻,这就好像淘金,通过对成吨的泥土和岩石进行敲打、筛选,经过层层步骤,最后才能发现金粒。"

萨克斯说:"但是,如果一个客户买了邮寄记录,就可以得到足够的数据来犯下的罪行,不是吗?"她示意了一下自己之前拿给斯德林的那张证据清单,"举例来说,我们的嫌疑人可以拿到所有买了某种剃须膏、避孕套、胶带和跑鞋等物品的人员名单。"

斯德林抬起眉毛。"嗯。那将是一个巨大的工程,但理论上是可能的……好吧,我会把所有购买过受害者证据列表上的信息的顾客都列个单子——三个月之内吧?不,还是六个月吧。"

"非常感谢。"她在自己的文件包里翻了翻,包里的混乱与斯德林井井有条的桌面形成了鲜明的对比,然后递给他所有受害者和替罪羊的证据清单。

"我们的客户协议允许我们分享他们的信息,这倒是不会有法律问题,但要找齐数据,恐怕会需要几个小时。"

"好的,谢谢。关于员工,我还有最后一个问题……即使他们不能进入数据圈,是不是也可以在办公室里下载一个客户档案?"

他点头,对她的提问很欣赏,虽然这个问题实际上是在暗示SSD的员工可能是凶手。"大多数员工都是不能的——就像之前说的,我们需要保护数据。但是,少数员工拥有'全权访问权限'。"

惠特科姆笑了起来。"是啊,可是看看有这样权限的人都是谁,安德鲁。"

"如果问题涉及SSD,我们就需要考虑所有可能的解决方案。"

惠特科姆对萨克斯和普拉斯基说:"每个有全权访问权限的员工都是SSD的资深人士,在公司工作了很多年。我们就像一个大家庭,一起开酒会、度假——"

斯德林举起一只手,打断了他:"我们必须彻查,马克。我得把这件事搞明白,不惜一切代价。我需要答案。"

"拥有全权访问权限的都有谁?"萨克斯问。

斯德林耸耸肩。"我自己是一个,还有我们的销售主管、技术运营主管。人力资源总监应该也可以下载个人档案,但我敢肯定他不会这样做。还有就是马克的老板,我们的合规部负责人。"他把每个人的名字都给了她。

萨克斯瞥了一眼惠特科姆,他摇了摇头。"我是没有的。"

奥德也没有。

"您的两位助理呢?"萨克斯问斯德林,指的是杰里米和马丁。

"他们没有……说到这个,我们的技术人员是无法解读档案的,但有两个服务经理可以。一个值白班,一个值夜班。"他给出了这两个人的名字。

萨克斯看了看名单。"有一个简单的方法来确认他们是否无辜。"

"是什么?"

"我们知道凶手周日下午的行踪。如果他们周日有不在场证明,就可以摆脱嫌疑。让我跟他们聊一下。如果可以的话,就现在。"

"好的。"斯德林说,对她的建议表示了赞赏。一个简单的"解决方案"来解决他的诸多"问题"。然后,萨克斯意识到了——今天上午的交谈中,他总会直视她的双眼。不像大多数男人,斯德林一次也没有将目光流连在她的身体上,也没有跟她调情。她不禁想,这人卧室里会有什么故事。她问:"我们可以亲自去数据圈确认一下安保情况吗?"

"当然。只要留下你的对讲机、手机和掌上电脑。还有任何移动设备。如果你带在身上,那些东西上所有的数据都将被删除,你离开时也会被搜身的。"

"好的。"

斯德林朝奥德点点头,他走了出去,回来时带来了一位一脸严肃的警卫,正是先前送萨克斯和普拉斯基到大厅的那位。

斯德林为她打印了一个通行证,在上面签了字,然后把它交给了警卫,警卫随后将他们带到了走廊。

萨克斯很高兴斯德林没有拒绝她的要求。她想去看数据圈还有另一个目的。她不仅想让更多的人意识到调查正在进行,以此为诱饵钓出凶手,还想和警卫核对一下从奥德、斯德林和惠特科姆那里听说的安保程序。

但这名男子非常沉默,就像是被父母警告过不要和陌生人说话的孩子。

通过几扇门,进入走廊,走下楼梯,再来一遍。不一会儿她就完全迷失了方向。她的肌肉开始颤抖,周围的空间越发狭窄和阴暗。她的幽闭恐惧症再次发作了。这栋建筑的所有窗户都很小,而在这里——接近数据圈的地方——根本就没窗户。她深吸了一口气,却没能缓解痛苦。

她看了一眼他的胸牌。"我说,约翰?"

"是的,女士?"

"为什么这里没有窗户呢?有什么原因吗?这里的窗户都很小,或者压根儿不存在。"

"安德鲁担心可能会有人试图从外面拍到信息,比如密码或者商业计划。"

"真的吗?有人能做到这一点?"

"我不知道。我们只是被告知要时常巡视。检查附近的观景台，公司对面建筑物的窗户。虽然从没发现过可疑情况，但是安德鲁希望我们继续查下去。"

数据圈是个阴森恐怖的地方，全都按颜色编码分类。个人生活数据是蓝色的，金融资料是红色的，而公共政府信息是绿色的。这里地方不小，但对于消除她的幽闭恐惧症还是毫无益处。天花板非常低，房间昏暗，而每行计算机之间的空隙就更小了。房间里永远有机器运作的声音，像是某种低沉的咆哮。因为数量众多的计算机和大量的耗电，空调在拼命地工作，但是这里的空气完全不流通，令人窒息。

至于电脑，她这辈子都没有见过这么多机器被放在一起。电脑在巨大的白色盒子里，而且上面都有标签。奇怪的是，标签上不是数字或字母，而是各种卡通人物形象：蜘蛛侠、蝙蝠侠、巴尼、哔哔鸟和米老鼠。

"海绵宝宝？"她指着一个机器问。

约翰露出了第一个笑容。"这是安德鲁想到的另外一层安全保护。我们有人在网上监控关于 SSD 和 innerCircle 的信息，如果有人同时提到公司名和某个卡通角色，比如威利狼或者超人，就可能意味着他对我们的计算机有点太感兴趣了。名字给人的印象更深刻，比数字和编号更显眼。"

"聪明。"她说。斯德林给人编号，却给电脑起名字，真是讽刺。

他们走进了数据进口库，房间被刷成了冷漠的灰色。这里比数据圈更小，让她的幽闭恐惧症进一步恶化了。和数据圈一样，这里唯一的装饰是瞭望塔的标志，还有一张大幅的安德鲁·斯德林的照片，照片上的他微笑着，下面是一行标语："你是第一名！"

也许这是在说公司的市场份额拿了第一，或者得了什么奖。也有可能是指公司把员工放在第一位的理念。但萨克斯却觉得很诡异，就像是在什么不太好的名单上榜上有名。

房间变得越来越逼仄,她的呼吸开始急促。

"这里让你难受吗?"保安问。

她给了他一个微笑:"有一点儿。"

"我们几个人轮流来检查,但没有人愿意在这里多待。"

沉默被打破了,约翰开始偶尔说一两句话。萨克斯问他关于安全程序的事情,想证实一下从斯德林和其他人那里听到的消息。

听约翰的回答,那些安保程序似乎都是真的。约翰重申了首席执行官所说的内容——这些计算机或工作站都没有插槽或端口,只有键盘和显示器。房间也是被屏蔽的,所以没有无线信号。他还解释了斯德林和惠特科姆此前说的内容,数据圈里的数据是无用的,除非将它们与进口数据库的内容联系起来。虽然电脑显示屏没有什么安保措施,但是想要进入数据库,你必须有身份识别卡、密码,还要经过生物识别扫描。同时,一名人高马大的保安会盯着你的一举一动。

数据圈外的安保程序也非常严密,正如几位负责人之前讲的那样。萨克斯和警卫都被进行了仔细的搜查。他们必须走到不同的两个金属探测器边,然后通过一个门框形状的"数据清除器"。机器上写着警告:"该设备将永久删除电脑、硬盘、手机和其他设备上的所有数据。"

在他们回到斯德林办公室的路上,约翰告诉她,据他所知,从来没有人闯入过SSD。尽管如此,奥德仍要求他们定期进行演习,以防止安全入侵。和大多数保安一样,约翰身上并没有配枪,但公司政策要求全大至少有两名武装警卫站岗。

回到首席执行官的办公室里,她发现普拉斯基正坐在靠近马丁办公桌的一个巨大真皮沙发上。虽然他个子不小,在这里却显得有些渺小,像是被叫到校长办公室的学生。她不在的时候,普拉斯基主动去核对了合规部门负责人塞缪尔·布罗克①的不在场证明。他当时在华盛顿。酒店记录显示，昨天谋杀案发生时，他在酒店吃早午餐。萨克斯记下了这些，又看了一遍有全权访问权限的人名列表。

安德鲁·斯德林，总裁，首席执行官。
肖恩·卡塞尔，销售和营销总监。
韦恩·吉莱斯皮，技术运营总监。
塞缪尔·布罗克，合规部门总监。
　　不在场证明：酒店记录证实，案发时布罗克在华盛顿。
彼得·阿隆佐－肯珀，人力资源总监。
史蒂芬·施莱德，技术服务与支持经理，白班。
法鲁克·马麦达，技术服务与支持经理，夜班。

她对斯德林说："我想尽快和他们谈话。"

斯德林给助理打了电话，原来除了布罗克以外，其他人都在城里。不过施莱德正在处理数据进口中心的一个紧急硬件事故，而马麦达要下午三点以后才会来公司。他吩咐马丁让这些人上楼接受谈话。他还要先找到一间空置的会议室。

斯德林断开电话，然后说："好吧，警探。现在就看你的了。请还我们清白……或者找到你的凶手。"

---

①即萨姆，塞缪尔是全名。

20

罗德尼·萨内克将他们的捕鼠器设好,然后开始乐呵呵地尝试侵入SSD的主服务器。他的膝盖上下抖动,不时吹起口哨,这让莱姆有些恼火,但他没有开口制止。莱姆自己也经常被人说会在搜索犯罪现场和思考犯罪手法时自言自语。

"警察这行,什么人都需要……"

就在这时,门铃响了。是皇后区法医实验室的人,拿来了一些以前案件的证据。包括硬币盗窃杀人案中的谋杀凶器——一把刀。其余的物证被"存起来了"。调出证据的申请已经递上去了,但没有人说得清什么时候能调出,或者到底能不能取出来。

莱姆让库柏在证据保管卡上签名——即使是已经结案的案子,相关手续也必须遵守。

"奇怪,大部分其他证据都找不到。"莱姆说,虽然他也知道,凶器会被保存在法医实验室中特定的存放处,而不是和其他非致命性证据一起存档。

莱姆瞥了一眼那件案子的证据表。"他们在刀柄上发现了一些灰尘,让我们来看看那到底是什么。但是,首先,这把刀本身有什么说法吗?"

库柏通过警局的武器数据库搜查了一番。"中国制造,批量销售到美国数千家零售商店。因为价格便宜,所以凶手很可能是用现金购买的。"

"好,我本来也没抱多大期望。让我们继续看看那些粉尘。"库柏戴上手套,打开袋子。他仔细地刷了刷刀柄,刀片上有受害人的血迹,如今已经呈现黑褐色。刀柄被刷到的地方在检验纸上撒下了一层白色的碎末。

粉尘让莱姆着迷。在取证术语中,粉尘指的是小于五百微米的固体颗粒。既可以是衣服、装潢上用到的各种纤维,也可以是人类或动物皮屑,甚至可以来自植物、昆虫、干燥排泄物、污垢,以及许多不同的化学物质。有的粉尘状似气溶胶,还有些可以快速在物体表面沉淀。粉尘会引起健康问题,比如黑肺病;有的也很危险,会爆炸(比如谷物升降机里的面粉);粉尘甚至可以影响气候。

从刑侦学上讲,由于静电等现象,粉尘往往可以从犯罪分子身上转移到受害者身上,反之亦然,所以粉尘对警察是非常有帮助的。莱姆负责犯罪现场调查部门时,建立了一个有关粉尘的大型数据库,里面的数据都是由犯罪现场的证据收集而来。证据遍及纽约的五个行政区,新泽西州的一部分,还有康涅狄格州。

刀柄上只有很小的一部分粉尘,但梅尔·库柏收集了足够的量来进行气相色谱仪分析。那台机器可以打破物质,将其分解成各个部分,然后再确认每一个部分的成分。分析花了一些时间,这倒不是库柏的错。他虽然身材纤细,双手却大而有力,不过做起事来十分敏捷迅速。慢的是那台机器,有条不紊地分析着结果。他们在等待结果时,库柏又对其他粉尘样本做了化学测试,看看能不能发现气相色谱仪发现不了的物质。

结果出来后,梅尔·库柏为大家做了解释,并将细节写在白板上。"好吧,林肯。我们检测到了蛭石、石膏、合成泡沫、玻璃碎片、涂料颗粒、矿棉纤维、玻璃纤维、方解石谷物、纸纤维、石英颗粒、低温燃烧材料、金属薄片、温石棉和一些化学物质,还有多环芳香烃、石蜡、辛烷、多氯联苯,二苯并——这个倒是不太常见——和二苯呋喃。哦，还有一些溴化二苯醚。"

"是世贸中心。"莱姆说。

"是吗？"

"是的。"

"九一一"事件里倒塌的世贸中心大厦扬起的粉尘，已经成为在该遗址附近工作人员健康问题的根源，关于这些粉尘的构成新闻里也一直有报道。莱姆对此了解颇多。

"所以他住在市中心？"

"也许吧。"莱姆说，"但这些粉尘已经遍布纽约五个行政区的各个角落，所以对于粉尘的出处问题，我们先暂时画个问号。"他苦着脸，"我们至今只知道：他可能是白人或浅肤色人种，有可能喜欢收集硬币和艺术品。而他的住所或工作地点可能是在市中心。他可能有孩子，也可能吸烟。"莱姆斜睨着眼看那把刀。"拿近点，让我仔细看看。"库柏把武器拿过来，他和莱姆扫过手柄的每一毫米。莱姆虽然身体有缺陷，但他的视力和十几岁的青少年一样好。"那里，那是什么？"

"哪里？"

"在搭扣和刀骨之间。"

那是一个浅色的小斑点。"这你都能看到啊？"库柏低声说，"我完全没看到。"他用针将小斑点挑出来，放在载玻片上，通过显微镜开始观察。他先以较低的放大倍数看，四倍到二十四倍率，大多数情况下这就够了，不然就要用到扫描电子显微镜。"看起来像是食物碎屑，烤出来的东西。橙色。光谱表明是油。也许是垃圾食品。像立体脆，或者薯片。"

"没有足够的量来进行气相色谱仪分析。"

"没有。"库柏说。

"他是没有打算把这么小的东西嫁祸给替罪羊的，这是另一点关于五二二的真实信息。"

这到底是什么呢？他杀人那天吃的午餐吗？

"我想尝尝。"

"什么？那上面有血。"

"刀柄，不是刀片。就找到小斑点的那个地方，我想搞清楚它是什么。"

"那么小根本尝不出味道来。就这个小薯片？你几乎看不到它，我反正没有看到。"

"不，是刀本身。也许我能找出某种特殊的味道或者香料，找到一些线索。"

"你不能舔一个杀人凶器，林肯。"

"哪本书里规定过，梅尔？我不记得读过。我们需要这个家伙的信息！"

"哦……随你。"库柏把刀举到林肯的脸旁，这位犯罪学家将身体前倾，把舌尖放在他们找到小斑点的地方。

"我的天！"他缩回来。

"怎么了？"库柏问，一脸震惊。

"给我水！"

库柏把刀扔在检验台上，喊来了汤姆。莱姆往地板上吐了一口，他的嘴就像着火了一样。

汤姆跑过来："怎么了？"

"妈呀……疼死了。我要水！我只是吃了些辣酱。"

"墨西哥辣酱，像塔巴斯哥那种？"

"我不知道是什么牌的！"

"好吧，你要喝的不是水，而是牛奶或者酸奶。"

"那就拿一些过来！"

汤姆拿了一盒酸奶进来，喂了莱姆几勺。令他惊讶的是，刚才火烧火燎的痛苦瞬间消失了。"哎，刚才可真疼。好了，梅尔，我们知道了一些情报——也许。嫌犯喜欢薯片和辣酱。哦，咱们就写上零食和辣酱吧,写在表上。"

库柏依言写了上去,莱姆瞥了一眼时钟,突然说:"萨克斯到底去哪儿了?"

"哦,她在SSD。"库柏困惑地看着他。

"我知道。我的意思是,她为什么还没回来?而且,汤姆,我要更多酸奶!"

犯罪嫌疑人五二二侧写

- 男。
- 可能抽烟或与会抽烟的人一起生活/工作,或有接近有烟草的地方。
- 可能有孩子,或与儿童一起生活/工作,或能接触到儿童。
- 对收集艺术品、硬币有兴趣?
- 可能是白种人或浅肤色人种。
- 中等身材。
- 身体强健——能够扼杀受害者。
- 可以使用语音伪装设备。
- 可能熟知电脑;知道OurWorld这个网站。其他社交网站?
- 从受害者那里取得战利品。虐待狂?
- 居住/工作的一部分区域黑暗潮湿。
- 住在曼哈顿市中心或周边?
- 吃零食/辣酱。

非栽赃证据

- 灰尘,旧纸板。
- 洋娃娃的头发,巴斯夫B35型六号尼龙纤维。
- 泰雷顿雪茄烟草屑。
- 老烟丝,不是泰雷顿,牌子不明。
- 葡萄穗霉菌。
- 粉尘,世贸中心袭击遗留物,可能在曼哈顿下城区生活或工作。
- 零食加辣酱。

21

为萨克斯和普拉斯基安排的会议室袭承了斯德林办公室的装潢风格。她决定用"简约苛刻风"来形容这个公司的装修风格。

斯德林亲自将他们送到会议室,向他们指了指两把椅子,在瞭望塔窗口的标志之下。他说:"我不希望自己被特殊对待。既然我拥有全权访问权限,那么我也是犯罪嫌疑人之一。但我有昨天的不在场证明——我在长岛待了一整天。我经常这么做。开车去一些大型折扣店、会员购物俱乐部什么的,去观察人们都买什么、如何购买、在什么时间段购物。我一直在寻找能让业务变得更加高效的方法。除非你知道客户的需求,不然是无从提高的。"

"你有和谁在一起吗?"

"没有,我从来都不告诉他们我是谁。我希望看到真实的情况,包括不足和缺陷。但我车上的电子通行卡应该有记录。我在上午九点左右通过城市隧道收费站向东,然后下午五点半左右回来的。你们可以和机动车管理局核实。"他背出了自己的车牌号,"哦,还有,昨天我打了电话给我的儿子,他坐火车去威彻斯特森林保护区徒步旅行。因为他是一个人去的,所以我比较关心他的情况。我在下午两点左右给他打的电话。通话记录上应该有我从汉普顿那边的家里打出电话的记录。或者你也可以去看看他手机上的来电显示,那上边应该有日期和时间。他的分机号是七一八七。"

萨克斯记了下来，还记下了斯德林度假屋的座机号码。她向他表示感谢，然后杰里米，那个"对外"的助手走了进来，在老板的耳边小声说了些什么。

"我必须去处理些事情。如果有什么事，或者你们还需要任何东西，和我说一声就行。"

几分钟后，他们的第一个犯罪嫌疑人来到了会议室。肖恩·卡塞尔，销售和市场营销的负责人。他看起来很年轻，大约三十岁。她想到，在SSD基本上没有看到几个四十岁以上的人。数据或许是新的硅谷，是年轻创业者的世界。

卡塞尔很英俊，看上去是运动型——结实的手臂，宽阔的肩膀。他穿着SSD的"制服"，也就是一套深蓝色的西装。里面是完美无瑕的白衬衫，黄色的厚丝绸领带，重金链袖扣紧紧锁住袖口。他有一头卷发，皮肤白里透红，视线透过镜片看向萨克斯。她都不知道，原来杜嘉班纳还做眼镜。

"你好。"

"你好。我是萨克斯警探，这是普拉斯基警官。请坐。"他们握了握手，萨克斯发现卡塞尔握住她的手时间更长一点。

"这么说，你是警探？"这位销售总监对普拉斯基没有表现出一丝一毫的兴趣。

"是的，你要看我的证件吗？"

"不，不用的。"

"我们想问这里的员工一些消息。你知道米拉·韦恩伯格吗？"

"不知道，我应该知道吗？"

"她是一宗谋杀案的受害者。"

"哦。"卡塞尔脸上闪现了一丝悔悟，刚才的潇洒消失了，"我听说是在查犯罪行为，但我不知道是谋杀案，对不起。她是这里的员工吗？"

"不是，但凶手可能动用了这个公司的信息。我知道你有全权访问innerCircle的权限。你手下有没有人能完整获取里面的档案？"

他摇了摇头。"想要得到一个衣柜，你需要三个密码。或者一个密码和一个生物信息密码。"

"衣柜？"

他犹豫了一下："哦，这就是我们所说的个人档案。知识服务业经常使用很多暗语。"

就像锁在衣柜里的秘密，她这么想着。

"但是，没有人能得到我的密码。每个人都非常小心，保存好自己的密码。安德鲁在这点上非常坚持。"卡塞尔摘下眼镜，奇迹般地拿出一块黑布把镜面擦干净，"他曾经解雇过使用其他人的通行码的人，即使他们得到了授权。而且是当场解雇。"他专心地擦着眼镜，然后抬起头来。"但说实话吧。你真正想问的不是通行码吧？那只是借口。你是想问我的不在场证明，对吗？"

"我们确实也想知道这个。你昨天从中午到下午四点在哪里？"

"我在跑步。我正在为迷你铁人三项进行训练……你看起来也是个跑步的人。你看起来挺像运动型的。"

如果站着给二十五点五英尺外的目标打孔算得上运动，那么是的，她可以算是运动型。"有人能为你做证吗？"

"证明你是运动型？我觉得已经很明显了。"

萨克斯露出了微笑，有时最好是顺着对方的步调来。普拉斯基稍微动了一下，卡塞尔似乎被逗乐了。但她什么也没说，萨克斯并不需要任何人来捍卫她的尊严。

卡塞尔瞥了一眼普拉斯基，继续说："恐怕没有人可以证明。有一位朋友来过，但她大概九点半就走了。我是犯罪嫌疑人吗？"

"现阶段我们只是在收集信息。"普拉斯基说。

"是吗？"他听起来居高临下，仿佛在跟一个孩子讲话，"我们只要事实，女士。只要事实。"

这是从某部老电视剧里引的一句话，但萨克斯不记得是哪一部了。

萨克斯又问起了其他案件的不在场证明——从硬币凶杀案、早一些的强奸案,到普雷斯科特画作的案子。他把眼镜收起来,告诉她,自己不记得了。他好像完全不介意。

"你多久进一次数据圈呢?"

"也许每星期一次。"

"你是否从那里带走过任何信息?"

他微微皱起了眉头:"哦……带不走的。安全系统也不会放过你的。"

"那么你多久下载一次档案?"

"我应该没有下载过,那里面只有原始数据。对我来说没什么用处。"

"好的,感谢您的配合。我想今天到此为止就好。"

卡塞尔脸上的微笑和调侃消失了:"问题严重吗?我需要担心吗?"

"我们只是在做一些初步调查。"

"啊,什么也不肯透露。"他瞥了一眼普拉斯基,"把想法贴近心窝里,是吧,星期五警长?"

啊,原来是那部,萨克斯突然想起来,叫《天罗地网》。是一部关于警察的老电视剧,她和父亲曾在多年前重播时一起看过。

他离开后,另一名员工也来到会议室中。韦恩·吉莱斯皮,负责公司的技术方面——软件和硬件。他不像萨克斯印象中的理工男,至少第一眼看上去不太像。他皮肤黝黑,身材健壮,戴着昂贵的银质(或铂金)手镯。他握手的时候很有力。但仔细观察之后,她还是觉得,他其实是一个典型的技术人员,身上的衣服就像拍毕业照之前被妈妈强行要求穿上的。这名个子不高、身材精瘦的男人穿着皱巴巴的西装,领带没有打正,鞋子有些磨损,指甲参差不齐,也没有洗干净,头发需要好好打理一下。他看上去就像在努力扮演一个企业高管,却更愿意在黑暗的房间里与电脑为伴。

与卡塞尔不同,吉莱斯皮很紧张,手不停地在动,在他腰带上的三个电子设备上来回摆弄:一部黑莓手机、一台掌上电脑,还有一部更精密的手机。他回避目光上的接触——完全没有和萨克斯调情的意思。不过,和那位销售总监一样,他的左手无名指上光秃秃的。也许斯德林喜欢让单身男性担任管理层。要忠诚的王子,而不是野心勃勃的公爵。

萨克斯的印象是,吉莱斯皮对他们的来访知道得不如卡塞尔多。她描述几起案件时,他的注意力完全被吸引了。"有趣,嗯,有趣。干得很漂亮,他在弹奏数据来作案。"

"他在什么?"

吉莱斯皮紧张地弹了下手指。"我的意思是,他找到数据,收集它。"

对有人被杀害的事实没有任何评论。这是装出来的吗?真正的杀手可能会假装害怕和同情。

萨克斯问起他周日的行踪,他也没有滴水不漏的不在场证明。不过他讲了个很长的故事,关于某个他必须去解决的程序故障。还有他在家玩的一个角色扮演竞技游戏。

"所以,你应该有当时在网上的记录?"

他犹豫了一下。"哦,我只是在练习,没联网。当我抬头一看,天色已经晚了。你一直点着头,其他的一切就都消失不见了。"

"点着头?"

他意识到自己在讲一门外语。"哦,我是说沉迷。就像被游戏吸进去了,生活里的其他部分都点着头昏昏沉沉地睡着了。"

他说不知道米拉·韦恩伯格是谁,而且没人能拿到他的密码,他向她保证。"他们想来破解的话,我祝他们好运。那些都是随机的十六位数字,我从来没有写下来过。我很幸运,我记忆力不错。"

吉莱斯皮的电脑随时都连在"系统里"。他有些戒备地补充了一句:"我的意思是,这是我的工作。"但是被问及下载个人档案的事情时,他迷惑地皱起了眉。"那样做是没有任何意义的,看谁上周在哪儿的杂货店买了什么东西……我可没这么无聊。"

他还承认,自己花了很多时间在数据圈里,"对盒子做微调"。他似乎很喜欢待在那里,而且觉得那里很舒适。而在萨克斯看来,那是她避之不及的地方。

吉莱斯皮也同样无法回忆起其他案件发生时自己身在何处。她向他道了谢,他便离开了。出门口前,他取下了腰上的掌上电脑,用拇指快速地输入消息,速度比萨克斯十根手指加起来都要快。

在他们等待下一个嫌疑人时,萨克斯问普拉斯基:"你觉得怎么样?"

"我不喜欢卡塞尔。"

"我也是。"

"但他似乎太讨人厌,所以不太可能是五二二。有点太雅皮士了,你知道吧?如果他的自负能杀人,那么,是的,就是他了……至于吉莱斯皮?我不确定。他努力对米拉的死表示了惊讶,但我不敢说他真的这么想。而他的用词——'弹奏'还有'点头'?你知道这是什么吗?是黑话。'弹奏'是指寻找毒品,手伸向四面八方,很疯狂的那种。而'点头'是指迷药或镇静剂服用过度。这是城郊的小孩从哈莱姆或布朗克斯①买毒品的时候,为了让自己听起来更酷的说法。"

"你认为他嗑药?"

"哦,他看上去确实很神经质。不过要问我的话——"

"我问了。"

"他不是吸毒成瘾,他上瘾的是这个。"年轻的警察指了指自己四周,"是数据。"

---

①纽约的两个贫民区,有诸多贩毒活动。

她想了一下，同意了。SSD的氛围很有感染力，但不是那种愉快的感觉。这里有些怪异，让人觉得昏昏沉沉。就像一直在吃止痛药。

另一名男子出现在门口。他是人力资源总监。一个年轻、浅肤色的非洲裔美国人，举止得体。彼得·阿隆佐－肯珀解释说，他很少到数据圈去，但他有这个权限，这样他就可以与工作站的员工见面。他确实会偶尔因为人事问题登录innerCircle，但也只是为了查和SSD员工有关的事，从来不看其他信息。

所以他是访问过"衣柜"的，虽然斯德林说他没有。

肯珀浑身紧绷，笑容刻意，回答时语调单一，而且频繁更换话题，他主要在说斯德林（总是被称为"安德鲁"，萨克斯注意到）是"最善良、最体贴的上司，是每个人都求之不得的上司"。没有人会想背叛他或违背SSD的"理念"，无论那具体指的是什么。他无法想象在公司这么神圣的殿堂里会有犯罪分子。

他的赞美甚是乏味。

终于结束了一系列的赞美后，他解释说，他周日全天都与妻子在一起（这是萨克斯见到的第一位已婚员工）。爱丽丝·桑德森被杀的那天，他一直在布朗克斯清理近期去世的母亲的房子。他是独自去的，但可以找到见过他的证人。阿隆佐－肯珀同样想不起其他案件发生时自己在干什么。

谈话结束后，警卫将萨克斯和普拉斯基送回斯德林的办公室外。斯德林正在和一名年龄相仿的男人见面。那人身材结实，暗金色的头发梳到脑后，随意地坐在硬木椅上。他并不是SSD的员工，身穿一件保罗衬衫和运动夹克。斯德林抬头看见萨克斯，结束了会议，然后站起身来，将男人送了出去。

萨克斯看到访客手里拿着一沓纸，上面写着"联合仓储"的字样，显然是他公司的名字。

"马丁，你能帮卡彭特先生叫辆车吗？"

"好的，安德鲁。"

"我们都是一条船上的，不是吗？"

"当然，安德鲁。"卡彭特伫立在斯德林面前，郑重地握了握首席执行官的手，然后转身离开。一名保安领着他走向大厅。

两位警官和斯德林回到他的办公室。"你们发现了什么吗？"他问。

"还没有定论。有些人有不在场证明，有些则没有。我们会继续跟下去，进行调查，看看证据或证人能不能给出新的线索。还有一件事，我可以要一份档案吗？亚瑟·莱姆的档案。"

"他是谁？"

"是名单上的一位男子，一个我们认为是被冤枉的人。"

"当然。"斯德林坐在办公桌上，把拇指放在键盘旁的扫描器上，然后在键盘上敲了几下。他停顿了一下，看着屏幕。然后是更多的键盘敲击声、文档打印声。他随后将三十多页纸递给她——那是亚瑟·莱姆的"衣柜"。

原来这么简单。她在心里记下，随后问斯德林："你刚才这些操作会留下记录吗？"

"记录？哦，没有。我们不记录内部下载。"他又看了看笔记，"我会让马丁一起把客户的名单弄好给你，这可能需要两三个小时。"

他们走到外面的办公室，肖恩·卡塞尔走了进来。他的脸上没有笑容。"这个客户名单是怎么回事，安德鲁？你打算把这个给他们吗？"

"正是这样，肖恩。"

"为什么需要客户名单？"

普拉斯基说："我们认为可能是某个为SSD的客户工作的人拿到了犯罪用的信息。"

卡塞尔嗤之以鼻。"很明显，你就是这么想的……但是为什么？他们都没有直接访问innerCircle的权限，根本不能下载衣柜。"

普拉斯基解释说:"他可能购买了邮寄名单,而那上面有他需要的信息。"

"邮寄名单?你知道一个客户要登录系统多少次,才有可能拿到你说的信息吗?那会是个全职工作,想想吧。"

普拉斯基的脸红起来,眼朝下看去。"呃……"

马克·惠特科姆,合规部的助理,站在马丁办公桌的旁边。"肖恩,他不知道咱们公司是如何运行的。"

"马克,我觉得这只是一个逻辑问题,真的。难道不是吗?每个客户都不得不购买数以百计的邮寄名单。而且可能至少有三四百名客户访问过他们感兴趣的十六位号码的衣柜。"

"十六位号码?"萨克斯问。

"意思是'人们'。"他含糊地向狭小的窗外挥挥手,仿佛在暗示"灰岩"外面的人类,"这个说法来自我们使用的代码。"

又是一句暗语。衣柜,十六位号码,弹奏……这些让人觉得有点自大,甚至是轻蔑的表达方式。

斯德林冷冷地说:"我们必须尽力找出真相。"

卡塞尔摇了摇头:"这肯定不是客户干的,安德鲁。没有人敢用我们的数据去犯罪,那简直是自杀行为。"

"肖恩,只要涉及SSD,我们就必须知道。"

"好吧,安德鲁。你说了算。"肖恩·卡塞尔无视普拉斯基,朝萨克斯投去一个冷漠的、毫无调戏意味的笑容,然后转身离开。

萨克斯对斯德林说:"我们回来找技术经理谈话时,会顺便来取客户名单。"

首席执行官对马丁做了相关指示,萨克斯听到惠特科姆对普拉斯基悄悄说:"不要理会卡塞尔。他和吉莱斯皮——他们是这个公司的黄金男孩。对他们来说,我们都只是障碍。"

"没事。"普拉斯基不置可否地说,虽然萨克斯看得出他很感激。这孩子拥有一切,除了信心,她想。

惠特科姆离开，两名警察和斯德林道了别。

首席执行官轻轻碰了碰她的手臂。"有件事情我想和你说，警探。"

她转身面对这名男子，他的双臂放在身体两侧，两脚张开。她对上那双碧绿的眼睛，那双专注而迷人的眼睛让人很难移开视线。

"我不否认我们的公司是为了赚钱，但我们也在努力改善社会。有些父母因为SSD省下了很多钱，才能帮孩子买漂亮的圣诞礼物。年轻的夫妇因为被SSD评为可接受信用风险，才能找到愿意给他们贷款的银行，买下第一栋属于自己的房子。还有因为我们的算法检测出信用卡消费习惯的细微偏差，才被抓住的身份窃贼。或者孩子手镯或手表中的射频识别标签，可以随时告诉父母他们的位置，可以诊断糖尿病的智能马桶，你甚至不知道自己的身体已经处于危险之中。

"还有您的工作，警探。假如你在调查一宗谋杀案，凶器上有可卡因的痕迹。我们的PublicSure程序可以告诉你在过去的二十年内，谁有过吸食可卡因的案底，还因持刀犯罪被逮捕过，以及他们的惯用手、鞋码。在你发问前，他们的指纹就已经出现在屏幕上了，和照片一起，附上其主要作案手法、性格特征、曾用名、声纹，等等。

"我们还能告诉你，谁买了哪个牌子的刀——甚至能查到是谁买了那把特定的凶器。我们能查到购买者事发当时的位置，以及现在的位置。如果系统无法锁定他，也可以告诉你他在某个已知的帮凶家里的可能性，还有帮凶的指纹和性格特征。而这些数据到你手里，只需要二十秒左右。

"我们的社会需要帮助，警探。还记得破窗效应吗？SSD可以提供这样的帮助……"他笑了，"是我啰唆了。这是我的辩白。希望你在调查时能保持低调谨慎。我会尽我所能提供帮助——尤其是如果这看起来像是出自SSD内部人员之手的话。但若是出现谣言，说这里数据外泄、安保做得不好，我们的竞争对手和批评者会一拥而上，而且绝不留情。这可能会导致SSD无法继续为社会修补破窗，做出自己的贡献。你觉得呢？"

阿米莉亚·萨克斯突然觉得有些愧疚。她抱着其他的目的来执行任务，设下陷阱，却要瞒着斯德林。她尽可能直视对方的眼睛，说道："我也是这么想的。"

"太好了。那么，马丁，请带我们的客人离开吧。"

22

"破窗效应?"

萨克斯将 SSD 标志的来源告诉了莱姆。

"我喜欢。"

"你喜欢?"

"是啊。仔细想来,这其实是对我们工作的一种隐喻。我们发现各种微小的证据,带领我们找到更大的答案。"

塞利托指了指罗德尼·萨内克。萨内克坐在角落里,对周围的事情毫无所觉,眼里只有他的电脑,嘴里还吹着口哨。"那边穿着T恤的小子已经设好了陷阱,正在努力破解 SSD 的防火墙。"他喊道,"运气怎么样,警官?"

"啊——这些人很有两下子,知道自己在干什么。但我也有我的办法。"

萨克斯告诉他们,安保负责人不相信有人能黑进 innerCircle。

"好啊,游戏变得更有趣了。"萨内克说,又喝了一口咖啡,然后接着吹起若有若无的口哨。

萨克斯又说了斯德林的事情,讲解了公司构造和数据挖掘工作的各个环节。尽管汤姆昨天已经解释了一些,他们前期也做了一些调查,但是直到现在,莱姆才意识到该行业的规模之大。

"可疑吗?"塞利托问,"那个斯德林?"

这个问题在莱姆看来毫无意义,他哼了一声。

"没有,他很合作,对我们也很友善。他是真的热爱公司,数据是他的神。凡是危及公司的,他都要铲除。"

然后萨克斯又解释了SSD严密的安保措施。只有极少数人能进入所有三个数据圈,而且即使拿到了数据,也不可能带出来。"他们曾经有一个入侵者,是个记者——只是想要写个故事,甚至没有窃取什么商业机密。他最后去坐了牢,职业生涯也就此告终。"

"极有报复心,嗯?"

萨克斯想了想:"不,我觉得更像是保护欲……我已经和大多数能拿到数据的员工谈过了,有几个没有昨天下午的不在场证明。哦,还有,他们并不记录内部的下载操作。之后他们会发一份购买了犯罪相关信息的客户名单过来。"

"但最重要的是让他们了解到你在进行调查,告诉他们一个叫米拉·韦恩伯格的女人被杀了。"

"是的。"

然后,萨克斯从公文包里取出一份文件,是亚瑟的档案。她解释道:"这个可能会有帮助。即使没有,你也可能会感兴趣。看看你堂兄的近况。"萨克斯将订书钉撬开,把文件放在莱姆身边的阅读器上——这个小设备可以为他翻页。

他瞥了一眼文件,然后回到证据表上。

"你不想看看吗?"她问。

"也许待会儿吧。"

她又从公文包里拿出一份文件。"这是有全权访问权限的SSD员工名单——他们把个人档案称为'衣柜'。"

"是秘密的意思吗?"

"对。普拉斯基正在核查他们的不在场证明,我们还要回去和那两名技术经理谈话,这是我们目前整理出来的信息。"她将内容写在了白板上。

安德鲁·斯德林,总裁,首席执行官。

　　不在场证明:在长岛,待验证。

肖恩·卡塞尔,销售和营销总监。

　　不在场证明:无。

韦恩·吉莱斯皮,技术运营总监。

　　不在场证明:无。

塞缪尔·布罗克,合规部门总监。

　　不在场证明:酒店记录证实在华盛顿。

彼得·阿隆佐－肯珀,人力资源总监。

　　不在场证明:与妻子在一起,待验证。

史蒂芬·施莱德,技术服务与支持经理,白班。

　　待询问。

法鲁克·马麦达,技术服务与支持经理,夜班。

　　待询问。

SSD 的客户(？)。

　　等待斯德林的名单。

"梅尔,"莱姆喊道,"把名字在 NCIC 和局数据库里查一遍。"

库柏闻言,将所有的名字在国家犯罪信息中心(NCIC)、纽约警察局,以及司法部的暴力犯罪数据库里检索了一遍。

"等等……可能找到了一个。"

"是谁?"萨克斯问,向前走去。

"阿隆佐－肯珀。少年犯,在宾夕法尼亚州。是二十五年前的事,记录仍然在保密状态。"

"年龄是对得上的。他大约三十五岁,而且是浅肤色。"萨克斯示意了一下五二二的侧写板。

"好吧,先把档案解密。或者至少查出到底是不是同一个人。"

"我先看看能不能查出来。"库柏又敲了一会儿键盘。

"其他人有匹配上的名字吗?"莱姆看着嫌疑人名单问。

"没有,只有他。"

库柏在各个州和联邦数据库里搜索了一番,又去查了一些专业机构的数据库,然后耸了耸肩。"加州黑斯廷斯大学的档案里没有找到与宾夕法尼亚的联系。似乎是个很孤僻的人。除了大学,唯一和他有联系的组织是国家人力资源专业人员协会。他两年前在科技专案组里挂名,但除此以外就没别的了。"

"这里有关于那个少年犯的资料。他在拘留所里攻击了另一个孩子……哦。"

"怎么了?"

"不是他,两人的名字其实是不同的。那个少年犯名阿隆佐,姓肯珀。"他看了看证据板,"而我们的嫌疑犯名字是'彼得',姓'阿隆佐-肯珀',我打错了。如果我没有忘记连字符,少年犯的名字根本不会出现在搜索结果里。抱歉。"

"算不上什么大错。"莱姆耸耸肩。这是数据给人的严肃教训,他思考着。他们似乎已经找到了犯罪嫌疑人,甚至连库柏对他的描述都表明他可能就是凶手——他似乎是个孤僻的人——但其实根本不是同一个人,全都是因为一个关键的微小误差。如果库柏没有意识到自己的错误的话,他们就有可能会误用资源,全力捉拿那个人。

萨克斯在莱姆旁边坐下,他看到她的表情,问道:"怎么了?"

"有点奇怪,我在SSD的时候,感觉像是中了什么邪,现在咒语被打破了。我想要听听别人对SSD的看法,我在那里没法客观地看待问题……那真是一个奇怪的地方。"

"怎么奇怪?"塞利托问。

"你去过拉斯维加斯吗?"

塞利托和他的前妻去过,莱姆发出了一声短笑:"拉斯维加斯,在那里没有最惨,只有更惨。我为什么要给他们送钱?"

萨克斯继续说:"好吧,那里就像一个赌场。外面的世界根本不存在。窗户很小,或者根本没有。没有在饮水机旁聊天的人,也没人笑,每个人都专注于自己的工作。就像在一个完全不同的世界。"

"你想听听别人对那里的看法。"塞利托说。

"对。"

莱姆建议说:"记者?"

汤姆的伴侣,彼得·霍丁斯,曾是《纽约时报》的记者,现在正在写关于政治和社会的非虚构书籍。他可能会认识做相关报道的记者。

但她摇摇头。"不,我想要和他们有过直接接触的人。也许是一位前任员工。"

"好。朗,你可以给失业部的人打个电话吗?"

"当然。"塞利托给纽约州失业部门打了电话。他从一个办公室被转接到另一个办公室,十分钟之后,他找到了一个前SSD技术总监助理的名字。他为公司工作了很多年,但在一年半以前被解雇了。他叫卡尔文·格迪斯,住在曼哈顿。塞利托把问来的细节写在纸上递给了萨克斯。她打了电话给格迪斯,和他约好在一个小时后见面。

莱姆对于她想做的事情没什么特别的意见。在任何调查中,你都需要面面俱到。但与格迪斯谈话,还有普拉斯基正在查核的不在场证明,在莱姆看来,就像隔着一扇不透明窗户反光去看真相,但那并不是真相本身。虽然很难找到,但是只有不可辩驳的证据才能带他们找到真正的凶手。于是他转身回到现有的线索上。

一边儿去……

亚瑟·莱姆已经不再害怕那些拉丁裔的家伙,他们也确实没再来找碴儿。而且他知道,那个大块头的黑人也没有任何威胁。

是那个带文身的白人让他烦恼不已。他叫米克,是个冰毒成瘾的毒虫。他的手不停地颤抖,皮肤上布满斑纹,怪异的浅色眼睛像沸水中的气泡一样到处逡巡,而且一直在自言自语。

亚瑟昨天一整天都在试图躲开这个男人。昨天晚上躺在床上时,他半是清醒半是忧郁地希望米克能离开,被带去上庭受审,从亚瑟的生命里永远消失。

但他没有那么好的运气。今天早上米克回来了,而且似乎故意离他很近。他继续往亚瑟的方向看。"你和我。"他曾在他耳边低语道,让亚瑟起了一身冷汗。

甚至连拉丁男也不想和米克多费口舌。也许监狱里有什么规矩,一些不成文的规矩。米克这种神经兮兮的瘾君子不太可能遵守游戏规则,大家似乎都知道这一点。

这里大家对彼此都一清二楚。除了你,你屁都不懂……

有一次,他笑了,看着亚瑟,仿佛认出了他,然后站起来,但随后又似乎忘记了自己想要干什么,坐了回去,抠起拇指。

"哟,新泽西人。"耳边响起的声音吓了亚瑟一跳。

黑色的大家伙来到了他的身后,在亚瑟旁边坐下来。板凳被他的体重压得吱吱作响。

"我是安特伍。安特伍·约翰逊。"

他应该和对方碰拳吗?不要做一个白痴,亚瑟告诉自己,于是点点头说:"我是亚瑟——"

"我知道。"约翰逊看了米克一眼,然后跟亚瑟说,"那个家伙完蛋了。冰毒那破玩意儿不能碰,碰了就永远完蛋了。"过了一会儿,他说,"所以,你是个聪明人?"

"算是吧。"

"'算是'是他妈的什么意思?"

不要绕弯子。"我有一个物理学学位,还有一个化学学位。我大学读的MIT。"

"米特?"

"是一所学校。"

"是好学校吗?"

"非常好。"

"所以,你懂科学?化学和物理什么的?"

这个问法和那两个想要敲诈他的拉丁男完全不一样,约翰逊似乎对科学很感兴趣。"我懂一些,是的。"

然后,这个大家伙问:"所以,你知道怎么做炸弹。一个威力足够大,把这该死的墙炸飞的炸弹。"

"我……"亚瑟的心跳开始加速,"呃——"安特伍·约翰逊笑了起来:"逗你玩儿呢,伙计。"

"我——"

"逗你玩儿呢。"

"哦。"亚瑟笑了。不知道他的心脏会在什么时候罢工。他没有得到父亲所有的基因,但可能得到了他的祖传心脏病。

米克自言自语了什么,然后对自己的右手肘产生了浓厚的兴趣,用力把手肘划伤了。

约翰逊和亚瑟都看着他。

瘾君子……

约翰逊接着说:"新泽西人,我还想问一件事。"

"当然。"

"我妈妈信教,她有一次告诉我,《圣经》里写的都是对的。她说世上的一切都和书里写的一样。好,但是听好了:我在想,那为什么《圣经》里没写恐龙呢?上帝创造了男人和女人、土地和流水,还有驴呀、蛇什么的。那为什么《圣经》里没写上帝创造了恐龙呢?我是说,我看到过恐龙的化石,你知道的。所以,恐龙是真实存在的。你知道是怎么回事儿吗,伙计?"

亚瑟·莱姆看着米克,然后看了看墙里的钉子。他的手心都是汗。他在监狱里可能遭遇上千种不测,如果偏偏会因为坚持科学理论，反对神创说被杀死，真是太惨了。

算了，管他的呢？

他说："如果地球的历史只有六千年，就违背了世界上所有先进文明认可的所有科学理论。说地球只有六千岁，就像说你会突然长出翅膀，从那个窗口飞出去一样。"

男人皱起了眉头。

他死定了。

约翰逊聚精会神地盯着他看了一会儿，然后点点头。"我他妈的就知道。完全说不通啊，六千年。他妈的。"

"我可以给你推荐一本书，讲这方面的内容。作者叫理查德·道金斯，他——"

"我不想读什么该死的书。你说了我就信，新泽西先生。"

亚瑟忽然想跟他碰拳头了，但他还是忍住了。他问："你把这些告诉你妈妈的时候，她会怎么说呢？"

对方圆圆的黑脸露出了惊讶的表情。"我可没打算告诉她。那太操蛋了。和你妈吵架，你永远也赢不了。"

或者是和你的父亲，亚瑟对自己说。

约翰逊的神情变得严肃了。他说："听说你是被冤枉的，你没杀那个人？"

"当然没有。"

"但你还是被抓进来了？"

"是的。"

"这他妈的是怎么回事？"

"我希望我知道。我一直在想这件事，自从我被抓进来以后，这是我唯一在想的事情。他到底是怎么做到的呢？"

"谁？"

"真正的杀人凶手。"

"哦，像《亡命天涯》里演的那样，或者O.J.辛普森。"

"警方发现的各种证据都指向我。不知怎的,凶手知道关于我的一切。我的车,我住的地方,我的日程安排。他甚至知道我买的东西——他将这些证据栽赃在我身上。我敢肯定,他就是这么陷害我的。"

安特伍·约翰逊考虑了一下,然后大笑起来。"那他妈的就是你的问题。"

"为什么?"

"你怎么能'买'那些东西呢?你就应该偷,伙计。那样就没人知道你的事情了。"

23

另一个大厅。

但是跟 SSD 的非常不一样。

阿米莉亚·萨克斯从未见过这么乱的地方。也许在她做巡警的时候,在地狱厨房接到吸毒者的家庭暴力案件的时候见过。即便如此,大多数人都还保有一丝尊严,至少他们做了努力。这个地方让她难受。这个非营利民间组织——"隐私时刻",坐落在切尔西区的一个旧钢琴厂里,简直就是脏乱差的极致。

目之所及尽是一摞摞的打印纸、书(大部分是法律书籍和泛黄的政府规章)、报纸和杂志,纸箱里面也是这些东西,还有电话簿、联邦公报。

然后是灰尘,成吨的灰尘。

一位身穿蓝色牛仔裤和破毛衣的接待员在拼命敲打一台旧电脑的键盘,对着免提电话轻声细语。面带愁容的人们穿着牛仔裤和T恤,或是灯芯绒裤和皱衬衫在工作,从大厅走进办公室,交换文件,或接起电话,然后消失。

墙上是各种廉价的印刷标志和海报。

  书店:在政府烧掉记录以前,烧掉你的客户的收据!!!

一个皱巴巴的矩形艺术画板上,写着从乔治·奥威尔的小说《一九八四》里摘取的关于极权社会的名句:

老大哥在注视你。

而萨克斯对面,结痂的墙壁上则挂着一张大字报:

隐私大战游击战指南
· 永远不要把你的社保号码告诉别人。
· 永远不要把你的电话号码告诉别人。
· 购物之前和他人交换会员卡。
· 决不参加志愿者调查活动。
· "不参加"每一个你可以选择不参加的活动。
· 不要填写产品注册卡。
· 不要填写"保修卡"。你并不需要这个卡去保修,他们是在收集你的信息!
· 记住,纳粹最危险的武器是信息。
· 不要让自己被轻易查到。

她正在消化这些句子的时候,残破的门打开了,一个身材矮小、浑身紧绷、皮肤苍白的男人大步走到她面前,和她握了握手,然后把她带进了自己的办公室。那里比外面大堂还要混乱。

卡尔文·格迪斯,SSD 的前雇员,如今在这个隐私权利组织工作。"我弃明投暗了。"他微笑着说。他已经放弃了保守的 SSD 着装,身上穿着牛仔裤、一件黄色的纽扣衬衫,没打领带,脚踩运动鞋。

不过,在听萨克斯描述过五二二的案件后,他脸上怡人的笑容很快就消失了。

"是的。"他低声说,眼神变得坚定执着,"我知道会发生这样的事情,肯定会的。"

格迪斯解释说,他是技术出身,曾在斯德林的第一家公司(SSD的前身)工作过。那时公司还在硅谷,格迪斯为他们编写代码。他搬到纽约后过上了不错的生活,而SSD也羽翼渐丰,越来越成功。

但是他们的关系恶化了。

"我们遇到了问题。我们当时没有对数据进行适当的加密,导致了一些严重的身份盗窃,有几个人甚至因此自杀。还有几个跟踪狂签约成了SSD的客户,但他们只是想从innerCircle获取信息。他们找到并袭击了两位女性,一个差点儿丧命。还有一些失去抚养权的父亲或母亲用我们的数据找到前任,将孩子绑走了。那时候真是很难。我觉得自己就像是帮忙发明了原子弹,又悔不当初的人。我试图在公司的各个环节加入控制措施,据当时的上司说,我这样做,是不相信'SSD的理念'。"

"斯德林?"

"是的。但他实际上并没有解雇我,安德鲁从来不会弄脏他的手。他将这些事派给别人去做。这样他就一直是世界上最了不起、最仁慈的老板……从更实际的角度来说,如果有人帮他做事,那么就基本上找不到什么对他不利的证据……所以我离开SSD以后,就加入了隐私时刻。"

这个组织就像电子隐私信息中心(EPIC),他解释道。隐私时刻反对各种对个人隐私的侵犯。从政府、企业、金融机构、计算机供应商、电话公司,到商业数据代理和数据挖掘公司。该组织在华盛顿进行游说活动,根据信息自由法案状告政府、揭露其监控计划,并起诉那些没有遵守隐私和信息法的私有公司。

萨克斯没有告诉他罗德尼·萨内克在系统里设下的陷阱,但大致解释了一下他们正在调查能获得档案资料的SSD员工和客户。

"那里的安保系统严丝合缝。但那是斯德林和他的人告诉我们的,我希望参考一下外界意见。"

"我很乐意帮忙。"

"马克·惠特科姆为我们解释了防火墙,还有原始数据和三个数据圈的事情。"

"谁是惠特科姆?"

"是合规部的人。"

"从来没有听说过,是新建的部门吗?"

萨克斯解释说:"这个部门就像公司内部的消费者保护协会,负责确保公司遵守所有的政府相关规定。"

格迪斯显得很高兴,但他补充说:"安德鲁·斯德林可没这么好心。他们可能被起诉太多次了,想要在公众和国会面前好好作作秀。除非万不得已,斯德林一步都不会退让……但数据圈的事,那是真的。斯德林非常宝贝那些数据。黑客攻击恐怕是不可能的,也不可能有人闯进去盗取。"

"他告诉我只有极少数员工可以登录并从innerCircle上下载个人档案。据你所知,这是真的吗?"

"哦是的。他们几个有全权访问权限,但其他人没有。我就从来没有过。我还是从一开始就跟着他干的。"

"你有什么想法吗?也许有对公司不满的前员工?有暴力倾向?"

"我已经离开SSD好久了,但我从来没觉得谁很危险。不过,不得不说,尽管斯德林喜欢做出一副快乐大家庭的表象,但我从来没有真正了解过自己的同事。"

"那么这些人呢?"她给他看了一下嫌疑人名单。

格迪斯看了一遍。"我和吉莱斯皮共事过,我也知道卡塞尔。他们两个我都不喜欢。他们是数据挖掘热潮带起来的红人,就像九十年代的硅谷。我不认识其他人,抱歉。"他仔细盯着她看了一会儿,"所以,你去过那里了?"格迪斯露出了冷淡的笑容,"觉得安德鲁怎么样?"

她想总结出自己对这个人的印象,却屡屡失败,最后她简要地说:"有决心,有礼貌,好奇心强,聪明,但是……"她的声音渐渐变小了。

"但是,你看不透他。"

"对。"

"因为他有一张严丝合缝的石头脸。与他共事那么多年,我从来没有真正了解过他。没有人了解他。深不可测——我喜欢这个词。这就是安德鲁。我总是在寻找线索……你有没有注意到他的书架有些奇怪?"

"看不到书脊上的名字。"

"确实如此。我悄悄去看过一次,你猜怎么着?那些不是计算机、隐私,或者数据之类的专业书籍,而是历史、哲学、政治。罗马帝国、中国王朝、富兰克林·罗斯福、约翰·肯尼迪、斯大林、伊迪·阿明、赫鲁晓夫。他读了很多关于纳粹的书。没人比纳粹更会利用信息,安德鲁也会毫不犹豫地告诉你这一点。纳粹是最先用电脑记录种族的团体之一,他们靠信息集权。斯德林在SSD做的是一样的事情。你注意到公司的名字SSD了吗?传闻说,他故意选了这几个字母。SS是纳粹精英部队的缩写。SD是纳粹安全情报机构的缩写。你知道他的竞争对手说这个缩写代表什么吗?为了美元出卖灵魂。"格迪斯苦笑着说。

"哦,不要误解我的意思。安德鲁不是讨厌犹太人,或者任何其他种族。政治、民族、宗教和种族对他来说毫无意义。我曾经听他说过,'数据无国界'。二十一世纪权力的宝座是属于信息的,而不是石油或者地理。安德鲁·斯德林希望成为世界上最有权势的人……我敢肯定,他也给你做了一番数据挖掘多么伟大的演讲。"

"可以解救糖尿病人,帮我们得到圣诞礼物和房子,还能为警方破案?"

"对，而且他说的都是真的。但是这些好处是否值得暴露生活中的一点一滴？也许你不在乎，只要能省几块钱就行。但你真的想让激光扫描你的眼睛，记录下你对映前广告的反应吗？你想在车钥匙上装射频识别，然后被警方知道你上周在限速五十英里的路上开到了一百英里吗？你想让陌生人知道你女儿穿什么样的内衣吗？或者你在什么时候做爱？"

"什么？"

"哦，innerCircle知道你今天下午买了避孕套和润滑剂，你丈夫乘六点十五分的火车回家。它知道你晚上有时间，因为你儿子要去看大都会的比赛，女儿在外边购物。它知道你在七点十八分点播了有线电视里的色情节目，事后你在九点四十五分叫了中餐外卖。所有的信息都在那里。

"如果你的孩子学习跟不上，会有人适时向你发送关于补习班的传单和儿童咨询服务信息。如果你丈夫的性能力有问题，会有人给他发送有关性功能障碍治疗的广告。如果你的家族病史、购物模式和工作缺勤记录让你看起来像是有自杀倾向的人——"

"但那是好事啊。这样一来，就可以找心理辅导员来帮你了。"

格迪斯冷笑了一声。"错了，为自杀者做心理辅导是不赚钱的。SSD会把姓名发送到当地殡仪馆和悲伤咨询师那里。等他一枪崩了自己，便可以把周围的人都一网打尽，成为客户，而不仅仅是那一个有抑郁症的人。而且，顺便说一句，这是一个非常赚钱的行业。"

萨克斯十分震惊。

"你有没有听说过'拴连'？"

"没有。"

"SSD可以根据你的数据来定义一个属于你的人际网络。比如'萨克斯警探的世界'。你是中心，而拴在你周围的是你的合作伙伴、配偶、父母、邻居、同事，所有可能帮助SSD了解你并从中获利的人。所有和你有关的人都被'拴'到你这里，而他们中的每一个人也是自己的世界中心,每个人都会拴上数十个人。"

他又想到了什么,眼睛亮了起来:"你知道元数据吗?"

"那是什么?"

"关于数据的数据。所有的文件在创建时都被存储在电脑上——信件、报告、法律简报、电子表格、网页、电子邮件、购物清单——每个上面都有隐藏的数据。是谁创造了它,又被发送到哪里,所有对它做过的改动,是谁做的,什么时候。所有的信息都记录在里面。你写一个备忘录给你的老板,开玩笑地写下第一句'亲爱的大混蛋',然后删掉,开始真正动笔。哦,其实那个'大混蛋'的部分仍然留在那里。"

"真的吗?"

"当然。文档的大小比里面的文本大得多,那么剩下的空间是什么呢?是元数据。瞭望塔数据库管理程序里有特殊的智能软件,它唯一的工作就是收集文档、查找和存储元数据。我们叫它阴影系统,因为元数据就像主数据的阴影,而且往往更加发人深省。"

阴影、十六位号码、数据圈、衣柜……这对阿米莉亚·萨克斯来说是一个全新的世界。

格迪斯似乎很开心能有个全神贯注的听众,他倾身向前:"你知道SSD有个教育软件吗?"

她回想起梅尔·库柏查到的相关信息。"知道,叫EduServe。"

"但斯德林没和你讲起这个软件,是不是?"

"没有。"

"因为他不喜欢让人知道它的主要功能是收集一切和孩子有关的信息。从幼儿园开始。他们买什么,看什么,去什么网站,取得了怎样的成绩,在学校的医疗记录……这对于零售商来说是非常非常有价值的信息。但要我说的话,EduServe最可怕的是,学校董事会可以用SSD对学生进行预测,然后再根据结果制订教育方案——以确保社区,或者用更'奥威尔'的话来说——社会效益。

比如，我们认为比利应该成为工人，苏茜应该当医生，但只能在公共健康领域……控制了儿童，你便驾驭了未来。顺便说一句，这是阿道夫·希特勒的另一个关键理念。"他笑了，"好了，我讲得够多了……现在你知道为什么我忍不下去了吗？"

然后格迪斯皱起了眉头。"话说回来，你的那些案子……让我想起了SSD曾经发生过一起事件。那是几年前，在公司搬到纽约之前。有一个人死了。也许只是一个巧合，但是……"

"不，请告诉我。"

"在早期，我们把很多数据收集业务都代理给了数据搜刮者。"

"那是什么？"

"是购买数据的公司或个人。很奇怪的一类人，他们有点像旧时代的探险者——你可以把他们比作勘探者。你看，数据有这种怪异的魅力，你可以沉迷于数据收集之中，永远也找不够。不管他们收集多少，他们总想要更多。这些人总在寻找新的方法来收集数据。他们很有竞争力，而且无情。肖恩·卡塞尔便是这么开始的，他原本就是一个数据搜刮人。

"无论如何，有一个搜刮人成绩非凡。他在一家小公司工作。我记得是一家在科罗拉多州的公司，叫洛基山数据……他叫什么名字来着？"格迪斯的眼睛眯成了一条缝，"也许是叫戈登，但那也可能是他的姓。不管怎么说，我们听说他不想让SSD收购他的公司。传说他极尽所能地寻找关于SSD和斯德林本人的任何信息，想和他们隔岸对峙。他可能是想找出丑闻，去勒索斯德林，阻止收购行为。你知道安迪·斯德林——安德鲁的儿子——也为公司工作吗？"

她点点头。

"我们听说斯德林曾经抛弃了他，安迪又自己找了回来。但是后来我们又听说，也许他抛弃的是另一个儿子。也许是他第一任妻子或女朋友留下来的，这是他想保守的秘密。也许那个戈登是想找出类似的丑闻。"

"不管怎么说,斯德林和其他一些人在谈判收购洛基山的时候,戈登突然死了——因为某个意外,我记得。我就听说了这么多,也没参与,我当时在硅谷编写代码。"

"那么收购成功了吗?"

"是的。安德鲁想要什么,就能得到什么……现在,我要告诉你我觉得凶手是谁,是安德鲁·斯德林本人。"

"他有不在场证明。"

"是吗?好,不要忘了,他是信息届的国王。如果你可以控制数据,就可以更改数据。你们仔细核查了他的不在场证明吗?"

"我们正在查。"

"好,即使你真的确认了,他也有可以为他做任何事的人。我的意思是——任何事。请记住,他只让别人为他做肮脏的勾当。"

"但他是一个千万富翁。为什么会去偷硬币或者一幅画,然后谋杀受害人?"

"因为那是他的兴趣!"格迪斯提高了声调,好像他是一个教授,在跟一个听不懂课的学生讲话,"他的兴趣是成为世界上最有权力的人。他希望他的收藏囊括地球上的所有人,而且他对执法系统和政府客户尤其感兴趣。越多的犯罪因为innerCircle被成功破获,就会有越多国内外的警察部门和他签约。希特勒上台后,首要任务就是控制警察。我们在伊拉克最大的问题是什么?我们解散了当地的警察和军队——我们应该利用他们的。安德鲁不会犯这样的错误。"

格迪斯笑了起来。"你觉得我是个怪人,是吗?不过,我天天都在接触这些东西。请记住,如果有人在盯着你每天每一秒的所作所为,这些担忧就不是妄想。而这正是SSD在做的事情。"

24

等待萨克斯归来的期间,林肯·莱姆心不在焉地听着朗·塞利托解释说,强奸案和硬币盗窃案都没有找到其他证据。"真他妈的见鬼了。"

莱姆同意。但他的注意力不在那位警探的抱怨上,而是在他阅读器上架着的亚瑟的 SSD 档案上。他试图忽略它。

但是,那份文件吸引着他,像磁铁吸引铁针一样。看着白纸黑字的文件,他告诉自己,就像萨克斯说的,里面也许真的有线索。最后,他承认,自己只是好奇。

战略系统数据库公司 INNERCIRCLE® 档案

亚瑟·罗伯特·莱姆

SSD 编号 3480-9021-4966-2083

生活方式	金融/教育/职业	政府/法律
档案 1A. 消费产品偏好	档案 2A. 教育史	档案 3A. 重要记录
档案 1B. 消费服务偏好	档案 2B. 工作经历,含收入	档案 3B. 选民登记
档案 1C. 旅行	档案 2C. 信用历史/当前报告及评级	档案 3C. 法律法规历史
档案 1D. 医疗		档案 3D. 犯罪记录
档案 1E. 业余爱好	档案 2D. 企业产品和服务偏好	档案 3E. 合规记录
		档案 3F. 移民和归化

以上信息为战略系统数据库公司（SSD）所有。文本的使用受SSD与客户签订的协议制约，详见客户总协定中的规定。© 战略系统数据库公司，版权所有。

他命令阅读器翻页，将密密麻麻的文件大致浏览了一遍，一共有三十来页。有些类别填得很满，有些则没什么内容。选民登记的信息是被编辑过的，信用记录和合规性记录的一部分文件被分离了，大概是因为有法律规定限制获取这些信息。

他停在亚瑟和家人购物清单的详细列表上（家人在这里变成了让人汗毛倒竖的'拴连人'）。毫无疑问的是，任何读取这个档案的人都能了解亚瑟的购买习惯和购物地点，并把他牵扯进爱丽丝·桑德森的谋杀案里。

莱姆了解到，亚瑟参加了一个乡村俱乐部，但是几年前退出了，大概是因为他失去了工作。看到了亚瑟的假期出行消费，莱姆很惊讶，亚瑟开始滑雪了。此外，也许是他的一个孩子有体重问题，他家有人参加了一个节食计划。而且全家都是健身俱乐部的会员。莱姆看到了一笔珠宝的预付现金，在一家新泽西的珠宝连锁店里。送货时间是圣诞节左右。莱姆推测：也许是镶着小石头的珠宝，一个充数的礼物，等到他手头宽裕一些后再说。

看到其中一则信息时，莱姆露出了微笑。和他一样，亚瑟似乎偏爱单一麦芽威士忌——实际上也是莱姆的新宠，格兰杰威士忌。

他有一辆普锐斯和一辆切诺基。

莱姆的笑容在看到这条时消失了，他回忆起另一辆车。他想起了亚瑟的红色科尔维特，是他十七岁时从父母那里收到的生日礼物，也是他去麻省理工上大学时开的车。

莱姆回想起他们去上大学时的情景。那对亚瑟来说是很重要的时刻，对他的父亲来说也是。儿子可以被这样优秀的学校录取，亨利·莱姆欣喜若狂。但亚瑟和莱姆的计划——住在同一个宿舍,追女孩子,在学校力压群雄——却没能实现。林肯没有被麻省理工学院录取,改去了伊利诺伊州立大学香槟分校,大学为林肯提供了全额奖学金(而且在当时颇有名气,因为它所在的城市是库布里克著名的电影《2001:太空漫游》中自恋的计算机 HAL 的诞生地)。

泰迪和安妮很高兴他们的儿子会去本州的公立学校,亨利伯父也一样。亨利曾告诉莱姆,希望他和亚瑟都能常常回到芝加哥,继续帮他研究课题,甚至可以去课堂上帮帮他。

"虽然你和亚瑟没法住在一起,"亨利说,"但你们可以在暑假和其他节假日见面。我和你父亲也可以时不时开车去豆城看你。"

"那应该不错。"林肯回道。

私下里,他因为没有被麻省理工学院录取难过得要死。这件事唯一的好处就是——他永远不用再见到那个该死的堂兄了。

这一切都是因为那辆红色科尔维特。

那件事发生在他赢得那块历史性的石头之后。那时是寒冷的二月。二月,无论阴晴,都是芝加哥冷得最无情的一个月。林肯要去参加埃文斯顿西北大学的科学竞赛。他问阿德里安娜想不想陪他一起去,心想他可能会在竞赛后向她求婚。

但是她去不了,那天她打算和母亲去买东西,因为有大减价。林肯有些失望,但也没有多想,集中精力在科学竞赛上。他获得了高中组的第一名。竞赛结束以后,他和朋友们收拾东西,把所有设备都运到室外。因为冷,他们的手指都被冻得发紫,呼出来的冷气在他们脸边形成白雾,几个人努力把东西放进车里准备关门。

就在这时,有人叫道:"嘿,快来看。这辆车真漂亮。"

一辆红色的科尔维特正在横穿校园。

他的堂兄亚瑟正是车主。这并不奇怪,他们一家人住在附近。让林肯感到惊讶的是亚瑟旁边的女孩,那是阿德里安娜。

是她吗?

他无法确定。

但衣服是一样的：棕色皮夹克和皮帽，和林肯在圣诞节时送给她的那顶一样。

"林肯，快滚回来。我们要关门了。"

尽管如此，林肯仍然站在那里，直到红色的车在灰白色的街道拐角处消失殆尽。

她有没有可能是在骗他？那个他正在考虑向她求婚的女孩？这不可能。而且还是和亚瑟一起？

受过科学训练的他开始对事实进行客观的分析。

事实一：亚瑟和阿德里安娜彼此认识。他的堂兄几个月前曾在学院咨询处见过她，她下课后在那里工作。他们很轻易就能交换电话号码。

事实二：亚瑟已经不再向莱姆问起她的事情。这很奇怪，他们经常花很久一起谈论女孩子，但最近亚瑟一次也没有提到她。

很可疑。

事实三：再三回忆，他觉得她拒绝去科学竞赛的时候，听上去是在有意回避。他并没有提到竞赛的地点是埃文斯顿，这意味着她和亚瑟在校园里驰骋时不会有任何犹豫。林肯被忌妒击中了。而他还打算送给她一块斯塔格运动场的石头，上帝啊！现代科学中真正值得纪念的一块见证。回想起来，过去几次她拒绝和自己出来的时候，确实显得有些奇怪。他数了数，大概有三四次。

不过，他始终不肯相信。他走过嘎吱作响的雪地给她家里打电话，想要和女孩说话。

"对不起，林肯，她跟朋友们出去了。"阿德里安娜的母亲说。

朋友们……

"哦。那我过一会儿再找她试试……对了，维乐斯卡太太，你们今天去看了市中心的大减价吗？"

"没有，大减价是下周……我得去准备晚饭了，林肯。你要穿暖和些,外面很冷。"

"确实。"林肯当然知道这个。他站在电话亭里,下颌冻得直发抖。他不想用颤抖的手去拿起电话里剩下的六十美分。

"天哪,林肯,快回到车上来!"

那天晚上他打电话给她,语气平静,闲聊了一会儿后,问她今天过得怎么样。她说,她喜欢和妈妈一起购物,但商场人多得可怕。啰唆,东拉西扯,离题。她的声音听起来非常内疚。

不过,没有证据,他就不会盲信。

于是,他保持冷静。下一次亚瑟来看他,他让亚瑟留在了游戏室,自己带了粘毛发的滚筒(就是在犯罪现场使用的那种)去那辆科尔维特前排座椅上取证。

他悄悄地把取来的证据放进一个袋子里。当他再次见到阿德里安娜的时候,他从她的帽子和大衣上取了一些样本。他觉得自己很卑微,内心备受羞愧和尴尬的煎熬,但那没有阻止他把两者放在学校的复合显微镜下做对比。帽子和座椅上是相同的纤维。

他正在考虑结婚的女友一直在欺骗他。

而从亚瑟汽车里的毛发数量来看,她也不止一次上过他的车。

一个星期后,他又看到两人一起在车上,这一次毋庸置疑。

林肯并没有优雅或气愤地揭穿两人,他只是退出了。他没有怒目相向的勇气,他让自己与阿德里安娜的关系慢慢淡了下来。他们一起出去了几次,彼此都很僵硬,气氛尴尬而沉默。更让他失望的是,她似乎对他的渐行渐远感到生气。该死的,难道她认为她可以两者兼得?她在生他的气……虽然出轨的人是她。

他同时也疏远了自己的堂兄。林肯的借口是期末考试、田径比赛,还有——他没有被麻省理工学院录取。

这两个男孩仍会偶尔见到对方——比如在家族聚会和毕业典礼上。但他们之间发生了变化,根本上的变化。而他们谁都没再提起过阿德里安娜。至少在许多年以后都是如此。

我的整个生活都发生了变化。如果不是因为你,一切都会不同……

即使是现在,莱姆还是觉得太阳穴咚咚直跳。他无法感觉到手心的凉意,但他知道那里都是汗。这些艰难的回忆被阿米莉亚·萨克斯的归来打断了,她从门口大步走来。

"有什么进展吗?"她问。

迹象不太好。如果她在卡尔文·格迪斯那里有什么发现,她会直截了当地说出来。

"没有。"他承认道,"我们还在等罗恩核实不在场证明,而罗德尼设下的陷阱还没有人上钩。"

萨克斯喝了一口汤姆端来的咖啡,从托盘里拿起半个火鸡三明治。

"金枪鱼沙拉的更好。"朗·塞利托说,"是他自己做的。"

"我吃这个就行。"她坐在莱姆身旁,把三明治递给他。他没有食欲,摇了摇头。"你的堂兄怎么样了?"她问,看了阅读器上打开的档案一眼。

"我的堂兄?"

"他在拘留所怎么样了?那对他来说肯定不好受。"

"我还没找到机会和他谈。"

"他可能是觉得太尴尬了,不敢跟你联系。你真的应该打电话给他。"

"我会的,你从格迪斯那里发现了什么?"

她承认,这次会谈没有取得什么重大进展。"大多数时候都是他在给我上课,讲侵犯隐私。"她说了一些比较惊人的要点:个人资料每天都被收集、对个人隐私的侵犯、EduServe的危险性、数据的永久性,还有计算机文件里的元数据。

"有没有什么我们能用上的东西?"他尖刻地问。

"两件事。首先,他不相信斯德林是清白的。"

"但是你说他有不在场证明。"塞利托指出，又拿起一个三明治。

"也许不是他本人，他可能会让别人替他做。"

"为什么？他是一家大公司的首席执行官。干这些事对他有什么好处？"

"犯罪率越高，社会上就会有越多的组织需要SSD来保护他们。格迪斯说，他想要的是权力，说他是数据时代的拿破仑。"

"所以他雇了把枪打破窗户，这样他就可以介入再把这些窗户给修好。"莱姆点点头，很欣赏这个想法。"只是事与愿违，他从来没有想过我们会找出SSD。行，把他放在犯罪嫌疑人名单上。把为斯德林作案的不明嫌疑犯也加进去。"

"还有第二点，格迪斯告诉我，几年前SSD收购了科罗拉多州的一家数据公司。他们主要的搜刮者，就是收集数据的人——意外死亡了。"

"斯德林和这件案子有什么关系吗？"

"不知道，但是值得查一查。我打几个电话。"

这时门铃响了，汤姆去开了门。罗恩·普拉斯基走了进来。他一脸严峻，而且满身是汗。莱姆有时有一种冲动，想告诉他放松一些。但是鉴于他自己也从来没有放松过，他觉得提出这样的建议有些虚伪。

普拉斯基解释说，大多数人周日的不在场证明都被核查过了。"我联系了电子通行卡那边的人，他们证实斯德林通过城市隧道的时间和他说的一致。我还打了电话给他的儿子，想问问他有没有接到过斯德林从长岛打给他的电话。但他不在。"

普拉斯基继续说："还有人力资源总监，他唯一的不在场证人是他的妻子。她也证实了他所说的，但她像只害怕的老鼠。和她的丈夫一样，一直在说'SSD是世界上最伟大的地方'之类的话……"

莱姆在任何情况下都不怎么信任证人的说辞，对普拉斯基的发现并不意外。他从凯瑟琳·丹斯——加州调查局的体势学专家那里学到了一点，那就是，即使当事人真的在说实话，在警察面前也往往会显得内疚，看起来不那么无辜。

萨克斯更新了嫌疑人名单。

安德鲁·斯德林，总裁，首席执行官。
　不在场证明：在长岛，已验证。等待儿子证明。
肖恩·卡塞尔，销售和营销总监。
　不在场证明：无。
韦恩·吉莱斯皮，技术运营总监。
　不在场证明：无。
塞缪尔·布罗克，合规部门总监。
　不在场证明：酒店记录证实在华盛顿。
彼得·阿隆佐-肯珀，人力资源总监。
　不在场证明：与妻子在一起，由妻子证明（有袒护？）。
史蒂芬·施莱德，技术服务与支持经理，白班。
　待询问。
法鲁克·马麦达，技术服务与支持经理，夜班。
　待询问。
SSD 的客户（？）。
　等待斯德林的名单。
安德鲁·斯德林雇用的不明嫌疑犯（？）。

萨克斯看了看手表。"罗恩，马麦达现在应该已经到公司了。你可以回去跟他和施莱德谈谈吗？问问昨天韦恩伯格遇害时他们在哪里，再跟斯德林的助手要一份客户名单。如果还没有准备好，就在他的办公室里等，直到拿到为止。要表现得像个重要人物，最好看起来不耐烦一点。"

"回到SSD？"

"对。"

出于某种原因，他不想回去，莱姆看得出来。"当然。让我先给珍妮打个电话，问问她家里的情况如何。"他掏出自己的电话，按下快速拨号键。

听到他的对话，莱姆猜他是在和小儿子讲话，过了一会儿，他的语气更加孩子气，想必是在和更小的女儿说话。莱姆把注意力收了回来。

就在这时，他自己的电话也响了起来。来电显示的国家区号是+44。

啊，不错。

"指令，接听电话。"

"莱姆警探？"

"朗赫斯特探长。"

"我知道你在办另一件大案子，但你可能愿意听一听这边的新情况。"

"当然，请继续。那位牧师，谷德雷特怎么样了？"

"他很好，只是有点害怕。他坚持不让新的警卫或者其他警官进入安全屋，他只信任与他一起共事了好几个星期的人。"

"可以理解。"

"我找人把每个接近这里的人都查了一遍——是个在SAS干过的小伙子，他们在这行里是顶尖的……我们进了奥尔德姆的那间屋子，从里到外查了一遍，想跟你分享一下新的发现。有铜和铅的痕迹，与被粉碎或抛光的子弹一致。火药几粒，几处非常小的汞的痕迹。弹道学专家说，他可能是想制作达姆弹头。"

"是的，那就对了。将液态汞注入核心，可以造成可怕的伤害。"

"他们还发现了一些油渍，润滑步枪的接收器。而且在水槽上发现了头发漂白剂的痕迹。还有一些暗灰色纤维——棉质，很厚，上面有洗衣粉。数据库推测是制服面料。"

"你觉得这个证据是被故意放在那里的吗？"

"去取证的人说不是，各种痕迹都只是微量的。"

金发，狙击手，制服……

"还有另外一件事：有人企图非法闯入皮卡迪利广场附近的一个NGO组织——是个非营利机构。是东非洲救济办公室，牧师谷德雷特的地盘之一。警卫赶了过去，罪犯跑掉了。他把撬锁用的工具扔进了下水道。但我们运气好，正好有人在街上看到了。总之就是，我们的人发现工具上有泥土的痕迹。是只在沃里克郡生长的一种啤酒花，这种啤酒花是用来做苦啤的。"

"苦啤？就像啤酒吗？"

"是的。警察总部正好有一个酒精饮料数据库，包括具体成分。"

和我的一样，莱姆想道。"你们有酒类数据库？"

"是我自己一手创建的。"她说。

"太棒了，然后呢？"

"唯一使用这种啤酒花的酒厂在伯明翰附近。我们有入侵NGO组织的那个人的监控图像，而且因为这个啤酒花，我还去看了看伯明翰的监控录像。果然，那个人在几小时后抵达新街站，下火车时还背着一个大包。可惜我们没能跟住他，他消失在人群里了。"

莱姆思考起来。最关键的问题是：啤酒花到底是不是故意放在工具上，用来误导他们的证据？他只有在亲自做过现场调查，或者实际见到证据之后才能判断出来。但现在他只能依靠萨克斯所谓的"直觉"。

是捏造的证据吗？

莱姆最终说道："探长，我觉得证据是捏造的。罗根想转移我们的视线，他以前也这样做过。他希望我们专注于伯明翰，而他真正的目标在伦敦。"

"很高兴你能这么说，警探。我也这么认为。"

"我们应该顺水推舟。小队的人都在哪儿？"

"丹尼·克鲁格和他的人在伦敦，还有你们FBI的人。法国刑警和国际刑警在牛津和萨里郡调查线索，不过他们行动很低调。"

"我会把他们都调到伯明翰去。马上，用一种巧妙合理但很显眼的方式。"

探长笑了："为了让罗根认为我们已经吞下了诱饵。"

"没错。让他以为我们相信能抓到他。再派一些战术人员，制造假象，要做得像是你把在伦敦的主要警力派到那边去了。"

"但实际上却在加强对伦敦的监视。"

"对。还要告诉他们，目标改变了计划，打算迂回推进。目标是金发，身着灰色制服。"

"太棒了，警探。我马上就去办。"

"随时通知我进展。"

"好的。"

莱姆挂断了电话，房间里突然响起一个声音。"嘿，你在SSD的朋友都是高手，我连第一层都黑不进去。"是罗德尼·萨内克。莱姆已经忘了他还在这里。

他站起来，加入了几位警察。"innerCircle比诺克斯堡还要固若金汤，他们的数据库管理系统瞭望塔也一样。我真的怀疑那地方是黑不进去的，除非有成排的超级计算机。那种东西在普通电器商店里可买不到。"

"但是？"莱姆能看出他脸上的忧虑。

"哦，SSD有一些我从未见过的安全设施，非常强大。而且，我不得不承认，还有点儿吓人。我用一个匿名ID向它发起攻击，一边攻击一边删除痕迹。结果呢？他们的安保系统入侵了我的系统，想用在空白空间发现的内容识别我的身份。"

"空白空间是什么？"莱姆尽可能耐心地问道。

他解释说，数据——甚至是删掉的数据，仍有可能在硬盘的空白处留有信息碎片。有些软件可以将这些碎片重新汇编成可读的形式。SSD 的安全系统知道萨内克一直在掩盖踪迹，所以入侵了他电脑中的空白空间读取数据，查明他的身份。"这实在太吓人了。我只是碰巧发现了，要不然的话……"他耸耸肩，喝了口咖啡作为安慰。

莱姆突然有了一个想法，而且他越想越觉得这个主意不错。他看着瘦削的萨内克。"嘿，罗德尼，你想不想换换口味，当一次真正的警察？"

萨内克那种技术宅无忧无虑的表情消失了。"呃，我觉得我还是算了吧。"

塞利托吃完最后一口三明治。"当一颗子弹打破音速，从你的耳旁冲过，你才算真正活过。"

"等等，等等……我只在玩角色扮演游戏时开过枪，而且——"

"哦，会有危险的人不是你。"莱姆对萨内克说，玩味的目光看向了罗恩·普拉斯基，他刚刚挂断和家人的电话。

"怎么了？"菜鸟皱着眉头问道。

25

"你还需要什么吗,警官?"

罗恩·普拉斯基坐在 SSD 的会议室里,抬头看向斯德林的第二位助理杰里米·米尔斯。杰里米的脸上没有任何表情。普拉斯基记得,他是处理"外部事宜"的助理。"不用了,谢谢。但我想请问一下,斯德林先生为我们准备的文件好了没有?是一份客户名单。我记得他是让马丁去处理的。"

"当然,等安德鲁开完会,我会帮你问问的。"然后,这个肩膀宽阔的男子在屋里来回走动,为他指出了空调和灯的开关。样子有点像普拉斯基和珍妮度蜜月时那名带他们去高级套房的服务生。

他又想起了米拉,那个昨天被奸杀的女人。她长得很像珍妮。她的头发散落在床上,嘴角是他最爱的那种狡黠的微笑,还有——

"警官?"

普拉斯基抬起头,意识到自己一直在走神。"抱歉。"

助理的目光停留在普拉斯基身上,指向了一个小冰箱。"苏打水在这里。"

"谢谢,我没问题的。"

集中注意力,他生气地告诫自己。别想珍妮,别想孩子们。这可是人命关天的事情。阿米莉亚觉得你能做好问话工作,你就得做出个样子来。

你能行吗，菜鸟？我们需要你帮忙。

"如果你想打电话，可以用这个。拨九是外线。你也可以按下这个键，然后说出号码。这是声控的。"他指着普拉斯基的手机，"手机在这里可能信号不太好，为了安全起见，我们设置了很多屏蔽。"

"真的吗？好的。"普拉斯基想道，早些时候他不是见过有人用黑莓还是什么手机来着吗？他记不清了。

"如果你准备好了，我就去叫接受访谈的员工进来。"

"太好了。"

助理朝大厅走去。普拉斯基把笔记本从公文包里拿出来，瞥了一眼待会儿要谈话的员工的姓名。

史蒂芬·施莱德，技术服务与支持经理，白班。

法鲁克·马麦达，技术服务与支持经理，夜班。

他站起来，朝走廊张望。有个清洁工人在清空垃圾桶。普拉斯基上次似乎也见到了他，也是在清空垃圾。这种清理垃圾的频率简直就像是斯德林在害怕塞满的垃圾桶会影响公司名誉。身材结实的清洁工瞥了一眼普拉斯基的制服，没有任何反应，继续有条不紊地收拾垃圾。普拉斯基看向一尘不染的走廊，一名保安警觉地站在那里。普拉斯基甚至连上厕所都要经过他。他回到自己的座位，等待着犯罪嫌疑人名单上的两人。

法鲁克·马麦达是第一个到的。这是个年轻人，普拉斯基猜他有中东血统。他很英俊，神情庄重而自信。他轻松地吸引了普拉斯基的注意。马麦达解释说，他曾在SSD五六年前收购的一家小公司工作。他的主要工作内容是监督技术服务人员。目前单身，没有成家，喜欢在晚上工作。

普拉斯基很惊讶，马麦达没有一点外国口音。普拉斯基问他是否知道案件调查的事情，他说自己并不清楚具体细节。他说的可能是实话，因为他上夜班，而且刚刚才到公司。马麦达只知道，安德鲁·斯德林打来了电话，让他就刚刚发生的一起罪案接受警方询问。

普拉斯基解释说："最近发生了几起谋杀案。我们认为，凶手在策划行凶的时候利用了 SSD 的信息。"

他皱起了眉头。"信息？"

"比如受害者的下落、购买的物品，等等。"

奇怪的是，马麦达的下一个问题是："你要跟所有的员工谈话吗？"

什么能说，什么不能说？普拉斯基从来拿捏不准。阿米莉亚总说，要适当在问询的时候添加一些"润滑剂"，让对话顺利进行，但也不要透露太多。头部受伤后，他觉得自己的判断力变得更差了，总是很紧张，不知道该怎么跟证人和嫌疑人说话。"不是所有的人，不是。"

"只是某些可疑的人，或者你早就认定的可疑人士。"他的声音警觉起来，下巴收紧。"原来如此，当然。这种事经常发生。"

"我们想找的人可以同时登录 innerCircle 和瞭望塔，我们会和所有符合这个条件的人谈话。"普拉斯基已经明白了马麦达在意的原因，"这与你的国籍没有关系。"

这句话显然没安慰到点上。马麦达生气地说："啊，好啊，我的国籍是美国。我和你一样，是美国公民——如果你也是美国公民的话。但你也许不是。毕竟，这个国家的大部分人都是移民来的。"

"对不起。"

马麦达耸耸肩。"生活中有些事情你必须习惯。很不幸，这是自由的土地，也是偏见的土地。我……"他话音渐落，仿佛看到有人站在普拉斯基身后。普拉斯基稍稍转回身去，但那里并没有人。马麦达说："安德鲁说，他希望我能充分配合，所以我就在配合。你可以有话直说吗？我今天晚上很忙。"

"个人档案——衣柜，你们是这么叫的吧？"

"是的，衣柜。"

"你下载过吗？"

"我为什么要下载那个？安德鲁是不会容忍这种行为的。"

有趣。他想到的第一件事是安德鲁·斯德林会生气，而不是警察或法院。

"所以，你下载过吗？"

"绝对没有。如果哪里出了故障，或者数据损坏，或者界面出现问题，我会去看看部分条目或标题，仅此而已。只要能找出问题所在，我就可以写个补丁，或者调试代码。"

"会不会有人拿到了你的通行码，登录innerCircle，然后下载个人档案？"

他顿了一下："从我这里是不可能的，我从来没有写下来过。"

"你经常去三个数据圈吗？还有数据进口库？"

"是的，当然。这是我的工作。修复电脑，确保数据顺畅。"

"可以说说周日中午十二点到四点你在哪里吗？"

"啊。"他点了点头，"所以这才是今天的重点，你们想知道我是否在犯罪现场？"

普拉斯基不敢直视这个男人愤怒的眼神。马麦达把双手平放在桌子上，仿佛会一怒之下起身摔门而去。但他又坐了回去，说："我在早上和几个朋友一起吃了早餐……"他补充道，"他们在清真寺——你可能会想知道。"

"我——"

"之后我一直是一个人，我去看电影了。"

"自己去的吗？"

"我经常独自看电影，这样就没有人分散你的注意力了。是伊朗导演贾法尔·帕纳希的电影，你有没有看过——"他抿紧了嘴，"算了。"

"你留票根了吗？"

"没有。看完电影我去逛街了，大概是六点钟回的家。问了下公司需不需要我过来，但一切运行良好，我就和一个朋友出去吃饭了。"

"你下午购物的时候有没有用信用卡？"

他被激怒了。"我只是去逛街，随便看看。我买了咖啡，还有三明治，用的是现金……"他俯身向前，厉声说道，"我觉得你肯定不会问所有人这些问题，我知道你对我们的看法，你觉得我们把女人当成动物。我不敢相信你竟然指责我强奸女性。这实在是太野蛮了，是对我的侮辱！"

普拉斯基努力直视对方的眼睛，说道："哦，先生，我们问了每个可以登录 innerCircle 的人周日的行踪，包括斯德林先生。这只是例行工作而已。"

他稍稍平静了一些，但普拉斯基问到其他案件的不在场证明时，他又发怒了。"我不知道。"他不肯多言，冷冷地点了下头，站起身走了出去。

他走后，普拉斯基试图弄明白刚刚到底发生了什么。

马麦达的反应可疑吗？他不能肯定，他只是感觉十分挫败。

再使劲想想，他告诉自己。

第二个前来谈话的雇员是施莱德，他与马麦达完全相反，是个纯粹的技术宅。他有些邋遢，衣服不太合身，皱巴巴的。他手上满是墨渍，镜框像猫头鹰一样，很大，镜片有些脏。绝对不是 SSD 的风格。马麦达满心戒备，施莱德却似乎毫不在意。他为自己的迟到道了歉（但他并没有迟到），并解释说，他一直在调试一个补丁。然后他开始解释细节，仿佛普拉斯基也拥有计算机学位，最后警官不得不强行把他拉回正轨。

他的手指动个不停，仿佛在敲击一个假想的键盘。施莱德听到谋杀案后很震惊，但也可能是装出来的。他表示了同情，然后回答说，他的确会频繁出入数据圈，也确实可以下载档案，但他从来没有这么做过。他同样很自信，说没人能盗取他的访问密码。

至于星期天，他是有不在场证明的——他在下午一点左右来到办公室，解决上周五出现的一个大问题，在他试图向普拉斯基解释具体是什么问题以前，年轻的警察打断了他。施莱德走到会议室角落的电脑前，敲了几下键盘，然后把屏幕转向普拉斯基。那是他的工作时间记录单。普拉斯基看到了周日的记录，他确实是在下午十二点五十八分进入大楼，五点以后才离开的。

由于米拉遇害时施莱德在这里工作，普拉斯基便没有再去问他其他的案子。"我要问的就是这些，谢谢。"于是施莱德离开了，普拉斯基坐了回去，凝视着一个狭窄的窗口。他的手心冒汗，胃拧作一团。他把手机从皮套里取出来。杰里米，那位不苟言笑的助理没有骗他，这里什么该死的信号也没有。

"你好啊。"

普拉斯基吓了一跳，呼吸不稳，他抬头看到马克·惠特科姆站在门口，胳膊下夹着几个黄色文件夹，双手各拿了一杯咖啡。他扬起眉毛，身旁是一位年龄稍长的男子，头发花白，看上去却很年轻。他一定是SSD的员工，因为他穿着白衬衫和深色西装。

这是怎么回事？普拉斯基尽量保持放松的笑容，和他们打了招呼。

"罗恩，希望你能见见我的老板，萨姆·布罗克。"

他们握了握手。布罗克仔细端详了一下普拉斯基，然后苦笑着说："所以你就是那个让服务员来检查我在华盛顿酒店记录的人？"

"恐怕是我。"

"至少我现在洗清了嫌疑。"布罗克说，"如果合规部门还有哪里能帮上忙，请告诉马克，他已经把事情原委和我交代清楚了。"

"非常感谢。"

"祝你好运。"布罗克离开了，惠特科姆递给了普拉斯基一杯咖啡。

"给我的吗？谢谢。"

"谈话进行得如何？"惠特科姆问。

"就那样吧。"

这位助理笑了,金色的碎发散落在额前。"你们这些警察,跟我们一样含糊其词。"

"也许是吧,但每个人都很合作。"

"那就好,你这边都结束了吗?"

"只差斯德林先生答应过的东西了。"

他将糖放进咖啡里,紧张地搅了又搅,然后迫使自己停下来。

惠特科姆抬起杯子,冲普拉斯基做了个敬酒的手势,他看了看外面晴朗的世界,天空湛蓝,城市里到处是绿色和棕色。"我从来不喜欢这些小窗户。在纽约市的正中心,却看不到风景。"

"我也在想,为什么会这样?"

"安德鲁担心安全问题,怕有人从外面拍照。"

"真的会有这样的事吗?"

"也不完全是臆想。"惠特科姆说,"数据挖掘业很值钱,非常值钱。"

"我想也是。"普拉斯基心想,离这里最近的高楼也有四五个街区远,隔了这么远的距离,还能透过窗户看到什么秘密?

"你住在市里吗?"他问普拉斯基。

"是的,我住在皇后区。"

"我现在住在岛上,但我是在皇后区长大的。在阿斯托里亚,迪特马斯大道旁。靠近火车站。"

"嘿,我离那里只有三个街区。"

"真的?你去圣提摩太教堂吗?"

"我去圣阿格尼丝教堂。我们去过几次圣提摩太,但珍妮不喜欢那里的布道,他们总让你觉得很内疚。"

惠特科姆笑了起来。"是奥尔布莱特神父吧。"

"哦……是的,就是他。"

"我哥哥在费城当警察。他说过,如果你想要一个凶手认罪,只要把他送到奥尔布莱特神父的房间里。五分钟之内，他什么都招了。"

"你哥哥是警察？"普拉斯基笑着问道。

"反麻醉毒品专案组的。"

"警探？"

"是的。"

普拉斯基说："我哥哥是格林尼治村第六分局巡警队的。"

"太有意思了。我们两人的哥哥都是警察……所以，你们是一起进的警局吗？"

"是啊，我们基本上做什么都是在一起。我们是双胞胎。"

"有趣。我哥哥比我大三岁，但他块头比我大很多。虽然我能通过体格测试，但我不想和抢劫犯近身肉搏。"

"我们不太需要近身肉搏，主要是跟罪犯斗智斗勇。也许跟你在合规部的工作差不多。"

惠特科姆笑了起来："是啊，差不多。"

"我猜——"

"嘿，瞧瞧这是谁！星期五警长。"

普拉斯基的胃里紧了一下，抬头便看到时尚英俊的肖恩·卡塞尔和他的跟班，新潮的技术总监韦恩·吉莱斯皮。他说："又回来想得到更多事实，女士？只要事实。"他敬了一个礼。

因为他一直在与惠特科姆谈论关于教堂的事情，普拉斯基仿佛回到了上天主教高中的时候。那时他们一直跟来自森林山的男孩矛盾不断。对方家境好，穿得也好，很聪明，恶毒的话张口就来。（"嘿，看哪，是变种人兄弟！"）那真是一场噩梦。普拉斯基有时会想，他选择成为警察，可能就是因为这身制服和配枪能让人尊重他。

惠特科姆双唇紧闭。

"嘿，马克。"吉莱斯皮说。

"事情办得怎么样了，警官？"卡塞尔问道。

普拉斯基在大街上被人瞪过、骂过，也躲过唾沫星子和扔来的砖头，虽然有时也躲不过去。但所有这些，都不如卡塞尔这句玩笑话让他生气。微笑中带着戏谑，就像鲨鱼在吃掉猎物前先玩弄一番。普拉斯基用他的黑莓手机在谷歌上查了"星期五警长"的出处，知道了这是老电视剧《天罗地网》里的一个角色……尽管星期五警长是个英雄，却也被视为"老古董"，这显然是说他为人耿直规矩，一点儿也不酷。

他一边在小小的屏幕上阅读搜到的信息，一边觉得耳朵火烧一般发烫，这才明白卡塞尔一直在羞辱他。

"这是给你的。"卡塞尔递给普拉斯基一张光盘，"希望对你有所帮助，警长。"

"这是什么？"

"是你要的客户名单，下载过受害者信息的人。是你要的吧，还记得吗？"

"哦，我以为斯德林先生会来。"

"安德鲁是个大忙人，他让我把这个拿给你。"

"好的，谢谢。"

吉莱斯皮说："我们已经帮你减少了工作量。这个地区有三百多名客户，而且他们每个人的邮寄清单数都大于两百。"

"我早就跟你说过了。"卡塞尔说，"现在你要去挑灯夜战了。所以，我们现在能拿到童子军荣誉徽章了吗？"

星期五警长常常被他约谈的人嘲笑……

普拉斯基笑了起来，虽然他并不想笑。

"够了，你们俩。"

"放心，惠特科姆。"卡塞尔说，"我们只是在开玩笑。上帝啊，不要那么紧张。"

"你在这里干什么，马克？"吉莱斯皮问，"你不是应该去看看我们又违反了哪些法律法规吗？"

惠特科姆翻了个白眼，皮笑肉不笑地看着他，虽然普拉斯基看得出来他也很尴尬，甚至有些受伤。

普拉斯基说："你介意我在这里先看一下吗？以防我有什么问题？"

"请您自便。"卡塞尔说着走到角落的电脑旁，放进光盘，退后几步让普拉斯基坐下。屏幕上弹出一个对话框，问他想要做什么。心慌之下，他发现自己有好几个选择，但他不知道该怎么做。

卡塞尔站在他的肩膀后边。"你不打开看看吗？"

"当然，我只是想知道用什么程序最好。"

"您没有太多的选择。"卡塞尔笑着说，仿佛这是显而易见的，"用 Excel。"

"X——L？"普拉斯基问，他知道他的耳朵都红了。他讨厌这样，真是讨厌。

"电子表格。"惠特科姆解释道，但对普拉斯基没有任何帮助。

"你不知道 Excel？"吉莱斯皮倾身向前，用几乎看不清的速度打了几个字。

程序加载后，一个表格弹出，里面包含了姓名、地址、日期和时间。

"你以前见过电子表格，对不对？"

"当然。"

"但不是 Excel？"吉莱斯皮的眉毛惊讶地抬了起来。

"不是，是别的软件。"普拉斯基痛恨自己被他们玩弄于股掌之间。闭嘴，开始工作。

"别的软件？真的？"卡塞尔问，"有意思。"

"交给你了，星期五警长。祝你好运。"

"哦，这是 E-X-C-E-L。"吉莱斯皮给他拼写出来，"好了，你可以在屏幕上看。但你也许应该学学，很容易的。我的意思是，高中生都能学好。"

"我会考虑一下的。"

两名男子离开了房间。

惠特科姆说:"就像我刚才说的,这里没人特别喜欢他们。但这家公司没有他们就无法正常运转,他们是天才。"

"他们倒是肯定会让你知道这一点。"

"这你倒是说对了。好吧,我得让你专心工作了。你自己没问题吧?"

"我会弄明白的。"

惠特科姆说:"你要是再来这个鬼地方,就过来打声招呼。"

"当然。"

"我们也可以去阿斯托里亚,喝杯咖啡。你喜欢希腊菜吗?"

"非常喜欢。"

普拉斯基脑海里闪过一个愉快的画面。他头部受伤后,一些朋友就失去了联系,因为他不知道他们还想不想和他一起出来。他很乐意和朋友出去待会儿,喝杯啤酒,没准一起看个动作大片,珍妮对大部分动作片都不感兴趣。

好了,他会考虑的。当然,是在调查结束以后。

惠特科姆走后,普拉斯基环顾四周。没有人在附近。但是,他忽然想起了马麦达看向他身后不安的眼神,想起了最近和珍妮看的一部拉斯维加斯赌场纪录片——《天空中的眼睛》。安全摄像头无处不在。他想起了走廊里的保安,还有那个来窥探SSD,却葬送了职业生涯的记者。

好吧,普拉斯基当然非常希望这里没有监控。因为他的任务不仅仅是来取客户名单和盘问嫌疑人。林肯·莱姆派他来,是要他闯进纽约市"最安全"的计算机设施。

26

三十九岁的米格尔·阿夫雷拉坐在"灰岩"对面的咖啡馆里，喝着又浓又甜的咖啡，翻着最近收到的邮寄小册子。最近他生活中发生了一系列不可思议的事情，这也是其中之一。然而，大多数异常事件只是让他觉得奇怪或讨厌，但这件却令他不安。

他又看了一遍册子，然后合上，靠在椅背上看了看表。还有十分钟就要回去继续工作了。

米格尔是一位"维护专家"，这是 SSD 的叫法，但他对外说自己是一名清洁工。无论叫什么，他做的就是清洁工作。他干得不错，而且很喜欢这份工作。他为什么要为此感到羞耻呢？

休息时，他可以留在 SSD 的大楼里喝免费咖啡，但那里的咖啡实在太难喝了，甚至没有真正的牛奶或奶油。而且他也不喜欢闲谈，更愿意独自享受休息时间，读读报纸，喝杯咖啡。他还很想吸烟。但是他那次在急诊室里，发誓如果家人能挺过去就戒烟。虽然上帝没有信守承诺，但米格尔也早就戒掉了。

他抬头看到一个同事走进咖啡馆。

托尼·彼得隆是高级清洁工，为高管打扫卫生。他们彼此点头打了招呼，米格尔有点担心对方会来他这桌坐下。但彼得隆只是走到角落的位置，开始看手机上的电子邮件和短信。米格尔再次看了看手里的小册子，上面写着他的名字。然后，他一边喝着甜咖啡，一边回想最近发生的其他不可思议事件。

比如他的考勤表。在SSD你只需通过门口的闸机，系统就会自动记录你到来和离开的时间。但在过去的几个月里，有好几次，他发现考勤表的时间完全对不上。他每周总是工作四十个小时，也总是拿四十个小时的工资。但偶尔他也会看看记录，结果发现记录是错的。上面显示他比实际到达的时间要早，离开的时间也更早。或是有一个工作日没上班，换成了星期六上班。但他从来没有这样做过。他和主管提起这件事情，主管耸耸肩。"软件可能出故障了。只要他们没少付你钱，就没什么问题。"

再有就是他的支票账户问题。一个月前，他发现了一件令人震惊的事，他的账户余额突然多了一万美元。可等他去支行让他们改正这个错误时，他的账户余额又变回来了。这种情况已经发生了三次。有一次，错误的存款高达七万美元。

这还不是全部。他最近接到了一通关于申请抵押贷款的电话。但是他没有申请过抵押贷款，他是租的房子。他和妻子曾希望购买一栋属于自己的房子，但是在妻子和年幼的儿子死于车祸之后，他再也没想过这件事。

他很担心，于是去查了信用报告。但是上面没有抵押贷款申请，也没有什么其他异常。不过他发现自己的信用评级大幅提升了。这也很奇怪。当然，他并没有抱怨这份意外的好运。

但是，这些都不如这本小册子让他忧心。

尊敬的阿夫雷拉先生：

你一定很清楚，我们会在生活的不同阶段经历各种创伤，遭受各种损失。在经历创伤之后，人们往往会停滞不前，这是可以理解的。有时他们觉得实在太痛苦，就会考虑采取冲动和极端的手段。

幸存者咨询服务理解像您这样痛失所爱的人，理解您面临的艰难和挑战。我们训练有素的工作人员可以帮助您渡过难关，用医疗、一对一或团体心理咨询相结合的方式为您带来满意的服务，让您重新发现生活的价值。

可是米格尔·阿夫雷拉从未考虑过自杀。即使是事故发生一年半后，在他最痛苦的时候，自杀也不在他的考虑范围内。

他会收到宣传册这件事本身就令人担忧，但有两个细节真的把他吓坏了。首先，这本宣传册是直接送到他的新地址的，而不是从旧地址转寄过来的。为他做咨询的人，还有收治他妻儿的医院都不知道他在一个月前搬了家。

第二是宣传册的最后一段：

现在，你已经采取了至关重要的第一步——联系我们。米格尔，我们希望在你方便的时候，为你做一次免费的评估咨询。不要拖延。我们可以帮助你！

他从来没有联系过心理咨询服务。

他们怎么知道他的名字？

嗯，这可能只是一系列奇怪的巧合。他只能将此事暂且搁置，该回去上班了。安德鲁·斯德林是最善良、最体贴的上司，这一点毋庸置疑。但米格尔毫不怀疑传言是真的：他会亲自审阅每一位员工的考勤表。

罗恩·普拉斯基独自在会议室里，盯着手机屏幕，疯狂地踱步。他发现自己在走格子，就像在搜索犯罪现场。但他依然没有信号，就像杰里米说的那样。所以他必须使用座机，但是那样会不会被人监视呢？

他突然意识到,虽然他答应了帮林肯,但是他冒着很大的风险,可能会失去他生命中除了家人最重要的东西——他在纽约警局的工作。安德鲁·斯德林那么厉害。如果他可以成功毁掉一家大报社的记者,对付一个年轻的警察简直易如反掌。如果他们抓住了他,他就会被逮捕,他的职业生涯就结束了。他该怎么向哥哥和父母交代呢?

他很生气。气林肯·莱姆派他来做这种事,气他自己为什么没在他们谈到窃取数据的时候抗议。他什么都没做。

哦,当然,警探……我很乐意帮忙。

这太疯狂了。

但随后他又想起米拉·韦恩伯格的尸体,她的眼睛凝视着天花板,头发搭在额头上,看起来很像珍妮。他发现自己倾身向前,将听筒放在脸旁,然后拨打了九号外线。

"我是莱姆。"

"警探,是我。"

"普拉斯基。"莱姆吼道,"你到底跑哪儿去了?还有你是从哪里打来的?电话显示是个屏蔽号码。"

"他们刚走,我现在一个人在这儿。"他快速说,"我的手机没有信号。"

"好吧,咱们赶快行动。"

"我已经在他们的电脑前了。"

"好,我让罗德尼·萨内克接进来。"

他们想要盗取的是莱姆从萨内克那里听来的——保留在硬盘空白空间的信息。斯德林声称他们不会记录员工下载档案的历史。但是,当萨内克解释了空白空间里可能存在的信息后,莱姆问了他那里会不会有下载痕迹。

萨内克认为那是非常可能的。他说,黑进 innerCircle 基本上是不可能的——他已经试过了——但 SSD 应该有一个更小的服务器,用来做行政管理，比如员工的考勤表。如果普拉斯基可以进入系统，萨内克也许能让他从那台机器上的空白空间中提取数据。然后，他可以试着把信息整合一下，看看能否找出有哪个员工下载了和案件有关的个人档案。

"好的。"萨内克连上线后说，"你在他们的系统里？"

"我在看他们给我的一张光盘。"

"哈哈。那意味着他们只给了你被动访问权限，我们得再努把力。"萨内克给了他一些不知所云的电脑指令。

"电脑上显示说，我无权这样做。"

"我会尽量让你到源文件那里。"萨内克说了另一串更加混乱的命令。普拉斯基敲错了好几次，脸变得更烫了。他生自己的气，气自己把字母的顺序敲错，把左右斜杠搞混。

头部创伤……

"我不能用鼠标点一点，找到要找的东西吗？"

萨内克解释说，操作系统是 Unix 的，不像微软或 Mac 系统那么好用。而 Unix 需要花些时间给电脑输入指令，指令必须准确地用键盘敲出来。

"哦。"

普拉斯基终于得到了访问权，他突然为自己感到无比自豪。

"现在把硬盘插上。"萨内克说。

年轻的警官从口袋里拿出一个 80GB 的便携式移动硬盘，小心地插入电脑的 USB 端口。根据萨内克的指示，他在电脑上加载了一个程序，将服务器上的空白空间分割成单独的文件，再将它们压缩并存储在移动硬盘上。

这可能需要几分钟或几小时，全看硬盘的剩余空间大小。

一个小窗口弹了出来，说程序现在正在"运行中"。

普拉斯基坐了回去，重新开始浏览 CD 上的客户信息，他一直没有关掉这份表格。事实上，荧幕上的客户信息在他看来犹如天书。

客户名字是显而易见的,还有他们的地址、电话号码以及那些授权访问系统人的名字,但大部分的信息是 .rar 或 .zip 文件,显然是压缩的邮件列表。他用鼠标滚动到表格底部,一共一千一百二十页。

天哪……要通过表格里的信息找到是哪个客户拼凑起了受害者信息,会需要很长很长的时间,而且——

普拉斯基的思路被走廊里传来的声音打断了,声音离会议室越来越近。

哦,不,别过来。他小心翼翼地拿起发出细微轰鸣声的移动硬盘,放进了裤子口袋里。

硬盘咔嚓响了一声。虽然声音很小,但普拉斯基敢说整个房间都能听到。而且那根 USB 连接线非常显眼。

声音已经非常近了,其中一个是肖恩·卡塞尔的。

他们离得更近了……拜托了,请走开!

屏幕上的小窗依然显示着"运行中"……

老天。普拉斯基匆匆把椅子拉向前,插线和小窗口只要走近几英尺便一目了然。

突然,一个脑袋出现在门口。"嘿,星期五警长。"卡塞尔说,"你看得怎么样了?"

普拉斯基瑟缩了一下。他会看到驱动器的,肯定会的。"我很好,谢谢。"他把腿放在 USB 端口前,想遮住数据线。那姿势让人觉得是在掩耳盗铃。

"你喜不喜欢 Excel?"

"挺好,我很喜欢。"

"太棒了,Excel 最好用了。你还可以把文件导出来,你用不用 PowerPoint?"

"不,没怎么用过。"

"哦,有一天你也许会用到的,警官,等你当上局长的时候。Excel 非常适合家庭理财,让你对自己的资产了如指掌。哦,对了,上面还有一些游戏，你会喜欢的。"

普拉斯基笑了，他的心跳加速，声音大得和正在轰鸣的硬盘一样。

卡塞尔朝他眨了眨眼，从门口消失了。

如果 Excel 有自带游戏，我就把硬盘吃了，你这个自大狂。

普拉斯基在珍妮早上刚刚熨平的裤子上擦了擦手。她每天早上都会这样做，除非他第二天有早班，或者黎明前有任务，她会在前一天晚上熨好裤子。

上帝啊，请不要让我失去工作，普拉斯基祈祷着。他回想起和哥哥一起参加警察考试的日子，还有他们一起毕业的那天，一起参加就职仪式的那天。母亲哭了，他和父亲对上了眼神。这些都是他一生中最美好的时刻。

会不会全都付之东流呢？他妈的。好吧，莱姆是最棒的，没有人比他更想捉住罪犯。但这可是违法的事情啊！真该死，他就那么坐在轮椅上等着，被人服侍，什么事也不会发生在他身上。

凭什么普拉斯基要成为牺牲品？

尽管如此，他仍然集中精神完成任务。快点儿吧，快点儿吧，他催促着程序。但它还在继续运行，只是显示运行中。没有向右走的进度条，也没有电影里的倒计时。

运行中……

"那是谁，普拉斯基？"莱姆问道。

"几个员工，他们走了。"

"你那边怎么样了？"

"快好了，大概。"

"大概？"

"它——"一个新的消息框弹了出来：已完成。是否写入文件？

"哦，它弄完了。问我要不要写入文件。"

萨内克接过电话。"这非常重要，我告诉你该怎么做。"他解释了如何创建、压缩文件并移到硬盘里。普拉斯基用颤抖的手按指示一步步做好,浑身是汗。几分钟后,所有工作都已完成。

"现在,你要清除你的痕迹,把所有的文件归位,确保没有人能通过残留痕迹找到你。"萨内克让普拉斯基打开日志文件,又键入了几个指令。终于,他全部处理完毕了。

"大功告成。"

"好了,赶快离开那里,菜鸟。"莱姆催促道。

普拉斯基挂了电话,拔掉硬盘,放回口袋里,然后从电脑上注销。他站起身,走到外面,惊讶地看到保安越来越近。普拉斯基意识到,他是护送阿米莉亚去数据圈的那个人。他一直跟在她身后,就像抓到了小偷,要把人带到店长那里等警察过来一样。

他看见什么了吗?

"普拉斯基警官,我带你去安德鲁的办公室。"他的脸上没有笑容,眼中也没有情绪。他带着普拉斯基穿过走廊。每走一步,硬盘便在他的腿上摩擦一下,仿佛一块烫手的烙铁。他又看了看天花板,上面装的是隔音砖,但他看不到任何该死的摄像头。

他内心的焦虑充斥了整个走廊,比煞白的灯光还要刺眼。

到办公室后,斯德林挥手让他进来,将正在写的几张纸翻了过去。"警官,你拿到需要的东西了吗?"

"嗯,拿到了。"普拉斯基举起客户名单光盘,就像在跟老师展示报告的学生。

"很好。"首席执行官明亮的绿色眼睛打量了他一下,"调查进行得如何?"

"还好。"这是普拉斯基脑子里冒出来的第一句话。他觉得自己像个白痴,阿米莉亚·萨克斯会说什么?他毫无头绪。

"是吗?客户列表中有什么发现吗?"

"我只是大致看了看,看看能不能正常读取。我会把它带回实验室仔细研究的。"

"实验室在皇后区吗?你在那边上班?"

"我们确实在那里工作,也在其他地方工作。"

见普拉斯基没有正面回答自己的问题,斯德林只是微微笑了一下。他比普拉斯基矮四五英寸,却让普拉斯基有一种仰视的感觉。他们一起走到外面的办公室。"要是你还有什么别的需要,请随时告诉我们。我们一定全力支持。"

"谢谢。"

"马丁,之前说过的安排你可以去做了。然后送普拉斯基警官下楼。"

"哦,我自己也能出去。"

"他会带你出去的,祝你今晚过得愉快。"斯德林回到了办公室,关上了门。

"我只需要几分钟。"马丁对警察说,然后拿起电话,稍侧过身,避免被听见。普拉斯基踱到门口,看了一眼走廊。一个身影从一间办公室里走出来,对着手机低声讲话。显然,大楼的这个位置手机信号很好。那个人眯起眼睛朝普拉斯基看去,和手机对面的人道别,挂断了电话。"您是普拉斯基警官?"

他点了点头。

"我是安迪·斯德林。"当然,是斯德林先生的儿子。

年轻人的黑眼睛自信地看着普拉斯基,握手礼却很敷衍。"你给我打过电话。父亲给我留了言,让我和你聊聊。"

"是的,没错。你有时间吗?"

"你想知道什么?"

"我们正在核查一些人周日的不在场证明。"

"我到威彻斯特爬山去了。我大概中午开车到那里,回来的时候——"

"哦,不,不是你,我们感兴趣的不是你的行踪。我是在核查你父亲的不在场证明。他说,他下午两点左右从长岛给你打了电话。"

"嗯。是,他是打了。但我没有接电话,爬山的时候我不想停下来。"他压低声音,"安德鲁总是没法把工作和休闲分开,他可能希望我回到办公室加班,我不想毁掉休息日。我后来给他回了电话,三点半左右的时候。"

"你介意我看看你的通话记录吗?"

"不,不介意。"他打开手机,给他看通话列表。他在周日上午收到并打出了几个电话,但下午只有一通电话,电话号码和萨克斯说的一样——是斯德林在长岛的座机号码,"好的,足够了。感谢你的配合。"

安迪的表情有些忧虑。"这太可怕了,我听说有人被奸杀了?"

"是的。"

"你们快抓到他了吗?"

"我们有一些线索。"

"啊,好。这种人应该被抓起来枪毙。"

"谢谢你抽出时间。"

安迪离开了,马丁走了过来,看了一眼他离开的背影。"请跟我来,普拉斯基警官。"他的表情让人看不出是在微笑还是在皱眉。他们朝电梯走去。

普拉斯基的心里一直紧张得打鼓,满脑子都是他衣服里的移动硬盘。他觉得所有人都能看到他口袋里的轮廓。他开始没话找话:"说起来,马丁……你在公司干了很久了?"

"是的。"

"你也是搞电脑的?"

这一次的笑容不太一样,但依然滴水不漏,让人猜不出他的想法。"并不算是。"

他们继续向前,穿过黑白两色的冰冷走廊。普拉斯基很讨厌这里。他感到窒息、闭塞,他想到大街上去。他想念皇后区,南布朗克斯。治安不好也没有关系,他只想离开,掉头就跑。

他感到一阵恐慌。

那名记者不仅失去了工作,还因非法入侵被起诉,在州立监狱里服了六个月的刑。

普拉斯基有些茫然地看了看四周,这不是去斯德林办公室的路线。马丁转过一个拐角,将一扇厚厚的门推开。

三名不苟言笑的安保人员在那里把守,旁边还有金属探测器和X光检测器。这里不是数据圈,所以没有那边的数据删除设备,但他还是无法在不被查出来的情况下将移动硬盘带出去。他想到之前和萨克斯一起来的时候,他们没有做过类似的安检,他甚至都没看到过。

"我们上次来的时候好像没有这个安检。"他努力用轻松的语气对马丁说。

"如果有人独自在楼里待过一段时间,就要过这个检查。"马丁解释道,"电脑会做出评估,再让我们知道。" 他笑了,"不要往心里去。"

"哈,好的。"

他的心脏怦怦直跳,手掌潮湿。不,不!他不能失去工作,绝对不能。这对他太重要了。

他都做了些什么啊。他为什么要同意?他告诉自己,这是为了阻止一个凶手。他杀害了一个酷似珍妮的女人,他是一个可怕的人。只要他愿意,杀人对他来说就是家常便饭。

但是,这样是不对的。

他要怎么告诉父母?向他们承认自己被捕是因为盗取数据?他又该怎么和哥哥说?

"您身上是否有数据,先生?"

普拉斯基给他看了光盘,警卫仔细检查了光盘盒子。然后打了个电话,按的快速拨号键。稍稍站直了些,小声说着话。他将光盘插入检查站的电脑,然后看向屏幕。光盘显然是在经过批准的物品清单上，但是警卫还是将它放入了 X 光扫描机内，仔细检查了光盘盒子和内容。光盘从传送带的一端到另一端，到了金属检测器旁边。

普拉斯基开始向前走，但第三名警卫拦住了他。"对不起，先生，请清空你的口袋，把一切金属物品都放在这里。"

"我是警察。"他说，努力让这句话听起来像是在调侃。

警卫回答说："你的部门已同意遵守我们的安全准则，因为我们是政府的承包商，该规则适用于每一个人。需要的话，你可以打电话和上级确认。"

普拉斯基被困住了。

马丁继续密切注视着他。

"所有的东西都放在传送带上，谢谢。"

思考，快思考。普拉斯基对自己大吼。快想个办法。

思考！

虚张声势，蒙混过关。

不行，他不够聪明。

不，你够聪明。阿米莉亚·萨克斯会怎么做？林肯·莱姆呢？

他转过身去，蹲下，用了一些时间仔细解开鞋带，缓缓地将它们拉开。然后起身站立，将闪亮的皮鞋放在传送带上，然后又把他的武器、弹药、袖扣、收音机、硬币、手机和笔放在一个塑料托盘里。

普拉斯基准备从金属检测器通过时，机器由于检测到移动硬盘发出了一声尖叫。

"您身上还有其他东西吗？"

普拉斯基吞了口吐沫，摇摇头，他拍了拍自己的口袋。"没有了。"

"那我们必须对您进行检查。"

普拉斯基走了出来。第二名警卫开始用探测棒扫过他的身体，然后停在了警官的胸口前，探测棒发出了又一声尖叫。

普拉斯基笑了。"哦，对不起。"他解开衬衣上的纽扣，露出里面的防弹背心，"金属心脏板，我都忘了这回事。除了全金属外壳的步枪子弹，都能被挡住。"

"'沙漠之鹰'可能也不行。"警卫说。

"个人觉得，点五〇口径的手枪，不能算在正常范围之内。"普拉斯基开玩笑说，警卫对他露出了一个微笑。他开始脱下防弹衣。

"没关系。我们不需要您把它摘下来，警官。"

普拉斯基颤着手把衬衫扣子扣上，那里放着移动硬盘，就在衬衫和背心之间。他弯腰解开鞋带的时候，将硬盘藏在了那里。

他把自己的东西逐个收好。

马丁绕过了金属探测器，领他通过另一扇门。他们来到了大厅，一个很大的空间，由鲜明的灰色大理石装饰，上面刻着巨大的瞭望塔标志。

"祝你今天过得愉快，普拉斯基警官。"马丁说，转身离去。

普拉斯基继续朝玻璃大门走去，推门的时候努力不让双手颤抖。他第一次注意到，大厅里有一大排摄像头，监控着这里的一举一动。它们就像秃鹫，静静地端坐在墙上，等待受伤的猎物喘着粗气倒在地上。

27

听到朱迪熟悉的声音,亚瑟感到一阵安心,不由得落下泪来。即便如此,他还是忘不掉那个有文身的白人——冰毒上瘾的米克。

这家伙不停地自言自语,每五分钟就会把手放进裤子里一次,几乎和他看向亚瑟的目光一样频繁。

"亲爱的?你在听吗?"

"抱歉。"

"我要告诉你一件事。"朱迪说。

关于律师,关于钱,关于孩子。不管是什么,他都无法承受。亚瑟·莱姆已经濒临崩溃。

"你说吧。"他放弃了抵抗,低声说道。

"我去找了林肯。"

"什么?"

"我必须去……你似乎不相信律师,亚瑟。这件事不会自己就逐渐转好。"

"可是……我告诉过你不要给他打电话。"

"但这牵连的不只是你,还是一个家庭,亚瑟。不光有你,还有我和孩子。我们早就应该去找他了。"

"但我不想把他牵扯进来。不,给他回电话,告诉他我很感激,但是不需要,我很好。"

"很好?"朱迪脱口而出,"你疯了吗?"

他有时觉得她比他更坚强,也更聪明。自从他因为没有当上教授,毅然辞掉了普林斯顿大学的工作后,她一直很生气,说他在耍小孩子脾气。他很后悔当初没有听她的。

朱迪脱口而出:"你总想着有个约翰·格里沙姆①的角色会在最后关头出现在法庭上,救你于水火之中。但那是不会发生的。上帝啊,亚瑟,你应该感激我,至少我在努力。"

"我当然很感激,"他快速说,嘴里的话像松鼠一样蹦出来,"我只是——"

"只是什么?那个男人全身瘫痪,奄奄一息,只能坐在轮椅上。而他停下了手头所有的事情,只为了证明你是无辜的。你到底是怎么想的?你希望孩子的父亲是个监狱里的杀人犯吗?"

"当然不是。"他不知道她信不信他的辩白,他并不认识那名受害人,那个叫桑德森的女人。她当然不会相信他杀了她,但她也许会怀疑他在偷情。

"我对我们的司法系统有信心,朱迪。"天啊,这话听起来完全没有说服力。

"好吧,林肯就是司法系统,亚瑟。你应该给他打个电话,谢谢他。"

亚瑟犹豫了一下,问道:"他说了什么?"

"我昨天刚和他谈过。他打电话来问有关你的鞋子的事情——是其中一些证据。但那以后我还没有收到他的消息。"

"你去他家看他了吗?还是只打了电话?"

"我去了他住的地方。他住在中央公园西路,他的联排别墅很漂亮。"

一连串关于林肯的回忆涌上心头。亚瑟问:"他看上去怎么样?"

---

①美国惊悚小说作家,政治家,律师,活动家。其小说的故事结局多是邪不胜正。

"不管你信不信,他看上去和原来一样,就是我们在波士顿看到的那样。哦,不,其实他现在看起来状态更好。"

"他不能走路了?"

"完全不能动,只有头和肩膀可以动。"

"他的那个前妻呢?他和布莱恩还有联系吗?"

"不,他和别的人在一起。一名女警察。她很漂亮,身材高挑,红头发。我不得不说,我很惊讶。我不应该惊讶的,但我确实很震惊。"

高个子,红头发?亚瑟立刻想到了阿德里安娜。他试图将回忆抛之脑后,但它不肯离去。

告诉我为什么,亚瑟。告诉我你为什么这样做。

米克哼了一声,手又回到了裤裆里,眼中闪烁着对亚瑟的憎恨。

"对不起,亲爱的。谢谢你打电话给林肯。"

就在这时,他感觉到有热气呼在他的脖子上。"你,挂下电话。"一个拉丁男站在他的身后:"挂上电话。"

"朱迪,我得挂了。这里只有一部电话,我占用了太久。"

"我爱你,亚瑟。"

"我——"

拉丁男走上前,亚瑟挂断了电话,然后溜回到角落里。他坐在木板凳上,盯着面前的地板,地上有一块肾脏形的污渍。凝视,凝视。

但肮脏的地板没能攫住他的注意力。他情不自禁地忆起过去,回想着更多的关于阿德里安娜和林肯的事情……亚瑟家在北岸,林肯家在西郊。亚瑟回想起父亲,严厉的国王亨利,哥哥罗伯特,和有些害羞但很能干的玛丽。

他还想到了林肯的父亲,泰迪。那个昵称的由来很有趣,泰迪并非西奥多的简称。亚瑟知道它是怎么来的,但奇怪的是,他不认为林肯知道。他很喜欢泰迪叔叔。他很可爱,有些腼腆,喜欢安静——但是生活在亨利那样的哥哥的阴影下,谁会不喜欢安静呢?有时,林肯不在家时,亚瑟就会开车到泰迪和安妮那里。在铺着木板的客厅里,两人会一起看部老电影,或者聊一聊美国历史。

"坟墓"地面上那块肾脏形状的污渍现在变成了爱尔兰的形状。亚瑟盯着它看的时候,它在不停地变换样子。亚瑟盯着它,希望能离开这里,通过某个魔法隧道逃到外边去。

亚瑟·莱姆彻底绝望了。他终于明白自己有多天真了。监狱里没有魔法的出口,也没有现实的出口。他知道林肯的成就。他会找出所有关于他的文章,甚至是他写的一些科学论文,比如《纳米颗粒材料的生物效应》……

但是亚瑟现在终于明白,林肯也一样无能为力。这个案子是没有希望的,他会在监狱里度过余生。

不,林肯此时扮演的角色是理所应当的。他的堂弟——他成长过程中最亲近的人,亲兄弟一样的人,在亚瑟落难的时候出现,再恰当不过了。

他露出一个苦笑,抬起头,不再看斑驳的地板。他意识到了不对劲。

很奇怪,拘留区突然变得很冷清。大家都走了吗?

然后是越来越近的脚步声。

他大吃一惊,抬头看见有人迅速向他走来。是他监狱里的朋友,安特伍·约翰逊,眼神冰冷。

亚瑟明白了。有人想从后面攻击他!

米克,当然是他。

而约翰逊正走过来救他。

他跳了起来,转过头去,害怕得快要哭出来了。他回头寻找那个瘾君子,但是——

没有人。

就在这时,安特伍勒住了他的脖子,显然是用自制的绳索——

把衬衫撕成条，拧成绳。

"不，为——"亚瑟被猛地提了起来。大块头把他拉起来，拖到钉着钉子的墙上。是他先前见过的那面墙，铁钉离地七英尺高。亚瑟呻吟着，对他又踢又打。

"嘘。"约翰逊环顾了一下空无一人的大厅。

亚瑟挣扎着，但是大块头犹如一块木头、一袋水泥。他的拳头最多只能打到那个人的脖子和肩膀，不痛不痒。然后黑人把他拽起来，抬离地面，用自制的绞索把他挂在钉子上，放开了手，站在一边，看着亚瑟不停扭动，想要挣脱束缚。

为什么，为什么，为什么？他想问他，但嘴里只能吐出唾沫。约翰逊好奇地盯着他，没有愤怒，没有虐待狂似的笑声。只是有些好笑地看着他。

亚瑟这才意识到，他的身体颤抖着，视野逐渐变黑，一切都是骗局——约翰逊把他从拉丁男那里救出来的原因只有一个：他想把亚瑟留给自己。

"呃呃……"

为什么？

黑人双手放在两侧，凑近他，低声说道："我这是在帮你，兄弟。他妈的，不出两个月，你也会亲自动手的。你不是蹲监狱的料，别再挣扎了。放松些，放弃吧，你懂我的意思吗？"

普拉斯基从 SSD 执行任务回来，带着闪亮的灰色硬盘。

"干得好，菜鸟。"莱姆说。

萨克斯朝他眨眨眼："你的第一个秘密行动任务。"

普拉斯基做了个鬼脸："比起任务，倒是感觉更像犯罪。"

"我相信如果我们努把力，还是能把黑的描成白的。"塞利托安慰他说。

莱姆对罗德尼·萨内克说:"开始吧。"

技术宅把硬盘插进那个备受折磨的笔记本电脑的USB端口。坚定、迅速地开始敲键盘,眼睛盯着屏幕。

"好,好……"

"找到了吗?"莱姆打断他说,"谁在SSD下载了个人档案?"

"什么?"萨内克笑了一声,"没那么快的。得花上一段时间。我要先把硬盘加载到计算机犯罪专案组的主机上,然后——"

"一段时间是多久?"莱姆嘟囔道。

萨内克再次眨了眨眼,仿佛他刚刚才发现这位犯罪学家不能自如行动。"那取决于文件的细分程度。文件年龄、分配、分区,还有……"

"好,好,好。你就尽快办吧。"

塞利托问:"你还有什么其他的发现吗?"

普拉斯基解释了他和剩下两名有全权访问权限的技术员的谈话。他还说,他见过了安迪·斯德林,手机记录证实安德鲁的确在案发时段从长岛打了电话给他。他的不在场证明被核实。汤姆随后更新了犯罪嫌疑人列表。

安德鲁·斯德林,总裁,首席执行官。
    不在场证明:在长岛,已验证。由其子证实。
肖恩·卡塞尔,销售和营销总监。
    不在场证明:无。
韦恩·吉莱斯皮,技术运营总监。
    不在场证明:无。
塞缪尔·布罗克,合规部门总监。
    不在场证明:酒店记录证实在华盛顿。
彼得·阿隆佐-肯珀,人力资源总监。
    不在场证明:与妻子在一起,由妻子证明(有袒护?)。

史蒂芬·施莱德,技术服务与支持经理,白班。

不在场证明:考勤表显示在办公室。

法鲁克·马麦达,技术服务与支持经理,夜班。

不在场证明:无。

SSD 的客户(?)。

斯德林提供了名单。

安德鲁·斯德林雇用的不明嫌疑犯(?)。

现在每一个在 SSD 拥有全权访问权限的人都知道他们调查案件了……设在纽约警察局系统里"米拉·韦恩伯格杀人案"的陷阱仍然没有动静。是五二二特别谨慎吗?还是这个陷阱设置得不对?凶手会不会与 SSD 并无关联呢?莱姆这才发现,他们都被斯德林的权力和 SSD 能做到的事情震慑,忽略了其他可能的犯罪嫌疑人。

普拉斯基拿出光盘。"这里是客户列表。我快速浏览了一遍,将近三百五十人。"

"哎哟。"莱姆苦着脸说。

萨内克把光盘放进电脑,打开了其中一个电子表格。莱姆的显示器上顿时出现了上千页密密麻麻的数据。

"噪声。"萨克斯说,解释起斯德林说过的事情。如果数据有破损、过于稀疏或者丰富,都是没用的。技术宅扫了一遍表格上的信息,上面详细地写着哪个客户买了哪些东西……太多信息了。但随后莱姆想了个办法。"表格上有没有数据被下载的时间和日期?"

萨内克看了看屏幕。"有的,的确有。"

"让我们看看有谁在案发之前下载过信息。"

"不错啊,林肯。"塞利托说,"五二二一定会想要最新的数据。"

萨内克思考了一下。"我可以写一个程序来处理。可能需要一些时间,不过,是的,这是可行的。只要让我知道确切的案发时间即可。"

"我们会告诉你的。梅尔?"

"当然。"库柏找出硬币盗窃案、绘画盗窃案和两起强奸案的细节。

"嘿,你在用那个叫 Excel 的程序吗?"普拉斯基问萨内克。

"是的。"

"那究竟是什么?"

"基本的电子表格。主要用于记录销售数据和财务报表。不过现在人们用它来做很多其他的事情。"

"我可以学吗?"

"当然,你可以去上个课。新学院或者夜校都能教。"

"我之前就该去学学。我会去查查看,这些课。"

莱姆现在明白普拉斯基从 SSD 回来后的沉默究竟是为何了。他说:"别把那个看得太重了,菜鸟。"

"什么意思,长官?"

"记住,人们可能以各种方式让你不快。不要觉得他们懂得你不知道的事,他们就是对的,而你就是错的。真正的问题是:你的工作需要这项技能吗?需要的话就去学。不需要的话,就只是一种干扰,让它见鬼去吧。"

年轻的警官笑了。"好的,谢谢。"

罗德尼·萨内克拿着光盘和移动硬盘,收好笔记本电脑,动身前往计算机犯罪专案组。

他离开以后,莱姆看了一眼萨克斯,她正在打电话,调查几年前科罗拉多州那个意外死亡的数据搜刮者的信息。他听不到谈话内容,但很明显她得到了相关信息。她的头微微向前倾,嘴唇湿润,理了理一绺散开的头发。她的眼睛明亮而专注。这个姿势非常性感。

真是荒谬,他想。你要专注在这个该死的案子上。莱姆试图把这种感觉抛到脑后。

但是不怎么成功。

萨克斯挂掉电话。"我从科罗拉多警察局那里得到了一些消息。那个数据搜刮者叫彼得·詹姆斯·戈登。有一天去山地骑自行车，就再也没回家。他们在悬崖底部发现了他的自行车，完全摔坏了。旁边是一条特别深的河。一个月后，河流下游二十英里处浮出来一具尸体。DNA 和他的匹配。"

"调查呢？"

"没怎么查。那边总有孩子在骑自行车、滑雪、骑雪橇，有很多事故。他的案子被归为意外，但也有少数悬而未决的问题。一方面，据说戈登曾试图闯入 SSD 在加州的服务器——不是瞭望塔数据库，而是关于公司的文件和一些员工的个人档案。没人知道他是不是成功了。我本想找洛基山数据的其他员工了解更多信息，但是那边已经没剩下什么人了。貌似斯德林收购公司以后，吞并了它的数据库，然后就把所有人解雇了。"

"有其他人知道他的事情吗？"

"州立警察没能找到他的家人。"

莱姆缓缓点头道："好吧，这是一个有趣的假设。希望你不要介意我借用你这个星期的口头禅，梅尔。这个戈登在挖掘数据，从 SSD 的文件中找到了一些关于五二二的信息。五二二知道自己有麻烦了，即将被人发现，所以他杀死了戈登，并让整个事件看起来像一个意外。萨克斯，科罗拉多州警方有这个案子的档案吗？"

她叹了口气。"已经存档了，但他们会去找出来的。"

"好，我想找找戈登死的时候，都有谁在 SSD 任职。"

普拉斯基给 SSD 的马克·惠特科姆打了电话。半小时后，他回了电话。马克与人事部聊了一下，当时公司里有几十名员工，包括肖恩·卡塞尔、韦恩·吉莱斯皮、马麦达和施莱德，以及马丁——斯德林的个人助理之一。

人太多了，彼得·戈登的案子恐怕没法从这里找到线索。但莱姆希望，如果他们能拿到案件报告，也许他能从中找到一些证据，指出其中的嫌疑人。

他在盯着列表看的时候,塞利托的电话响了。他接了电话。莱姆看到他的身体僵直起来。"什么?"他厉声说,往莱姆这边看了一眼,"见鬼,不。发生了什么?……你一有消息就打给我。"

他挂断了电话,双唇紧抿,眉头紧皱。"林肯,我很抱歉。是你的堂兄,拘留所有人想把他杀死。"

萨克斯走到莱姆旁边,把手放在他的肩膀上。他能感觉到她的担忧。

"他怎么样了?"

"那里的负责人会给我回电话,林肯。他现在在急诊室,他们还什么都不知道。"

28

"嗨,你们好。"

汤姆领着帕米·威洛比从别墅的门厅进来。女孩笑着和在场的每个人都打了招呼,大家也都对她笑脸相迎,尽管刚刚收到关于亚瑟·莱姆的可怕消息。

汤姆问她今天在学校里过得怎么样。

"很好,真的很好。"然后她压低声音问道,"阿米莉亚,你有时间吗?"

萨克斯瞥了一眼莱姆,他看着她,朝帕米点了个头,意思是:除非得到更多情报,我们现在也没法帮到亚瑟什么。你去吧。

她与女孩走进走廊。年轻人很有意思,萨克斯想,一切都写在脸上。即使不知道背后的原因,也能看出他们的情绪。但帕米却不是这样。萨克斯有时真希望可以从凯瑟琳·丹斯那里多学一些体势学技巧,读出女孩的心思。不过今天下午她似乎很快乐。

"我知道你很忙。"帕米说。

"没事的。"

她们穿过门厅,走进起居室。

"所以?"萨克斯了然地笑着问。

"我按你说的那样做了,我刚才直接去问了斯图尔特关于那个女孩的事情。"

"然后呢?"

"他们只是曾经约会过——在我遇到他以前。前些日子他甚至已经告诉过我了。他在街上碰到她,他们只是说了一会儿话。她有点死缠烂打,你知道的。他们在一起的时候她就是那样,这也是他和她分手的原因之一。艾米丽看到他们时她正好想要抱住他,而他想要挣脱出来。就这样。什么事都没有。"

"恭喜。所以,不用担心情敌了?"

"对。一定是的——我的意思是,反正他也不能和她约会,不然他可能会丢了工作。"帕米说到这里突然停了下来。

萨克斯并不需要刻意询问就知道女孩说漏了嘴。"丢了工作?什么工作?"

"哦,你知道的。"

"不,我完全不知道,帕米。他为什么会失去工作?"

帕米红了脸,盯着脚下的东方地毯。"就是,她今年是他班上的学生。"

"他是一名老师?"

"差不多。"

"在你的高中教书?"

"今年不在,他在杰弗逊。去年他在我那里,所以如果我们——"

"等等,帕米……"萨克斯回想道,"你说他是学校里的人。"

"我说我是在学校遇到他的。"

"还有诗社?"

"哦——"

"他是那里的导师。"萨克斯说,皱起了眉头,"他还是足球队的教练,但他自己不踢。"

"我并没有完全撒谎。"

首先,萨克斯告诉自己,不要惊慌。这不会对情况有所帮助。"嗯,帕米,这是……"这到底是怎么回事呢?她有好多问题想问。

萨克斯问了第一个跳进她脑海里的问题："他多大了？"

"我不知道，没那么老。"女孩抬起头来，倔强地看着她。萨克斯曾见过她的叛逆、阴晴不定和坚定。但她从来没有见过帕米这副模样——防御而警惕，仿若困兽。

"帕米？"

"我想，也许，大概四十一岁吧。"

那条不要惊慌的原则开始慢慢崩溃。

她到底该怎么做呢？是的，因为回忆中和父亲度过的美好时光，阿米莉亚·萨克斯一直想要孩子。但她没有想过为人父母的诸多难处。

"首先，要讲道理。"萨克斯告诫自己。但是，目前为止这句话和"别慌"的作用差不太多。

"好吧，帕米——"

"我知道你要说什么，但不是那样的。"

萨克斯并不那么肯定。男人和女人在一起……在一定程度上，总是和那件事有关。但她现在不能往性那边想，那只会加剧她的恐慌，让她无法冷静地讲道理。

"他是不同的。我们之间有共同语言……我的意思是，学校的男孩子不是沉迷体育就是电子游戏。真的很无聊。"

"帕米，喜欢诗歌和话剧的男孩也不少。难道诗社里没有男孩子吗？"

"这是不一样的……我没有告诉任何人关于我的经历。你知道，我母亲那些事情。但我告诉斯图尔特了，他理解我。他也经历过这种艰辛。当他在我这个岁数的时候，他的父亲被杀害。他不得不一个人打两三份工赚取学费。"

"这不是一个好主意，亲爱的。将来会出现你现在无法想象的问题。"

"他对我很好，我喜欢和他在一起。这难道不是最重要的吗？"

"这只是一部分,但不是所有的。"

帕米双手环胸,表示反抗。

"即使他现在不是你的老师,他也有可能因此惹到非常大的麻烦。"不知何故,萨克斯觉得说出这句话,自己就已经输了。

"他说我值得他冒险。"

即使你不是弗洛伊德,也能弄明白现在的状况。一个女孩的父亲在她年幼时被杀,母亲和继父又是恐怖分子……她很容易爱上一个体贴、年长的男人。

"阿米莉亚,我们又不是要结婚,只是在约会。"

"那为什么不暂时分开一下?就一个月。出去和其他男孩约会试试。看看你觉得怎么样。"失败,萨克斯告诉自己。她的论点完全站不住脚。

帕米夸张地皱起眉。"我为什么要那么做?我不想像班上的其他女孩那样,钓一个男孩,随便谈个恋爱。"

"亲爱的,我知道你觉得他很特别。但是,你要停下来想一想。我不希望你受到伤害。这世界上有很多好男孩。从长远来看,他们会更适合你,你也会更快乐。"

"我不会跟他分手。我爱他,他也爱我。"她收起自己的书,冷冷地说,"我该回去了,还有作业要做。"女孩开始朝门走去,然后她停下来,回过头,低声说:"你刚开始和莱姆先生在一起时,有没有人说过这是一件愚蠢的事情?你可以找一个不坐在轮椅里的人?这个世界有很多很好的男人?我敢打赌,他们一定是这么说的。"

帕米迎上萨克斯的目光,然后转身离开,关上了身后的门。

萨克斯想了想帕米说的话。是的,的确,确实有人对她说过,实际上连措辞都是一模一样的。

而这么说的人,除了阿米莉亚·萨克斯的亲生母亲还能有谁呢?

* * *

米格尔·阿夫雷拉5465-9842-4591-0243，按照公司的叫法是"维护专家"，在下午五点左右下班回家，现在在皇后区离他家最近的地铁站下了车，而我紧随其后，跟着他漫步回家。

我想保持冷静，但是这并不容易。

他们——那些警察——正在靠近，靠近我！这是从来没有过的。那么多年来我一直在收集，许多十六位数死了，许多被毁掉的人生，许多因我而锒铛入狱的人，没有人这么接近我的真实身份。自从我发现了警方的怀疑，一直在维持一个平静的假象。不过，我也在疯狂地分析现在的形势，搜索数据，沙里淘金，想找到那份能告诉我警方调查进度的宝藏，让我知道自己的处境到底有多危险。但是我找不到。

数据里的噪声太多了！

污染……

我仔细回想了一下自己近期的表现，我一直很小心。数据当然可能对你不利；它们可以把你像一只大蓝闪蝶标本一样死死钉在相框里——你会闻到氰化物的苦杏仁味，感受到身下的天鹅绒板。但是，我们这些懂数据的人，知道如何用数据来保护自己。数据可以被删除，可以被改动，可能会出现偏差。我们可以故意往里面添加噪声，可以把数据X放在数据A的旁边，让A和X看起来更加相似或者不同。

我们可以用最简单方法来欺骗。比如射频识别标签。把它顺进某人的行李箱里，它会显示出你的车在周末去过了十几个地方，而实际上它一直都在车库里。或者你可以轻松地把员工牌放进一个信封里，寄到办公室，四个小时以后，再找人帮你把包裹送到位于市中心的某个餐厅。对不起，我把它忘在办公室了。谢谢，午餐我来请……那么数据会显示什么？哦，你累死累活地工作了四个小时，但实际上，你正在擦拭刀刃，站在别人逐渐冷却的尸体旁。事实上，有没有人看见你在办公桌旁是无关紧要的。这是我的考勤表，警官……我们只相信数据，不信任人的眼睛。我有十几个类似的招数，已经打磨得十全十美。

现在我要依靠的是更为极端的措施。

此时，我前面的米格尔 5465 停了下来，看向了一间酒吧。我知道他很少喝酒，如果他停下来喝一瓶啤酒，时间上会稍有问题，但不会毁掉我今晚的计划。可是他头歪到一边，放弃了喝酒的念头，沿街继续走下去。其实，我很遗憾他没有接受诱惑，进酒吧放松一下，因为他只有不到一个小时可活了。

29

拘留所的人给朗·塞利托打了电话。

他边听边点头。"谢谢。"他挂断后说："亚瑟会好起来的。他受伤了,但整体状况还好。"

"感谢上帝。"萨克斯低声说。

"发生了什么?"莱姆问道。

"大家都不知道是怎么回事。作案的人叫安特伍·约翰逊,进去是因为绑架,触犯了州立法。他们把他送进'坟墓'服刑,等待相关指控并进行审判。他好像突然疯了,想让事情看起来像是亚瑟上吊自杀了。约翰逊起先不肯承认,然后声称是亚瑟想死,让他帮忙。"

"是警卫及时发现的?"

"没有,这就是奇怪的地方。是另一名尾随约翰逊的犯人救下的,叫米克·葛兰塔,两次因为冰毒和海洛因入狱。他体格只有约翰逊的一半,但他冲上去揍晕了他,然后把亚瑟从墙上救了下来。几乎引起了骚乱。"

电话铃响起,莱姆注意到开头的区号是二〇一。是朱迪·莱姆。

他接起电话。

"你听到消息了吗,林肯?"她的声音颤抖。

"是的,我听说了。"

"怎么会有人做这种事?为什么?"

"那是监狱,是一个不同的世界。"

"但那只是一个拘留所,林肯。是拘留所。如果他在监狱里,和真正的杀人犯在一起,我还能理解。但那里大多数人都在等待审判,不是吗?"

"是的。"

"为什么会有人冒着被判刑的风险,去杀死另一名犯人呢?"

"我也不知道,朱迪,这说不通。你和亚瑟通过话了吗?"

"他们让他打了个电话,但他还不能好好说话。他的喉咙受伤了,但不是特别糟糕。他们让他留在那里观察一两天。"

"好。"莱姆说,"听着,朱迪,我本想在得到更多信息之后再给你打电话……我现在敢肯定,我们可以证明亚瑟是无辜的。这案子看起来像是有人在背后捣鬼。他昨天杀了另一名受害者,我们应该能把他和桑德森谋杀案联系起来,捉拿归案。"

"天哪!真的吗?凶手到底是谁,林肯?"她说话时不再小心翼翼、如履薄冰,不再精心挑选用词,生怕会冒犯别人。朱迪·莱姆在过去的二十四小时里一下变得坚韧了起来。

"我们正在努力查。"他看了萨克斯一眼,继续说,"而且现在看来,他与受害人没有任何联系,一点联系都没有。"

"啊……"她的声音逐渐变小,"你确定吗?"

萨克斯表明了身份后回答说:"是这样的,朱迪。"

他们听到她深吸了一口气。"那我应该给律师打电话吗?"

"律师现在也无能为力。就目前的情况来看,亚瑟还在拘留状态。"

"我能打电话给亚瑟告诉他吗?"

莱姆犹豫了一下说:"当然可以。"

"他问起过你,林肯。在诊所的时候。"

"是吗?"

他感觉到阿米莉亚·萨克斯在看着他。

"是啊。他说不管最后结果如何,还是要谢谢你的帮助。"

一切本可以完全不同……

"我得挂了,朱迪。我们有很多事情要做,有什么发现会告诉你的。"

"谢谢你,林肯,还有每个在办这件案子的人。愿上帝保佑你们。"

莱姆停顿了一下,说:"再见,朱迪。"

他甚至没有用语音命令挂断电话,而是直接用右手食指按下了挂断键。其实他左手的无名指更为灵活,但是他的右指迅速得像一条蛇。

米格尔5465是一场灾难中的幸存者,也是一名可靠的员工。他经常去看望姐姐和她在长岛的丈夫,用西联汇款寄钱给他在墨西哥的母亲和妹妹。他是一个有道德底线的人。只有一次,在妻子和孩子去世一年以后,他在布鲁克林著名红灯区的提款机里取出了四百美元。但是这位清洁工人最终还是犹豫了,这笔钱第二天又回到了账户里。他在提款机上白白支付了两块五的手续费,真是不公平。

我很了解米格尔5465,比对数据库里其他大部分号码都更了解,因为他是我的一个逃生舱。

而我现在迫切地需要他。

过去的一年里,我一直在慢慢将他打理成我的替罪羊。他死后,警方会勤奋地把所有碎片都拼在一起。哦,我们已经找到了谋杀／强奸／绘画和硬币盗窃案的凶手!他在遗书里全部承认了——他内心的沮丧和家人的死亡是谋杀动机。而他的口袋里有一个小盒子,里面是从受害者米拉·韦恩伯格的手上取下来的指甲。

再看看这是什么:很多笔钱,进了他的账户,又莫名其妙地消失了。米格尔5465想在长岛买一栋房子,已经付了五十万的定金,准备申请房屋贷款，尽管他每年工资只有四万六。他还浏览过艺术经销商的网站，查询普雷斯科特的画作。他公寓楼的地下室里都是米勒啤酒、木马恩资避孕套、剃须膏和一张 OurWorld 里米拉·韦恩伯格的照片。他还藏着关于黑客的书籍、带有密码破解程序的 U 盘。他一直患有抑郁症，甚至上周还给自杀辅导服务热线打过电话，向他们索要宣传册。

再有就是他的考勤表，上面显示他不在公司的时段，正好是案发时间。

正中靶心。

我的口袋里是他的遗书，笔迹模仿得八九不离十，这要谢谢他取消过的支票和贷款申请，全都扫描放在了网上，随时可供查看。遗书用的纸和一个月前他在家附近的药店里买到的相同，笔也是他常用的笔。

而且，鉴于警方最不希望的就是深入调查他们的主要数据承包商 SSD，这件事就会至此完结。他死了，案子就结了。而我会回到我的衣柜，审视到底是哪里出了差错，然后再反省将来作案时，怎么做得更聪明一点。

但是，难道不是所有人都能从这件事里学到教训吗？

至于伪造自杀，我在谷歌地球上跑了一个基本的预测程序，预测结果会告诉我他离开 SSD、从地铁站出来后最可能的回家路线。米格尔 5465 最有可能经过皇后区的一个小公园，毗邻高速公路。这里车来车往，尾气熏天，到处都是柴油味，所以公园不怎么受欢迎，人自然也很少。为了不让他认出我，生出戒心，我会快速走到他身后，用一根铁管重击他的头部，然后将遗书和存有指甲的小盒子放进他的口袋，再把他从栏杆上推下去，落在下方五十英尺的高速公路上。

米格尔 5465 在街上漫步，不时看向商店的橱窗。我在他后面三四十英尺的地方跟着，和许多下班回家的人一样，低着头，仿佛沉醉于耳机里的音乐。虽然我的 iPod 是关着的，音乐不在我的收藏范围之内。

还有一个街区就到那个公园了，我——

等等，不对劲，他没有走向公园。他停在韩国熟食店门口，买了一些鲜花，然后离开商业街，向着一个废弃的街区走去。

我开始思考，通过我的知识库分析他的行为。预测猜错了。

女朋友？亲戚？

他的生活里怎么可能有我不知道的事情？

数据中的噪声，真可恶！

不，不，这可不好。为女朋友买花可不是一个自杀的人会做的事情。

米格尔 5465 顺着人行道向前，空气里是春天新修剪的草坪的香味，还有丁香和一丝狗尿的味道。

啊，我明白了。

我松了口气。

清洁工走过一个墓地的栅栏。

当然，墓地里躺着他的妻子和孩子。事情仍在按计划进行，预测没有失败。我们只是短暂地耽误了一下行程，他还是会穿过公园回家。最后一次探望已故的妻子，这可能比原计划更好。"请原谅我在你不在的时候强奸并谋害他人，亲爱的。"

我保持安全距离跟在后面，踩着我舒适的软胶底鞋子，走起路来无声无息。

米格尔 5465 径直走到一对墓碑前。他在胸口画了个十字，然后跪地祈祷。他将花束放在已有的四束花旁，花束都显现出不同程度的枯萎。为什么没有信息表明他会造访这块墓地？

当然了——他买花时是用现金支付的。

他站起身来，准备离开。我深呼吸起来，继续跟上。

就在此时，我听到了一声突兀的："您好，先生。"

我僵在当场,然后慢慢转过身来。和我说话的是一位墓地管理员。他从沾满露水的草坪上走来,悄无声息。他的目光从我的脸移向右手,我迅速把手插进口袋里。他可能看到了我的米色布手套。

"你好。"我说。

"我看见你在灌木丛那里。"

我该如何回应?

"灌木丛?"

他的眼神告诉我,他对这里的死人很有保护欲。

"请问你来是探访谁的?"

他工作服上面有名牌,但我看不太清楚。斯托尼?这是什么名字?我生气极了。这都是他们的错……他们,那些追捕我的人!他们让我疏忽大意。我被数据里的噪声毁了,被污染毁了!我恨他们,恨他们,恨……

我向管理员露出一个忧伤的微笑:"我是米格尔的朋友。"

"啊,你认识卡梅拉和胡安?"

"是的,正是。"

斯托尼(或者斯坦利)在想,既然米格尔5465都走了,为什么我还在这里。我侧了侧身。没错,是斯托尼……他的手移向胯上的对讲机。我不记得墓碑上的名字。如果米格尔妻子和儿子的名字其实是罗莎和约瑟,那么我就直直跌进了陷阱里。

他人的智慧真倒胃口。

斯托尼瞥了一眼对讲机,当他抬起头时,刀的一半已经没入他的胸口。一下,两下,三下。刺入的时候要小心,如果不小心,就会扭到手指,我对这一点有痛彻心扉的体验,那真的很疼。

不过震惊的墓地管理员比我想得更顽强。他猛地扑来,用没有捂住伤口的那只手抓住我的衣领。我们扭打到一起,又推又拉,在坟墓中上演了一出令人毛骨悚然的舞蹈,直到他的双手失去力量,仰面倒在墓地的人行道上。蜿蜒的小路通向墓地的办公室。他伸手去够对讲机，与此同时，我的刀片划上了他的脖子。

刺啦，刺啦，利刃轻轻划开了动脉或静脉（也许都被划开了），血液如喷泉般飞溅而出。

我躲开了。

"不，不，为什么？为什么？"他努力捂住伤口，正好拿开了双手，于是我在他脖子的另一边如法炮制。一下，又一下。我无法控制自己。这完全没有必要，但我很生气，愤怒至极——都是因为他们坏了我的计划。是他们逼我起用米格尔5465来逃脱。他们让我分了心，让我变得粗心大意。

我继续挥动刀刃……然后，三十秒后，我后退一步，踢了踢他的身体，那个男人已经没有意识了。从生到死，仅仅六十秒。

我只能站在那里，感官被噩梦麻痹，努力喘着气。我弯腰驼背，觉得自己像一只可悲的动物。

警察当然会知道凶手就是我，所有的数据都在那里。命案发生在一名SSD雇员家人的墓地里。鉴于我和管理员扭打了一番，肯定留下了些痕迹，聪明的警察会根据这些东西追踪到其他现场。我没有时间清理了。

他们会明白，我是跟着米格尔5465来的，为了伪造他的自杀，但是被一名墓地管理员打断了。

然后，对讲机里传来一阵嘈杂的噪声。有人在找斯托尼。声音并不惊慌，他只是在例行查岗。但如果没有回应，他们很快就会来这里找他。

我转身迅速离开，仿佛一位悲伤的送葬者，对未来感到迷茫而困惑。

不过，当然，那也正是我现在的真实写照。

30

又是一起凶杀案。

而且毫无疑问是五二二所为。

现在纽约市出现任何凶杀案，莱姆和塞利托都会第一时间收到消息。受害人是墓地管理员。他们只问了几个问题，就发现管理员是在一位SSD雇员妻儿的墓旁被杀害，凶手很有可能是跟着雇员一路走进了墓地。

当然，巧合实在是太多了。

那名雇员是个清洁工，但不是这次案件的嫌疑人。墓地管理员的尖叫声传来时，他正在和墓地门口的另一名访客说话。

"嗯。"莱姆点点头，"普拉斯基？"

"是，长官。"

"给SSD的人打电话。问问过去两个小时内，嫌疑名单上的人都在哪儿。"

"好的。"普拉斯基苦笑了一下，他真的不喜欢那个地方。

"还有，萨克斯——"

"我会去墓地现场看看情况。"她已经开始走向门口。

萨克斯和普拉斯基离开后，莱姆给计算机犯罪专案组的罗德尼·萨内克打了电话。他描述了一下刚才发生的凶杀案，然后说："我猜他肯定想知道我们的调查进度想疯了，陷阱有动静了吗？"

"没有,只有来自局里的搜索。有人从马洛伊警监的办公室里查的,读了二十分钟文件,然后注销了登录。"

马洛伊?莱姆暗笑了一下。虽然塞利托一直在向这位警监汇报各种新进展,但他显然无法改变他作为警探的本性。只要情况允许,他就想尽可能多地收集信息。也许他打算给他们提供建议。莱姆得给他打个电话,告诉他陷阱的事情,还有诱饵文件包里不含任何有用的信息。

萨内克继续说:"我想着局里的人看就看了,所以没给你打电话。"

"没关系。"莱姆挂断了电话,盯着证据板看了很久,"朗,我有一个想法。"

"什么?"塞利托问。

"我们的猎物总是领先一步。因为我们在用追查其他凶犯的方法查他,但他不一样。"

无所不知的人……

"我需要尝试不一样的方法,我需要一些帮助。"

"谁的帮助?"

"市中心。"

"范围不小,具体是哪儿?"

"马洛伊,还有市政厅的人。"

"市政厅?为啥?为什么你觉得他们会愿意接你的电话?"

"因为他们必须接。"

"为什么?"

"你得说服他们,朗。我们要找到这个家伙的漏洞,而你能做到这一点。"

"你究竟要干什么?"

"我们需要一位专家。"

"哪一种?"

"电脑高手。"

"我们已经有了罗德尼。"

"他不是我要找的人。"

这名男子是被刀砍死的。

很有效,没错,但是也毫无必要。刺中胸部,然后一顿猛砍——凶手很愤怒,萨克斯想道。这是五二二的另外一面。她在其他作案现场看到过类似的场面。用尽全力在受害者身上乱砍,说明凶手失去了控制。

这很有利于犯罪现场调查,情绪化就意味着粗心大意。比起冷静的犯罪分子,他们更容易暴露,也会留下更多线索。但是,阿米莉亚·萨克斯巡警时期的经验表明,这样的罪犯也往往更加危险。在五二二这样疯狂又危险的罪犯眼中,原定的目标、无辜的旁观者和警察是没有区别的。

任何威胁、任何不便都必须在瞬间得到充分的解决。逻辑什么的都见鬼去吧。

犯罪现场调查组在案发现场竖起了刺眼的卤素灯,整个墓地沐浴在虚幻的灯光下,萨克斯看着受害者,仰面朝上,双脚叉开,说明他死前仍在挣扎。尸体身下铺开一大摊鲜血,沾满了森林山纪念花园的沥青人行道,还有草坪边缘。

警方没找到目击者,SSD 的清洁工米格尔·阿夫雷拉也没能提供任何信息。事实上,他依然惊魂未定,一方面是因为自己是杀手的潜在目标,而另一方面是因为他的朋友被害。由于经常来探望妻子和孩子的坟墓,他和这位墓地管理员成了朋友。当天晚上,他确实隐隐约约地感觉到有人从地铁站就开始跟着他。他甚至停了下来,试图从酒吧窗户的反光里寻找跟踪他的抢劫犯。但是没用,他什么可疑人士都没看到,于是便继续向墓地走去。

现在，萨克斯穿着白色工作服，指导从皇后区犯罪现场总部派来的两名警官为现场拍摄并录制视频。她自己则检查了尸体，然后开始走格子。这一次她格外小心，这是一个重要的现场。谋杀发生得非常迅猛。墓地管理员明显吓到了五二二，两人进行了肉搏，这意味着他们更有可能找到残留的证据，而这些证据或许可以带来更多关于凶手的住所或工作地点的信息。

萨克斯开始走格子。她先朝一个方向走，然后转身从垂直的角度再次开始搜索。

走到一半，她突然停住了。

有声音。

那是金属摩擦的声音。是枪支上膛的声音？还是拔刀的声音？

她迅速环视四周，却只看见了黄昏笼罩下的墓地。阿米莉亚·萨克斯并不相信鬼神，而且她通常会觉得这样的墓园能带给人宁静甚至舒适的感觉。但是此刻，她咬紧牙关，戴着乳胶手套的掌心冒出汗来。

她转身看向尸体时倒吸了一口气，附近有闪光。

是灌木丛旁的路灯吗？

还是五二二在向她逼近，手中的刀反射出来的光？

不受控制的……

她不由得想起他已经尝试过谋杀她了——在德莱昂·威廉姆斯家附近，利用联邦特工设下的圈套——只是失败了。也许他现在下定决心要完成之前没能做到的事。

她继续侦查现场。但是快要收集完证据时，感到了一阵战栗。又是一阵动静，这次是稍远处的灯光那边，但仍然在被警方封锁的墓地里。她迎上强光，把眼睛眯成一条缝。会不会是微风吹拂树叶的声音？或者是一只动物？

她的父亲是个警察，办案经验丰富，他曾经告诉她："不要怕尸体，艾米，尸体不会伤害你。你要担心的是把他们变成尸体的那些人。"

这与莱姆的告诫不谋而合:"仔细搜寻,但要随时警戒身后。"

阿米莉亚·萨克斯并不相信第六感。不相信所谓的超自然力量。她觉得,自然界是如此神奇,人类的感官和思维过程如此复杂和强大,所以即使没有超人的力量,人们也能做出极具洞察力的推论。

肯定有人在那里。

她走出犯罪现场,将格洛克手枪绑在胯上。她碰了碰枪把,确保自己可以在紧急情况下迅速拔枪,然后又回到了现场,收集完证据,最后迅速朝刚刚有过动静的地方看去。

在令人目眩的灯光里,她知道,毫无疑问,那里有一个人。躲在房子的阴影中,从火葬场后面紧盯着她。也许是一个工作人员,但她不敢有任何疏忽。萨克斯手放在枪上,大步流星地向前迈进二十英尺。她的白色连身防护服在昏暗的地方非常显眼,但她决定不浪费时间去把它脱下来。

她手持格洛克在灌木丛中迅速前进,忍着腿上关节炎的疼痛向前慢跑。但随后萨克斯停了下来,苦着脸,在火葬场的卸货区看到了所谓的入侵者。她的嘴唇紧抿,暗暗生自己的气。灯光中的人影是位警察,百无聊赖地站在那里执勤,她可以看到巡警帽子的轮廓。她喊道:"警官,你看到有人在那里吗?"

"没有,萨克斯警探。"他回答,"完全没有。"

"谢谢。"

她完成了证据收集,然后将现场留给来做鉴定的法医。

她回到车里,打开后备厢,开始脱下白色连体服。她跟皇后区总部的人聊着天,他们也已经换下了自己的工作服。其中一个皱起眉头,环顾四周,好像什么东西不见了。

"你丢了什么东西吗?"她问。

那个男人皱起了眉头。"是啊,明明就在这里。我的帽子。"

萨克斯僵在了当场。"什么?"

"不见了。"

糟糕。她把连体服扔进后备厢,迅速跑到附近管理现场的警官身旁。"你有没有在卸货区那里安排人看守?"她上气不接下气地问。

"那边?没有啊,我们已经将整个区域封闭,而——"

该死。

她握住格洛克手枪,转过身去,冲向卸货区,朝附近的警官喊道:"他在这里!在火葬场这边。行动起来!"

萨克斯停在了红色的建筑物旁,注意到一个敞开的门,朝向街道。她迅速搜索了周围,但没有找到五二二的痕迹,她继续往街上走去,快速地扫视街道,左边,右边。只有来往的车辆,还有十来个好奇的旁观者,但是犯罪嫌疑人已经不见了。

萨克斯回到卸货区,毫无意外地发现警官帽就躺在那里。旁边是一个指示牌,上面写着请将箱子放在这里。她把帽子拿起来,放进一个证物袋中,然后回到其他警员那里。萨克斯和当地分局警长派了人到周围去看是否有人发现他,然后回到了自己的车上。当然,他现在一定已经离这里很远了,但她还是有些不安。主要是因为他在看到她朝火葬场走来时甚至没有尝试逃跑,只是随随便便地站在那里。

但最令她毛骨悚然的,是他轻松的声音。他叫了她的名字。

"他们到底干不干?"莱姆一看到朗·塞利托走进来就问,大个子警探刚刚去和马洛伊警监还有副市长罗恩·斯科特讨论了莱姆所谓的"专家计划"。

"他们不太高兴,计划很昂贵,而且他们——"

"胡说八道……给他们打电话。"

"等一下,等一下。他们同意了,正在安排呢。我只是说他们对此颇有怨言。"

"你应该一进门就直接告诉我他们同意了,我不在乎他们到底抱怨了多少。"

"乔·马洛伊会给我打电话谈细节。"

大约晚上九点半,门开了,阿米莉亚·萨克斯走了进来,带着她从墓地采集的证据。

"他在那里。"她说。

莱姆没明白她的意思。

"五二二,他在墓地。他在观察我们。"

"妈的,不会吧。"塞利托说。

"我意识到时,他已经跑了。"她举起巡警的帽子,然后解释说他一直在乔装打扮,注视着她的一举一动。

"他到底为什么要这么做?"

"信息。"莱姆轻声说,"他知道得越多,就越强大,而我们也就越被动……"

"你查过周围有没有目击者了吗?"塞利托问。

"当地的警队去了,但是没有目击证人。"

"他什么都知道,而我们什么都不知道。"

她打开证据箱子,莱姆看着她将物证袋一个一个拿出来。"他们有过扭打,可能会有一些有用的线索。"

"让我们拭目以待。"

"我和那个清洁工,阿夫雷拉谈过了。他说过去的一个月发生了一些奇怪的事情。他的考勤表发生了变化,有存款汇到他的账户里,但并不是他存的。"

库柏说:"很像约根森。身份盗窃?"

"不,不。"莱姆说,"我敢打赌,五二二是想把他搞成替罪羊。也许是自杀,再往他身上放一张字条……那是他妻子和孩子的坟墓?"

"是的。"

"当然。他很沮丧,所以要自杀。犯的罪在遗书里全承认了,我们就此结案。但墓地管理员打断了他的行动。而现在五二二黔驴技穷。他不能再这么做了,因为我们会知道自杀是假的。他不得不尝试其他办法,但他会怎么做呢?"

库柏已经开始检查证据。"帽子里没有头发,一根都没有……但是,看我找到了什么?一点点黏合剂。虽然是通用的,无法锁定来源。"

"他丢下帽子前,用胶带或滚轮在上面滚过了。"莱姆说,表情苦恼。现在五二二做出什么来他都不会惊讶。

库柏随后宣布:"坟墓现场的证据有发现,我找到一根纤维,和早期犯罪使用的绳子纤维一致。"

"好,具体成分是什么?"

库柏检测了样品。不一会儿,他宣布道:"我测出了两种物质。最常见的一种是惰性晶里的萘。"

"是樟脑丸。"莱姆说。这种物质在他早年办的一起下毒案件中遇到过。"但很有年头了。" 他解释说,人们早已经将萘弃之不用,现在用的是更安全的材料。"或者,"他补充道,"是从国外来的,很多地方消费产品的安全标准没那么高。"

"还有别的东西。"库柏指了指电脑屏幕,上面显示的物质是一种钠盐——$Na(C_6H_{11}NHSO_2)$。"混合了卵磷脂、巴西棕榈蜡,还有柑橘酸。"

"这到底是什么?"莱姆脱口而出。

库柏在另一个数据库进行了搜索。"是甜蜜素。"

"哦,是人工甜味剂,对不对?"

"没错。"库柏边读边说,"三十年前被食品药品监督管理局禁用了。虽然这个禁令仍然受到质疑,但七十年代以来就没有任何产品再使用它了。"

莱姆正在飞速思考，眼睛从证据表上的一个证据跳到另一个。"旧纸板。霉菌。干燥的旧烟丝。洋娃娃的头发？苏打水？还有樟脑丸？把这些都加起来会是什么呢？他会不会住在某个古玩店附近？或者在店铺楼上？"

他们继续分析，找到了一些三硫化四磷的痕迹，是安全火柴的主要成分；更多贸易中心的灰尘；万年青的叶子，也被称为豹纹百合。这是一种常见的室内植物。

其他证据包括黄色记事本的纤维，可能是出自两个不同的记事本，因为纤维的颜色有所不同。但它们的颜色不够特别，所以无法追查到源头。此外，还有莱姆在钱币盗窃案的凶器上发现的辛辣物质。这一次，他们找到了足够的量来确认颗粒成分和颜色。"是红辣椒。"库柏宣布道。

塞利托喃喃自语："在过去凭这条线索，你就能把搜索范围缩小到拉丁人聚集区。可是现在，辣油和辣酱随处可见。从高级全食超市到街边小店。"

唯一的新线索是在杀人现场附近的泥土中找到的一枚鞋印。萨克斯推断这是属于五二二的，因为从鞋印上看，它似乎是某人从案发现场跑向出口时留下的。

将鞋印用静电复印到数据库里进行比较后，他们发现，五二二的鞋子是一只穿了很长时间的十一码斯凯奇。是实用但不怎么时尚的款式，往往是工人和徒步旅行者的选择。

萨克斯打电话的时候，莱姆让汤姆把新发现的细节写到了证据板上。莱姆盯着上面的信息——比他们刚开始的时候要丰富得多，但还是无法锁定凶手。

犯罪嫌疑人五二二侧写

- 男。
- 可能抽烟或与会抽烟的人一起生活/工作,或有接近有烟草的地方。
- 可能有孩子,或与儿童一起生活/工作,或能接触到儿童。
- 对收集艺术品、硬币有兴趣?
- 可能是白种人或浅肤色人种。
- 中等身材。
- 身体强健——能够扼杀受害者。
- 可以使用语音伪装设备。
- 可能熟知电脑;知道OurWorld这个网站。其他社交网站?
- 从受害者那里取得战利品。虐待狂?
- 居住/工作的一部分区域黑暗潮湿。
- 生活在曼哈顿市中心或周边?
- 吃零食/辣酱。
- 住在古玩店附近?
- 穿十一码斯凯奇工作鞋。

非栽赃证据

- 灰尘,旧纸板。
- 洋娃娃的头发,巴斯夫B35型六号尼龙纤维。
- 泰雷顿雪茄烟草屑。
- 老烟丝,不是泰雷顿,牌子不明。
- 葡萄穗霉菌。
- 粉尘,世贸中心袭击遗留物,可能在曼哈顿下城区生活或工作。
- 零食/辣酱。
- 绳子上的纤维含有:
- 无糖汽水甜蜜素(旧的或进口)。
- 含萘的樟脑丸(旧的或进口)。
- 豹纹百合植物的叶子(室内植物)。
- 两个不同的记事本上的纤维,黄色。
- 十一码斯凯奇工作鞋的鞋印。

31

"谢谢你愿意见我,马克。"

惠特科姆愉快地笑了。普拉斯基猜他一定很热爱工作,这么晚了还在加班,现在已经过了晚上九点半。但随后这位警察便意识到,他自己也在工作。

"又发生了凶杀案?是同一个人做的吗?"

"是的,我们是这么认为的。"

惠特科姆皱起了眉头。"真糟糕,上帝啊。什么时候的事?"

"大约三个小时前。"

他们在惠特科姆的办公室,这里比斯德林的办公室小得多,而且更乱一些,看起来更温馨。他把记事本抛在一边,指了指椅子。普拉斯基坐了下来,注意到他办公桌上摆着家人的照片,墙上挂了一些漂亮的油画,还有文凭和专业证书。普拉斯基看了看安静的走廊,很高兴地发现那两个学校恶霸——卡塞尔和吉莱斯皮,并不在这里。

"是你的妻子吗?"

"我的姐姐。"惠特科姆微笑着说,但普拉斯基以前见过这个表情。这意味着有伤心事,她去世了吗?

不,是另一种情况。

"我离婚了。在这里一直很忙,所以很难建立家庭。"惠特科姆朝四周挥了挥手,他指的是SSD,普拉斯基猜。"但这是很重要的工作,非常重要。"

"当然。"

联系安德鲁·斯德林未果后,普拉斯基打了电话给惠特科姆,他同意与警察见面,并交出当天的考勤表——看看嫌疑人中有没有凶案发生时不在办公室的。

"这里有咖啡。"

办公桌上的银托盘里有两只瓷杯。

"我还记得你喜欢什么样的咖啡。"

"谢谢。"

惠特科姆为他倒了一杯。

普拉斯基喝着咖啡,味道很香。他期待着有一天,等他手头富余一些,自己也能买一台卡布奇诺咖啡机。他很喜欢咖啡。"你每天晚上都要加班吗?"

"基本上吧。政府合规在任何行业都不好做,但在信息业的问题是,每个地方的规定都不同。比如,国家卖驾照信息可以赚很多钱。有些地方的公民对此非常生气,所以贩卖信息被完全禁止了,但在其他州是完全没问题的。

"有些地方,如果你的公司被黑客攻击,你必须通知信息被盗的客户,无论是哪个类型的数据。而在其他州,你只需要告诉他们财务信息的丢失。还有一些州,你不需要告诉他们任何事情。完全是一团糟。但我们所有的法规都要考虑到,都要遵守。"

想到信息安全漏洞的问题,普拉斯基感到一阵内疚,他来SSD偷数据、下载文件的法规时惠特科姆就在他身边。

如果被斯德林发现了的话,这位合规助手会不会惹上麻烦呢?

"都在这里了。"惠特科姆递给他那天的考勤表,大约二十页。

普拉斯基把考勤表翻了一遍,将上面犯罪嫌疑人的名字比较了一下。首先,他看到米格尔·阿夫雷拉是下午五点刚过没多久离开的，当他瞥到接下来的名字斯德林时，心里一动。这个人在米格尔走后几秒钟就离开了，就像是在跟踪他……但随后普拉斯基意识到自己犯了个错误。考勤表上的是安迪·斯德林，那个儿子。首席执行官在早些时候（四点钟左右）已经离开了，半个小时前刚回来，想必是因为有生意上的应酬。

普拉斯基又开始气自己没仔细看考勤表。当他看到两个如此相近的时间时，几乎就要给林肯·莱姆打电话了。那样多尴尬呀？干事情要认真仔细，他生气地告诉自己。

他继续看其他犯罪嫌疑人的记录。法鲁克·马麦达——那位态度恶劣的夜班技术员——案发的时候在SSD。技术运营总监韦恩·吉莱斯皮的考勤记录显示，他在阿夫雷拉离开的半小时前就走了，晚上六点又回到办公室待了好几个小时。普拉斯基感到有些失望，这似乎意味着恶霸被洗清了嫌疑。剩下的所有嫌疑人都有足够的时间跟踪米格尔到墓地，或者先到那里埋伏起来。事实上，大多数员工都不在公司。普拉斯基注意到，肖恩·卡塞尔下午大部分时间都不在公司里，半个小时前才刚刚回来。

"有帮助吗？"惠特科姆问。

"有点用，我可以拿走吗？"

"当然可以，请便。"

"谢谢。"普拉斯基把考勤表折好后放进了口袋。

"说起来，我和哥哥聊天的时候他说下个月会来城里。不知道你感不感兴趣，但我想你可能会想见见他。也许你可以和哥哥一起来。你们可以交流警察的故事。"随后惠特科姆笑了，看上去有些不好意思，好像警察最不想谈那些。但其实不是那样的，普拉斯基本可以告诉他，警察特别喜欢在一起分享这种故事。

"如果这个案子，嗯，可以在那之前解决掉。你们怎么说的来着？"

"结案。"

"当然,就像电视剧里那样,《罪案终结》——如果能结案的话。啊,不过你可能不能跟嫌疑人出去喝酒。"

"很难把你看作犯罪嫌疑人,马克。"普拉斯基说着,自己笑了起来,"不过,是的,最好还是等一等。我去问问哥哥,看他有没有空。"

"马克。"温柔的声音从他们身后响起。

普拉斯基转身,看到了安德鲁·斯德林。他穿着黑色休闲裤和白衬衫,袖子卷起。斯德林露出一个愉快的笑容:"普拉斯基警官,你来得这么频繁,我都应该给你发工资了。"

普拉斯基红着脸笑了一下。

"我打了电话,但是直接转成了语音留言。"

"真的吗?"首席执行官皱起眉头,然后绿色的眼睛炯炯有神地看过来,"想起来了,马丁今天下午提前离开了,有什么我们可以帮忙的吗?"

普拉斯基正要提到考勤表,但惠特科姆很快插嘴道:"罗恩说又发生了一起凶杀案。"

"不会吧,真的吗?是同一个人干的?"

普拉斯基意识到自己犯了一个错误,绕过安德鲁·斯德林是个愚蠢的主意。他并不认为斯德林是凶手,或者会有所隐瞒。他只是想尽快获取信息。坦率地说,他也想尽量避免见到卡塞尔或者吉莱斯皮。如果他去找安德鲁要考勤表的话,很可能就会遇上。

但现在他意识到,不通过安德鲁·斯德林获取有关SSD的信息是一种罪过,甚至可以算是彻头彻尾的犯罪行为。

不知道斯德林会不会察觉到他内心的不安。他说:"我认为是同一人。凶手似乎原本是想要加害一位SSD的员工,最终却杀死了一个旁观者。"

"哪个员工?"

"米格尔·阿夫雷拉。"

斯德林马上认出了名字。"啊,是维护部门的,他没事吧?"

"他还好,就是有点吓到了,不过没什么大碍。"

"他为什么会变成凶手的目标?你觉得他知道些什么吗?"

"我也说不好。"普拉斯基说。

"这是什么时候的事?"

"今晚六点到六点半之间。"

斯德林眯起眼睛,眼周露出细细的皱纹。"我有一个解决方案。你应该看一看所有犯罪嫌疑人的考勤表,警官。这会缩小嫌疑人范围。"

"我——"

"我会帮他办的,安德鲁。"惠特科姆赶紧说,在电脑前坐下,"我去跟人事部要一份。"然后他对普拉斯基说,"应该不会很久。"

"好。"斯德林说,"发现了什么记得告诉我。"

"好的,安德鲁。"

首席执行官走过来,仰头看普拉斯基的眼睛。两人紧紧握了握手。"晚安,警官。"

斯德林走了以后,普拉斯基说:"谢谢你,我应该先去问他的。"

"是啊,确实。我以为你问过了。安德鲁很不喜欢被蒙在鼓里。如果他得到了信息,即使是坏消息,他也很乐见。你见过安德鲁·斯德林理智的一面。他不理智的时候,虽然外表看不出来,但相信我,他整个人都变了。"

"你会惹上麻烦吗?"

惠特科姆笑了。"只要他不发现我在他提建议的一个小时之前就已经把考勤表拿给你了。"

普拉斯基和惠特科姆走向电梯,他回头望了一眼。在走廊的尽头,安德鲁·斯德林正在和肖恩·卡塞尔低声说话。销售总监在点头。普拉斯基的心跳加速。随后斯德林大步走开了,卡塞尔转过身来,用黑色的眼镜布擦拭眼镜,直直看向了普拉斯基。他微笑着打了招呼，表情似乎一点也不惊讶。

叮当一声，电梯来了，惠特科姆招呼普拉斯基走了进去。

电话在莱姆的实验室响起。罗恩·普拉斯基向他汇报了从SSD了解到的信息，萨克斯将他所说的写在犯罪嫌疑人列表上。

凶杀案发生的时候，只有两个人在公司——马麦达和吉莱斯皮。

"所以凶手可能是另外六个嫌疑人中的任何一个。"莱姆喃喃道。

"这个地方几乎是空的。"年轻的警官说，"加班到那么晚的人不多。"

"他们也没必要那么做。"萨克斯指出，"毕竟工作都是电脑完成的。"

莱姆让普拉斯基回去和家人团聚。他把头紧靠在头枕上，盯着墙上的列表。

安德鲁·斯德林，总裁，首席执行官
　　不在场证明：在长岛，已验证。由其子证实。
肖恩·卡塞尔，销售和营销总监。
　　不在场证明：无。
韦恩·吉莱斯皮，技术运营总监。
　　不在场证明：无。
塞缪尔·布罗克，合规部门总监。
　　不在场证明：酒店记录证实在华盛顿。
彼得·阿隆佐－肯珀，人力资源总监。
　　不在场证明：与妻子在一起，由妻子证明（有袒护？）。
史蒂芬·施莱德，技术服务与支持经理，白班。
　　不在场证明：考勤表显示在办公室。

法鲁克·马麦达,技术服务与支持经理,夜班。

不在场证明:无。

墓地管理员案有不在场证明(考勤表显示在办公室)。
SSD 的客户(?)。

等待纽约警察局计算机犯罪专案组的列表。

安德鲁·斯德林雇用的不明嫌疑犯(?)。

五二二真的在他们之中吗?莱姆再一次思考起来。他想起了萨克斯说过的数据中的"噪声"。会不会这些名字只是噪声?让他们分心,掩盖真相?

莱姆按动轮椅上的按钮,重新回到白板前。有地方不对劲,到底是什么呢?

"林肯——"

"嘘。"

是他曾经读过或听过的事情。不对,是一个案子,好几年前的案子。答案呼之欲出,却怎么也想不起来。令人沮丧,就像耳朵上挠不到的瘙痒。

他知道库柏在看他,那也让他觉得心烦。

他闭上了眼睛。

就快想到了……

没错!

"是什么?"

原来他把脑海中所想的大声说了出来。

"我想到了。汤姆,你了解流行文化,对吗?"

"你在说什么?"

"你读杂志、报纸的时候会看到广告,泰雷顿香烟还有人生产吗?"

"我不抽烟,从来不抽。"

"我宁可打架也不戒烟。"朗·塞利托说道。

"什么?"

"那是二十世纪六十年代的广告,有个鼻青脸肿的人。"

"不记得了。"

"我爸爸抽那个牌子。"

"这种烟现在还生产吗?我只关心这个。"

"不知道,但这玩意确实不常见了。"

"没错。我们发现的其他烟丝也很古老。所以,不论他是否吸烟,我们都可以合理假设,他收集香烟。"

"香烟?什么样的收藏家收集那个东西?"

"不,不只是香烟。含人造甜味剂的老式苏打水,也许还有瓶瓶罐罐。还有樟脑丸、火柴盒、洋娃娃的头发、世贸大厦的灰尘、葡萄穗霉菌。我不认为这说明他住在市中心。我认为这只是说明他已经多年没有做过清扫工作了……"他苦笑了一下,"我们最近在对付的藏品又是什么?数据。五二二痴迷收藏各种东西……我认为他是一个囤积狂。"

"一个什么?"

"他囤积东西,从来不肯扔掉任何东西,所以才有这么多的老旧物品。"

"是啊,我以前也听说过。"塞利托说,"很诡异,让人直起鸡皮疙瘩。"

莱姆曾调查过一个案件。一个强迫性囤积狂被自己囤积的一摞书压死了——哦,事实上他被书压在原地,整整两天才死于内伤。莱姆曾将他的死亡过程形容为"颇不愉快"。他对这种人没什么研究,但他知道纽约有一个特别工作组,专门帮助治疗有囤积症的人并保护他们,以防他们的行为伤害到自己和邻居。

"让我们给驻地心理医生打个电话吧。"

"特里·多宾斯?"

"也许他认识在囤积专案组做事的人。让他去查查，然后叫他过来。"

"现在？"库柏问，"已经晚上十点多了。"

莱姆甚至没有说出什么俏皮话来：我们没睡觉，别人为什么要睡？他的表情说明了一切。

32

林肯·莱姆又有了精神。

汤姆为大家准备了食物。虽然莱姆一般对饮食没什么特别的兴趣，但他很喜欢这个鸡肉俱乐部三明治，面包是汤姆亲自做的。"用的是詹姆斯·比尔德的食谱。"汤姆宣布道，虽然这位让人崇敬的厨师对莱姆而言完全没有任何意义。塞利托已经狼吞虎咽地吃下了一个三明治，他又拿了一个回家。（"甚至比金枪鱼的还好吃。"他说。）梅尔·库柏帮格雷塔要了做面包的食谱。

萨克斯在发电子邮件。莱姆正准备问她在做什么时，门铃响了。不一会儿，汤姆将特里·多宾斯迎进实验室。他与莱姆相识多年，是纽约警察局的行为专家。他比初次见面的时候头更秃了，肚子也更大了。在莱姆经历过那次可怕的事故后，有很长一段时间，多宾斯曾与莱姆一坐就是好几个小时。这位医生的眼睛仍和莱姆记忆中一样，敏锐、有洞察力。那平和包容的微笑也十分熟悉。莱姆一直对罪犯心理分析持怀疑态度，他更相信证据。但他不得不承认，在追捕罪犯时，多宾斯时常提出相当有益的见解。

他跟大家打了招呼，从汤姆那里拿了咖啡，但是拒绝了食物。他坐到莱姆轮椅旁边的椅子上。

"关于囤积这一点，你猜得不错。我觉得你是对的。我问过专案组的人了，他们有纽约市已知的囤积狂的名单。但是上面没有几个人，而且这些人之中几乎不可能有你要找的人。我排除了女性，因为发生了强奸案。而剩下的男人里，大多是老人或生活无法自理的人。有可能符合你所提供的信息的人一共有两个，一个在斯塔滕岛，另一个住在布朗克斯，他们上周日案发时有不在场证明，已经通过社会工作者或家庭成员证明过了。"

莱姆对此并不惊讶。五二二非常精明，不会忘记掩盖自己的行踪。不过，他倒是希望能找到一条小线索，如今却撞进了死胡同。他皱起了眉头。

多宾斯忍不住微笑起来。他们多年前就处理过这个问题。莱姆不擅长表达个人的愤怒和沮丧，但是一旦涉及工作，他就十分在行。

"但我可以和你说说我的看法，也许会对你有所帮助。首先是囤积狂。这是强迫症的一种表现形式，有这种病的患者面临冲突或紧张情绪时无法保持理智。重复某种单一的行为，比面对潜在的问题要容易得多。洗手和计数都是强迫症的症状，囤积也是。

"一般情况下，囤积狂不会造成太大的社会危害。他们会带来健康风险——比如动物和虫子的感染、霉菌和火灾的隐患——但本质上囤积狂只想一个人待着。他们会把自己包围在收藏品中间，觉得在家待着是最好的。

"不过你要找的人是一个奇怪的例外。他身上同时有自恋、反社会人格和囤积强迫症的特征。但凡他想要的东西——显然在这个案子里是硬币、画作或者性满足——他就必须拥有。绝对要拥有。如果能帮他达成目的，或是保护好收藏品，杀人根本就不算什么。事实上，我甚至会推测杀人可以让他镇定下来。活人给他带来压力。他们会让他失望，会抛弃他。但没有生命的物体——报纸、雪茄盒、糖果，甚至尸体的一部分——可以被藏起来，而且永远也不会背叛他……你们想知道什么样的童年会导致这种心态吗？"

"不是很感兴趣，特里。"萨克斯说。她微笑地看着莱姆，后者摇了摇头。

"首先,他需要空间。很大的空间。而这里的房价这么高,他要么就是很有手段,要么就是非常富有。囤积者大多生活在很大的老房子或联排别墅里。他们永远不会去租房子,无法忍受房主闯进他们的生活区。囤积狂会将窗子涂成黑色,或在上面盖上东西。他们需要隔绝外面的世界。"

"要多少空间?"萨克斯问。

"非常非常大的空间。"

"有些SSD的员工很有钱。"莱姆推测,"高层的那些人。"

"还有,因为你的嫌疑人同时能在社会上生活得如鱼得水,他一定过着双重人生。我们可以把这两种人生称为他的'秘密'生活和他需要在现实世界中维持的'表面'生活——以便他添加和维护收藏品。他可能会有第二栋房子,也可能是现在的房子里有另一部分用来伪装。哦,他更愿意住在自己的藏身之处。但是,如果他那么做,人们会开始注意到这一点。所以,他还会有一个符合他的社会经济状况的伪装空间,一个正常的生活空间。这两部分住宅可能是连着的,也可能离得很近。一楼可能是正常的,但楼上是他的收藏室。也有可能是地下室。"

"至于他的个性,表面上的样子和真实的自我可能是完全相反的。比如说,真正的五二二刻薄而小气。假象却很有分寸,沉稳、成熟、有礼貌。"

"他可能看起来像一个商人吗?"

"哦,非常容易。他会把那个角色演得非常非常好。因为他必须做到。这让他愤怒、怨恨。但是他知道,如果做不到,他就可能会失去自己的宝藏,也可能受到威胁,这是他无法接受的。"

多宾斯看了看证据表,点了点头。"你想知道他有没有孩子?我觉得可能性不大。他应该只是在收集玩具,这和他的童年有一定关系。而且他应该是单身,有囤积症的人很少结婚。他对收集的痴迷非常强烈,所以他不想与任何人共享自己的时间和空间——坦率地说,他很难找到一个可以忍受他的伴侣,除非对方是非常强的依赖型人格。

"那么,烟草和火柴呢?他囤积香烟和火柴,我很怀疑他其实是会抽烟的。大多数有囤积症的人都会收藏报纸和杂志,家里有大量易燃物品。你的嫌犯并不傻。他绝对不会容忍烟火带来的隐患,因为那可能会破坏他的收藏品。或者至少在消防部门来访时暴露他的身份。他大概对硬币或艺术品没有什么特别的兴趣,他痴迷的是收集这个行为本身,收集的内容倒是次要的。"

"所以,他不是住在古玩店附近?"

多宾斯笑了一声。"他家里多半就是古玩店的样子。当然,他没有顾客……好吧,我想不出其他的了。除了要告诉你他是多么危险。你说你已经阻止了他几次,他被惹急了。他会杀掉所有威胁他宝藏的人,毫不犹豫。我要对你再三强调这一点。"

他们谢过了他,多宾斯祝他们好运,然后便离开了。萨克斯在他说的基础上更新了嫌疑犯档案。

犯罪嫌疑人五二二侧写

- 男。
- 可能不会抽烟。
- 可能没有妻子/孩子。
- 可能是白种人或浅肤色人种。
- 中等身材。
- 身体强健——能够扼杀受害者。
- 可以使用语音伪装设备。
- 可能熟知电脑,知道 OurWorld 这个网站。其他社交网站?
- 从受害者那里取得战利品。虐待狂?
- 居住/工作的一部分区域黑暗潮湿。
- 吃零食/辣酱。
- 穿十一码斯凯奇工作鞋。
- 囤积狂,患有强迫症。

- 有"秘密"生活和"表面"生活。
- 外在形象和真正的自我相反。
- 居住地：不租房，有两个独立的生活区，区分正常生活和秘密生活。
- 窗户有可能被遮盖或涂上油漆。
- 如果收集品或宝库受到威胁会变得狂暴。

"你觉得有用吗？"库柏问。

莱姆只能耸耸肩。

"你觉得呢，萨克斯？和你在SSD谈过话的人里有没有类似的？"

她耸耸肩。"我会说吉莱斯皮是最接近的，他本人就很怪异。但是卡塞尔是最狡猾的那个——外表打理得极其周到。阿隆佐－肯珀已经结婚了，根据特里所言，可以把他从嫌疑人里剔除了……我没有去找技术人员谈话。但罗恩去了。"

一阵电子颤音，呼叫者的小窗从屏幕上弹出。是朗·塞利托，现在已经回到家里，但显然还在处理白天和莱姆一起准备的"专家计划"。

"指令，接听电话……朗，你那边怎么样了？"

"全准备好了，林肯。"

"我们到哪一步了？"

"你去看十一点的新闻就知道了，现在我要去睡觉了。"

莱姆断开电话，打开了实验室角落的电视。

梅尔·库柏说了晚安。他在收拾公文包的时候，电脑响了一声。他看了看屏幕。"阿米莉亚，是你的电子邮件。"

她走了过来，然后坐下。

"难道是科罗拉多州的警察局，关于戈登的？"莱姆问道。

萨克斯没有说什么，但他注意到她在通读那份长长的文件时，扬起了眉毛。她拢起长长的红发，紧紧地绑了一个马尾辫。

"是什么事?"

"我得走了。"她说,然后迅速站起来。

"萨克斯?到底是什么情况?"

"和案子无关。如果你需要我,就给我打电话。"

她走出了门,留下一缕神秘的气息,那气息缭绕在空中,像是她最近喜欢的薰衣草香皂的味道。

五二二的案件进展迅速。

然而警察总要兼顾生活的其他方面。

这就是为什么她现在正不安地站在布鲁克林一栋整洁的房子前。房子离她家不远。夜晚很舒适,阵阵微风混着丁香的芬芳和青草的味道。这样的天气适合坐在路边或门廊里,而不是去做她正要做的事情。

但她不得不这样做。

天哪,她真的不想这样。

帕米·威洛比出现在门口。她穿着一身运动装,头发梳成一个马尾辫。她正在和另外一名寄养儿童聊天,一名少女。脸上的表情狡黠又带点无辜,是青春期的少女最常见的神态。两只小狗在她们的脚下玩耍。杰克逊,那只小哈瓦那犬;和一只更大,但同样精力旺盛的伯瑞犬,宇宙牛仔。两只狗都住在帕米的寄养家庭里。

萨克斯偶尔会在这里和帕米见面,然后她们会一起去看场电影,去星巴克,或者去吃冰淇淋。帕米看到萨克斯时,表情通常很开心。

但今晚不是。

萨克斯下了车,靠在热腾腾的发动机盖上。帕米抱起杰克逊过来找她,另一个女孩朝萨克斯挥了挥手,跟宇宙牛仔一起进了房子。

"对不起,这么晚来找你。"

"没关系。"女孩回答得很谨慎。

"功课做得怎么样了？"

"功课还不就是那样。有些还好，有些很烂。"

确实如此，和萨克斯年轻的时候一样。

萨克斯拍了拍小狗，帕米正紧紧地抱着它。她经常这么做。帕米始终不肯让别人帮她拎书包或拿杂货。萨克斯猜，正是因为她被人夺走了那么多，所以才会用力抓紧身边一切事物。

"有什么事吗？"

她想不出合适的开场白。"我跟你的朋友谈了话。"

"朋友？"帕米问道。

"斯图尔特。"

"什么？"细碎的光线穿过银杏树的叶片，落在她困扰的脸上。

"我必须这么做。"

"不，当然不是。"

"帕米……我很担心你。我有一个局里的朋友，专门做背景调查，他帮我查了一下。"

"不！"

"我想看看他是不是藏了什么秘密。"

"你没有这样做的权力！"

"你说得对。但无论如何，我查了。我刚刚收到一封电子邮件。"萨克斯觉得胃在绞紧。无论是面对杀人凶手，还是驾驶时速一百七十英里……这些都不算什么。现在她却非常害怕。

"所以，他是一个凶手？" 帕米斥道，"还是连环杀手？恐怖分子？"

萨克斯犹豫了一下。她想触摸女孩的手臂，但是忍住了。"不，不是，亲爱的。但是……他已经结婚了。"

在斑驳的灯光下，萨克斯看到帕米的眼睛在闪烁。

"他……结婚了？"

"我很抱歉。他的妻子也是一名教师，在长岛一所私立学校教书。他有两个孩子。"

"不对!你弄错了。"萨克斯看到帕米的手攥得紧紧的,肌肉紧绷。她眼中满是怒火,但没有太多惊讶。萨克斯想,帕米是不是也在回想?也许斯图尔特说他没有固定电话,只有一部手机。或者,他让她使用某个特定的电子邮件账户,而不是他的一般邮箱。

我家太乱了,真不好意思带你去看。我是一名老师,你知道的,老师经常心不在焉……我需要找一个管家……

帕米脱口而出:"你弄错了,你把他和别人弄混了。"

"我刚才去看他,亲自问了他,是他告诉我的。"

"不,你没有!你编出来的!"女孩的眼睛里喷出怒火,冷冷的笑掠过她的脸庞,深深刺入萨克斯的心脏。"你和妈妈在做一样的事!她不想让我做什么,就会骗我!你现在就在骗我。"

"帕米,我永远不会——"

"每个人都要把我的东西从我身边夺走!你不会得逞的!我爱他,他也爱我,你不能把他带走!"她转过身,奔回屋里,紧紧地抱着她的狗。

"帕米!"萨克斯的声音哽咽,"别这样,亲爱的……"

女孩进屋前回头飞快地看了一眼,她的头发纷飞,姿态冰冷而坚定。阿米莉亚·萨克斯很感激帕米背着光,让她看不清她的脸。她现在无法承受那双眼中的仇恨。

墓地里发生的意外依然焚烧着我的心。

本来米格尔 5465 现在应该已经死亡,被钉在天鹅绒板上,接受警察的检查。他们会说案子结了,一切都很好。

但他没有。那只蝴蝶逃走了,我不能再去伪造一次自杀。他们已经对我多了一些了解,他们已经收集了一些信息……

我恨他们、恨他们、恨他们、恨他们……

我真想拿着我的刀,冲到大街上……冷,静,下,来。但随着时间的流逝,那变得越来越难做到。

我已经取消了今天晚上的一些交易——本来是为了庆祝自杀伪造成功。现在我一头扎进衣柜里,被我的珍宝包围,稍微缓解了内心的焦躁。我在香气弥漫的房间里游荡,将几件我珍视的宝贝抱紧。那是过去的一年里从各种交易中拿到的战利品。在脸颊上感受干燥的人肉、指甲和头发对我来说是极大的安慰。

不过,我已经筋疲力尽。我在哈维·普雷斯科特的画作前坐下,凝视着它。里面的家庭成员回头看向我。与大多数人像画一样,无论你在哪里,他们的目光都会跟着你。

非常令人欣慰,也非常令人毛骨悚然。

也许这也是我喜爱它的原因之一,里面的人物是虚构的。他们没有被回忆困住。那些回忆会让他们焦躁不安、彻夜不眠,逼他们走到街上,四处收集宝贝和战利品。

啊,回忆。

六月,五岁。父亲将熄灭的雪茄收好,让我坐下,向我解释说,我不是他们亲生的孩子。"我们把你带到家里,是因为我们想要你想得不得了,我们爱你,即使你不是我们的亲儿子,这一点你是明白的吧……"不太明白,我不明白。我看着他发呆。母亲潮湿的手攥紧面巾纸。她突然说,她爱我就像亲生的儿子一般。不,比那更多。但我怎么也想不明白为什么,这听起来像一个谎言。

父亲为了第二份工作离开了家。母亲去照顾其他的孩子,留下我一个人沉思。我觉得有什么东西从我身边被夺走了,但我不知道是什么。我从窗口看去,那里非常美丽。青山绿水,凉爽的空气。但我更喜欢自己的房间,所以我待在房间里。

八月,七岁。父亲和母亲一直在吵架。我们中间年纪最大的莉迪亚在哭泣。不要离开、不要离开、不要离开……我已经为最坏的结果做好了打算。囤货,食品和零钱——人们从来不在乎零钱。没有什么能阻止我收集它们,总共一百三十四美元闪亮或暗淡的铜板。我把它们藏在衣柜里……

十一月,七岁。父亲已经回来了一个月。"赚钱不容易。"他说了很多次。每当他这么说的时候,莉迪亚和我便一起微笑。他问其他的孩子都在哪里。她告诉他,自己无法照顾那么多人。

"你算一算账。你他妈的在想什么?拿手机给市政局打电话。"

"可是你不在。"她哭着说。

这些话对于莉迪亚和我来说都很令人费解,但我们知道不是好事。

我的衣柜里有由美分组成的二百五十二美元,三十三罐西红柿,十八罐其他的蔬菜,十二罐意大利粉,我甚至都不喜欢这些东西,但我拥有它们。这才是最重要的。

十月,九岁。更多紧急寄养的孩子被送了进来,算上我们一共有九个。我和莉迪亚给家里帮忙。她十四岁,知道如何照顾更小的孩子。莉迪亚要求爸爸给女孩子们买娃娃——因为她从来没有过,但那是很重要的。他说,如果把钱花在那些垃圾上,他们又怎么能从市政局里赚钱?

五月,十岁。我从学校回来,尽已所能找来最后几个美分,打算买一个娃娃给莉迪亚。我迫不及待想看她的反应。但后来我发现我犯了一个错误,我没有关好衣柜的门。父亲站在里面,把所有的箱子都打开了。里面的硬币如战场上死去的士兵倒在地上。他填满了自己的口袋,还拿走了箱子。"偷来的东西要没收。"我哭了,告诉他那是我找到的硬币。"好。"父亲耀武扬威地说,"那么我找到了,现在就是我的了……对吧,小伙子?你还有什么借口?你没有。而且,老天,这里面有将近五百美元。"他从耳朵后面拉出来一根香烟。

想知道别人把你的东西拿走是什么感觉吗?你的士兵,你的娃娃，你的硬币？只要捂上你的嘴，再捏住你的鼻子。就是那个感觉，你这样做，不多久就会有很可怕的事情发生。

十月，十一岁。莉迪亚走了，没有留下任何解释。她没有带走娃娃。十四岁的杰森从少年监狱出来与我们一起生活。一天晚上，他推门到了我的房间。他想要睡我的床（我的床是干的，他的不是）。我睡在他的湿床上。就这样，睡了一个月。我向父亲抱怨，他告诉我闭嘴。他们需要钱，他们收养ED的孩子，像杰森这样的，会得到另外的奖金……然后他就不说话了。我也算是吗？我不知道ED是什么意思。那个时候还不知道。

一月，十二岁。到处闪烁着红光。母亲抽泣着，其他的寄养儿童也在抽泣。父亲手臂上的烧伤疼痛难耐，但幸运的是，消防员说，床垫上的打火机油并没有烧起来。如果是汽油，他早就死了。当他们把浓眉黑眼的杰森带走时，他尖叫着，他不知道打火机油和火柴是如何进入他的书包的。他并没有这样做，他没有！而且他也没有把在学校教室里被活活烧死的那些人的照片拿回家。

父亲冲母亲尖叫着，看看你做了什么！

是你想要奖金的！她尖叫着骂回去。ED奖金。

ED是心理失常的缩写，我终于明白了。

回忆，回忆……嗯，有些收藏我是很乐意放弃的，如果可以，我会把它们都扔进垃圾箱。

我朝着面前沉默的家庭，普雷斯科特的画安静地笑起来。然后继续处理眼下的问题。

原有的慌乱不安缓和了下来。我相信，就像我撒谎的父亲、慌乱中被警察带走的杰森，还有在交易的高潮时刻对我高声尖叫的十六位数们一样——他们也很快就会统统死掉，化为灰尘。而我会继续在我的双重空间里生活，和我的宝藏一起在衣柜里愉快地过日子。

我的士兵——那些数据——即将进入战斗场。我就像在柏林地堡的希特勒，命令武装亲卫队去攻打侵略者。数据是战无不胜的。

快要晚上十一点了，晚间新闻即将开始。我要看看他们从墓地的杀人案里了解到了什么。于是打开了电视。

节目转接到了市政厅。现在，事业有成的副市长罗恩·斯科特正解释说，警方已经组建了一个特别工作组来调查最近的强奸谋杀案和在皇后区墓地里发生的凶杀案，这些案件似乎与早期的几件案子都有联系。

斯科特介绍了纽约市警察局警监，乔瑟夫·马洛伊，他会详细讲述案件的具体情况。

但是他没有详细讲，只是大致。他出示了一张犯罪嫌疑人的合成图像，里面的我长得和这座城市的另外二十万人差不多。

白人或浅肤色人种？哦，拜托。

他告诉人们要小心谨慎。"我们认为凶手会盗窃身份，接近他的受害人，降低他们的警惕性。"

他接着说，要小心任何你不认识，却知道你的购物历史、银行账户、假期旅游计划，还有交通违章的罚单的人。"即使是你通常不会注意的细节。"

事实上，他们还刚刚空运过来了一位卡内基梅隆大学信息管理与安全方面的专家。卡尔顿·索姆斯博士将在接下来的几天里作为顾问协助调查身份盗窃问题，他们认为，这是找到凶手的最佳方式。

索姆斯的头发乱糟糟的，看起来像一个典型从西部小城镇里走出来的聪明人。一脸尴尬的笑容，西装稍微有点偏离中心，眼镜上有污渍，因为反光不对称。那枚结婚戒指他已经戴了多少年了？不少年头了，我敢打赌。他看起来像那种会早结婚的人。

他没有说什么，但看向记者和摄像机的目光好像一只紧张的动物。马洛伊警监还在继续："在这样一个时代，身份盗窃案正在增加，其后果也越来越不幸——"

一语双关，显然是无意的，但还是很不幸。

"——我们有责任保护这个城市的公民，我们会认真严肃地履行这项使命。"

记者们跳进了战场，向副市长、警监和不太踏实的教授提出各种三年级学生水平的问题。马洛伊统统回答得非常笼统。"正在进行"这个词是他的盾牌。

副市长罗恩·斯科特再次向公众表示城市是安全的，他们正在竭尽所能保护他们。新闻发布会突然结束了。

然后回到了例行新闻。得克萨斯州被污染的蔬菜。一辆卡车上的女人被卷进密苏里州的洪水。总统得了感冒。

我关掉电视，坐在昏暗的衣柜里，思考着该如何消化这些新的信息。

一个想法出现在我的脑海里。不过，这太明显了，让我都有些怀疑。我打电话给警局大楼周围的酒店，令人意外的是，只打了三通，就找到了卡尔顿·索姆斯博士登记入住的地方。

第四部分 阿米莉亚7303

五月二十四日,星期二

你无法得知自己何时被监控、是否被监控。你不知道"思想警察"会以怎样的频率、依从何种系统,接通谁的线路。你只能去猜。他们甚至可能随时随地都在观察每一个人。

——乔治·奥威尔《一九八四》

33

阿米莉亚·萨克斯到得很早。

但林肯·莱姆醒得更早,他正因为纽约和伦敦两边的计划睡不着觉。他还梦到了堂兄亚瑟和亨利伯父。

萨克斯来到他的健身房,汤姆正在帮莱姆坐回轮椅上。他已经在电子固定自行车上行驶了五英里,这是他日常锻炼的一部分,用以改善他的病情,并让他的肌肉保持健康,因为也许哪天它们还能派上用场,取代现在的机械系统。萨克斯接过手来,汤姆则下楼去做早饭。帮莱姆做晨练是他们之间关系迈进的一大标志,莱姆早已不再抵触萨克斯帮自己做起床后的护理工作,很多人都会觉得这个看护过程是令人不愉快的。

萨克斯在她位于布鲁克林的家里住了一晚,他正在跟她讲述五二二的最新情报。但他能看出她有些心不在焉。莱姆问了原因,她慢慢呼了口气,然后告诉他:"是帕米。"她随后解释了帕米的男朋友是她以前的老师,而且已经结婚了。

"不……"莱姆蹙眉道,"太糟糕了,这个可怜的孩子。"他最初的反应是对这个斯图尔特进行威胁,直到他滚出帕米的世界。"你有警察这张牌可以用,萨克斯。用它来吓唬吓唬他,他肯定会连滚带爬地跑掉。或者,我也可以给他打个电话。"

但萨克斯并不认为这是正确的处理方式。"我怕如果我过于强硬,或者去举报了他,就会失去帕米。但是如果我什么都不做,她今后会加倍痛苦。上帝啊,如果她想要他的孩子该怎么办?"她的指甲嵌进拇指里,然后她制止了自己。"如果我从一开始就是她的母亲就不一样了,我就会知道该如何处理这个问题。"

"真的吗?"莱姆问道。

她想了一下,然后笑着承认:"好吧,也许不会……当家长真难。孩子出生的时候应该随身携带一本用户指南。"

他们在卧室里共进早餐,萨克斯将食物喂给莱姆。就像楼下的实验室和客厅,现在的卧室比多年前萨克斯第一次看到时温馨得多。那个时候,这里的布置十分单调,唯一的装饰是艺术海报,被反过来钉在墙上,用作一块临时的"白板"。但现在,这些海报已经被反转过来,旁边还添了更多的装饰,都是莱姆喜欢的画作。比如乔治·因内斯的印象派风景画和爱德华·霍普笔下弥漫着孤独氛围的城市景象。她坐回到他的轮椅旁边,握住他的右手。他的右手最近恢复了一些知觉和控制力。他能感觉到她的指尖,不过触感很奇怪,和他脖子或脸上的触觉相比还差一点。她的手仿佛变成了水滴,顺着他的皮肤流过。他努力握住她的手,感觉到她回握的力量。一切都很安静。但他看到她的样子,觉得她想谈一谈帕米。他什么也没有说,等着她继续。他看着窗台上的一对猎鹰,警觉而机敏,雌鸟要大一些。它们体态强健,永远蓄势待发。猎鹰白天狩猎,家里还有雏鸟要喂。

"莱姆?"

"什么?"他问。

"你还没有打电话给他,对吗?"

"给谁?"

"你的堂兄。"

啊,她想谈的不是帕米。他完全没料到她是在想亚瑟·莱姆的事情。"没有,还没有。"

"说起来奇怪,我甚至都不知道你有一个堂兄。"

"我从来没有提过他吗?"

"没有。你谈到过你的伯父亨利和宝拉阿姨,但从来没有谈到过亚瑟。为什么呢?"

"我们工作太辛苦,没有时间闲聊。"他笑了。但她没有。

他应该告诉她吗?莱姆犹豫着。他的第一反应是不要,因为故事里充满了可恶的自怨自艾。那种情绪对林肯·莱姆来说就是毒药。不过,她的确有权知道这些。爱情就是这样。在两个个体重合的阴影处,有些基本的事情——情绪、爱意、恐惧、愤怒——是无法隐藏的。这些都是爱情的一部分。

所以他说起了那段往事。

他说起了阿德里安娜和亚瑟,严寒冬日里的一场科技竞赛,还有后来的谎言,尴尬地查证那辆科尔维特里的线索,甚至还有原本的求婚礼物——原子反应堆试验田的混凝土块。萨克斯点点头,莱姆也自嘲地笑了起来。因为他知道,她会想:这有什么大不了的?十几岁的爱情,有些表里不一,有点伤心。比起持枪犯罪的人来说实在是小菜一碟。怎么能因为这么无关紧要的事毁了深厚的友谊?

你们两个就像亲兄弟一样……

"但朱迪不是说,你和布莱恩曾在多年后去看望过他们吗?听上去似乎一切都已经过去了。"

"哦,是的。我们是去了。我的意思是,那只是高中生的恋爱。阿德里安娜是很漂亮……事实上,也是高个子红头发。"

萨克斯笑了起来。

"但不值得因此毁掉一场情谊。"

"所以背后还有更多的故事,是吗?"

起初莱姆什么都没有说,过了一会儿,他开口道:"在我出事前不久,我去了波士顿。"他用吸管喝了一口咖啡,"我在一个法医科学国际会议上做发言。演讲结束以后,我去了酒吧。有位女士向我走来。她是麻省理工学院的一位退休教授，她对我的姓氏很感兴趣，说她几年前曾教过一名来自中西部的学生。他的名字是亚瑟·莱姆。她问我是否和他有关系。

"是我的堂兄，我告诉她。接着她说了一件亚瑟做过的趣事。他曾交过一份科学应用研究报告，代替论文。写得真是非常精彩，她说。富有创意、研究深入、严谨——哦，如果你想恭维一位科学家，萨克斯，就用'严谨'这个词。"他沉默了一会儿，"无论如何，她鼓励他把文章整理好，然后去找刊物发表。但亚瑟没有这么做。她也没能和他保持联络，想知道他最后是否在这个领域里继续研究了下去。

"我很好奇，问她文章的内容是什么。她仍然记得论文的名字：《纳米颗粒材料的生物效应》……哦，顺便说一句，萨克斯，那是我写的。"

"你写的？"

"那是我为一场科学竞赛写的研究论文，在全国竞赛里排名第二。我承认那是一篇很有创意的作品。"

"是亚瑟偷了吗？"

"是的。"即使过了这么多年，他还是觉得愤怒，"但是还不止如此，他做了更糟糕的事情。"

"你接着说。"

"会议结束后，我一直在想她告诉我的事情，于是联系了麻省理工学院的新生录取部，他们将所有的学生申请都保存在缩微胶片上。学院把我的入学申请复印件送了过来。很奇怪，这份文件的确是我寄给他们的，上面有我的签名。但是，从学校发出去的所有材料，包括辅导员办公室交上去的材料都被人改动了。亚瑟拿到了我的高中成绩单，而且做了手脚。我得了优的成绩统统都改成了良。他将本来热情洋溢的推荐信换成了不冷不热的语调，看起来像标准的套话。那些很可能是他自己的推荐信。连我伯父亨利的推荐信都不在其中。"

"被他取出来了？"

"而且他把我的个人陈述换成了千篇一律的垃圾文章，甚至还处心积虑地往里面添加了一些错别字。"

"太糟糕了。"她紧紧握住了他的手，"而且阿德里安娜曾在辅导员的办公室工作，对不对？是她帮他做的。"

"没有。起先我也是这么认为的，但我找到了她，给她打了电话。"他发出一声冷笑。"我们谈起各自的人生，我们的婚姻，她的孩子、事业。然后是曾经的那段时光。她一直想知道我为什么渐渐疏远了她。我说，我以为她想和亚瑟在一起。"

这让她大吃一惊，她解释说，不是的，她只是在帮亚瑟——帮他准备大学的申请材料。他去办公室找了她五六次，每次只是聊聊关于学校的选择，看看申请资料、推荐信。他说自己的辅导员特别不好，而他真的很想进一所好学校。然后他请她不要把这件事告诉别人，尤其是我。因为他对自己需要帮助这件事感到很难为情，所以他们都是偷偷见面。她一直为此感到很内疚。

"等她去卫生间或者去复印文件的时候，他就把你的申请全改了。"

"是这样的。"

怎么可能，亚瑟连只蚂蚁都没伤害过。他根本没有那个能力……

你错了，朱迪。

"你确定是他做的吗？"萨克斯问。

"确定。因为跟阿德里安娜通过话以后，我直接打了电话给亚瑟。"

莱姆记得那次对话的每一个字。

"为什么，亚瑟？告诉我为什么。"莱姆没有任何寒暄，直入主题。

沉默。亚瑟的呼吸声。

即使过去了那么久,听到林肯的质问,亚瑟还是立刻就明白了他在说什么。他没有问他是如何发现的,也没有否认、假装无知,他完全不想自证清白。

他反客为主,怒气冲冲地说:"好吧,你想知道为什么吗,林肯?那我就告诉你,是圣诞节的奖品。"

莱姆十分困惑:"奖品?"

"高中时,我父亲在平安夜家庭聚会的时候给你的。"

"那块水泥石头?从斯塔格运动场捡来的那块儿?"莱姆惊讶地皱起了眉头,"你什么意思?"那块只对几个人有重要意义的石头不可能就是亚瑟那么做的原因,这背后一定另有隐情。

"那本来是属于我的!"亚瑟愤怒至极,好像自己才是受害者,"父亲用原子弹项目负责人的名字为我命名。我知道他留着那块纪念品,我知道他是要留给我的,等我从高中或大学毕业时就给我。那本来是我的毕业礼物!我想要它已经好几年了!"

莱姆愣在当场无话可说。他们僵持在那儿,两个成年人,说的话就像被偷了漫画书或者糖果的孩子。

"他把对我很重要的一件东西给了你。"他的声音破碎,他在哭吗?

"亚瑟,我只是回答了一些问题。那不过是一场游戏。"

"游戏?……那他妈的是什么游戏?那可是平安夜。我们本应唱唱颂歌,或者看《生活多美好》。但是不,不,不,父亲必须把一切都变成课堂,简直尴尬!而且很无聊,但没有人敢忤逆伟大的教授。"

"天哪,亚瑟,那不是我的错!只是我得的一个奖品。我从没有偷过你的东西。"

亚瑟残酷地笑了一声:"没有吗?林肯,你难道没有想过你从我这里偷走了什么吗?"

"什么?"

"想想吧！也许……是我的父亲。"他停下来，深吸了一口气。

"你到底在说什么？"

"你偷走了我的父亲！你知道我为什么从来不去参加田径队吗？因为你已经霸占了那个位置！学业上呢？你才是他的另一个儿子，不是我。你去旁听他在芝加哥大学的课堂。你帮他做研究。"

"这太疯狂了……他也让你去上课了。我知道他问过你。"

"一次就足够了。他对我咄咄逼人，逼得我想哭。"

"他对所有人都是那样，亚瑟。所以他才有这么高的成就。他逼着你去思考，让你无路可退，直到你自己找到正确答案。"

"但是我们有些人永远也无法找到正确答案。我是聪明，但是不够天才。亨利·莱姆的儿子必须是个天才。但是，这不重要，因为他有你。罗伯特去了欧洲，玛丽搬到了加州。即使这样，他也不想要我。他想要你！"

他的另一个儿子……

"我从来没想过要代替你，我没有想去破坏你们的关系。"

"真的没有吗？啊，无辜先生。你真的没有耍这种心机吗？你周末只是不小心开车到我家，即使我不在？你没有邀请他去看你的田径比赛吗？你当然有。回答我：你更愿意谁来当你的父亲，我的还是你的？你父亲可曾奉承过你？在观众台上为你吹口哨？给予你肯定时扬起眉毛？"

"这简直是胡说八道。"莱姆打断他，"这是你和你父亲的问题，可你都做了什么？你毁了我。我本来可以进入麻省理工学院的，但是却被你毁了！我的整个人生都随之改变。如果不是因为你，一切都本可以不同。"

"你的话我原样奉还，林肯。我也可以这么说……"然后是一阵刺耳的笑声，"你甚至没有试一试去了解自己的父亲吧？你觉得他有你这样一个比他聪明一百倍的儿子是什么感觉？总是不在家，因为你宁愿和伯父待在一起。你给过泰迪任何机会吗？"

莱姆生气地把话筒一摔,挂断了电话。那是他们最后一次交谈。几个月后,他在犯罪现场出了事故,导致全身瘫痪。

一切都本可以不同……

他讲完这些后,萨克斯说:"这就是为什么在你受伤了以后,他从不来看望你。"

他点了点头。"当时,在事故发生后,我只能在床上不断地想,如果亚瑟没有窜改我的入学申请——我可以进入美国麻省理工学院学习,然后去波士顿大学上研究生,也许会加入BPD,早一些或者晚一些来到纽约。无论怎样,我都可能不会出现在地铁犯罪的现场……"他的声音渐渐减弱,最后沉默。

"蝴蝶效应,"她说,"过去一件很小的事情会导致未来的巨变。"

莱姆点点头。他知道,萨克斯会同情和理解他的话,而不是指责他想要不同人生的愿望,质问他到底想要哪一种生活:像个正常人那样健康,过普通的生活;还是变成残疾人,却因此变成更优秀的犯罪学家……还有,她的伴侣。

阿米莉亚·萨克斯就是这样的女人。

他露出了一个淡淡的微笑。"有趣的是,萨克斯……"

"他说了什么吗?"

"是我自己的父亲,他似乎从来没有注意到我。他当然也从来没有像亨利伯父那样挑战我。我确实觉得自己像是亨利伯父的另一个儿子,而且我喜欢这种感觉。"如今他认识到,也许,在潜意识里,自己一直在追寻精力充沛、活力四射的亨利·莱姆。他记得有很多次因为自己腼腆的父亲而感到羞愧。

"但这不能成为他所作所为的借口。"她说。

"是不能,那是不对的。"

"不过——"她又说道。

"你会说,那都是很久以前的事情了,我应该既往不咎,不计前嫌?"

"之类的吧。"她笑着,"朱迪说他问起了你。他先伸出了手,应该原谅他。"

你们两个就像亲兄弟一样……

莱姆瞥了一眼自己动弹不得的身体,然后看向萨克斯,轻轻地说:"我要证明他是无辜的。我会让他出狱。我会放他回到原本的生活里。"

"那是不一样的,莱姆。"

"也许吧,但我最多也就只能做到那个地步。"

萨克斯还想说什么,也许是想说服莱姆,但这个话题被手机铃声打断了,电脑屏幕显示出朗·塞利托的号码。

"指令,接听电话……朗。情况如何?"

"嘿,林肯。我就是跟你说一声,我们的计算机专家已经在路上了。"

这家伙看上去很眼熟,门卫想道。

男人愉悦地点点头,走出水街酒店的大门。

门卫也点头回礼。

男人举着手机,在门口停顿了一下,周围的人从他身边走过。他在讲话,门卫猜是和妻子。他的语气变了:"帕缇,亲爱的甜心……"是女儿。和女儿聊了聊足球比赛后,他又回到和妻子的谈话,他的声音听起来更成熟,但仍然带着喜爱。

他属于门卫熟知的某一类男人。结婚已经超过十五年,忠实,盼望回家。礼物袋里是俗气却发自内心的礼物。他不像有些客人——来酒店的时候戴着结婚戒指,晚上去吃饭的时候手指上已经空空如也。或者醉醺醺的商业女士,被虎背熊腰的同事送到电梯里(他们从来都不会脱下戒指,因为没必要)。

这位门卫知道的事情，可以写一本书。

但问题是：为什么这家伙看上去这么眼熟？

然后他笑着对妻子说："你看见我了吗？消息都传到那里了吗？我妈妈也看了吗？"

看见他。一个电视名人？

等等，等等，他快想到了……

啊，想起来了。昨晚看新闻的时候。当然——这家伙是某种教授或医生。叫斯隆……或者索姆斯。从一些花哨的学校来的计算机专家。罗恩·斯科特，那位副市长，一直都在谈这个。这位教授正在帮助警方捉拿周日奸杀案和其他一些案件的罪犯。

教授表情冷静下来，说："当然，亲爱的，别担心。我没事的。"他断开手机，环顾四周。

"您好，先生。"门卫说，"我在电视上见过你。"

教授腼腆地笑着说："真的吗？"他似乎对备受瞩目有些难为情。"那么，你能告诉我怎么去警局大楼吗？"

"从这里，走五个街区。在市政府旁边，很显眼的。"

"谢谢。"

"祝你好运。"门卫看到一辆豪华轿车开近，很高兴自己今天见了半个名人。晚些时候他可以把这件事告诉自己的老婆。

然后，他觉得背上被推了一下，几乎有些钝痛。另一名男子匆匆走出酒店门口，撞到了他。这家伙没有回头，也没有和他道歉。

烂人，门卫想。那个人走得很快，低着头，往教授的方向走去。不过门卫没有说什么。无论对方多粗鲁，你都只能默默忍受。这些人可能是客人，也可能是客人的朋友，或者是即将入住的客人。甚至是楼上办公室的领导，特意来测试你的。

闭嘴，忍耐。这就是规矩。

门卫不再想电视上的教授和那个粗鲁的混蛋，一辆豪华轿车在门口停下来,他上前开门,看到了一道酥软的乳沟,景色宜人。这比小费还好。他知道,而且可以肯定,她是无论如何也不会给他小费的。

他可以写一本书。

34

死亡是简单的。

我永远无法理解为什么人们要把它变得过于复杂。比如说,电影。我不怎么喜欢惊悚片,我自己就亲身经历过不少。但有时候,我会带一个十六位数去约会,纯粹是因为无聊,或者需要保持形象,或者是因为我待会儿要杀了她。我们会在电影院里坐下来,因为那比吃饭更简单。你不用说太多话。而我看着电影,想着屏幕上到底在说什么,为什么要用那么费劲的方法杀人?

为什么要使用线缆和机械,为什么要用精巧的武器和陷阱?明明你只要走到他们跟前,拿锤子狠狠砸一通,三十秒之内他们必死无疑。

简单,高效。

不要误会,现在的警察很聪明(而且,讽刺的是,他们中的很多人都会用 SSD 和 innerCircle 的信息来协助破案)。越是复杂的方案,就越有可能留下把柄,越有可能出现目击证人。他们可以根据这些把你找出来。

今天,我走在曼哈顿市中心的街道上,跟踪一个十六位数。我为他准备的计划非常简单。

昨天在墓地的失败已经被我抛诸脑后,我现在很兴奋。我正在实施一个计划,顺便还可以获得新的收藏品。

我尾随目标，躲开了迎面走来的几个十六位数。哎呀，看看他们……我的脉搏正在加快。我想到，他们每个人都藏有自己的过去。每一个人都携带着超乎想象的大量信息。毕竟，所谓的DNA不过是身体和遗传史的数据库而已，里面的信息可以追溯到几千年前。如果把人体插到硬盘上，能提取多少数据呢？那会让innerCircle看起来像一台C64计算机[①]。

令人叹为观止……

但是，回到手头上的事情来。我小心地避开了一个年轻的十六位数。我闻到了她今天早上刚喷的香水，也许她住在斯塔滕岛或布鲁克林，努力想让自己显得更干练些，最后闻起来却像是廉价的性感。我慢慢向目标靠拢，手枪在皮肤上摩擦的感觉令人十分安心。知识虽然是一种力量，但其他的力量也一样有效。

"嘿，教授，有动静了。"

"嗯。"罗兰·贝尔回复了一声。他的声音从监视卡车的扬声器中传出，朗·塞利托、罗恩·普拉斯基和几个战术警官都坐在那里。

贝尔是纽约市警察局的警探，偶尔会跟莱姆和塞利托一起工作。他现在正从水街酒店走向警局大楼。他换下了自己常穿的牛仔裤、制服上衣和运动外套，穿上了皱巴巴的西装，因为他正在扮演一个虚构角色——卡尔顿·索姆斯教授。

或者，用他带着北卡罗来纳州口音的话说："一个挂在线钩上的臭球诱饵。"

贝尔低声对着领夹式麦克风说："有多近？"

他的耳朵里有一个同样小的，近乎无形的耳机。

"他在你后面五十英尺左右。"

[①] 吉尼斯纪录里销量最高的个人电子计算机。由康凡达公司于一九八二年设计生产，该公司是与苹果同时期的电子计算机公司。

"嗯。"

贝尔是林肯·莱姆"专家计划"中的核心部分，该计划是基于他对五二二与日俱增的了解。"他没有去碰我们设在电脑上的陷阱，但他迫切地想要了解案件信息。肯定是这样的。我们需要一个不同的陷阱。召开新闻发布会，把他引到外边来。让他们宣布我们已经聘请了专家，然后找人假扮成卧底诱他出洞。"

"你假设他会看电视。"

"哦，他一定会关注媒体，看我们如何处理这个案子，尤其是在墓地事件以后。"

塞利托和莱姆联系了与五二二案无关的人——罗兰·贝尔。只要他身上没有别的任务，一般都会同意。随后莱姆给卡内基梅隆大学的朋友打了电话，他曾在那里做过好几次讲座。他将五二二案告诉了朋友，负责人答应了帮忙。学校在高科技安保方面的工作很出名。他们的网站站长在学校官网添加了卡尔顿·索姆斯博士的信息。

罗德尼·萨内克伪造了索姆斯的简历，并把它放到了几十个科学网站上，然后又拼凑了一个索姆斯的个人页面。塞利托在水街酒店帮教授订了一个房间，并在那里举行了新闻发布会，等着五二二上钩，掉进陷阱。

显然，他上钩了。

贝尔离开水街酒店后没多久便停了下来，他装作接电话的样子，在原地站了足够长的时间，以确保他引起了五二二的注意。监控显示，在他离开后另一名男子也迅速离开了酒店，正在跟踪贝尔。

"你能认出他是不是SSD的员工吗？他是不是我们名单上的嫌疑人？"塞利托问普拉斯基，后者就坐在他身边，盯着显示器。四个便衣警察在距贝尔一个街区远的位置，其中两个人戴着隐形摄像头。

在拥挤的街道上，想要看清凶手的脸是很困难的。"他可能是技术部的人。或者，奇怪，他看起来有点像安德鲁·斯德林本人。不，也许只是走路姿势很像。我不确定,抱歉。"

塞利托在闷热的卡车里不停地出汗,他擦了把脸,然后身体前倾,对着话筒说:"好吧,教授,五二二行动起来了。也许在你身后四十英尺左右。深色西装,深色领带,拎着公文包。走路的姿势表明他身上有武器。"大多数在街上工作了几年的警察都可以通过走路姿势辨别嫌疑人是否携带武器。

"明白。"惜字如金的罗兰·贝尔回复道,他本人也带了两把手枪,而且操作熟练。

"天哪。"塞利托喃喃道,"希望这次能行。好吧,罗兰,在前面右转。"

"嗯。"

莱姆和塞利托不相信五二二会在大街上射杀教授。杀死他又有什么用呢?莱姆推测凶手是要绑架索姆斯,从他那里问出警察的调查进度,然后将他杀害。也可能威胁他和他的家人,让索姆斯扰乱案件调查。所以他们的计划是让罗兰·贝尔绕道而行,远离公众视线,然后五二二会趁机下手,他们就可以将他一举拿下。塞利托发现附近有个施工现场,正好可以派上用场。通向现场的路上有一条很长的人行道,他们在那边拉起了警戒线,不向公众开放。这其实是去警局大楼的一条近道。贝尔不会管写着"封锁"的牌子,沿着人行道走下去,接下来的三十英尺或四十英尺路程,警方是看不到他的。路的另一端埋伏了一个小队,等五二二接近就可以出击。

警探右转,走过封锁线,顺着尘土飞扬的人行道前进。贝尔的话筒里传来衣服摩擦的声音、打桩机和运输机的噪声。

"我们能看到你,罗兰。"塞利托说,他身边的一名警官打开一个开关,然后另一架相机开始进行监控,"你在看吗,林肯?"

"没有,朗,我在看《与明星共舞》。下一队上场的是简·方达和米基·鲁尼。"

"是《与星共舞》,林肯。"

莱姆的声音咄咄逼人:"五二二会跟着转弯吗?还是他准备跑掉?……快点快点……"

塞利托移动鼠标,双击。另一幅图像出现在分割屏幕上,是搜索和监控小组的摄像机拍到的画面。画面的角度不同:能看到贝尔背对着相机,一步步走远。贝尔好奇地看了一眼施工现场,就像一个正常的路人。不一会儿,五二二出现在他身后,和他保持着距离,同样也在看着周围。虽然他显然对工地里的工人没有任何兴趣,他正在观察有没有证人或者警察。

然后,他犹豫了一下,又向四周看了看,开始缩短他们之间的距离。

"好了,大家提高警惕。"塞利托叫道,"他朝你移动了,罗兰。大约五秒后你就会进入盲区,你要随时留意,听到了吗?"

"当然。"警探轻松地说,仿佛酒保刚刚问他喝百威啤酒要不要加个杯子。

35

罗兰·贝尔并不像听上去的那么平静。

作为一名有两个孩子的鳏夫,贝尔在郊外有一栋漂亮的房子,在北卡罗来纳州有位心爱的女人,如今他已经快要求婚……所有这些加起来,往往会让人觉得跑去当卧底实在不是什么好主意。

不过,贝尔还是情不自禁要完成职责——尤其是面对五二二这样的强奸杀人犯。这是贝尔最厌恶的那种罪犯。所以,说实话,他并不介意被紧急调配过来。

"我们都会找到自己的位置。"他父亲常常这样说。当贝尔发觉这句话不是在说放错地方的工具以后,就一直奉行这个理念。

他的夹克敞开,手随时准备拔出他最喜欢的手枪。那是意大利最好的枪支型号。他很高兴朗·塞利托已经不在话筒里开玩笑。他要仔细听后面那人的动静,而打桩机咚咚的噪声已经足够响亮。尽管如此,他集中精力,还是听到了身后人行道上鞋底摩擦地面的声音。

等到三十英尺。

贝尔知道突击队就在前面,虽然他看不到他们,因为路口有个急转弯。他们也看不到他。他们的计划是在确保安全,没有旁观者处于危险中之后,以最快的速度拿下五二二。这条路的前半段还是能从大街和工地看到的,所以他们赌了一把,赌凶手不会在这里动手,而是会等到贝尔接近突击队。但他接近目标的速度比他们预期得要快。

贝尔希望凶犯可以再等几分钟。因为在这里交火可能会危及路人和建筑工人。

但是他同时听到了两种声音之后,完全抛弃了原定计划。贝尔听到了五二二朝他跑来的脚步声,还有更让人吃惊的两个女人的声音。其中一个推着婴儿车,两人用欢快的西班牙语喋喋不休地从旁边的建筑后面走了出来。警务人员已封锁了人行道,但显然没有人通知到建筑物后门的管理者。

贝尔瞥了眼身后,看到女人刚好走在他和五二二之间。凶手的目光锁定了他,跑向前来,手里拿着一把枪。

"有状况!出现了平民。嫌疑人身上有武器!重复,他携带武器,正在向前移动!"

贝尔拔出他的贝雷塔枪,但是其中一名女性看到了五二二,尖叫着跳了起来,撞上了贝尔。他被撞得单膝跪地,枪掉在了人行道上。凶手震惊地眨了眨眼睛,愣了一下,无疑是在思考为什么一个大学教授会带武器,但他很快便恢复了正常,把枪对准贝尔,而贝尔正要拔出他的第二把枪。

"别动!"凶手大喊,"试都不要试!"

警探只能无奈地举起双手,他听到塞利托说:"第一小队三十秒内就能赶到,罗兰。"

凶手什么都没有说,只是冲两个女人咆哮让她们走开,她们闻言立刻跑掉了,然后他上前一步,枪指上贝尔的胸口。

三十秒,警探想着,呼吸困难。

漫长得如同一生。

乔瑟夫·马洛伊从停车场步行到警局大楼,心情非常不愉快,因为他对罗兰·贝尔去做卧底行动的事情毫不知情。他知道塞利托和莱姆非常想捉住凶犯,他也勉强同意了开假的新闻发布会,但那已经很过分了。如果计划失败,后果想必十分惨重。

老天,如果计划成功,那才叫惨重呢。在市政府工作的第一守则就是不要把媒体当猴耍,特别是在纽约。

他刚想把手伸进口袋里拿出手机,忽然感到有什么东西顶在他背上。果断而坚定,目的性极强,是手枪。

不,不……

他的心脏飞快地跳起来。

身后的声音很平静。"不要回头,警监。如果你回头,就会看到我的脸,你就得死。明白吗?"他听起来像是受过高等教育的人,马洛伊不知为何觉得有些惊讶。

"等等。"

"你明白吗?"

"明白。但是不——"

"在下一个转弯处,你要向右转,进入巷子,继续向前走。"

"但——"

"我枪上没有消声器,但是枪口足够贴近你的身体,所以如果我开枪,没有人会知道声音是从哪里来的。而在你中枪倒地之前,我就已经跑了。子弹会穿过你的身体,打中其他的路人。你不希望出现那种情况吧?"

"你是谁?"

"你知道我是谁。"

乔瑟大·马洛伊一辈子都在执法机关工作。他的妻子被一个疯狂的吸毒抢劫犯杀死以后,这个工作就变得比事业更加重要,这是他的坚持与执着。虽然他现在是个警监,做案头工作,但他骨子里还有巡警的本能。他瞬间就明白了。"五二二。"

"什么?"

冷静。保持冷静。如果你能冷静下来，就能掌控事态的发展。
"是你在周日杀了那个女人，后来又杀了墓地管理员。"
"五二二是什么意思？"
"是调查部门给你起的代号，不明犯罪嫌疑人五二二。"
告诉他一些事实，让他放松警惕，继续交谈。
凶手轻笑了一声。"一个号码？很有意思。现在，向右转。"
好，如果他想杀死你，你早就死了。他只是需要知道更多信息，或者他想绑架你去做谈判。放松。他显然不会杀了你——因为他不希望你看到他的脸。好吧，朗·塞利托说过，凶手是"无所不知的人"。那么，想办法套出一些关于他的信息，你可以利用的信息。

也许你可以仅靠谈判脱身。

也许你可以降低他的戒备，拉近距离，再和他赤手空拳地搏斗。

乔瑟夫·马洛伊完全有能力做到上面两点，无论是精神上还是肉体上。

走了几步之后，五二二命令他在巷口停下。他把绒线帽套在马洛伊的头上，然后拉下来遮住他的眼睛。好。马洛伊安心了不少。只要看不到他，就能活下去。他的手被胶带捆上，然后被搜了身。他的肩膀上有一只手，坚定地把他推向前去，推进车里。

马洛伊走进闷热狭窄的车内，蜷缩着腿。凶手将车开走。这是一辆紧凑型轿车。他在心里记下。没有汽油味。刹车片运作良好。没有皮革异味。马洛伊试图记住车的行驶路线，但那几乎是不可能的。他倾听外面的声音：交通噪声，手提钻的声音。没什么特别的。海鸥和船笛声。哦，这些信息有什么用？曼哈顿是一个岛。快找到一些有用的情报！等等——车的动力转向皮带很吵。这很有用，记下。

二十分钟后，他们停了下来。他听到了车库关闭的声音。这是一间大车库，关门时滑轮吱吱作响。车后门突然被打开，马洛伊吓了一跳，喊出了声。空气寒冷，有霉菌的味道。他大口喘着气，透过潮湿的羊毛将空气吸入了肺里。

"走吧。"

"我想和你谈谈,我是一名警监——"

"我知道你是谁。"

"我在我的部门有很大的权力。"马洛伊很高兴:他的声音平稳,听起来很理智。"我们可以一起想想办法。"

"到这儿来。"五二二带着他走过光滑的地板,让他坐在椅子上。

"我相信你有苦衷。不过,我可以帮你。告诉我,你为什么要这样做?为什么会犯下那些罪行?"

没有动静。接下来会发生什么?他能有机会近身肉搏吗?马洛伊思考着。他要继续谈话,尝试说服他吗?现在警方应该知道他失踪了。塞利托和莱姆可能已经猜到发生了什么。

然后,他听到了一个声音。

那是什么声音?

点击声,伴随着微弱的电子音。听上去,凶手似乎正在测试一台录音机。

然后他听到了另一种声音:金属撞上金属的声音,叮叮当当的,像是在收拾工具。

最后是金属在水泥地板上摩擦的尖叫声。凶手拉过椅子,坐在马洛伊对面,距离近得他们的膝盖都能碰到一起。

36

赏金猎人。

他们设下陷阱，抓到的却是一个该死的赏金猎人。

哦，那个男人甚至管自己叫"赏金回收专家"。

"这他妈的是怎么回事？"是林肯·莱姆唯一的问题。

"我们正在查。"朗·塞利托站在尘土飞扬、烈日炎炎的施工现场说。刚才跟踪罗兰·贝尔的男子被铐起来坐在一旁。

他其实没有被逮捕。事实上，他并没有做错什么。他合法携带着一支注册过的手枪，只是想要抓到一名他自认为是罪犯的人。但塞利托很生气，所以让人把他铐上了。

罗兰·贝尔也在打电话，试图找出该地区是否出现过五二二的行踪。但目前为止，突袭队里没有一个人见过符合描述的人。"照这架势，他没准在廷巴克图。"贝尔对塞利托说，挂断了电话。

"呃——"被撂在一旁的赏金猎人开口想要说话。"闭嘴。"人高马大的警探再次对他咆哮道，他转身继续和莱姆谈话。"他跟踪了罗兰，向前跑来，看上去想要把他拿下，但其实只是想出示逮捕令。他以为罗兰名叫威廉·富兰克林。他们长得很像。富兰克林住在布鲁克林，错过了一次出庭，罪名是袭击伤人致死，非法携带枪支。担保公司已经追了他六个月。"

"是五二二在幕后操纵。他在系统中找到了富兰克林，然后把赏金猎人送过来,让我们分心。"

"我知道,林肯。"

"有人目击有用的情报吗?有人帮我们监控吗?"

"还没有,罗兰正在和所有小队核查。"

莱姆沉默了片刻,然后问:"他怎么发现这是陷阱的?"

可这并不是最重要的问题。真正迫切的问题只有一个:他到底在做什么?

难道他们以为我是傻子吗?

难道他们真的认为我不会怀疑?

他们已经知道有知识服务供应商了,也知道可以根据人们过去的行为、周围人的行为去预测他们的行动。很长很长一段时间以来,我一直以此为依据行动。每个人都应该这样。你做出了行为X,邻居会如何反应?换成行为Y又会如何?当你笑着陪一位女性上车,她会做何反应?如果你沉默不语,在口袋里翻找某样东西,又会怎样?

警察刚盯上我的时候,我就在研究他们的各种行动。我整理、分析这些数据。他们偶尔有干得非常漂亮的时刻——比如,他们设下的陷阱:让SSD的员工和客户知道他们正在调查,等我到纽约警局的网站上翻看米拉9834的卷宗。我几乎掉进去了,在搜索以后就差按下回车键,但我总感觉有哪里不对劲。现在我知道我是对的。

而那个新闻发布会?啊,这件事从一开始就让人觉得可疑。不符合任何行为预测和已建立的模型。警察和市委会在半夜十一点接见记者吗?而且这个特定组合怎么看都很奇怪。

当然,也许这并不是个圈套,也许新闻是真的。即使是最好的模糊逻辑行为预测算法也偶尔会有搞错的时候。我需要进一步检查。不过,我也不可能和他们直接对话。

所以，我做了我最擅长的事情。

我转向那些衣柜，那是我的秘密窗口，里面是无声的数据。我查到了发布会主席台上那些人的信息。副市长罗恩·斯科特，乔瑟夫·马洛伊警监——这个男人在监督对我进行的调查。

还有第三个人，那位教授——卡尔顿·索姆斯博士。

只是……哦，他不是什么教授。

他其实是一个警察。

搜索引擎上确实能查到索姆斯教授在卡内基梅隆大学网站上的简历，还有他自己的主页。很碰巧，他在其他各种网站上也有简历。

但是，我只用了几秒钟就打开了这些文件的代码，检查了元数据。这位"教授"的所有信息都是昨天才传上来的。

难道他们以为我是傻子吗？

如果我有时间，就可以查出这名警察到底是谁。我本可以上电视台官网找到新闻发布会的录像，给这个男人截图，并对其进行生物识别扫描。我可以把他的图像和该地区机动车辆部的记录、警方和FBI人员的照片进行对比，查出他的真实身份。

但是，那需要我去做大量的工作，而且也没有必要。我不在乎他是谁，我只要分散警察的注意力，留出时间定位马洛伊警监。他才是真正的知情人，一个名副其实的数据库。

我很容易就找到了一个正在被通缉的、和卡尔顿·索姆斯警官外表相似的人：一个三十多岁的白人男性。随后的事情就更简单了，我打电话给追债人，自称是逃犯的一位熟人，说我在水街酒店发现了他要找的人。我描述了他的穿着，并迅速挂了电话。

同时，我守在警局大楼附近的停车库中。马洛伊警监每天早上七点四十八分到九点零二分会开着他那辆低档雷克萨斯进来（经销商的数据报告显示，他的车早就该换机油并进行车轮矫正了）。

我在八点三十五分与敌人碰头。

然后我绑架了他，开车去西区的仓库，明智地利用锻造金属从令人钦佩的勇敢"数据库"里得到了信息。我获得了比性高潮还要美妙的满足感,问出了所有追查我的人的名字,还问出了他们查案的方式。我的收藏完成了。

有些信息尤为发人深省。比如,"莱姆"这个名字。我现在明白了,这就是为什么我会落入今天的窘境。

我的士兵们很快就会出发,进军波兰,进军莱姆的土地……

而且,正如我所希望的,我又添了一件藏品。顺便说一句,它现在是我的最爱之一。我应该等回到衣柜再去享受,但我无法抗拒。我掏出磁带录音机,然后按下回播键。

发生了一个令人愉快的巧合:录音带播放的恰好是马洛伊警监尖叫的高潮片段。这甚至让我不寒而栗。

他睡得很不安稳,噩梦一个接一个。他的喉咙依然因为绞索而疼痛不已,从内到外都很煎熬。但是嘴里的刺痛更甚,因为太干了。

亚瑟·莱姆看了看四周。病房昏暗,没有窗户。哦,他是在"墓地"的一间医务牢房里。和他原来的那间牢房,还有那个差点害死他的活动厅没什么区别。

一名男护士,也可能是警卫走进房间,检查了他旁边的空床,写了什么东西。

"对不起。"亚瑟粗声说,"可以叫医生过来吗?"

那名男子看向他。是一个大块头黑人。亚瑟瞬间感到一阵恐慌,以为是安特伍·约翰逊偷了医院的制服,悄悄溜进来解决未竟之事……

但是,不,那是别的人。尽管如此,他的眼神仍旧冷漠,看向亚瑟·莱姆的时间比扫过地板上污渍的时间长不了多少。他一句话也没说就出去了。

半个小时过去了,亚瑟昏昏沉沉,时而清醒时而昏迷。

然后,门又开了,他看了看,吃了一惊,另一名病人被带了进来。他应该是刚刚割了阑尾。手术结束了,他正在恢复。看护让他上床,并递给他一只玻璃杯。"别喝下去,漱口然后吐出来。"

但那名男子喝了。

"不是,我告诉你了——"

然后他吐了。

"他妈的。"护工朝他扔了一大把纸巾就离开了。

亚瑟的病友睡着了,手上抓着纸巾。

就在那时,亚瑟从门上的窗子向外看去。

有两个人站在外面,一个拉美人,另一个是黑人。后者眯起眼睛,盯着他看,然后低声跟另一个人嘀咕起来,另一个也抬头朝他看了一眼。

两人的姿势和表情说明他们的兴趣不是源自单纯的好奇心,他们是在看被瘾君子米克救起的牢犯。

不,他们是想记住他的脸。为什么?

难道他们也想杀死他吗?

亚瑟又感到了一阵恐慌。也许自己被他们成功干掉只是一个时间问题。

他闭上眼睛,但又忽然想到他不应该睡觉。他不敢。他们会在他睡着以后行动。他们会在他闭上眼的时候行动。只要他不是每时每刻都集中精神注意周围的每一个人,他就必死无疑。

他彻底绝望了。朱迪曾说过,林肯可能已经发现了一些能证明他清白的证据。她还不知道是什么,所以亚瑟也无从判断林肯是单纯的乐观,还是发现了一些具体的证据。他痛恨这种暧昧不明的希望。在和朱迪谈话之前,亚瑟已经完全接受了悲惨的命运,以及随时可能到来的死亡。

我这是在帮你,兄弟。他妈的,不出两个月,你也会亲自动手的……放松些,放弃吧……

但是现在,当他意识到自由是可能实现的,原本的自暴自弃变成了恐慌。他看到了希望,却发现希望是可以被夺走的。

他的心脏又开始猛跳。

他抓住呼叫按钮。按了一次,又按了一次。

没有反应。过了一会儿,一双眼睛出现在窗外。但那不是医生的眼睛。是他以前见过的囚犯之一吗?他看不出来。那个男人直勾勾地朝他看过来。

他努力控制住如电流般顺着脊柱游走的恐惧,再次按下呼叫按钮,但是这一次没有把手拿开。

还是没有反应。

窗口的眼睛眨了眨,然后消失了。

37

"是元数据。"

罗德尼·萨内克在电话中解释道。他正在纽约市警察局的计算机实验室里,向莱姆说明五二二最有可能通过什么途径识破"专家"的卧底身份。

萨克斯双手环胸,手指揪住袖口,站在不远处。她记得这是"隐私时刻"的卡尔文·格迪斯告诉她的概念。"元数据是关于数据的数据,嵌入在文档里。"

"没错。"萨内克证实道,"他可能是发现了我们昨晚才写好个人简历。"

"见鬼。"莱姆喃喃道。嗯,毕竟人无完人,不可能所有情况都考虑到。但如果你的对手是无所不知的人,你就必须考虑到。而现在,本可以将他绳之以法的机会却被白白浪费了。这是他们第二次失败。

更糟糕的是,他们露了马脚。就像他们知道他想要伪造自杀一样,他也学会了他们的追捕技巧,以后会更加小心。

知识就是力量……

萨内克补充道:"我找人在卡内基梅隆大学官网追查了今天早上所有访客的地址。有半打都是在市中心,但他们是从公共终端访问的,没有用户记录。还有就是从欧洲代理服务器来的访问。我知道那些代理,他们是不会配合调查的。"

当然。

"我们从罗恩在SSD收集的文件中获取了一些信息,花了一些时间解读。上面的数据是……"显然,他决定避免用太多技术术语,"……相当混乱的。但是,我们将一些碎片拼在了一起,看起来的确有人组装并下载过个人档案。我们找到了一个假名,是一个网名或代号,叫'逃跑男孩'。目前只有这些。"

"知不知道是谁?是雇员、客户,还是黑客?"

"还不知道。我给局里的一个朋友打了电话,对比了他们数据库里所有已知的假名和邮件地址。他们发现了大约八百个'逃跑男孩',但没有一个是在市区里的。稍后会有更多消息。"

莱姆让汤姆把"逃跑男孩"写在嫌疑人名单上。"我们再去跟SSD核查一下,看看有没有人知道这个名字。"

"光盘上的客户档案呢?"

"我找了人去一条条核对。我写的代码只能将任务自动化到一定程度,再细就不行了。那里面有太多变量——不同的消费产品、地铁充值卡、电子过路记录。大多数公司都下载过受害人的某些信息,但从统计学上看,没有谁的下载量让人起疑。"

"好吧。"

他挂断了电话。

"至少我们试过了,莱姆。"萨克斯说。

试过了……他扬起眉毛,这个表情没有任何意义。

电话又响了,来电显示弹出了"塞利托"。

"指令。接听。朗,有什么——"

"林肯。"

出事了。听筒里传来的语调空洞、声音颤抖。

"又出了一个受害者?"

塞利托清了清嗓子。"是我们中的一个。"

莱姆警觉起来，看了一眼萨克斯，她不由自主地向电话靠近，手臂不再环胸。"是谁？告诉我们。"

"乔瑟夫·马洛伊。"

"哦不。"萨克斯低声说。

莱姆闭上眼睛，他的头倒在轮椅的枕头上。"当然，当然。是那个陷阱，朗。他计划了这一切。"他的声音低下来，"到底有多糟？"

"你是什么意思？"萨克斯问。

莱姆用柔和的声音说："他不是只杀了马洛伊，是吗？"

塞利托颤抖的声音十分痛苦："是的，林肯，他没有。"

"告诉我！"萨克斯直截了当地问，"你们在说什么？"

莱姆看着她的眼睛，那里是无尽的恐惧，也是两人现在最真实的感受。"他筹划了整件事情，因为他想得到信息。为此，他折磨了乔。"

"上帝啊。"

"对吗，朗？"

大块头警探叹了口气，咳嗽了一声。"是啊，情况相当糟糕。他使用了一些工具。而从乔的流血量来看，他被折磨了很久。那个混蛋最后开枪打死了他。"

萨克斯的脸因为愤怒而涨得通红。她用力揉捏着她的格洛克手枪，紧咬牙关，问道："乔有孩子吗？"

莱姆想起来，警监的妻子在几年前被杀害了。

塞利托回答："他有个女儿在加利福尼亚州，我已经给她打过电话了。"

"你还好吗？"萨克斯问。

"不，我不太好。"他的声音再次裂开。莱姆不记得自己听过这位警探如此难过。

他脑海里还能听到乔瑟夫·马洛伊的声音。当他发现莱姆"忘记"和他汇报五二二案的进展时说的话。那位警监既往不咎，转而支持他们,即使莱姆和塞利托并没有一直和他老实交代所有信息。

警务工作比他的自尊心更重要。

而五二二折磨并杀害了他,只是因为他需要信息。该死的信息……

但是莱姆努力换上了一副铁石心肠的面孔。有些人认为这种冷漠是因为他的灵魂有残缺,但他认为正是因为如此,他才能更好地完成工作。他坚定地说:"好,你知道这意味着什么,不是吗?"

"什么?"萨克斯问。

"他在宣战。"

"宣战?"这次是塞利托问的。

"是的,对我们。他不再躲起来,也不打算逃跑。他就是要告诉我们:滚一边去吧。他会反抗,而且他认为我们抓不到他。杀死警察局头目?哦,是的。他在下宣战书。他现在对我们也知道得一清二楚。"

"也许乔没告诉他。"萨克斯说。

"不,他说了。他尽了全力不说出去,但最后他还是说了。"莱姆甚至不敢想象那位警监在试图保持沉默的时候忍受了多少酷刑,"这不是他的错……但是,我们现在都处于危险之中。"

"我得去跟上面汇报。"塞利托说,"他们想知道是哪里出了错,他们一开始就不太喜欢这个计划。"

"他们当然不喜欢,事情是在哪里发生的?"

"一个仓库里,在切尔西。"

"仓库……是囤积狂理想的地点。他和这个仓库有什么联系吗?在那里工作?记得他穿的工人鞋吗?还是他刚刚通过数据找到的?我想知道上述所有的答案。"

"我立刻就去查。"库柏说。

"塞利托,把细节给他。"

"而且我们需要到现场搜查。"莱姆看了一眼萨克斯,她点点头。

电话挂断了,莱姆问道:"普拉斯基在哪里?"

"在从罗兰·贝尔那边回来的路上。"

"咱们先给SSD打个电话,找出马洛伊被杀害时嫌疑人都在哪里。他们中有些人一定在办公室里。我想知道谁不在。我还想知道这个'逃跑男孩'是怎么回事。你觉得斯德林会帮忙吗?"

"哦,肯定的。"萨克斯说。斯德林在整个调查过程中一直全力配合。她按下免提键,打电话给斯德林。

接电话的是助理,萨克斯报上了姓名。"你好,萨克斯警探。我是杰里米,您需要什么吗?"

"我要和斯德林先生通话"。

"他现在恐怕没有时间。"

"这很重要。发生了另外一起谋杀案,死者是一名警察。"

"是的,我们在新闻上也看到了这个消息。我非常抱歉。请稍等一下,马丁进来了。"

他们听到一阵低声的交谈,然后另一个声音通过扬声器传过来。"萨克斯警探,我是马丁。很抱歉又出了一起谋杀案,但斯德林先生不在办公室里。"

"这非常重要,我们要和他通话。"

助理平静地回复道:"我会告诉他事态紧急的。"

"马克·惠特科姆或者汤姆·奥德呢?"

"请你稍等一会儿。"

一阵漫长的停顿后,助理说:"恐怕马克也不在办公室,汤姆正在开会。我给他留了言。我还有另一个电话要接,萨克斯警探,得挂断了。我对你们警监的不幸去世深表遗憾。"

"而你们,多年以后将从此岸渡到彼岸的人,也不会想到我对你们是这样关切,这样地默念。"

帕米·威洛比坐在长椅上,俯瞰东河,忽然觉得胸口一阵闷痛,掌心开始出汗。

她看向走来的斯图尔特·埃弗里特。他被身后新泽西的阳光照亮,穿着蓝色衬衫、牛仔裤、运动外套,一个皮包挂在肩膀上。他有着年轻的面孔,棕色头发,嘴唇单薄,仿佛要微笑起来,最终却没有笑。

"嗨。"她说,声音听起来活泼明快。她对自己感到懊恼,希望自己能更严厉些。

"嗨。"他向北扫了一眼,看到布鲁克林大桥的地基,"富尔顿街。"

"那首诗?我知道,是《横过布鲁克林渡口》。"

收录在《草叶集》里,是美国诗人惠特曼的杰作。斯图尔特·埃弗里特曾在课堂上提到那是他最喜欢的诗集,她就去买了一个昂贵的版本。想着这也许会让他们离彼此更近些。

"我没有在课堂上布置那个作业,你已经读过了吗?"

帕米什么也没有说。

"我可以坐下来吗?"

她点点头。

他们沉默地坐着。她闻到他身上的香水味,那是不是他妻子买给他的?

"你的朋友一定也跟你谈过了。"

"是的。"

"我很喜欢她。她第一次打电话给我的时候,哦,我还以为她要逮捕我。"

帕米原本皱起的眉化作了微笑。

斯图尔特继续说:"她很生气。但那样很好,她是在为你着想。"

"阿米莉亚是最棒的。"

"我不敢相信她是个警察。"

一个暗地里调查我男朋友的警察。有的时候被蒙在鼓里没有那么糟糕,帕米想道,知道得太多,实在不是什么好事。

他握住她的手。她原本想把手抽回,却放弃了。"让我们把事情摊开来谈吧。"

她的目光聚焦在远处。此时此刻,看着他忧郁的棕色眼睛不是一个好主意。她看着河水和远处的海港。渡轮仍在航行,但河上大部分是私人船或货船。她常常来这里坐着看运河与船只。她曾经被迫住在地下,深藏在中西部的树林中,和她疯狂的母亲还有一帮狂热右翼分子一起。正因为如此,帕米也对河流和海洋产生了迷恋。它们是开放的、自由的,可以永不停息地流淌。这让她觉得安心。

"我没能和你坦诚相待,我知道。但是,我和妻子的关系不是表面上看起来那样,我们已经很久没有性关系了。"

在这样的时刻,这个男人说的第一件事竟是这个吗?帕米想着。她甚至没有考虑到性,只是想到他已经结婚罢了。

他继续说:"我本不想爱上你,本以为我们会成为朋友。但是你和其他人完全不同。你点燃了我生命中的一些东西。当然,你非常漂亮。但是你;哦,你就像惠特曼一样。打破传统,优美。你就是一首诗。"

"你有孩子。"帕米脱口而出。

他犹豫了一下。"确实,但是你会喜欢他们的。约翰八岁了,琪娅拉在上中学,十一岁。他们是非常好的孩子。这也是玛丽和我还在一起的唯一原因。"

所以她叫玛丽。她还在想呢。

他握紧了她的手。"帕米,我不能失去你。"

她靠进他的怀里,感觉到与他手臂相碰的舒适,闻着他身上干净、令人愉悦的香水味,不想关心到底是谁给他买的。她想:他大概迟早是要告诉我的。

"我本想在一个星期以后告诉你,我发誓。我还没鼓足勇气。"她发现他的手在颤抖。"我看到孩子们的脸,就想,我不能把这个家拆散。然后你来到了我的生活里。你是我见过的最不可思议的人……我孤独了很长、很长一段时间。"

"但是假期呢?"她问,"感恩节和圣诞节我都想和你一起过。"

"我也许能逃开其中一个节日,至少是当天的一部分时间。我们只需要提前计划一下。"斯图尔特低下了头,"但是,我的生活里不能没有你。如果你能耐心等待,我们可以做到的。"

她回想起他们一起度过的某个晚上。一个秘密的夜晚,没有任何人知道,在阿米莉亚·萨克斯的联排别墅里。当时她住在林肯·莱姆那里,而帕米和斯图尔特去了她家,只有他们自己。那一晚非常不可思议,她希望今后的每天晚上都能像那晚一样。

她抓住他的手握得更紧了。他低声说:"我不能没有你。"

他从座椅上靠得更近了一些,他们彼此碰触的每一寸都让她感到宽慰。她曾为此写了一首诗,关于他的,描述他们之间的吸引力是如何不可避免,就像是宇宙中基本的作用力。

帕米将头靠在他的肩膀上休息。

"我保证,永远不会再对你隐瞒什么。但是,求求你……我必须要能见到你。"

她想起了他们在一起的美好时光,这些在其他人眼中都是无关紧要的,真蠢。

没有什么能与之相比。

就像是用温水冲洗伤口,冲淡了苦痛。

帕米和母亲在一起逃亡的时候,周围随时都有认为出手打女人是"为了她们好"的男人,他们从不与妻子或子女多说一句话,除了要教训他们或者让他们闭嘴的时候。

斯图尔特和那些怪物不是一个世界里的人。

他低声说:"只要给我一些时间。我们可以的,我向你保证。我们可以一直这样见面……嘿，我有个主意。我知道你想去旅行，下个月蒙特利尔有个诗歌研讨会。我带你飞过去，给你订一个房间。你可以去参加会议上的各个课题，晚上我们可以自由地在一起。"

"我爱你。"她靠近他的脸，"我理解你为什么不告诉我，真的。"

他紧紧地抱住她，吻着她的脖子。"帕米，我真的——"

而就在此时，她退了回来，双手抓住书包，抱在胸前作为屏障。"但是，不，斯图尔特。"

"什么？"

帕米的心脏现在跳得比以往任何时候都快。"当你离婚时，你可以再打电话给我，我们到时候再见。但在此之前，不。我不会再见你了。"

阿米莉亚·萨克斯在这样的时刻也会说出这样的话，但她能像帕米一样有自制力，不哭出来吗？阿米莉亚做不到，没门儿。

她在脸上堆起一个微笑，努力抑制住内心的疼痛。原本温暖的情绪被孤独和恐慌扼杀，瞬间化为冰冷的碎片。

"但是，帕米，你是我的一切。"

"可你是我的什么呢，斯图亚特？你不是我的一切，而我不愿意接受少于一切。"稳住声线，她告诉自己，"如果你离婚，我会和你在一起……你会吗？"

他诱人的眼睛看过来，耳语道："会的。"

"现在吗？"

"现在还不能，情况有些复杂。"

"不，斯图尔特。这真的，真的很简单。"她站了起来，"我不会再见你，希望你今后生活愉快。"她迅速跑开，朝不远处阿米莉亚的联排别墅奔去。

好吧，也许阿米莉亚不会哭。但帕米再也忍不住眼泪。她来到人行道上，眼泪疯狂地涌出。她怕自己会软弱，所以不敢回头，不敢去想她做了什么。

不过她对今天的遭遇确实还有另一个思考。也许有一天,她会重新想起今天,并觉得非常可笑:我的临别留言真不怎么样,真希望能想出更好的台词。

38

梅尔·库柏皱着眉头。

"那个仓库,杀死乔的地方。那是几个出版商租来存放回收纸张的,但有几个月没使用了。奇怪的是,仓库的所有权不太明确。"

"什么意思?"

"我检索了该公司所有的文件。顺着它能找到三家公司,三家公司都属于特拉华的一家公司,而那家公司的母公司是几家在纽约的公司。这些公司最终的所有人似乎在马来西亚。"

但五二二已经知道这些了,而且认为那里是折磨受害者的安全地点。他是怎么知道的?因为他是无所不知的人。

实验室里的电话响了起来,莱姆看了一眼来电显示。五二二案得到的全是坏消息,请让这个案子有些好消息吧。"朗赫斯特探长。"

"莱姆警探,我打电话来和你说一下新情况。我们这里的行动看起来相当有成效。"她声音里流露出一种难得的兴奋。她解释说,法国安全部的特工德埃斯通已经奔至伯明翰,并在城外西布罗姆维奇的穆斯林社区接触到了一些阿尔及利亚人。

他了解到,那个美国人请他们伪造了护照和过境文件。先去北非,再到新加坡。他付了定金,他们承诺第二天晚上会把所有文件准备好。他一拿到文件就会前往伦敦把活儿做完。

"好。"莱姆笑着说,"这意味着罗根已经在那里了,你不觉得吗？在伦敦。"

"我可以相当肯定，是的。"朗赫斯特同意道，"我们争取明天和中情五局的人会合，在暗杀区域做好准备。"

"非常好。"

所以理查德·罗根去买了相关文件，还为此付了一大笔钱，就是为了让警方集中精力在伯明翰，而他好赶到伦敦去完成此次的任务——杀死牧师谷德雷特。

"丹尼·克鲁格的人怎么说？"

"南海岸会有一条船，让他神不知鬼不觉地消失到法国去。"

"神不知鬼不觉"，莱姆喜欢这个词。这里的警察从来不会这么说。

他又想起了曼彻斯特附近的安全屋，还有谷德雷特在伦敦的非政府组织。如果他可以亲自去现场走格子，或者通过高清视频查看现场的话，也许会发现一些被其他人错过的微小线索。他们也许能找出杀手的确切位置，确定他会何时开始执行任务。无论如何，现在再想也已经晚了。他只能希望现下的推论是正确的。

"你都做了什么准备？"

"枪击范围内有十名队员，所有人都穿便衣。"她补充道，丹尼·克鲁格、法国安全部的人，还有另一个战术小组的人，正在伯明翰"低调地"行动。朗赫斯特还为牧师的藏身之处外加了一层保险。他们没有证据表明凶手已经知道牧师的具体位置，但她不想冒任何风险。

"我们很快就会知道了，警探。"

他们刚断开电话，电脑便"叮"地响了一声。

"莱姆先生？"

对话框出现在屏幕上，打开了一个小窗口，是阿米莉亚·萨克斯客厅的摄像头。他可以看到帕米在敲键盘，和他进行即时对话。

他通过语音识别系统和她聊起来。

"你好,帕米,你肿么样?"

该死的电脑。也许他应该让他们的电脑天才罗德尼·萨内克重新安装一个系统。

但是她看懂了。

"我很好。"她回道,"你还好吗?"

"我很好。"

"阿米莉亚在你那里吗?"

"没有,她在办一个案子。"

":-(糟糕,我想和她聊聊。打了电话没接。"

"窝可以帮忙咩——"

该死的。他叹了口气,再次尝试。"有什么我们可以帮你的吗?"

"不必了,谢谢。"她停顿了一下,他看到她瞥了一眼自己的手机。她回头看向电脑,继续打字,"雷切尔打电话来了,马上回来。"

她离开了摄像头,转过身对着手机说话。她把一个巨大的书包拖到腿上,从里面掏出一本书,打开书,又从里面找到一些笔记。她似乎正在读上面的内容。

莱姆正要转身回到白板时,看了一眼网络摄像头的窗口。

有什么不一样。

他皱起眉头,将电子轮椅拉近,心里警觉起来。

萨克斯的房子里似乎还有别人。难道是?很难确定,他眯起眼睛仔细看去。是的,有一个人在那里,躲在黑暗的过道里,距离帕米只有二十英尺左右。

莱姆眼睛眯成一条缝,努力把头伸向屏幕。那名入侵者的脸被帽子遮住了。而他手里拿着什么东西。是一把枪?还是刀?

"汤姆!"

但护理员是听不到的。当然,他出去倒垃圾了。

"指令,呼叫萨克斯家。"

感谢上帝,语音识别系统如实照做了。

他看到帕米往电脑旁的电话扫了一眼,但是她忽略了铃声。房子不是她的——她想让电话转到语音信箱。她继续对着手机讲话。

那个男子把头探出走廊,他的脸被帽檐遮住,直接对准她的方向。

"指令,即时消息!"

对话框在屏幕上弹出。

"指令,键入:'帕米感叹号。'指令,发送。"

"Pamex 勘探号。"

他妈的!

"指令,键入:'帕米,危险,快跑'指令,发送。"

这一次信息几乎原封不动地送了出去。

帕米,快读短信,求你了!莱姆默默地哀求。快看屏幕!

但女孩沉浸在谈话中。脸上不再显得那么轻松,她的讨论变得严肃起来。

莱姆拨打了九一一,操作员向他保证,警车会在五分钟之内到达别墅。但是入侵者距帕米只有几秒之遥,而她对这个人的存在毫不知情。

莱姆当然知道那是五二二。他曾经折磨马洛伊以获得所需的信息。阿米莉亚·萨克斯一定是名单上第一个要死的人。只是那个人现在不是萨克斯,而是这个无辜的女孩。

他的心脏怦怦直跳,一阵头痛猛地袭来。他又试了一次电话。铃声响了四下。"嗨,这里是阿米莉亚,请在嘀声后留下您的口信。"

他又试了一次。"指令,键入:'帕米给我打电话,句号。林肯,句号。'"

即使能和她说上话,他又能告诉她什么呢?他知道萨克斯家里藏有武器,但他不知道她把武器放在哪儿了。帕米是一个运动型的女孩,入侵者的体格和她并没有差太多。但他一定是有武器的。而且，鉴于他所在的位置，他可以在她毫无所觉的情况下往她的脖子上套一根绳索，或者用刀插进她的后背。

而且会发生在他的眼前。

她终于转向了电脑，就要看到消息了。

好的，不要停止，继续转过来。

莱姆看到了房间地板上的阴影，是杀手在向她移动吗？

帕米还在用手机打电话，移到了电脑旁边，但她看着的是键盘，而不是屏幕。

抬头！莱姆默默地催促。求你了！看看那条该死的短信！

但就像如今所有的孩子一样，帕米并不需要看屏幕就可以准确地键入信息。手机紧紧地夹在她的脸颊和肩膀之间，她在键盘上快速打出了一串字符。

"我得走了，再见莱姆先生 :-)"接着，屏幕一黑。

阿米莉亚·萨克斯很不舒服。她在犯罪现场，穿戴着特卫强连体服、外科医生的帽子和靴子。这是个密闭空间，萨克斯觉得一阵眩晕。她闻到仓库里潮湿的纸张、血水和汗水混在一起的甜苦气味，觉得十分反胃。

她并不了解乔瑟夫·马洛伊警监。但就像朗·塞利托说过的，他是"我们中的一员"。她在看到五二二为了获取信息对他的所作所为之后，更是感到震惊。现场的搜证已经快结束了，她开始将收集的证据袋往外拿。她很高兴能呼吸到外面的空气，即使空气里充满了烧柴油的烟味。

她脑海中回响着父亲的声音。她小的时候，有一次在父母的卧室里发现父亲身穿制服，在擦眼泪。这让她十分震动。她从来没见过父亲哭。他招呼她进到屋里来。赫尔曼·萨克斯总是与他的女儿开诚布公。他让她坐在床边的椅子上,然后解释说,他的一位朋友,一位同行的警察,在阻止一起抢劫案的时候被歹徒开枪打死了。

"艾米,做这行的,每个人都是你的家人。你和这些人在一起的时间可能比和自己的另一半甚至孩子在一起的时间还要多。每次一个穿蓝制服的人死了,你自己也跟着死去了一点点。不论是巡警还是长官,都是一家人,失去他们的时候,痛苦是一样的。"

她现在可以感觉到他说的那种痛苦,深深地感觉到了。

"我这边结束了。"她对站在快速响应车旁的工作人员说。她是独自搜查的现场,但是皇后区的警官做了视频和影像记录,还在二级现场(可能的入口和出口)走了格子。

她朝前来的法医和验尸所的同事点点头,说:"可以把他送去太平间了。"

那几个人身上穿戴着厚厚的绿色手套和连体服走了进去。萨克斯将装证据的牛奶箱放上车,准备送去莱姆的实验室,然后突然停了下来。

有人在注视她。

她听到一声极细微的金属碰撞声。也可能是金属碰到了水泥地或者玻璃,声音来自一条冷清的小巷。她快速瞥了一眼,看见一个身影躲在附近一个废弃工厂的装卸码头,那里几年前就已经变成了废墟。

仔细搜寻,但要随时警惕你的身后……

她想起了在墓地的时候,凶手戴着偷来的警官帽,密切注视着她。她现在感到了与那时同样的不安。她走进巷子,手放在枪上。但是这里没人。

是她多心了吗?

"警探?"一位技术人员朝她喊道。

她继续前进。那扇脏兮兮的窗户后面,是一个人的脸吗?

"警探。"那个人坚持道。

"马上。"她的声音里带着一点点不耐烦。

犯罪现场技术员说:"对不起,是一个电话。莱姆警探打来的。"

她在侦查现场的时候,手机总是关机的,以免被干扰。

"告诉他,我马上给他打回去。"

"警探,他说是关于一个叫帕米的人,在您的房子里出了事,需要您马上过去。"

39

阿米莉亚·萨克斯不顾膝盖的疼痛,拼命地往里跑。

越过门口的警察时,她甚至没有和他们打招呼。"在哪里?"

一位警察指向客厅。

萨克斯匆匆走进房间,看到沙发上的帕米。女孩抬起头,脸色苍白。

萨克斯坐到她的身边。"你还好吗?"

"我很好,就是有点儿吓坏了。"

"没有哪里受伤吗?我可以抱抱你吗?"

帕米笑了起来,萨克斯将胳膊环在女孩身上。"发生了什么事?"

"有人闯了进来,我来的时候他已经在了。莱姆先生通过摄像头看到了他,不停地往这里打电话,响了四五下呢,我接到电话后他告诉我用力尖叫,然后逃出去。"

"你照做了吗?"

"没有,我跑进厨房去找了一把刀来。我很生气,被他跑掉了。"

萨克斯看了看布鲁克林分局来的警察。他是一位非裔美国人,声音低沉。他说:"我们到这里的时候他已经跑了,邻居们什么也没看见。"

所以她在乔瑟夫·马洛伊被害的仓库"看到的"其实都是假象。那也许只是一些孩子或者酒鬼在好奇警察在那里干什么。杀死马洛伊以后，五二二来到她住的地方找和案件有关的文件或证据，或者是来完成之前的计划：把她杀掉。

萨克斯、布鲁克林的警探和帕米一起在别墅里检查了一圈。桌子上的东西被翻得乱七八糟，但似乎没有丢什么东西。

"我还以为他是斯图尔特。"帕米吸了口气，"我和他分手了。"

"真的吗？"

帕米点了点头。

"做得好……但那个人不是他？"

"不是。那个人穿着不同的衣服，外形也不像斯图尔特。而且，斯图尔特虽然是个混蛋，但他还不至于私闯民宅。"

"你看清他的脸了吗？"

"没有，他在我能看清他的样子之前就跑了。"她能形容的只有他的外表。

布鲁克林警探解释道，帕米已经和他们描述了闯进来的歹徒是男性，白人或浅肤色的黑人或拉丁人，中等身材，穿着蓝色牛仔裤和深蓝色格子运动外套。听说了摄像头的事后，他也和莱姆通过话，但莱姆只看到了走廊上一个模糊的身影。

他们找到了歹徒闯进屋里时打破的窗户，萨克斯的窗户上装有一个报警系统，但帕米进门时把它关上了。

她环顾四周。马洛伊可怕的死亡带来的愤怒和沮丧消失了，取而代之的是她在SSD、墓地，还有马洛伊遇害的仓库里感受到的不安和脆弱。事实上，自从他们开始追查五二二，这个感觉就无处不在。还有在德莱昂的房子附近时，那时他在看她吗？

她看见窗外的动静，一道闪光……是附近窗前的树叶被风拂动，反射进来的苍白阳光吗？

还是五二二？

"阿米莉亚？"帕米轻声问，朝四周不安地看了一圈，"你还好吗？"

这让萨克斯回到现实中来,回到工作上,并且动作要快。凶手曾来过这里——而且是在不久前。该死的,找出一些有用的东西来。"当然,亲爱的。我很好。"

从附近警区来的巡警问:"警探,你想让犯罪现场的人过来看看吗?"

"不,没关系。"她瞄了一眼帕米,露出一丝微笑,"我来处理就好。"

萨克斯从后备厢里取出她的便携犯罪现场侦查工具,和帕米一起对房子进行搜索。

其实是萨克斯做了搜索,而帕米被勒令站在案发现场外,并准确地和萨克斯描述凶手所在的位置。女孩的声音虽然不太稳,但给出的指示冷静高效。

我跑进厨房里去找了一把刀来……

由于帕米在这里,萨克斯便请巡警去花园站岗——那里就是歹徒逃脱的地方。但这并没有降低她的戒心,五二二窥视受害者的能力不可小觑,他会仔细研究关于他们的一切,想办法和他们亲近。她想要搜索现场,让帕米尽快离开这里。

根据帕米的指导,萨克斯将歹徒走过的地方搜查了一遍。但她没有在房子里找到任何证据。凶手闯进来的时候也许戴了手套,或者在进来以后没有触碰任何物体表面,用黏性滚轴也没有粘到蛛丝马迹。

"他出去后往哪儿去了?"萨克斯问。

"我带你去看。"帕米看了一眼萨克斯的脸,警探显然不愿意让她暴露在更多的危险当中,"直接去看看比听我说有用。"

萨克斯点点头,她们一起走进了花园。她仔细地看了看四周,然后问巡警:"你看到什么了吗?"

"没有。但是我不得不说,如果你觉得有人在盯着你看,就会觉得到处都是眼睛。"

"确实如此。"

他用拇指朝对面小巷子里的一排暗窗指去,然后又指向一丛厚厚的杜鹃花和灌木黄杨树丛。"我去那里检查过了,但是什么也没有。我会继续监视的。"

"谢谢。"

帕米告诉萨克斯五二二逃跑时经过的路线,萨克斯开始在那条路径上搜索证据。

"阿米莉亚?"

"什么?"

"昨天对不起。我对你说的话……我有些绝望,对所有的事情。我惊慌失措……嗯,就是,我很抱歉。"

"你被人牵制其中。"

"我并没有觉得被牵制。"

"爱情让我们变得奇怪,亲爱的。"

帕米笑了起来。

"我们以后再聊这个吧,也许今晚,要看案子的情况。我们先去吃晚餐。"

"好的,没问题。"

萨克斯继续搜查。她仍觉得不安,觉得五二二还在这里。但是尽管她努力搜索,却没有得到什么结果。地面上主要是碎石,所以她也没有发现脚印。院子门口倒是有一个,是他逃进巷子的时候留下的。但鞋印只有脚趾部分,因为他正在全力奔跑。这种足印对司法鉴定没有任何用处。她在附近也没有发现新的轮胎印。

不过回到院子里时,她看到地面上有一道白色反光,被常青藤和长春花覆盖。可能是五二二跳过锁上的大门时,从他的口袋里落下的。

"你发现了什么东西吗？"

"也许。"萨克斯用镊子夹起那个东西，回到房里。她搭起一个便携式检验台，对找到的小长方形纸片进行检测。她往上面喷了一些茚三酮，然后戴上护目镜，用替代光源照亮它。令她失望的是，上面没有显露出任何印迹。

"有什么帮助吗？"帕米问道。

"可能会有，但它不会直接指向找到凶手的大门。不过证据通常都做不到这点，如果可以，"她面带微笑补充说，"那么就不需要像林肯和我这样警察了，对不对？我打算再去查查看。"

萨克斯拿着工具箱，把被打破的窗子拧紧、锁好，并设上报警器。

她之前给莱姆打了个简短的电话，告诉他帕米还好。但是，她现在很想让他知道自己刚找到的线索。她拿出手机，但在打电话之前，她停了下来，向路边四处张望。

"怎么了，阿米莉亚？"

她把手机放回皮套里。"我的车。"红色的科迈罗SS不见了。萨克斯的恐慌激增。她上下扫视了一遍大街，手放到格洛克枪上。是五二二吗？是他偷的车吗？

那位巡警正要离开后院，她过去问他是否见过任何人。

"那辆车，挺旧的那辆？是你的吗？"

"是的，我想可能是凶犯把它开走了。"

"对不起，警探，那辆车被拖走了。如果我早知道车是你的，一定会说一句的。"

拖走了？也许她忘了把纽约警察的标牌放在车窗上。

于是两人走向帕米那辆破旧的本田思域，开车到当地警区。警长她是认识的人，他已经听说了有人闯入了她家。"嗨，阿米莉亚。我们的人在你家附近查得很仔细，没有人看到凶犯。"

"听我说，维尼，我车不见了，当时停在我家街对面的消防栓旁边。"

"警车?"

"不是。"

"该不会是你的那辆老雪佛兰吧?"

"是的。"

"哦,天啊。真糟糕。"

"有人说看到它被拖走了,我不记得有没有在上面摆警牌。"

"即使没放上,他们拖车前也应该查一查车牌,看看是谁的车——妈的,真倒霉,对不起,小姑娘。"

帕米笑着向他表示自己对脏话有免疫力,她偶尔也会说出这样的话来。

萨克斯把车牌号码给了警长,他打了几个电话,又在电脑上查了查。"不,不是违规停车被拖走的,稍等一下。"他又打了几个电话。

该死,她不能没有车。她迫不及待想查查刚找到的线索是否有用。

她的无奈在发现维尼皱起眉头的时候变成了担心。"你确定吗?……好的。它哪儿去了?……是吗?好,一有消息就给我回电话。"他挂断了。

"怎么了?"

"科迈罗 SS,你是贷款买的吗?"

"贷款?没有。"

"那就奇怪了,一个追债团队把它取走了。"

"追债的?"

"据他们说,你错过了六个月的贷款支付。"

"维尼,那是一辆六九年的老车。我爸爸在七十年代用现金买的。它从来没有被抵押过。贷款人是谁呢?"

"我的人还不知道。但他会去查出来,然后打回来电话告诉我。

他会找出他们把车带到哪里去了。"

"该死,我现在没时间应付这些。你这里有多出来的车可以借我吗?"

"抱歉,没有了。"

她谢过他,走到外面,帕米在她身旁。"车上但凡多一道划痕,我都会让他们吃不了兜着走。"她恨恨地说。难道五二二真的是幕后黑手?如果真是,她也不会惊讶,但她无法想象他是怎么做到的。

他离自己到底有多近?她越想越觉得不安,他到底知道多少关于她的信息?

无所不知的人……

她问帕米:"我能借你的车吗?"

"当然。只是,你可不可以先把我送到雷切尔家?我们说好一起做作业的。"

"这样吧,亲爱的,我找警区的人送你过去怎么样?"

"当然可以,但为什么呢?"

"这家伙知道太多我的事了,我们最好还是保持一点距离。"她和女孩一起走回警局,找人开车。再次来到外面时,萨克斯仔细打量起人行道。没有人在盯着她。

街对面的窗口有个人影快速移动了一下。她立即想到了SSD的标志——带着窗口的瞭望塔。那是一位老妇人,但是这没能缓解向萨克斯的脊柱袭来的寒意。她快步走进帕米的车里,发动了引擎。

40

系统在一瞬间完全关闭,被夺走命脉的房子里一片昏暗。

"这到底是怎么回事?"莱姆喊道。

"停电了。"汤姆说。

"我当然知道停电了。"莱姆打断他,"我想知道的是为什么。"

"我们没有运行任何检验程序。"梅尔·库柏首先自我辩解道。他看向窗外,想知道邻居是否都停电了,但因为此时还没有到黄昏,所以看不太出来。

"我们现在不能处于脱机状态。见鬼,赶快搞定!"

莱姆、塞利托、普拉斯基和库柏在昏暗的房间里沉默着,而汤姆走进大厅,用手机打了一个电话。他很快就联系上了某个电力公司的人。"不可能,我每个月都在网上支付账单,从来没有漏过一次。我是有收据的……哦,但收据在电脑里,没有电我又不能上网……被退回的支票,是的,但还是那个问题,如果没有电,我怎么发传真给你?……我不知道这附近哪里有快递局,不知道。"

"是他干的。"莱姆对其他人说。

"五二二?他把你的电源给断了?"

"是的。他发现了我和我住的地方,马洛伊告诉了他,这里是我们的大本营。"

此时的无声有些怪异。莱姆想到的第一件事就是他现在完全处于弱势。他所依靠的设备完全瘫痪,他没有办法和人交流,没有办法锁上或打开大门、使用电子轮椅。如果停电一直持续下去,汤姆不能为轮椅充电,他将完全动弹不得。

他不记得自己上一次处于这样的弱势是什么时候。即使周围有这么多人也无法减轻他的担忧,五二二可以在任何地方,威胁任何人。

他也想知道,这次断电是为了分散注意,还是进攻的前奏?

"大家保持警惕。"他宣布,"他可能会发起进攻。"

普拉斯基瞥了一眼窗外,库柏也看了一眼。

塞利托掏出手机,给市里的什么人打了个电话。他说明了情况,然后翻了个白眼。塞利托从来不是一个能保持严肃面孔的人。最后在结束谈话之前,他说:"好吧,我不在乎。不管付出什么代价。这个混蛋是一个杀人犯。他妈的没有电,我们什么也做不了,找不到他……谢谢。"

"汤姆,有什么进展吗?"

"没有。"护理员迅速回答道。

"糟糕。"莱姆仔细想了想,"朗,打电话给罗兰·贝尔。我们需要保护。五二二去找了帕米,他是冲着阿米莉亚去的。"莱姆对着黑暗的显示屏点了点头,"他知道我们的一切。我想在阿米莉亚母亲的家设下警卫,还有帕米的寄养家庭,普拉斯基的房子,梅尔母亲的住所。还有你的房子,朗。"

"你真的认为有那么大的风险吗?"大块头警探问,然后摇了摇头,"我究竟在说什么?风险当然大。"

他从大家那里拿到地址和电话号码,然后打电话给贝尔,并请他安排警卫。挂断电话后,他说:"这需要几个小时,但是他会做好的。"

一阵响亮的敲门声打破了屋里的寂静。汤姆手里还抓着手机,向门口走去。

"等等!"莱姆喊道,汤姆停了下来。

"普拉斯基,和他一起去。"莱姆冲普拉斯基胯上的手枪点了点头。

"当然。"

他们走过了门廊,莱姆听到了一阵低声交谈。片刻后,两个头发修剪整齐、身穿西装,面无表情的人走了进来。他们好奇地看了一眼周围——首先是莱姆的身体,然后是实验室的其余部分,惊讶于堆满房间的科学设备或停电的状态,但最有可能是同时对两者感到讶异。

"我们是来找塞利托警督的,我们被告知他会在这里。"

"我在这里,你们是谁?"

他们报上了警衔和名字,亮了警徽。他们是纽约市警察局的两位警长,内务部的。

"警督。"年纪较大的那个人说,"我们是来这里收缴你的警徽和武器的,你的药检结果被证实了。"

"对不起,你在说什么?"

"你被正式停职了,但我们此时还不需要逮捕你。我们建议你跟你的律师谈谈——无论是你自己请的,还是政府帮你聘用的。"

"这到底是怎么回事?"

内务部的警官皱了皱眉头:"是药物检测。"

"什么?"

"你不必向我们否认任何事情。我们只是来执行任务,收缴你的警徽和武器,并告知犯罪嫌疑人被停职的消息。"

"他妈的什么药物检测?"

两位警官面面相觑,显然从没见到过这种反应。

因为事实上也没发生过这种事,这都是五二二一手搞出来的,莱姆明白了。

"警探,真的,你不必表现得——"

"难道我他妈的像是在表现吗?"

"哦,根据停职令,你上周去做了药物检测。结果刚刚出来,上面显示你身体里有明显的毒品剂量,包括海洛因、可卡因和致幻剂。"

"我是去做了药物检测,我们部门的所有人都要做。但它不能可能显示阳性,因为我他妈的从没服用过任何药物。我从来他妈的都没有。还有……哦,该死。"大个子吐了口吐沫,愁眉苦脸。他用手指着SSD的小册子。"他们的客户包括药物检测和背景检查公司。他钻进系统,不知怎的搞砸了我的文件。检测结果是捏造的。"

"那是很难做到的。"

"嗯,他已经做到了。"

"你可以把这些告诉你的辩护律师,并带到法庭上。其实,我们真的只需要你的警徽和武器。这是给你的停职文书。现在,我希望不会有什么问题。你也不想惹更多的麻烦,不是吗?"

"该死的。"高大的警官有些慌乱地交出了武器(一把老式左轮手枪)和警徽,"把他妈的文书给我。"塞利托从内务部警官那里抢过文件,年长的警官给他写了一张收据,一起递给了他。然后,他卸下枪里的子弹,把枪和子弹装进了一个厚厚的口袋里。

"谢谢你,警探。祝你今天过得愉快。"

他们走了以后,塞利托翻开手机,给内务部的领导打电话。那个人不在办公室,于是他留了言。

然后他给自己的办公室打了电话。他和几个警探在重案组共享的助理显然已经听到了这个消息。

"我知道这是胡扯。他们什么?……哦,太好了。等我弄清这是怎么回事的时候,再打电话给你。"他啪的一声把手机合上。莱姆想,也许他把手机弄坏了。塞利托扬了扬眉毛:"他们刚刚进去没收了我桌子上的所有东西。"

普拉斯基问:"这样的敌人到底要怎么对付?"

就在此时,罗德尼·萨内克给塞利托打来了电话。他把手机设置为免提,电话里传来了声音:"你们那儿的座机出了什么问题?"

"那个混蛋切断了电源,我们正在努力解决。你那里有什么消息?"

"SSD的客户名单,从光盘上拿到的。我们有一些发现。有一个客户在谋杀发生的前一天下载了每个受害者和替罪羊的数据。"

"是谁?"

"他的名字是罗伯特·卡彭特。"

莱姆说:"好吧,好。他的具体信息?"

"我只知道电子表格上显示的。他在中城有自己的公司,叫仓库联盟。"

仓库?莱姆想起乔瑟夫·马洛伊被谋杀的地方。有联系吗?

"你有那里的地址吗?"

电脑专家说出了地址。

断开电话后,莱姆看到普拉斯基皱着眉头。年轻的警官说:"我记得我们是见过他的,在SSD。"

"谁?"

"卡彭特。昨天去的时候见到的。一个个子很高,头发向后梳的家伙。他和斯德林在开会,看上去似乎不太高兴。"

"不高兴?那是什么意思?"

"我也不知道,我只是有这种感觉。"

"没有帮助。"莱姆说,"梅尔,去查查这个卡彭特。"

库柏用手机给市中心打了电话。他讲了几分钟,靠近窗边,记下一些笔记。然后挂掉了电话。"我知道你不喜欢'有趣'这个词,林肯,但确实有趣。我已经拿到了FBI信息部和局里数据库的搜索结果。罗伯特·卡彭特住在上东区,单身。而且,听着,他有犯罪记录。罪名是信用卡欺诈和使用假支票。在沃特伯里监狱蹲了六个月。他还因为公款勒索被逮捕,但这些指控最终被撤销了,警察来找他的时候他像疯了一样,想要逃跑。他们放弃了这些指控是因为他同意进行 ED 辅导。"

"心理失常辅导?"莱姆点点头,"还有他在仓库行业的公司,刚好符合囤积狂的特征……好吧,普拉斯基,去找找阿米莉亚家遭袭的时候,卡彭特在哪里。"

"是,长官。"普拉斯基正准备把手机拿来的时候,手机刚好振动起来。他看了一眼来电显示,打开手机回复说:"嗨,亲爱的——什么?……嘿,珍妮,冷静下来……"

不好了……林肯·莱姆知道五二二已经在向另一个地方进攻了。

"什么?你在哪儿呢?……别紧张,这只是一个误会。"菜鸟的声音在颤抖,"肯定没问题的……给我地址……好吧,我马上就到。"

他突然合上手机,暂时闭了闭眼睛。"我得走了。"

"怎么了?"莱姆问道。

"珍妮被逮捕了,被移民局带走了。"

"移民局?"

"她被放在了国土安全部的监视名单上。他们说她是非法移民,威胁国家安全。"

"她不是——"

"我们的曾祖父母就已经是公民了。"普拉斯基打断他说,"上帝啊。"这位年轻的警官瞪大眼睛。"布拉德在珍妮的母亲那里,但是宝宝在她身边。他们要把她送到拘留中心去——他们可以带走宝宝。如果他们这样做……天哪。"他的脸上满是绝望,"我得走了。"普拉斯基的眼神告诉莱姆,没有什么可以阻止他与妻子在一起。

"好的,快去吧。祝你好运。"

年轻人冲出门。

莱姆稍微闭了闭眼睛。"他像一个狙击手似的,对我们逐个突破。"他皱起眉。"至少萨克斯就快来了,她可以去查查那个卡彭特。"

这时又传来了重重的敲门声。

莱姆心里一惊,猛地睁开眼睛。又怎么了?

至少这次并不是五二二的另一个突袭。

皇后区的两名犯罪现场人员走了进来，带来了一个大牛奶箱，里面是萨克斯之前在现场移交给他们的证据，而她自己跑回了家去看帕米。

是从马洛伊的死亡现场收集的证据。

"嗨，警探。你知道你的门铃不响了吗？"其中一个警官四处张望了一下，"而且你的灯也不亮。"

"我们清楚得很。"莱姆冷冷地说。

"不管怎么样，这些都是你的啦。"

工作人员离开以后，梅尔·库柏把箱子放在检验台上，从里面拿出证据袋，还有萨克斯的数码相机，相机里有作案现场的照片。

"哦，这倒是很有帮助。"莱姆讽刺地吼了一句，用下巴指着他无声的电脑和黑屏，"也许我们可以把内存芯片拿到阳光下看看。"

他看了一眼证据。一只鞋印、一些树叶、胶带，还有装微证据的信封。他们必须尽快检查这些。这些不是用来栽赃的证据，所以是可以找到五二二的最终线索。但是没有设备对其进行分析或者在数据库里检索，这些证据毫无用处。

"汤姆。"莱姆喊道，"电怎么样了？"

"我还在等电话。"护理员从黑暗的走廊喊道。

他知道这样不好，但他失去了控制。

罗恩·普拉斯基很少失控。

但是他已经怒不可遏。他有生以来从未这样生气过。当他决定穿上蓝色制服时，他就做好了心理准备。他知道自己会被痛打，也会时常被威胁。但他从来没有想到他的职业会把珍妮置于危险之中，更别说会危及他的孩子。

他从来都是一板一眼按规章办事，像那位星期五警长一样。但这次他决定铤而走险，自己来解决这件事。他没有告诉林肯·莱姆、塞利托警探，甚至连他的导师阿米莉亚·萨克斯也没告诉。他们不会同意他打算做的事情，但罗恩·普拉斯基已经被逼到了绝境。

所以在前往皇后区移民局拘留中心的路上，他给马克·惠特科姆打了个电话。

"你好，罗恩。"男子在电话上问，"这是怎么回事？……你听起来有些不对劲，你深呼吸一下再说。"

"我遇到问题了，马克，我需要帮助。我的妻子被指控为非法移民。他们说，她的护照是伪造的，她对国家安全构成了威胁。这简直太疯狂了。"

"但她是美国公民，不是吗？"

"她的家人住在这里已经好几代了。马克，我们认为是凶手干的，那个我们一直在追查的凶手进入了你们的系统。他让一个警探的药物检验呈阳性……现在他又将珍妮逮捕了。他能做到这些吗？"

"他一定是把她的文件和观察名单上谁的文件对调了，然后又打电话去告发……你看，我认识一些移民局的人。我可以和他们谈谈，你在哪儿呢？"

"我在去皇后区拘留中心的路上。"

"我二十分钟后和你在拘留局外碰面。"

"哦，谢谢你，伙计。我真不知道该怎么办了。"

"别担心，罗恩。我们一定能想出办法的。"

罗恩在等待惠特科姆的时候，不停地在移民局拘留中心前踱步。他身旁是一个临时标志，上面写着移民服务中心现在由国土安全部接管。普拉斯基回想起他和珍妮在电视上看过的有关非法移民的报道，每一件都让人震惊。

他的妻子现在怎么样了？她会不会被关在里面好几天甚至好几个星期？要忍受移民局官僚的炼狱？普拉斯基想到这里就忍不住要尖叫。

冷静。要巧妙应对。阿米莉亚·萨克斯总是这么对他说。巧妙应对。

最后,感谢上帝,普拉斯基终于看到惠特科姆快步走来,关切地看着他。他不太确定这个男人到底可以帮他做些什么,但他希望合规部跟政府有些联系,或许他可以跟国土安全局里认识的人拉拉关系,把妻子孩子放出来,至少在这件案子正式结束之前。

惠特科姆气喘吁吁地向他走来。"你查出是怎么回事了吗?"

"我十分钟前打了电话,她们已经在里面了。我什么也没说,想等你先来。"

"你怎么样?"

"不太好。我都快急疯了,马克。谢谢你来帮我。"

"当然。"合规部助理认真地说,"肯定会没事的,罗恩。你别担心。我也许可以帮到你。"然后,他抬头直视普拉斯基的眼睛,这位SSD合规部助理只比安德鲁·斯德林略高一点。"只是……让珍妮离开这里对你很重要,是吗?"

"哦,是的,马克。这简直是一场噩梦。"

"好的。到这边来。"他带普拉斯基走到大楼的转角处,进入一条小巷,低声说,"我得请你帮个忙,罗恩。"

"只要是我能做到的事情。"

"真的吗?"惠特科姆的声音一反常态地温柔、平静,眼中是普拉斯基从未见过的犀利。他好像突然间丢掉了一切伪装,成了真正的自己,"你知道,罗恩,有时候我们必须做一些错事,但最终那会是最好的选择。"

"你在说什么?"

"想要帮助你的妻子离开这里,你可能要做一些在你看来不太好的事情。"

年轻的警察什么都没有说,他的脑海里闪过各种想法。这到底是怎么回事?

"罗恩,我需要你让这个案子消失。"

"案子?"

"对几个谋杀案的调查。"

"消失?我不明白你在说什么。"

"停下调查。"惠特科姆看了看四周,轻声道,"破坏案宗,毁灭所有相关证据,给他们一些假线索。指向除了 SSD 以外的任何地方。"

"我不明白,马克。你在开玩笑吗?"

"不,罗恩。我非常认真。对这件案子的调查必须停止,你可以做到这一点。"

"我不能。"

"哦,你可以的。如果你想让珍妮离开那里的话。"他示意了一下拘留中心。

不,不……他是五二二,惠特科姆是凶手!他盗用了上司的信息,用塞缪尔·布罗克的通行码去 innerCircle 下载了资料。

普拉斯基本能地摸向配枪。

但惠特科姆抢先一步,手中拿着一柄黑色的手枪。"不,罗恩。这对我们没有任何意义。"惠特科姆把手伸进普拉斯基装格洛克手枪的皮套里,把枪拔了出来,插进自己的腰带里。

他怎么会判断失误得这么严重?是不是因为他头部受了伤?还是因为他笨?惠特科姆的友谊从一开始就是假的,这让他既震惊又难过。给他送咖啡,帮他抵御卡塞尔和吉莱斯皮的嘲笑,提议去一起喝酒聚会,帮他拿到每个人的考勤表……这完全是假意与警察亲近的招数,他一直在利用他。

"你说的都是该死的谎言,是吗,马克?你根本不是在皇后区长大的,是吗?而且你也没有一个当警察的哥哥?"

"两者都不是。"惠特科姆的脸色暗下来,"我试图说服你,罗恩。但是,你不肯与我合作。该死!你本来可以的。现在看看你都让我做了些什么。"

凶手将普拉斯基推到小巷深处。

41

阿米莉亚·萨克斯在市区的车流间缓缓前行。这辆日本车发动机迟钝，噪声也大，让她觉得很沮丧。

这辆车听起来更像一台制冰机，马力恐怕也差不多。

她给莱姆打了两次电话，但两次都直接转进了语音信箱。这种情况很少发生，林肯·莱姆显然是不可能经常离开家的。警局大楼也很奇怪：朗·塞利托的电话打不通。而无论是他还是罗恩·普拉斯基的手机也都没人接。

是五二二在背后搞鬼吗？

所有这些都让她更有理由尽快把在她家找到的证据拿去验证。这个证据没准儿是铁证，也许是他们最后需要的线索，只要这最后一片就可以把整幅拼图凑全，把案子破了。

而现在她已经看到了目的地，就在离她不远的地方。她想着那辆科迈罗SS的事，她不愿意将帕米的车也卷入同样的危险——如果真的像她怀疑的那样，五二二是把车拖走的幕后主使的话。萨克斯开着车在街区周围转了转，直到她发现了曼哈顿最为稀有的一幕：一个合法的，还没有人停的车位。

太棒了。

也许这是一个好兆头。

* * *

"你为什么要这样做?"罗恩·普拉斯基小声对惠特科姆说。

他们站在一个皇后区一个没有人烟的小巷里。

但凶手没有理他:"听我说。"

"我以为我们是朋友。"

"哦,每个人都有很多自以为是的东西,但最后都被证实并非如此。这就是生活。"惠特科姆清了清嗓子。他似乎有些急躁,不舒服。普拉斯基想起萨克斯说过,凶手感到追这个案子的人在步步紧逼,这让他也有不小的压力,但同时也会让他变得更加危险。

普拉斯基感到呼吸困难。

惠特科姆又迅速地看了看四周,看向普拉斯基。他枪拿得很稳,所以很明显,他知道如何使用它。"你他妈的在听我说话吗?"

"该死的,我在听。"

"我不希望这个调查再继续下去,现在是时候停下来了。"

"停下来?我只是个巡警,我能阻止什么?"

"我已经告诉你了:破坏调查,弄丢一些证据,把警力指到错误的方向去。"

"我不会那么做的。"年轻警官反抗道。惠特科姆摇了摇头,望着他的眼神几乎带着厌恶。"不,你会的。你可以让这件事变得很容易,也可以很难,罗恩。"

"那我的妻子呢?你能让她离开这里吗?"

"我可以做任何我想做的事情。"

无所不知的人……

年轻的警官闭上了眼睛,像儿时经常做的那样咬紧牙。他看向珍妮被关押的地方。

珍妮长得和米拉·韦恩伯格有些像。罗恩·普拉斯基无奈地意识到,自己现在不得不这样做。那是可怕的、愚蠢的,但他别无选择。他被逼得走投无路。

他低着头,喃喃地说道:"好吧。"

"你会做吗?"

"我说了我会的。"他打断道。

"这是明智的选择,罗恩。很聪明。"

"但我要你答应,"普拉斯基犹豫了片刻,向惠特科姆的背后扫了一眼又看回来,说,"今天,她和孩子都要被放出来。"

惠特科姆注意到了他那一瞥,赶紧向身后看了看。他这样做的时候,枪口的靶心略微偏了偏。

普拉斯基觉得自己发挥得恰到好处,他出手很快。年轻的警官用左手把枪拉远,抬起腿,从脚踝的皮套上拉出一把小型左轮手枪。阿米莉亚·萨克斯曾告诉他要随时在那里放一把枪。

凶手骂了一声,想要扳回来,但普拉斯基死死握住对方拿枪的手,他将手枪挥到惠特科姆的脸上,打断了他的软骨。

男子发出了低沉的吼叫,鲜血流了下来。合规助理弯下腰,普拉斯基把枪从他的手指中掰出来,却没拿稳。惠特科姆黑色的武器掉在地上打了个圈,两个男人笨拙地扭打在一起,好似一场摔跤比赛。手枪当啷落在沥青地面上,并没有发射出子弹。惠特科姆瞪大眼睛,带着惊慌与愤怒,把普拉斯基推到墙上,抓住了他的手。

"不,不!"

惠特科姆抢上前一步,用头撞向普拉斯基,多年前被高尔夫球杆打在额头上的经历让他本能地向后退了一下。这正好让惠特科姆趁机将普拉斯基的备用手枪指向天空,并用另一只手拿出他的格洛克,瞄准在年轻警官的头上。

普拉斯基只来得及念出一句祈祷,脑海里闪过了妻子和孩子的笑脸。

这幅画面会陪着他上天堂。

* * *

终于来电了,库柏和莱姆迅速开始对乔·马洛伊谋杀案现场的证据进行调查。他们独自在实验室里。朗·塞利托去了市中心,希望可以让上级收回他的停职令。

现场的照片没能揭露什么有用的信息,物理证据也不是非常有帮助。鞋印显然是五二二的,和他们早先发现的鞋印相同。树叶的碎片是从室内植物上落下的:无花果或万年青,也有可能是井干草。上面的颗粒是无法确定来源的土壤,还有更多世贸大厦的灰尘,白色粉末是咖啡伴侣。而绑人的胶带是通用的,同样无法追溯到源头。

莱姆对证据上残留的血量感到惊讶,他回想起塞利托对这位警监的描述。

他是一位斗士……

尽管他努力不受影响,但他还是为马洛伊的死感到愤怒。歹徒是如此的恶毒,莱姆的怒气烧得更旺了。同时也增加了他的不安。有好几次,他都瞥向窗外,仿佛五二二正在偷偷盯着他们,虽然他已经让汤姆把所有的门窗都锁好,打开了监控摄像头。

乔瑟夫·马洛伊谋杀现场

- 十一号码斯凯奇工作鞋印。
- 室内植物叶子:无花果/万年青,也有可能是井干草。
- 污垢,下落不明。
- 灰尘,来自世贸中心。
- 咖啡伴侣。
- 通用胶带,无法溯源。

"把植物树叶和咖啡伴侣添加到非栽赃证据列表里,梅尔。"

库柏走到白板前,把补充内容写了上去。

"不够。见鬼,证据太少了。"

然后莱姆眨了眨眼睛,门外又响起了一阵敲门声。汤姆去开门。梅尔·库柏从白板前移开,手放在胯上精致的手枪上。

但访客并不是五二二,而是纽约市警察局的高级警监,赫伯特·格伦。一个中年男子,身材高大。他的衣服很便宜,但鞋子擦得很亮,几乎完美。随后走廊上响起了几个声音。

经过介绍,格伦说:"恐怕我得和你谈谈与你一起工作的一位警官。"

是塞利托?还是萨克斯?发生了什么事?

格伦平静地说:"他的名字是罗恩·普拉斯基。你和他一起工作,不是吗?"

哦,不好。

是菜鸟……

如果普拉斯基死了,他的老婆孩子都还在拘留中心那样的官僚地狱里。她可怎么办啊?

"告诉我发生了什么事!"

格伦瞥了一眼身后,示意另外两名男子走进来,一位是身着深灰色西装、头发花白的男子;另一个稍微年轻,矮一些,和他同样的打扮,但鼻子上贴了一个大绷带。高级警监介绍说这两位是塞缪尔·布罗克和马克·惠特科姆,SSD的员工。莱姆记得布罗克是在犯罪嫌疑人名单上的,但显然他在奸杀案时有不在场证明。惠特科姆是他在合规部的助理。

"告诉我普拉斯基怎么了!"

检察长格伦继续说:"恐怕——"他的手机响起,于是接通了电话。格伦瞥了一眼布罗克和惠特科姆,他说话的时候声音急促而低沉。最后,他终于挂掉了电话。

"告诉我罗恩·普拉斯基出了什么事,我现在就要知道!"

这时门铃响了,汤姆和梅尔·库柏迎进更多的人到莱姆的实验室里。其中一个是身材魁梧的男子,脖子上挂着FBI特工的牌子,另一个是罗恩·普拉斯基,手上戴着手铐。

布罗克指了一把椅子,那位FBI让普拉斯基坐在那里。普拉斯基明显被吓到了,浑身是土,衣服皱巴巴的,上面有血迹,但除此之外似乎没有受伤。惠特科姆也坐了下来,小心翼翼地摸了摸鼻子,没有看任何人。

塞缪尔·布罗克出示了他的证件。"我是美国国土安全局能源部监察科的特工,马克是我的助手。你的警官袭击了FBI特工。"

"是他用枪威胁我,却没有事先确认自己的身份。而且还是在——"

监察科?莱姆从来没有听说过。但美国国土安全局错综复杂,各个部门组建又解散,像不成气候的底特律汽车一样。

"我以为你是SSD的员工?"

"我们在SSD有办事处,但我们是联邦政府的雇员。"

普拉斯基到底都做了些什么?原本的担心退去,变成了烦躁。

菜鸟又要开始继续解释,但布罗克不让他说话。莱姆严厉地对穿灰色西装的人说:"不,请让他说下去。"

布罗克犹豫了一下,眼神里透露出一种耐心的自信,好像无论普拉斯基或任何人说出什么来,都不会对自己造成任何影响。他点了点头。

普拉斯基讲了因为想要把珍妮从移民局拘留中心释放出来,去私会惠特科姆的事。惠特科姆要他破坏对五二二的调查,然后拔出枪威胁他,被他拒绝了。普拉斯基打了惠特科姆的脸,他们扭打在了一起。

莱姆对布罗克和格伦斥道:"你们为什么要干涉我们的案子?"

布罗克似乎现在才注意到莱姆的轮椅,但随后又立刻忽略了这个事实。他用平静的男中音说:"我们试过做出微妙的暗示。如果警官普拉斯基同意,我们不会以武力解决……这个案子已经给很多人带来了麻烦。我本来要与国会和司法部召开为期一周的会议。但现在因为这边的事情，会议不得不取消……我接下来说的这些是不能上官方记录的，大家都明白吧？"

莱姆喃喃地说了句同意，库柏和普拉斯基也点了点头。

"监察科做威胁分析、向私人公司提供安保措施。那些公司都可能是恐怖分子的目标。它们是国家基础设施的重要组成部分。石油公司、航空公司、银行。数据挖掘公司，像SSD这样的。我们都有特工在现场办公。"

萨克斯也曾说过，布罗克花了大量的时间在华盛顿。这倒是解释了原因。

"那为什么要撒谎，说你是SSD的员工？"普拉斯基脱口而出。莱姆从未见过这位年轻人生气，但他现在火冒三丈。

"我们需要保持低调。"布罗克解释说，"你应该理解为什么制药公司和食品加工厂都是恐怖分子的首要目标。那么，想想拿到SSD信息的人都能做些什么吧。如果他们的电脑垮台，整个经济都会被拖入萧条。或者，如果有什么刺客从innerCircle拿到高管的信息，或者某些政客的行踪，还有其他的个人信息呢？"

"朗·塞利托的药检报告也是你们动的手脚吗？"

"不，那是你们的嫌疑人五二二一手操作的。"高级警监格伦说，"还有普拉斯基警官的妻子被逮捕的事情。"

"你为什么要我们停止调查？"普拉斯基脱口而出，"你不明白这个人有多危险吗？"他说话的时候马克·惠特科姆盯着地板，保持沉默。

"我们的调查资料显示他只是一个例外。"格伦解释说。

"一个什么？"

"一个数据中的异常，他是非重复性意外。"布罗克解释说，"SSD已经将他的情况进行了数据分析。分析和预测建模告诉我们，像这样反社会的人随时可能到达极限。他会停止作案，然后就不会再出现了。"

"但他现在还没有停止,不是吗?"

"是还没有,"布罗克说,"但他会的,这方面的数据模型从来没有出过错。"

"如果再死一个人,你的模型就是错的。"

"我们必须面对现实。这是一种平衡。我们不能让任何人知道SSD对于恐怖分子来说是多么珍贵的目标,不能让任何人知道监察科的事情。我们必须保证SSD和监察科完全不在公众视线之内。你们的调查将两者同时放在聚光灯下,非常显眼。"格伦又说,"你想用传统的调查方式,林肯,请你继续。法检取证、找目击者,那都可以。但是,你必须能保证不能把SSD暴露出来。那个新闻发布会是一个巨大的错误。"

"我们和副市长罗恩·斯科特谈过,也和乔瑟夫·马洛伊谈过。他们都同意了。"

"哦,他们没有和真正重要的人打招呼。那整个事件都让我们与SSD的关系处于危险之中。安德鲁·斯德林没有向我们提供信息支持的义务,你知道的。"

他听起来就像那个制鞋公司的总裁,生怕惹斯德林和SSD不高兴。

布罗克补充道:"好了,总之现在官方的说法是,你的凶手并没有从SSD那里拿到信息。事实上,这是唯一的说法。"

"你知道乔瑟夫·马洛伊就是因为SSD和innerCircle而死的吗?"

格伦的表情变得僵硬起来。他叹了口气。"我为此感到很抱歉,非常抱歉。他在调查过程中丧生,那是非常悲惨的事情。但是,那也是警察工作不得不承担的风险。"

官方的说法……唯一的说法……

"所以。"布罗克说,"SSD不再是你们调查的一部分,懂了吗?"

莱姆冷冷地点了点头。

格伦向FBI特工说:"你可以放开他了。"

那名男子把普拉斯基的手铐解开,他站起来,揉着手腕。

莱姆说:"把朗·塞利托的停职令收回,再把普拉斯基的妻子放出来。"

格伦看着布罗克,后者摇摇头。"这样做,就是在这个节骨眼儿上承认数据挖掘和SSD都参与了犯罪,此时此刻必须让这些事情暂且搁置。"

"那才是胡说八道,你知道朗·塞利托这辈子都没碰过什么毒品。"

格伦说:"那么正常的调查程序会为他正名的,我们会让事情自生自灭。"

"不,该死的!根据凶手植入系统的资料——他已经罪证确凿了。就像珍妮·普拉斯基一样。所有这一切都将留在他们的档案记录里!"

检查员平静地说:"但是我们现在不得不把这些暂时搁置。"

FBI的人和格伦向门外走去。

"哦,马克。"普拉斯基叫道,惠特科姆回头,"抱歉。"

联邦特工对这句道歉感到有些惊讶,他眨了眨眼,又摸了摸被包扎的鼻子。然后普拉斯基继续说:"抱歉我只打破了你的鼻子。去你的,你这个叛徒。"

原来,菜鸟还是有点儿骨气的。

他们离开以后,普拉斯基给妻子打了电话,但是打不通。他愤怒地把手机关机。"我告诉你,林肯,我不在乎他们说什么,我是不会善罢甘休的。"

"别担心,我们会继续调查的。嘿,他们也不能开除我——我只是一个平民。他们只能解雇你和梅尔。"

"嗯,我——"库柏皱着眉头。

"放松,梅尔。不管别人怎么想,我还是有点儿幽默感的。没有人会发现我们在做什么——只要这个菜鸟不再去殴打更多的联邦特工。好了,现在,这个罗伯特·卡彭特,SSD的客户。我需要他的情报。"

42

所以我是"五二二"。

我一直想知道他们为什么挑这个数字。米拉9834不是我的第五百二十二个受害者（多可爱的想法！），受害者的地址也没有任何包含这个数字，等等。是日期。当然，她被杀害的那天是一个星期日，五月二十二日，那也是他们开始追查我的时间。

所以对他们来说，我是一个数字。就像他们对我来说也不过是一串数字而已。这让我感到受宠若惊。我在衣柜里，刚刚做完了调查工作。外面，人们大多结束了一天的工作，或者在回家的路上，出去吃晚饭，去看看朋友。但是，这便是数据的伟大之处。它们从来不睡觉，这些士兵可以在我选择的任何时间，给任何人致命一击，无论他们在哪里。

我正在和普雷斯科特画作里的那家人一起打发时间，准备发起新一轮的攻击。警方很快就会在敌人及其家属身边布置警力……但他们不明白我的武器的真正威力。可怜的乔瑟夫·马洛伊给了我很多可以利用的信息。

例如，这个警探，洛伦佐，也就是朗·塞利托（他下了很大功夫来隐瞒自己的真实姓名）被停了职，但还有更多的不幸在等着他。那个不幸的事件发生在几年前，其中一个罪犯在逮捕时被开枪打死……新的证据将会出现，显示出当时的犯罪嫌疑人事实上并没有携带武器——而证人说了谎。死去男孩的母亲会听到相关消息。我会再以警探的名义发几封种族歧视的信到一些右翼网站去。然后再把阿尔·夏普顿牧师①卷进来——那将会置他于死地。可怜的朗没准儿会去坐牢呢。

我还一直在检查和塞利托有拴连的个人。我也许会考虑把他和第一任妻子生下的孩子——一个十几岁的少年放到毒品案里,有其父必有其子,看上去很有吸引力。

还有那个波兰人,普拉斯基。哦,他确实可以说服国土安全局的人,他老婆不是什么恐怖分子或非法移民。但他们两个都会惊讶地发现孩子的出生证明不见了,而另一对夫妇的新生儿一年前从医院里失踪了,恰巧得知他们失踪的男孩可能就是普拉斯基家里的那个。不出意外的话,小家伙会辗转于几个寄养家庭里,至少要几个月才能理出头绪来。这将永远毁了他。我很确定。

然后是我们的阿米莉亚 7303,还有林肯·莱姆。好吧,因为我心情不好,所以罗丝·萨克斯下个月去做心脏手术时,就会发现自己已经没有保险了,原因是——嗯,欺诈似乎不错。阿米莉亚 7303 可能还在因为她的车生气,但她还没等到真正的坏消息:她粗心的消费债务。高达二十万美元,利息接近高利贷。

但是,这些仅仅是开胃菜。我了解到,她的前男友被控告劫持、斗殴、偷窃和勒索。一些新的证人会发邮件告发,证明她也参与其中,而母亲的车库里还能找到一些藏起来的赃物,那是我在给内务部打电话告发之前放进去的。

她可以打赢这个官司,毕竟案件有诉讼时效。但这个案子会毁了她的名声。感谢新闻自由,上帝保佑美利坚合众国……

死亡可以放缓追兵的脚步,但不致命的手段也同样有效。而且对我来说,它们更优雅。

---

① 是一位美国非裔牧师,民权运动、社会正义活动家,电台及电视主持人。

至于林肯·莱姆……哦，这就很有意思了。当然，我选上了他的堂兄是个错误。不过，平心而论，我检查了所有和亚瑟3480拴连的人，并没有找到关于这个堂弟的消息。这倒是令人好奇。他们有血缘关系，但已经十年没联系过了。

我不应该刺醒野兽。他是我遇到过的最好的对手，给我设了不少圈套。他在我去德莱昂6832家的路上埋伏，他居然在我作案的时候发现了我，这是从来没有过的。而且，根据马洛伊苟延残喘的招供，他已经离我越来越近了。

但是，当然，我已经有对策了。我现在还无法利用innerCircle，必须谨慎行事，但记者的文章和其他数据来源已经给出了足够的情报。问题当然在于如何摧毁一个像莱姆这样，肉体已经在很大程度上被摧毁的人的生活。最后，我想到了一个解决方案：如果他需要依赖他人生活，我就去毁掉一个和他拴连的人。莱姆的护理，汤姆·莱斯顿，他将是我的下一个目标。如果这个年轻人惨死，莱姆很可能永远也不会从中恢复。而对我的调查就会随之停滞，以后再也不会有人像他一样对我穷追不舍。

我会把汤姆弄进车的后备厢里，然后去另一个仓库。在那里，我会和我的库洛斯兄弟刀片好好相处。我会把整个过程录下来，用电子邮件发送给莱姆。而他作为一名称职的犯罪学家，将不得不仔细地把汤姆遇害的每个细节看上一遍又一遍。

他看完后肯定没法再追查我了，他甚至可能会完全崩溃。

我进入衣柜的三号房间，在那里找到了一个摄像头，电池就在旁边。然后在二号房间，我又找到了收纳库洛斯兄弟刀片的旧箱子。刀上还有干涸的棕色血迹。这是两年前的南希3470留下的。法院刚刚拒绝了凶于贾森4971的最后上诉。理由是伪造证据，连他的律师都觉得可悲。

刀片有些钝了。我记得它在切到南希3470的肋骨时遇到了一定的阻力，她比我预想中更能挣扎。没关系，在八个砂轮中的一个上面磨一磨，再用磨刀皮带蹭一下，我就可以用它开始干活儿了。

此刻，追捕的兴奋席卷了阿米莉亚·萨克斯全身。

花园里找到的证据将她带上了一趟错综复杂的旅程，但她的直觉是（闭嘴，莱姆），眼下的行动将收获颇丰。她将帕米的车停在街边，急忙赶去半打嫌疑人地址中的下一个。她热切地希望其中一个可以带来最后的线索，找出五二二的真实身份。

前两个都没有成功，第三个会不会是答案呢？这样在城里开车游荡有点像滑稽的寻宝游戏，她反思到。

现在已经将近傍晚，萨克斯借着路灯查看地址，找到了要找的房子，走了几步来到门前。她刚要伸手去按门铃，突然觉得有什么不对劲。

她停了下来。是今天一整天都在持续的那种不安吗？那种被人监视的感觉？

萨克斯迅速环顾了四周，看到街上的几名男女，又看了看其他住宅的窗户，还有附近的小商店……但似乎没有危险人士，也没有人注意到她。

她想要按下门铃，但又一次收回了手。有什么不对劲……是什么呢？

然后，她明白了。并不是因为有人在看她，而是空气里的气味。她心里咯噔一下，她知道这是什么。是霉味，她闻到了霉味，来自她面前的房子。

难道仅仅是巧合？

萨克斯默默地走下了楼梯，从房子侧边走进了鹅卵石小巷。这栋房子非常大。从正面看很狭窄，但是房子本身相当深。她移步走进小巷，来到一扇窗户旁。窗上覆盖着报纸。她看向房子的一侧。是的，所有窗户都被遮住了。她想起了特里·多宾斯的话：囤积狂会将窗子涂成黑色，或在上面盖上东西。他们需要隔绝外边的世界……

她来这里只是为了得到些信息——这不可能是五二二的住所。线索加起来并没有指向这里，但她现在知道自己错了。毫无疑问，这就是凶手的家。

她伸手去拿手机，突然听到身后巷子里在鹅卵石上走动的脚步声。她睁大眼睛，放弃手机转而去拿枪，并迅速转身。但在她拿到枪之前，身体被猛地抓起。一股蛮力将她推撞上房子的一侧。她头晕目眩，单膝跪了下来。

她抬起头，大口喘着气，抬头看到凶手的脸和那双坚硬如冰的眼睛，然后看到他举起带血的刀片，刺向她的喉咙。

43

"指令,呼叫萨克斯。"

但通话转去了语音信箱。

"该死的,她在哪里?找到她……普拉斯基?"莱姆转过轮椅面对年轻的警官,他正在打电话。"关于卡彭特有什么发现吗?"

他先举起一只手,然后挂断了电话。"我终于找到了他的助手。卡彭特提前下班了,有一些杂事要做,现在应该回家了。"

"我需要人去找他,现在。"

梅尔·库柏再次打电话给萨克斯,依旧没有人接。"没通。"他又打了其他几个电话然后说,"不行,还是不通。"

"难道五二二也把她的电信服务破坏了?就像停电?"

"不,他们说她的账户是开通的。应该只是设备没法用,被损坏或是取出了电池。"

"什么?他们是否确定?"莱姆内心的恐惧开始扩大。

这时门铃响了,汤姆去开门。

是朗·塞利托,他的衬衫有一半没掖进去,满头大汗,大步走进了房间。"他们没法取消我的停职,现在都是系统自动的。就算我再去做一次药检,他们也必须保持我的停职状态,直到内务部结束调查。他妈的电脑。我已经给PublicSure打了电话,他们的原话是'会去看看',咱们都懂这意味着什么。"他看了一眼普拉斯基,"你老婆怎么样了?"

"还在拘留中心。"

"上帝啊。"

"而且还有更糟糕的。"莱姆说了布罗克、惠特科姆、格伦,还有国土安全局监察科的事情。

"狗屎,我从来没听说过这个科。"

"他们希望我们暂缓调查,至少不能把SSD牵扯进来。但是我们出了新的状况,阿米莉亚失踪了。"

"什么?"塞利托咆哮起来。

"看起来是这样的。我不知道她回家以后去了哪里,而且她也没打电话过来……哦,我的天,我们停过电,所以电话没有响。检查语音邮件,也许她打过电话了。"

库柏检查了留言,萨克斯确实打来了电话。但她只说自己找到了一条线索,准备跟下去,其他的什么也没说。她让莱姆回电话给她,她会再解释。

莱姆无奈地闭上眼睛。

一条线索……

把她带到哪里去了?他们的犯罪嫌疑人之一。他再次凝视着列表。

安德鲁·斯德林,总裁,首席执行官。

 不在场证明:在长岛,已验证。由其子证实。

肖恩·卡塞尔,销售和营销总监。

 不在场证明:无。

韦恩·古莱斯皮,技术运营总监。

 不在场证明:无。

 墓地管理员案有不在场证明(考勤表显示在办公室)。

塞缪尔·布罗克,合规部门总监。

不在场证明：酒店记录证实在华盛顿。

彼得·阿隆佐-肯珀，人力资源总监。

不在场证明：与妻子在一起，由妻子证明（有袒护？）。

史蒂芬·施莱德，技术服务与支持经理，白班。

不在场证明：考勤表显示在办公室。

法鲁克·马麦达，技术服务与支持经理，夜班。

不在场证明：无。

墓地管理员案有不在场证明（考勤表显示在办公室）。

SSD 的客户（？）。

罗伯特·卡彭特。

安德鲁·斯德林雇用的不明嫌疑犯（？）。

逃跑男孩？

那条线索跟这里的某一个人有关吗？

"朗，去找卡彭特问问。"

"我怎么说？'嗨，我曾经是个警察。虽然你没必要搭理我，但能不能让我问几个问题，因为我人真的很好'？"

"是啊，朗，就是这样。"

塞利托转向库柏。"梅尔，把你的警徽给我。"

"我的警徽？"库柏紧张地问。

"绝对不给你磕了碰了。"大个子嘀咕着。

"我更担心的是你让我也停职。"

"他妈的欢迎加入停职俱乐部。"塞利托接过警徽，从普拉斯基那里拿了卡彭特的地址，"我会让你知道情况如何。"

"朗，要小心。五二二现在被逼进死胡同了，会使劲反击的。你要记住他——"

"是无所不知的王八蛋。"塞利托大步走出实验室。

莱姆注意到普拉斯基在盯着嫌犯名单。"警探？"

"什么?"

"我还想到了别的。"他点了点写着嫌疑人名字的白板,"安德鲁·斯德林的不在场证明。当时他在长岛,他告诉我,他的儿子去威彻斯特爬山了。他曾经给安迪打过电话,我们可以查到他打电话的时间。这些我都查了。"

"所以?"

"哦,我记得斯德林说,他的儿子是坐火车到威彻斯特的。但是我跟安迪谈话的时候,他说自己是开车去的。"普拉斯基歪着头。"还有一件事,长官。那天在墓地被杀死的管理员,我去查考勤表的时候,看到了安迪的名字。他在清洁工米格尔·阿夫雷拉走后立即离开了。我的意思是,就差了几秒。我也没多想,因为当时安迪并不是嫌疑人。"

"但他的儿子不能访问 innerCircle。"库柏说,示意了一下嫌犯名单。

"如果真像斯德林说的那样,的确不能。但是……"普拉斯基摇了摇头,"你看,安德鲁·斯德林那么配合,我们对他的证词全盘接受。他说除了图表上的那些人,其他人都不可以访问数据库。但是,我们其实并不知道真相如何。我们从来没有独立地去和每个人验证,到底谁可以或不可以登录 innerCircle。"

库柏提出:"也许安迪从他爸爸的电脑里拿到了登录密码。"

"你说的有道理,普拉斯基。好吧,梅尔,你现在是最有权力的,去找一队战术小组到安迪·斯德林家。"

即使是最好的预测分析,运用像 Xpectation 这样伟大的人工智能,也无法将所有的事情算准。

谁能猜到阿米莉亚 7303 会自己送上门来?她现在倒在距离我二十英尺左右的地方。

不得不说，我运气还不错。我正要出门去将汤姆抓回来进行活体解剖，便从窗户里看到她。我的生活似乎就是这样，作为焦躁的补偿，我运气很好。

我冷静地想了想现在的情况。好吧，她在警察局的同事没有怀疑我。她来这里只是想找我问问她口袋中的那张集体照，还有一张六人名单。最上面的两个已经被划掉。我是不吉利的第三人。一定会有人来问起她，但如果他们来问，我会说，是的，她是来这里问过集体照的事情，然后就离开了。仅此而已。

我取下了她身上的电子设备，将它们放置在相应的抽屉里。我在想，要不要用她的手机去录制汤姆·莱斯顿凄惨的最后时刻。那会是非常美妙的方案，非常优雅。但是，当然，她将不得不彻底消失。她会睡在我的地下室里，身边是卡罗琳8630和菲奥娜4892。

完全消失。

但不会那么干净利落。警察们总是喜欢检查尸体，这对我来说是个好消息。

这一次我会拿到正经的战利品。从我的阿米莉亚7303身上得到的可不能只是一枚指甲……

44

"所以,到底是什么情况?"莱姆冲普拉斯基嚷道。

菜鸟在三英里外的曼哈顿,安迪·斯德林在上东区的联排别墅里。

"你进去了吗?萨克斯在那里吗?"

"我不认为安迪是咱们要找的人,长官。"

"你不认为?还是他根本就不是?"

"他不是。"

"说明白些。"

普拉斯基告诉莱姆,是的,安迪·斯德林说了谎,但这并非因为他是奸杀犯。他告诉父亲他是坐火车去的威彻斯特,但事实上,他是开车去的,他在和普拉斯基谈话时也说漏了。

当两名特殊警卫队的警察和普拉斯基站在他面前时,神色慌张的年轻男子讲了他为什么要骗父亲。因为安迪本人根本没有驾驶执照,但是他的男朋友有。安德鲁·斯德林是这世上的头号信息专家,他却不知道自己的儿子是同性恋,而这个年轻人也从来没有鼓起勇气告诉他。

他们给安迪的男朋友打了电话确认,并证实两人案发当时都不在城里。汽车通行卡上的记录也证实了这一说法。

"见鬼的,好吧,回来吧,普拉斯基。"

"是,长官。"

走在暮色中的人行道上,朗·塞利托想着,妈的,应该把库柏的枪也拿过来。当然,在停职期间借用警徽是一回事,借武器却是另外一回事。如果被内务部发现的话,只会让情况变得更糟糕。

他们就更有理由让他停职了,即使第二次药检结果显示他是干净的。

毒品。该死的。

他找到了卡彭特家的地址,在上东区一个安静的街区,联排别墅中的一座。里面的灯亮着,但他没有看到人。他大步走到门口,按下门铃。

他听到屋里传来了一些噪声,是脚步声、开门声。

然后很长时间里没有任何动静。

塞利托本能地伸手去摸他原本放武器的地方。

该死的。

最后,侧窗上的窗帘被掀起又落了回来。门打开了,塞利托看到面前的男人块头结实,头发梳理过。他凝视着非法借来的警徽,看起来有些疑虑。

"卡彭特先生——"

他很不安,什么也没能说出来。那名男子的表情变成了纯粹的愤怒。于是塞利托不由得生气地骂道:"他妈的,他妈的!"

朗·塞利托已经很多年没有和罪犯近身肉搏了,他现在才意识到,这个男人可以轻易将他打得头破血流,然后割了他的喉咙。他为什么没有不管不顾地把库柏的枪也拿过来?

但是,事实证明,塞利托并不是男人愤怒的来源。让人惊奇的是,卡彭特生气是因为 SSD 的头儿。

"是那个混蛋安德鲁·斯德林,对不对?他给你打的电话?他暗示我是那些谋杀案的罪魁祸首。哦,上帝啊,我该怎么办?我可能已经在那个系统里了,瞭望塔把我的名字加入了全国各地的黑名单。天哪,我真他妈是个白痴,我怎么会和SSD扯上关系?"

塞利托的担忧消失了。他收起警徽,并要求这个男人站到门外来。他依言照做。

"所以我是对的,是安德鲁在背后捣鬼,是不是?"卡彭特咆哮道。

塞利托没有回答,只是转而问起了他在马洛伊被害那天的行踪。

卡彭特回想了一会儿,"我那天在开会。"他报上了几名同事的名字,都是市里一家大银行的员工,还有他们的电话号码。

"那么周日下午呢?"

"我和朋友请了一些人过来,一起吃早午餐。"一个容易核查的不在场证明。

塞利托给莱姆打电话,想告诉他这些发现。是库柏接的电话,库柏说会去帮他核查不在场证明。警探转身面向怒气冲冲的罗伯特·卡彭特。

"他是我合作过的报复心最重的混蛋。"

塞利托告诉他,是的,他的名字是SSD提供给警方的。听到这个消息,卡彭特闭了一会儿眼睛。他的怒气在减轻,取而代之的是惊诧。

"他是怎么说的?"

"看上去你似乎在受害者被杀之前下载了他们的信息,而且是过去几个月里的好几起谋杀案。"

卡彭特说:"这就是惹到安德鲁的后果,他会报复的。我从来没有想到会是这样……"然后,他皱起了眉头,"在过去的几个月里?最近的一次下载是什么时候?"

"几个星期前。"

"哦,那不可能是我。三月初以来,我就不再被允许登录瞭望塔的系统了。"

"他们把你锁在外面了?"

卡彭特点点头。"安德鲁不让我上去。"

塞利托的电话响起来,是梅尔·库柏打来的。他解释说,至少有两个来源可以证实卡彭特的不在场证明。塞利托请库柏给罗德尼·萨内克打电话,让他再仔细查查普拉斯基光盘上的数据。他啪的一声合上手机,然后问卡彭特:"他为什么要把你锁在外面?"

"是这样的,我开了一家数据仓储公司,而——"

"数据仓储?"

"我们存储像 SSD 那样的公司的数据。"

"不会是一个真的仓库吧?储存商品的那种?"

"不,不。这都是计算机存储。服务器在新泽西州和宾夕法尼亚州。无论如何,我……哦,你可以说我被安德鲁·斯德林诱惑了。他的成功,他的财富。我也想像 SSD 那样挖掘数据,而不仅仅只是存储。我找的是几个 SSD 没有怎么涉足的行业,想要开拓出一个特有的市场。我真的没做什么错事,而且这不是违法的。"他为自己的行为申辩道。

塞利托能听出他声音里的绝望。

"这对安德鲁来说只是微不足道的一部分市场。但他发现了,把我踢出了 innerCircle 和瞭望塔,他还威胁要起诉我。我一直试图通过谈判来和解,但今天他解雇了我。哦,就是终止了我们的合同。我真的没有做错任何事。"他的声音变得嘶哑起来,"这只是生意……"

"而你认为斯德林窜改了文件,让你看起来像是凶手?"

"哦,肯定有谁在 SSD 这么做了。"

因此,关键是,塞利托想着,这个卡彭特不是犯罪嫌疑人,所有这些都是在浪费时间。"我没有其他问题了,晚安。"

但是卡彭特似乎突然转变了态度。他的愤怒完全消失,在塞利托看来,取而代之的是绝望,或者干脆是恐惧。"等一下,警官,你不要想错了。我话说得太快了,我并不是说这是安德鲁干的。我气疯了,只是下意识的反应。你不会告诉他的,对吗?"

塞利托离开时回头望了一眼,那位生意人看起来像是真的要哭出来了。

所以,又一个无辜的嫌疑人。

首先是安迪·斯德林,现在是罗伯特·卡彭特。塞利托回来以后,立即打电话给罗德尼·萨内克,问他到底什么地方出了错。那位技术人员十分钟以后打了回来,说的第一句话是:"嘿,哎呀。"

莱姆叹了口气:"继续。"

"好吧,卡彭特确实把所有的列表都下载了一遍,里面有针对受害者和替罪羊的信息。但那是在过去的两年里下载的,属于合法营销活动的一部分,而且自三月初以来就再也没有了。"

"你说过数据是在犯罪之前下载的。"

"那是表格上说的。可是元数据显示,有人在SSD改变了上面的日期。比如你堂兄的信息,他在两年前就得到了。"

"也就是说,有人在SSD对数据做了手脚,就是为了把我们引开,去找卡彭特。"

"没错。"

"那么现在,最关键的问题是:是谁重新安排的这些日期?找出这个问题的答案,就找出了五二二的身份。"

但萨内克说:"但是元数据里没有任何其他信息,管理员和根访问日志没有——"

"简而言之,就是不行?"

"是的。"

"你确定?"

"非常。"

"谢谢。"他低声说,断开了电话。

不是他儿子,也不是卡彭特……

你在哪里,萨克斯?

莱姆感到一阵不安。他差点儿用了她的名字。但那是他们之间的默契,他们彼此只用姓氏称呼,否则会带来厄运。可是他们的运气已经糟得不能再糟了。

"林肯,"塞利托说道,指着写有嫌疑人列表的白板,"我现在唯一能想到的,就是把这上面的每一个人都揪出来问话。现在。"

"哦,我们能怎么做,朗?监察部门甚至想让这个案子消失。我们无法确切地……"他的话音逐渐变小,看着五二二的档案列表,然后又看了看证据表。

还有他堂兄的档案,就在翻页架附近。

生活方式	金融/教育/职业	政府/法律
档案1A. 消费产品偏好	档案2A. 教育史	档案3A. 重要记录
档案1B. 消费服务偏好	档案2B. 工作经历,含收入	档案3B. 选民登记
档案1C. 旅行	档案2C. 信用历史/当前报告及评级	档案3C. 法律法规历史
档案1D. 医疗		档案3D. 犯罪记录
档案1E. 业余爱好	档案2D. 企业产品和服务偏好	档案3E. 合规记录
		档案3F. 移民和归化

莱姆又快速浏览了几次档案,然后看了看证据板上贴着的其他文件。有什么事情不对劲。

他又重新给萨内克打了电话,"罗德尼,告诉我:一个三十多页的文件能占用硬盘上多大的存储空间?就像我这里的那个SSD档案。"

"个人档案?只有文字吗?"

"是的。"

"它会被放在数据库里,所以会被压缩……最多也就25KB。"

"那是相当小的,对不对?"

"嘿。在数据存储的飓风中,那就是一个屁。"

莱姆对他的比喻翻了个白眼。"我有一个问题想问你。"

"嘿。说吧。"

她的头一阵阵地疼,她可以尝到嘴里流出的血。因为刚才她撞到了墙上。

刀片卡在她的喉咙上,凶手已经拿走了她的枪,并把她拖过地下室的门,走上别墅的楼梯,进入那个"对外"的房间。这是一个现代化的、对比鲜明的地方,和SSD黑白相间的装修呼应。

然后,他领着她走过客厅后方墙壁上的一扇门。

讽刺的是,那是一个衣柜。他把几件带着陈旧气味的衣服推开,将墙后的另一扇门打开,把她拖了进去,从她身上取走寻呼机、掌上电脑、手机、钥匙,还有她裤子后面口袋里的弹簧刀。他把她推到散热器上,在堆得高高的报纸堆之间,把她铐在生锈的金属上。她环顾四周,打量着这个囤积狂的天堂。发霉、昏暗,充斥着老旧物品的臭味、二手货的臭味,比她见过的任何一个地方都堆满了更多的垃圾和废品。凶手把她所有的物品都拿到一张巨大、杂乱的办公桌上,用她的刀将每件电子产品都拆卸开来。他做事时一丝不苟,仔细取出一个个零部件,仿佛在解剖一具尸体,取出里面的内脏。

现在,她看到凶手在办公桌上敲打键盘。他被巨大的报纸堆、纸袋、火柴盒所包围。还有各种玻璃器皿,上面标有"香烟""按钮""回形针"等。二十世纪六七十年代的旧罐子、食品箱、清洁用品,上百个其他容器。

但她没怎么研究他的库存。她心里还在吃惊,想着他是如何骗过他们的。五二二不是嫌疑人名单上的任何一个。他们关于欺凌他人的高管、技术人员、客户、黑客、安德鲁·斯德林雇来的枪手的所有猜想都是错的。

然而,他是一名SSD的雇员。

她怎么会忽略这么明显的问题?

五二二是星期一带她去数据圈里参观的保安。她想起了他的胸牌——约翰,姓罗林斯。他一定是在星期一看到她和普拉斯基来到SSD的大堂,然后迅速跑来护送他们到斯德林的办公室。他会在附近徘徊,以了解他们此行的目的。或者,他早就知道他们要来的时间,并安排在当天上午值班。

无所不知的人……

他可以带着她自由出入"灰岩"里的所有地方。她早该知道,他可以自由出入所有的数据圈和进口中心。她回忆起在SSD,一旦你进到了数据圈里,就不需要密码登录innerCircle。她仍然不知道他是怎么把含有数据的磁盘偷出来的。离开数据圈的时候他也被搜查了。但不知何故,他却能成功地把数据拿出来。

她眯起眼睛,希望能减缓头部的疼痛。没用。她抬起头,看向办公桌上方墙上挂着的一幅画,那是一幅家庭肖像画。当然是哈维·普雷斯科特的画作。为了得到这幅画,他杀害了爱丽丝·桑德森,然后将她的死栽赃给无辜的亚瑟·莱姆。

她的眼睛终于习惯了昏暗的灯光,萨克斯看向五二二。他在SSD护送她的时候,她没有注意到他。但现在,她能清楚地看到他。他很瘦弱,面色苍白,面孔不太起眼,但很英俊。他空洞的眼神上下逡巡,他的手指很长,手臂强劲有力。

凶手感觉到了她的视线。他转过身来,看向她的眼神充满饥渴。然后,他回到了电脑前,继续疯狂地打字。五二二身旁还有十几个键盘,大多已经破损或有磨损的字母,在地板上堆成一堆。这些东西对别人已没有任何用处,但对他来说,当然是不能扔掉的。他周围是上千个黄色记事本,里面写着会议记录,笔迹精湛——是他们在现场找到的小黄点儿的来源。

发霉的味道、没有洗过的衣服和床单的气味让人难以忍受,他一定对这样的恶臭习以为常甚至没有注意到它。也许他喜欢这个味道。

萨克斯闭上了眼睛,把头靠在一摞报纸上休息。没有武器,没有帮助……她能做什么呢?她对自己很生气,气自己没有给莱姆留一个更详细的口信。

孤立无援……

然后她想起来,整个五二二案说明了一件事:知识就是力量。

好,那就去获取一些知识,该死的。找出一些关于他的信息,当作武器来用。

思考!

SSD的警卫罗林斯……这个名字对她来说没有任何意义。它在调查过程中从未出现。那么他和SSD的联系到底是什么?和犯罪数据的联系又是什么?

萨克斯环视了一下黑暗的房间,各种垃圾将这里淹没,多到不可置信。

噪声……

集中精神,一样一样来。

然后,远处墙上的一样东西引起了她的注意。那是他的收藏品之一:一大沓滑雪景区的缆车票。

韦尔山,铜山,布雷肯里奇,比弗河。

会不会是?

好吧,值得赌一把。

"彼得,"她自信地说,"我们得谈一谈。"

听到那个名字,他眨了眨眼睛,朝她看来。一瞬间,他看起来似乎有些不确定。这几乎就像打在脸上的一记耳光。

是的,她猜对了。罗林斯是(还能是什么?)一个假身份。在现实中,他是彼得·戈登,那个死去的著名数据搜刮者……几年前,SSD接手他在科罗拉多州的公司时,他伪造了自己的死亡。

"我们只是好奇你是如何伪造死亡的,DNA又是怎么回事?你是怎么做到的?"

他停下打字,盯着墙上的画,最后说:"数据是不是很有趣?我们完全信任它,从不质疑。"他转身面对她,"如果是一台电脑得出的结论,我们就知道它是正确的。如果涉及尊贵的DNA本身,那么它肯定是正确的。再无疑问。案子结束。"

萨克斯说:"所以,你——彼得·戈登——就失踪了。警方找到了你的自行车和穿着你衣服的腐烂尸体。在被动物吃了以后,就没剩下什么了,对不对?他们提取的头发和唾液样本是从你家拿的,所以DNA是匹配的。再无任何疑问,你确实是死了。但那其实不是你浴室里的头发或唾液,对吧?你把那个人杀了,从他身上剪了一些头发,放在你的浴缸和房间里。而且你给他刷了牙,对不对?"

"还有一点沾在剃须膏里的血,你们警察很喜欢见血,不是吗?"

"你杀的是谁?"

"一个来自加利福尼亚州的孩子,在七十号跨州国道上旅行。"

你要让他感到不安——信息是你唯一的武器。利用它!"只是我们从来不知道你为什么要这样做,彼得。是因为你不想让落基山数据被SSD收购?还是另有隐情?"

"不想?"他惊讶地低声说,"你就是不明白,对吧?安德鲁·斯德林和SSD的人来收购落基山时,我到处收集关于他和他公司的所有信息。而我的发现十分惊人!安德鲁·斯德林就是上帝。他是数据的未来,这意味着他也是这个社会的未来。他能找到我甚至无法想象存在的数据,利用它,把它当作一把枪,或者是药品,或者是圣水。我必须成为他事业的一部分。"

"但你不能在SSD搜刮数据,因为你的计划不允许,对吧?因为你的……其他收集爱好?还有你的生活方式。"她看了眼堆得满满的房间。

他脸色阴郁,睁大了眼睛。"我当然想成为 SSD 的一员。你以为我不想吗?哦,我本可以做出那么多成就!但是,他们没给我这个选择。"他沉默下来,朝周围挥挥手,指着他的收藏品。"你觉得这是什么样的生活?是我的选择吗?你以为我喜欢吗?"他的声音几乎破裂开来,喘着粗气,微弱地笑了笑。"不,我的生活必须与世隔绝。那是我生存的唯一途径。不能被查到,必须无影无踪。"

"所以,你伪造了死亡,偷走了一个身份。给自己找了一个新的名字和社保号码,一个已经死了的人。"

他恢复了平静。"一个孩子,是的。约翰·罗林斯,三岁,来自科罗拉多泉。获取一个新身份很容易。求生者每天都要这么做,你甚至可以买到相关的书……"他微弱地笑了笑,"只要你记得付现金。"

"然后你找了一份保安的工作。但是 SSD 里没有人认出你来吗?"

"我从来没在公司里遇见过任何人。这就是数据挖掘业务巧妙的地方,你可以收集数据,但从不离开你自己隐秘的衣柜。"

他的声音低了下去。他似乎感到了不安,考虑起她刚才和他讲的话。他们真的已经快要将彼得·戈登与罗林斯联系到一起了吗?那么不久就会有别的人来到这里,进一步检查这里的东西?他显然不能冒这个险。戈登抓起帕米的车钥匙,想要把车藏起来。他检查了一下钥匙牌。便宜货,没有射频识别。但是,现在每个人都会扫描车牌。"你把车停在哪儿了?"

"你认为我会告诉你吗?"

他耸耸肩离开了。

她的战略成功了,抓住一点知识,并把它作为武器。虽然不多,但至少给自己争取了一些时间。

但是,这么做能给她足够的时间来实施计划吗?

她能够到裤子口袋里手铐的钥匙吗?

45

"听着,我的搭档失踪了。我需要看一些文件。"

莱姆在通过高清晰视频和安德鲁·斯德林对话。

SSD的头领又回到了他简朴的办公室里。他坐在一个似乎非常普通的木椅上,讽刺的是他的坐姿与莱姆在轮椅上的坐姿一样僵硬,他们的身体都完全挺直。斯德林轻声说:"塞缪尔·布罗克和你聊过了,格伦高级警监也和你说了。"他的声音里没有一丝不安,不带任何情感,事实上,他脸上是愉快的微笑。

"我想看看我搭档的档案。你也见过这位警官,阿米莉亚·萨克斯。我要看她的整个档案。"

"你说的'整个档案'是指什么,莱姆警监?"

莱姆注意到,斯德林称呼他时用到了他曾经的头衔,知道这件事情的人不多。"你知道我在说什么。"

"不,我不知道。"

"我想看看她的3E合规档案。"

斯德林犹豫了一下。"为什么?那里面没有什么,只是一些政府备案信息。隐私法允许披露的内容。"

但是,这个男人在撒谎。加州调查局的凯瑟琳·丹斯给他讲过一些体势学知识,以及如何在沟通时分析人们的反应。回答之前的犹豫往往是欺骗的前兆,因为说谎的人要编出一个可信的谎言。人们在说实话的时候没有这种停顿,话说得很快,因为不需要编造。

"你为什么不希望我看到它呢?"

"你完全没有理由去看……它对你不会有什么用处。"

谎言。

斯德林的绿眼睛依然平静,但是向身侧看了一眼,莱姆意识到他在看罗恩·普拉斯基。年轻的警官回到了实验室,站在莱姆的身后。

"那么回答我一个问题。"

"什么?"

"我刚刚给纽约警局计算机部的人打了电话,让他估算我堂兄的SSD档案有多大。"

"然后呢?"

"他说,三十页的文本最多也就25KB。"

"我知道你担心搭档的安危——"

"我觉得你不知道,现在听我说。"稍微扬起的眉毛是斯德林的唯一回应。"典型的个人档案是25KB。但是你的宣传册上说,你有500PB的信息。这么大的数据量,大多数人甚至都无法理解。"

斯德林没有回答。

"如果一个档案平均只有25KB,那么即使地球上每个人都有一个自己的数据库,也不过就占用大约46.5TB的信息,这还是往多了算的。但innerCircle拥有超过500PB的信息。那么是什么占据了硬盘空间呢,斯德林?"

斯德林再次犹豫了。"有很多东西——图像、照片什么的,它们很占地方,还有管理数据。"

谎言。

"那么首先,你告诉我,为什么会有人需要合规文件呢?合谁的规?又必须遵守什么呢?"

"我们要确保每个人的文档都遵守所有法律规定。"

"斯德林，如果你不把她的文档在五分钟之内送到我的电脑里，我就直接向《纽约时报》揭露你协助并教唆他人使用 SSD 的数据，强奸并谋杀平民百姓。华盛顿合规部门的那伙人也没法把你从头条新闻里救出来。这个故事会闹得满城风雨，我保证。"

这一次，斯德林只是笑了，脸上带着自信。"我不认为会发生这种事。那么现在，警监，我要说再见了。"

"斯德林——"

屏幕一黑。

莱姆挫败地闭上了眼睛，然后推动轮椅到写有证据列表和嫌疑人名单的白板前。他盯着汤姆和萨克斯的笔记，有的潦草、有的整齐。

但是，没有答案。

你在哪里，萨克斯？

他知道她常常铤而走险，他也从来不会建议她回避危险的地方，即使她似乎经常被牵扯进去。但他现在非常生气，她居然独自前去查看线索，没有带上任何后援。

"林肯？"罗恩·普拉斯基轻声问道。莱姆抬起头来看到年轻警官的眼睛，他的眼神异常冷静，盯着米拉·韦恩伯格凶案现场尸体的照片。

"什么？"

他转身对犯罪学家说："我有个主意。"

一个鼻子缠着绷带的脸出现在了高清视频里。

"你是能进入 innerCircle 的，对吗？"罗恩·普拉斯基问马克·惠特科姆，声音很冷淡，"你说你没有权限，但你其实是有的。"

合规助理叹了口气，最后说："是的，你说得对。"他看了一眼摄像头对面的人，然后望向远处。

"马克，我们遇到了问题，需要你的帮助。"

普拉斯基向他解释了萨克斯的失踪，莱姆怀疑合规文件里的内容能帮他们找出她的下落。"那个档案里有什么？"

"合规档案？"马克·惠特科姆低声说，"那是绝对不允许访问的文档。如果他们发现，我甚至可能去坐牢。而斯德林的反应会是……哦，那比监狱还糟糕。"

普拉斯基打断他说："你一开始没有和我说实话，因此有人死了。"然后他又轻声说："我们是好人，马克。请你帮助我们。不要再让任何人受到伤害，求你了。"

他说完后沉默了。

干得好，菜鸟，莱姆想，这一次很心甘情愿地坐在副驾驶的座位上。

惠特科姆哭丧着脸。他环顾四周，又向天花板看了看。难道他是怕窃听器或监控摄像头？莱姆猜测着。看上去似乎是的，因为接下来，他的声音里充满了无奈和紧迫，他说："把这个写下来，我们没有太多时间。"

"梅尔！到这里来。我们正要在进入SSD的系统，那个innerCircle。"

"真的吗？听起来不太合法。呵呵，先是朗拿走了我的警徽，现在是这个。"库柏急忙来到莱姆旁边。惠特科姆说了一个网址，库柏输入网页，屏幕上出现了一些消息表明他们与SSD的安全服务器取得了联系。惠特科姆给了库柏了一个临时用户名，稍微犹豫了一下以后，又给了他三个很长的随机字符口令代码。

"下载在屏幕中心的解密文件，然后点击执行。"

库柏按他说的做了，片刻后，另一个窗口出现了。

欢迎，NGHF235，请输入（1）对象的十六位SSD数字代码，（2）国家和对象的护照号码，或者（3）对象的姓名，现居住地，社会安全保障号码和电话号码。

"把你感兴趣的人的信息填进去。"

莱姆说出了有关萨克斯的细节，屏幕上出现了一行字：确认进入 3E 合规档案？是 / 否。

库柏点击了前者，一个弹窗映入眼帘，要求另一个密码。

惠特科姆又向天花板看了一眼，问："你准备好了吗？"

好像这是一件天大的事。"准备好了。"

惠特科姆给了他们另一个十六位密码，被库柏输入电脑里。他敲击了回车键。

文字开始布满电脑屏幕，犯罪学家惊讶地低呼："哦，我的上帝。"

林肯·莱姆可不是一个容易被吓到的人。

限制级文档

任何未持有 A-18 级或以上官方许可的人
持有本文档属违反联邦法行为

档案 3E- 合规

SSD 目标编号：7303-4490-7831-3478

姓名：阿米莉亚·H. 萨克斯

页数：四百七十八页

目 录

点击主题查看详情

注意：已存档的材料可能需要长达五分钟的等待时间

档案概览

- 姓名/别名/昵称/网名/其他
- 社保号码
- 现居地
- 现居地卫星图
- 曾居地
- 国籍
- 种族
- 祖籍
- 族源
- 体貌描述/显著特点
- 生物指纹信息
    - 照片
    - 视频
    - 指纹

- 脚印
- 视网膜/虹膜扫描
- 步态档案
- 面部扫描
- 声音模式
- 组织抽样
- 病史
- 政治党派
- 专业组织
- 联谊组织
- 宗教信仰
- 军事
    - 退役/退伍
    - 国防部评估
    - 国家警卫队评估

- 武器系统训练
- 捐赠
- 政治
- 宗教
- 慈善
- 医疗
- 公共广播系统/全国
- 公共广播电台
- 其他
- 心理/精神病史
- MBTI 性格概括
- 性取向
- 兴趣/爱好
- 俱乐部/兄弟会

拴连个人

- 配偶
- 亲密关系
- 后代
- 父母
- 兄弟姐妹
- 祖父母

- 外祖父母　　　　　　　现在　　　　　　　　　· 熟人
- 其他亲属，在世　　　　过去五年（已存档）　　现实生活
- 其他亲属，已故　　　　· 同事，客户等　　　　线上社区
- 婚姻或亲属关系　　　　现在　　　　　　　　　· 利益相关者（PEOI）
- 邻居　　　　　　　　　过去五年（已存档）

经济状况

- 就业：现在　　　　　　税务局已上报　　　　　其他
  - 分类　　　　　　　　未上报　　　　　　　· 信用报告/评级
  - 工薪记录　　　　　　外来收入　　　　　　· 金融交易记录，美国
  - 缺勤天数/原因　　　· 目前持有资产　　　　　机构
  - 离职/失业索赔　　　　不动产　　　　　　　　今天
  - 表彰/惩戒　　　　　　车辆和船只　　　　　　过去七天
  - 歧视事件　　　　　　银行存款/证券　　　　过去三十天
  - 安全卫生事件　　　　保险　　　　　　　　　过去一年
  - 其他行为　　　　　　其他　　　　　　　　　过去五年（已存档）
- 就业：过去（已存档）· 资产（过去十二个　　· 金融交易记录，国外
  - 分类　　　　　　　　月），大额处置或购置　　机构
  - 工薪记录　　　　　　不动产　　　　　　　　今天
  - 缺勤天数/原因　　　　车辆和船只　　　　　　过去七天
  - 离职/失业索赔　　　　银行存款/证券　　　　过去三十天
  - 表彰/惩戒　　　　　　保险　　　　　　　　　过去一年
  - 歧视事件　　　　　　其他　　　　　　　　　过去五年（已存档）
  - 安全卫生事件　　　· 资产（过去五年），　· 金融交易，伊斯兰哈瓦
  - 其他行为　　　　　　大额处置或购置（已　　拉及其他现金交易
- 收入：目前　　　　　　存档）　　　　　　　　今天
  - 税务局已上报　　　　不动产　　　　　　　　过去七天
  - 未上报　　　　　　　车辆和船只　　　　　　过去三十天
  - 外来收入　　　　　　银行账户/证券　　　　过去一年
- 收入：过去　　　　　　保险　　　　　　　　　过去五年（已存档）

通信

- 当前电话号码　　　　　座机　　　　　　　　· 传真号码
  - 移动　　　　　　　　卫星　　　　　　　　· 寻呼机号码
  - 座机　　　　　　　· 以往电话号码（五年内）· 呼入/呼出电话/寻呼
  - 卫星　　　　　　　　移动　　　　　　　　　机-手机/掌上电脑
- 以往电话号码（一年内）座机　　　　　　　　　过去三十天
  - 移动　　　　　　　　卫星　　　　　　　　　过去一年（已存档）

- 呼入/呼出电话/寻呼
  机/传真－座机
  过去三十天
  过去一年（已存档）
- 呼入/呼出电话/寻呼
  机/传真－卫星
  过去三十天
  过去一年（已存档）
- 窃听器/拦截
  外国情报监视法
  （FISA）
  笔类记录器
  《美国法典第三卷》
  其他，凭证
  其他，担保物
- 网络通话活动
- 互联网服务供应商，
  目前
- 互联网服务供应商，
  过去十二个月
- 互联网服务供应商，

过去五年（已存档）
- 最喜欢的/保存的网站
- 电子邮箱地址
  现在
  过去
- 邮件往来（过去一年）
  TC/PIP历史
  发件地址
  收件地址
  内容（须授权查看）
- 邮件往来（过去五年）
  TC/PIP历史
  发件地址
  收件地址
  内容（须授权查看）
- 网站，现在
  个人
  专业
- 网站，过去五年（已存档）
  个人

专业
- 博客，生活日志，网站（详见附录）
- 社交网站（MySpace，Facebook，OurWorld，其他）（详见附录）
- 虚拟形象/其他网络形象
- 邮件列表
- 邮件账户里的"好友"
- 网络聊天组
- 网站浏览历史和搜索引擎历史
- 键盘输入技术档案
- 搜索引擎语法、句法和标点符号使用
- 包裹快递记录
- 邮件
- 特快专递/注册/认证美国邮局活动

休闲及生活方式

- 购买：今天
  危险物品或商品
  服装
  交通工具及相关
  食物
  酒品
  家居用品
  电器
  其他
- 购买：过去七天
  危险物品或商品
  服装
  交通工具及相关
  食物
  酒品
  家居用品
  电器

其他
- 购买：过去三十天
  危险物品或商品
  服装
  交通工具及相关
  食物
  酒品
  家居用品
  电器
  其他
- 购买：过去一年（已存档）
  危险物品或商品
  服装
  交通工具及相关
  食物
  酒品

家居用品
电器
其他
- 书籍/杂志：网购
  可疑/反动
  其他感兴趣的
- 书籍/杂志：线下购买
  可疑/反动
  其他感兴趣的
- 书籍/杂志：图书馆借阅
  可疑/反动
  其他感兴趣的
- 书籍/杂志：机场/航空公司记录
  可疑/反动

其他感兴趣的	汽车	国际
·其他阅读活动	自有车	TSA 安全检查
·婚礼/送礼会/周年礼品	租赁	禁飞区飞行记录
·戏剧电影	公共交通	·相关场所（LOI）
·有线电视节目/付费（过去三十天观看）	出租车/豪华轿车	本地
	巴士/火车	清真寺
·有线电视节目/付费（过去一年观看）	商用飞机	其他地点：美国
	国内	清真寺
·订阅电台	国际	其他地点：国际
·旅行	私人飞机	
	国内	

去过/通过红色警报地理位置（RFL）

古巴	巴勒斯坦	阿富汗
乌干达	叙利亚	车臣
利比亚	伊拉克	索马里
南也门	伊朗	苏丹
利比里亚	埃及	尼日利亚
加纳	沙特阿拉伯	菲律宾
苏丹	约旦	朝鲜
刚果	巴基斯坦	阿塞拜疆
印度尼西亚	厄立特里亚	智利

地理定位

·GPS设备（今日所有位置）	移动设备	过去七天
	·GPS设备（过去一年位置）	过去三十天
车载		过去一年（已存档）
手持设备	车载	·射频识别介绍，高速公路收费记录
移动设备	手持设备	
·GPS设备（过去七天位置）	移动设备	·今天
	·生物测量观察	过去七天
车载	今天	过去三十天
手持设备	过去七天	过去一年（已存档）
移动设备	过去三十天	·交通违章照片/视频
·GPS设备（过去三十天位置）	过去一年（已存档）	·CCTV照片/视频
	·射频识别报告，高速公路收费记录除外	·担保监控照片/视频
车载		·附带监控照片/视频
手持设备	今天	·金融交易：本人

今天	今天	今天
过去七天	过去七天	过去七天
过去三十天	过去三十天	过去三十天
过去一年（已存档）	过去一年（已存档）	过去一年（已存档）
·手机/掌上电脑/电信	·敏感地标附近事故	

法务

·犯罪记录：美国	拘留/审问	·民事诉讼
拘留/审问	逮捕	·禁止令
逮捕	定罪	·举报历史
定罪	·观察名单	
·犯罪记录：国外	·监控	

附加档案

·FBI	·国家警察改进机构	陆军	·州和地方警察部门的情报
·中央情报局		海军	
·国土安全局	·美国军事情报机构	空军	
·国家侦察局		海军陆战队	

威胁评估

·安全风险评估	私有行业	公共行业

这还只是目录，阿米莉亚·萨克斯的档案将近五百页。

莱姆在列表中滚动和点击着各个项目。每个项目下的文字都密密麻麻。他低声说："SSD有这么多个人信息？每一个美国公民都存有这么多信息吗？"

"没有。"惠特科姆说，"五岁以下的儿童信息很少，还有许多成年人的信息都有空白。但在这一领域，SSD是做得最好的，而且他们每天都在改进。"

改进？莱姆想道。

普拉斯基冲着梅尔·库柏下载的宣传资料点点头。"四亿人口吗?"

"是的,而且每日都在增长。"

"而且它每小时更新一次?"莱姆问道。

"通常是实时的。"

"所以,你的政府机构,惠特科姆,这个合规监察科……不是在保护数据,而是在利用它,对吗?利用它找到恐怖分子?"

惠特科姆犹豫了一下。但既然他已经把萨克斯的档案发给了没有 A-18 级许可的人,再多分享一些也就不痛不痒了。"是的,而且不只是恐怖分子,还有其他犯罪分子。SSD 使用预测软件,可以找出谁在何时何地犯罪、怎么做的。很多传到警察局和情报部门的线索,看上去是来自热心的匿名公民,但其实只是假身份,是瞭望塔和 innerCircle 创建出来的。有时他们甚至会去领取赏金,然后再将这些赏金退回给政府再次使用。"

这时梅尔·库柏发问了:"但是,如果你是一个政府机构,为什么要把这个工作给私人公司做?为什么不自己做呢?"

"我们必须使用私营公司。'九一一'事件以后,国防部曾尝试过类似的事情,启动了'全面信息意识计划',由前任国家安全顾问约翰·波因德克斯特和美国科学应用国际公司的一名执行官负责,但最后因为违反了隐私法被关停了。公众认为那太像'老大哥'了。但 SSD 不受同样的法律限制,只有政府受限。"

惠特科姆露出一个嘲讽的笑容。"实话实说,华盛顿没有才华,SSD 有。安德鲁·斯德林重视'知识'和'效率'。没有人把这两者结合得比他更好。"

"那不是违法的吗?"梅尔·库柏问。

"我们运作在一些真正的灰色地带里。"惠特科姆承认道。

"好吧,但是它能帮到我们吗?我只关心这个。"

"也许。"

"怎么帮?"

惠特科姆解释说："我们可以先看看萨克斯警探今天的地理定位档案。下面我来接管键盘。"他开始打字。"你会在屏幕底部的框里看到我在做什么。"

"这需要多久？"

他笑了一声，因为鼻子被打断了，声音含混不清。"用不了多久，很快。"

他还没有说完之前，屏幕上就充满了文字。

地理定位档案
目标对象 7303-4490-7831-3478
时间参数：过去四个小时内

· 16：32。电话。从目标的手机到 5732-4887-3360-4759（林肯·亨利·莱姆）（拴连个人）的座机。五十二秒。目标在纽约市布鲁克林区的居所。

· 17：23。监测到生物识别信息。CCTV监控，纽约市警察局第八十四分局，纽约布鲁克林。可信度95％。

· 17：23。监测到生物识别信息。3865-6453-9902-7221（帕米拉·D.威洛比）（拴连个人）。CCTV监控，纽约市警察局第八十四分局，纽约布鲁克林。可信度92.4％。

· 17：40。电话。从目标的手机到 5732-4887-3360-4759（林肯·亨利·莱姆）的固定电话。二十秒。

· 18：27。射频识别扫描。曼哈顿风精品店主题信用卡，西八街九号。无消费记录。

· 18：41。监测到生物识别信息。CCTV监控，百世科折扣加油站，西十四街五四六号，七号油泵，二〇〇一年本田思域，纽约州牌号 MDH459，注册人 3865-6453-9902-7221（帕米拉·D.威洛比）。

・18：46。信用卡消费。百世科折扣加油站，西十四街五四六号，七号油泵购买 14.6 加仑普通汽油。消费 43.86 美元。

・19：01。车牌扫描。CCTV 监控，美洲大道和二十三街交叉口，本田思域 MDH459 向北行驶。

・19：03。电话。从目标的手机到 5732-4887-3360-4759（林肯·亨利·莱姆）的固定电话。目标在美洲大道和二十八街交叉口。十四秒。

・19：07。射频识别扫描，美联社信用卡，美洲大道和三十四街交叉口。四秒。无消费记录。

"她在开帕米的车。为什么？她自己的车呢？"

"她的车牌是什么？"惠特科姆问，"没关系，用她的十六位代码更快。让我们来看看……"

一个窗口弹出，他们看到了一份报告。萨克斯的科迈罗SS已经被扣押，并从她家门前被拖走。没有人知道她的车被拖到哪里去了。

"是五二二做的。"莱姆轻声说，"一定是他。就像你的妻子，普拉斯基，还有这里的停电。他在一个个对付我们所有人，什么都干得出来。"

惠特科姆继续在电脑上打字，刚刚汽车的信息被一张地图取代，上面显示出刚刚档案里所写的每个地理位置。从地图上可以看出，萨克斯从布鲁克林一直移动到了曼哈顿中城。但之后的线索便停了。

"最后一个记录里，"莱姆问道，"那个射频识别扫描是怎么回事？"

惠特科姆说："是一家商店读到了她信用卡里的芯片信息，但时间非常短。说明她开车经过了那里。如果是走路的话，她得走得非常快才能使读取时间这么短。"

"她会不会继续北上了？"莱姆沉思。

"这就是我们掌握的所有信息,但很快就会更新的。"

梅尔·库柏说:"她可能从三十四街上到西高速公路一路向北,出了城。"

"那里有一个收费站。"惠特科姆说,"如果她经过收费站,我们会照到车牌号的。那个叫什么来着的女孩,啊对,帕米·威洛比,她的车没有电子通行证。如果有,innerCircle 会告诉我们的。"

在莱姆的指挥下,梅尔·库柏——现在他们中的唯一高级警官——发出了一个紧急车辆定位请求,根据车牌号和车型去找出帕米的车。

莱姆打电话给布鲁克林分局,了解到萨克斯的科迈罗确实被拖走了。萨克斯和帕米只在那里待了一小会儿,很快就离开了,并没有说她们要去哪儿。莱姆给女孩的手机打了电话,她和一个女性朋友在一起。帕米证实,有人闯入后,萨克斯在房子里发现了一个线索,但没有提到那是什么或者她打算去哪里。

莱姆挂断了电话。

惠特科姆说:"我们先把她的地理位置和所有其他信息都放进 FORT 里,那是寻找隐藏关联的软件,之后再把结果放进 Xpectation 里,那个是预测软件。如果要找到她,只能这样了。"

惠特科姆再次仰望天花板,然后苦着一张脸站起来,向门口走去。莱姆能看到他锁上了门,又在门把手下放了把木椅。他回到电脑前,露出一个淡淡的微笑,开始敲起键盘。

"马克?"普拉斯基问。

"怎么?"

"谢谢你。而且这一次,我是真心的。"

46

人生是一场战斗,当然。

我的偶像——安德鲁·斯德林——对数据有着和我一样的热情,我们都欣赏它的神秘,它的诱惑力,还有它巨大的力量。但是,在我走进他的世界之前,我从来没有想过数据可以作为武器,扩大你的视野到世界的每一个角落。将所有人生活的全部都转化为数字,然后看着它们升华,超然于世。

不朽的灵魂……

我曾喜爱过结构化查询语言(SQL),它曾是数据库管理的标准,直到我被安德鲁和他的瞭望塔所诱惑。谁不会呢?它的力量与优雅扣人心弦。虽然并不直接,但也是他让我充分地理解了数据的世界。虽然他不用去看我胸前的名牌也知道我的名字(他拥有那么聪明过人的头脑),但他从来只与我在大厅里点头问好,偶尔问问我周末过得如何。我回想起在他的办公室中度过的所有深夜。凌晨两点左右,SSD里空无一人,我坐在他的椅子上,感受他的气息。我阅读他把背脊向上摆放的所有图书。没有一本是迂腐和愚蠢的商人自助书籍,全是充满了远见卓识和雄心壮志的书籍:关于权力和国家。十九世纪在天命论统治下的美洲,第三帝国统治下的欧洲,罗马人的地中海文明,在天主教和伊斯兰教统治下的世界。顺便说一句,他们都意识到了数据的精妙之处。

我从安德鲁身上学到了那么多！我会仔细听他的谈话、研读他写过的笔记、信件，还有书。

"错误是噪声，噪声是污染，而污染必须被消除。"

"胜者才有资本慷慨相助。"

"只有弱者才会妥协。"

"要么找到一个解决问题的方法，要么就不把它看成是问题。"

"我们生来就是要战斗的。"

"知道后才能理解，理解后才能胜利。"

如果安德鲁知道我都做了什么，相信他会很高兴的。

而现在，我还在与"他们"战斗。

我再次在家附近的街上按下遥控钥匙，终于听到了喇叭发出的哔哔声。

让我们来看看，让我们来看看……啊，在这里。看看这坨垃圾，本田思域。是借来的，当然，因为阿米莉亚7303的车还在废车场里。这招真妙，我对比颇为自豪。以前我都没想过要这么做。

我的思绪回到我美丽的红发女孩身上。她说警察知道了关于我的事，是在唬人吗？关于彼得·戈登呢？知识就是这么有趣，真相与谎言只有一线之隔。但我不能冒任何风险，我得把车藏起来。

我又想到了阿米莉亚7303。

那双野性的眼睛，火红的长发，性感的身体……我不知道我还能再等多久。

战利品……

我快速检查了一遍车里的东西。有书籍、杂志、面巾纸、几个空维生素饮料瓶子、一张星巴克餐巾纸、跑鞋上脱落下来的橡胶。后座上还有《十七岁》杂志、一本关于诗歌的教科书……是谁拥有这辆日本技术界的杰出贡献呢？注册车牌告诉我，是帕米·威洛比。

我会在innerCircle查一查她，然后拜访她。不知道她长什么样子？我会去机动车管理局的网站上看看，确保她值得这番折腾。

车子顺利发动。我谨慎地把车开出来，不打扰其他人，不想在这里引人注意。

我开了半个街区，驶入一条小巷。

帕米小姐喜欢听什么样的音乐呢？摇滚、另类摇滚、嘻哈，谈话节目和国家广播电台。车里的电台预设往往可以告诉你很多事情。

我已经想好了和小姑娘进行交易的步骤。先去了解她。我们将在阿米莉亚7303的追悼会（没有尸体，没有葬礼）上见面。我向她表示同情。我在阿米莉亚7303办理此案的过程中遇到了她。我真的很喜欢她。哦，不要哭，亲爱的，没关系。这样吧，我们可以聊聊。我可以告诉你阿米莉亚与我分享过的故事，她父亲的故事，还有她祖父的很多趣事，尤其是他刚来到这个国家的时候。（我发现她在调查我之后查了她的档案，多么有趣的过去。）我们成了好朋友。我真的难过极了……你想去喝杯咖啡吗？你喜欢星巴克吗？我经常去那里，每天晚上我在中央公园跑完步以后都会去。不会吧！你也是？

我们肯定有不少共同之处。

我想着帕米，哦，那种感觉又来了。她能丑到哪里去呢？

不过她要再等等才能进我的后备厢……我得先处理汤姆·莱斯顿，还有一些其他事情。但至少今晚我有阿米莉亚7303。

我把车开进车库，停下。它会在这里休息，直到我把车牌换掉，然后把它开到克罗顿水库的底部。但是我现在还不能想那个。我满脑子想的都是她，我的红发女孩，她在我家的衣柜里等我，就像一个妻子在等待辛苦工作一天之后从办公室归来的丈夫。

对不起，现在无法预测。请输入更多数据后，再次尝试预测。

尽管他们有世界上最大的数据库、这个国家最先进的软件系统，以光速检查着阿米莉亚·萨克斯生活中的每一个细节，预测软件仍然没有结果。

"对不起。"马克·惠特科姆说，摸了摸自己的鼻子。会议视频软件的图像很高清，让他鼻子上的伤显得尤为突出。他看起来很糟糕，罗恩·普拉斯基撞上去的时候真是不遗余力。

惠特科姆吸着鼻子继续道："我们只是没有足够的细节。你得到的结果和投入的数据质量是成正比的。它的工作原理就是在原有的行为模式上进行预测。而现在它唯一能告诉我们的是，她在一个从来没去过的地方，至少不会是在她开过的这条路上。"

她在真正的凶手那里，莱姆受挫地想道。

她到底在哪儿呢？

"稍等一下，系统在更新……"

屏幕闪烁了一下，然后变动了。惠特科姆脱口而出："我找到她了！二十分钟前扫到了她的射频识别。"

"在哪里？"莱姆低声问。

惠特科姆把地址放在屏幕上，信号来自上东区一个安静的街区。"有两个商店扫到了她。第一个射频识别扫描只有两秒钟。接下来的那个稍长，八秒。也许是她停下来在检查地址。"

"打电话给波·豪曼！"莱姆喊道。

普拉斯基按下快速拨号键，片刻后电话里传来紧急勤务组负责人的声音。

"波，我找到关于阿米莉亚的线索了。她去追查五二二以后就消失了，我们有一个电脑在监视她的行踪。二十分钟之前，她去了第八大道东八十街六四二号附近。"

"我们十分钟以后就能赶到，林肯。她现在是人质吗？"

"很大概率是。你了解情况以后打电话给我。"他挂断了电话。

莱姆回想起她的语音留言。此刻那一点点数据就是他们之间唯一的联系，脆弱无比。

他还能清楚地听到她的声音：我找到了一条线索，很不错，莱姆。打电话给我。

他无法控制自己不去想这会不会是他们最后一次通话。

波·豪曼的紧急勤务组 A 小队站在上东区一栋大房子门外。四名穿着全身防弹衣的警察手里拿着体积小巧的黑色 MP-5 机关枪,小心地避开房子的窗口。

豪曼不得不承认,无论在军队还是警局,他都没有见过这样的事情。林肯·莱姆使用某种计算机程序就可以跟踪阿米莉亚·萨克斯到这一带,不是通过她的手机、信号发送器或 GPS。也许这就是未来的警务工作。

那个设备并没有给出阿米莉亚的确切位置,也就是此刻紧急勤务组所在的地点:一家私人住宅。但有目击者看到一位女子在电脑指出的两家商店短暂停留,然后去了街对面的这个栋房子。

她可能就是在那里被罪犯五二二劫持了。

小队终于来了消息。"B 小队呼叫一号。我们已经就位,但什么都看不到。她在几层?完毕。"

"不知道,我们只能进去搜一搜。行动要快,她已经在那里待了一段时间。我会去按门铃,他来到门口后,我们就行动。"

"收到,完毕。"

"C 小队。我们将在三四分钟后到达屋顶。"

"动起来!"豪曼咆哮道。

"遵命,长官。"

豪曼曾与阿米莉亚·萨克斯共事多年。她比大多数在他手下工作的男人都勇敢。他不知道自己是否喜欢她——她非常固执、莽撞。为了达到目的,经常在该退一步的时候大胆向前冲。但他绝对是尊重她的。

他绝不会让她葬送在五二二这样的强奸犯手里。他朝特别行动组的一名警探示意了一下门廊。警探穿着西装,所以当他敲门时,凶手通过窥视孔看到他就不会起疑。门一打开,埋伏在屋子前的特工就会跳出来,把他拿下。警探扣上西服扣子,点点头。

"该死的。"豪曼不耐烦地用对讲机问后方小队,"你们到底有没有就位?"

47

门开了,她听到凶手的脚步声走进恶臭而封闭的房间。

阿米莉亚·萨克斯俯身蹲在地上,膝盖隐隐作痛,努力从前面的口袋里拿到手铐钥匙。但是,被高耸成堆的报纸包围着,她一直没能转过身来够到口袋。她能透过布料摸到钥匙的外形,近在咫尺,但她的手指却无法够到里面。

她在挫败感中备受煎熬。

更多的脚步声。

他在哪里?在哪里?

她弯下身,又努力够了一下……几乎拿到了但最终还是没有。

他的脚步声越来越近。她放弃了。

好的,那就只剩下战斗了。她没意见。她看到过他的眼睛,里面都是欲望和饥渴。她知道他随时可能袭击她,但不知道该如何与他搏斗,尤其是考虑到她的手被铐在了背后,脸和肩膀由于先前的打斗仍在火辣辣地疼着。但是那个混蛋要为触碰她的每一下付出代价。

只是,他在哪儿呢?

脚步声停了下来。

在哪里?萨克斯看不到房间整体。他走进来必须通过的走廊是条两英尺宽的过道,堆满了发霉的报纸。她可以看到他的办公桌和上面成堆的垃圾,还有一摞摞杂志。

来吧,冲我来吧。

我已经准备好了。我会先表现出害怕,想要躲得远远的。而强奸犯都是有控制欲的。他会觉得拥有了控制权,然后变得粗心。尤其是当他看见我退缩的时候。然后,当他靠近,我就会扑上去用牙咬住他的喉咙。咬下去,不松口,无论发生什么事。我会——

就在这时,屋里一阵天崩地裂的动静,好似一颗炸弹被引爆了。

房间里堆积的物品尽数倒塌,把她砸倒在地,动弹不得。

她痛苦地哼了一声。

过了整整一分钟,萨克斯才意识到他做了什么——也许是因为知道她会奋起反抗,他干脆把报纸推倒在她身上。

她的腿和手都不能动弹,只有胸部、肩部和头部露在外面,她被困在数百斤重的臭报纸下。

幽闭恐惧症席卷了她,内心的恐慌难以形容。她的呼吸急促而刺耳,不由得发出了一声尖叫,努力控制着自己的恐惧。

彼得·戈登出现在隧道尽头,一手拿着剃须刀的钢刀片,另一手拿着录音机,仔细地研究着她。

"求你了。"她呜咽着。她的恐慌只有一部分是假装的。

"你真可爱。"他低声说。

他又开始说些其他的什么,但门铃声打断了他。衣柜和外面的主屋都能听到门铃。

戈登停了下来,然后门铃又响了。

他站起来,走到桌子前,在键盘上敲了敲,研究了一下电脑屏幕——可能是想看看来访者的监控视频,然后皱起了眉头。

凶手考虑了一下,瞥了她一眼,仔细将刀片折叠起来,放进了自己的口袋。

他走出了衣柜。她听到了他回身将门上锁的咔嚓声,于是又一次开始扭动起来,想要把手伸进口袋里,把里面的那一小坨金属拿出来。

"林肯。"

波·豪曼的声音听上去很遥远。

莱姆低声说:"说吧。"

"不是她。"

"什么?"

"计算机程序中显示的两个地点没有错,但那不是阿米莉亚。"他解释说,阿米莉亚把信用卡给了帕米·威洛比去买东西,希望晚上能一起吃个晚饭,聊一些私事。"于是系统就读到了消费记录,我猜。她先去了一家商店,只是在外边看了看,然后来了现在这个地方——她的朋友家,在这儿写作业。"

莱姆闭上了眼睛。"好的,谢谢你,波。请你先暂时待命。现在我们只能等待。"

"对不起,林肯。"罗恩·普拉斯基说。

莱姆点了点头。

他看向壁炉,上面是两张照片。照片里的萨克斯戴着黑色的防爆头盔,站在一辆福特的纳斯卡赛车旁。照片旁边是他们的合影,莱姆坐在轮椅上,而萨克斯拥抱着他。

他不能再看它,于是看回了写着证据的白板。

犯罪嫌疑人五二二侧写

- 男。
- 可能不会抽烟。
- 可能没有妻子/孩子。
- 可能是白种人或浅肤色人种。

- 中等身材。
- 身体强健——能够扼杀受害者。
- 可以使用语音伪装设备。
- 可能熟知电脑；知道 OurWorld 这个网站。其他社交网站？
- 从受害者那里取得战利品。虐待狂？
- 居住/工作的一部分区域黑暗潮湿。
- 吃零食/辣酱。
- 穿十一码斯凯奇工作鞋。
- 囤积狂，患有强迫症。
- 有"秘密"生活和"表面"生活。
- 外在形象和真正的自我相反。
- 居住地：不租房，有两个独立的生活区，区分正常生活和秘密生活。
- 窗户有可能被遮盖或涂上油漆。
- 收集品或宝库受到威胁会变得狂暴。

非栽赃证据

- 灰尘。
- 旧纸板。
- 洋娃娃的头发，巴斯夫 B35 型六号尼龙纤维。
- 泰雷顿雪茄烟草屑。
- 老烟丝，不是泰雷顿，牌子不明。
- 葡萄穗霉菌。
- 粉尘，世贸中心袭击遗留物，可能在曼哈顿下城区生活或工作。
- 零食/辣酱。
- 绳子上的纤维含有：
    - 无糖汽水甜蜜素（旧的或进口）。
- 含萘的樟脑丸（旧的或进口）。
- 豹纹百合植物的叶子（室内植物）。
- 两个不同的记事本上的纤维，黄色。
- 十一码斯凯奇工作鞋的鞋印。
- 室内植物叶子：无花果，万年青，也有可能是井干草。
- 咖啡伴侣。

你在哪里,萨克斯?你在哪儿?

他盯着证据列表,仿佛在施展催眠术,想让它们和自己说话。但这些单薄的事实没有为莱姆提供比 innerCircle 的数据和预测更多的信息。

对不起,现在无法预测……

48

是一位邻居。

我的来访者是住在西九十一街六九七号的邻居。他刚刚下班回家。他本来应该拿到一个包裹，但是没有。而送包裹的商家认为包裹可能是给了六七九号，也就是我的地址。送货员把数字读反了。

我皱了皱眉，然后解释说，我什么也没收到，他应该与卖家再次核查一下。他打扰了我和阿米莉亚7303的幽会，我想要割断他的喉咙。但是，当然，我只是微笑着表示了同情。

他说很抱歉打扰了你，祝你今天过得愉快。我说你也是。谢天谢地，他们终于把路给修好了，是不是……

现在我的思绪又回到阿米莉亚7303身上。但是，关上门后，我突然感到一阵恐慌。我此时才意识到，我把她所有的东西都拿走了——她的手机、武器、喷雾器，还有刀，但是没有她的手铐钥匙。钥匙一定还在她的口袋里。

这个邻居让我心烦意乱。我知道他住哪儿，他会为此付出代价的。但现在我得赶紧回到衣柜。我从口袋里拔出刀片，赶快！她在里面做了什么？她是不是打了电话，告诉他们在哪里可以找到她？

她想要把我的一切都夺走！我恨她，我真的好恨她……

* * *

在戈登离开的期间,阿米莉亚·萨克斯取得的唯一进展就是控制住自己内心的恐慌。

她拼命地想拿到兜里的钥匙,但她的腿和胳膊被压在报纸下动弹不得,她也无法扭动胯部,让手滑进口袋里。

是的,她将幽闭恐惧症控制住了,取而代之的则是疼痛。她弯曲的腿直抽筋,一沓纸尖锐的一角狠狠地刺入她的背部。

她原本希望来访者可以救她,此时希望却落空了。通向衣柜的大门又被打开,她听到了戈登的脚步声。过了一会儿,她抬头看去,看到他在凝视自己。他在堆成山的报纸堆边走来走去,然后站到一旁,眼睛眯成一条缝,发现她的手铐仍旧完好无损。

他放心地笑了:"所以,我是五二二。"

她点点头,不知道他是怎么发现他们给他起的代号的。也许是从被他折磨致死的马洛伊警监那里,这让她更愤怒了。

"我喜欢代表某种东西的数字。数字大多是随机的,生活中本来就有太多的随机性。那就是你开始注意到我的日期,不是吗?五月二十二日。这具有重要意义,我喜欢。"

"如果你自首,我们可以和你达成协议。"

"达成协议?"他会心地笑了起来,声音恐怖,"哪有什么人可以跟我'达成'协议?我都是蓄意杀人,永远也别想走出监狱。别逗了。"说完,戈登消失了一小会儿,回来的时候带着一块塑料篷布,铺在她面前,摊开在地板上。

萨克斯盯着篷布上褐色的血迹,心脏狂跳起来。她想起特里·多宾斯对囤积狂的解说,他是在担心她的血会溅到收藏品上。

戈登找到了录音机,放在了附近的一堆纸上。纸垒得不高,大约只有三英尺。最上面的是一张昨天的《纽约时报》。左上角写了一个数字,3529。

无论他想对她做什么,他都会尝到厉害的。她会用她的牙齿、膝盖或是脚,要让他也尝到受伤的滋味,让他靠过来。装弱,装成无助的样子。

让他靠过来。

"求你了!好痛啊……我的腿不能动了。请你把我拉出来。"

"不,你说你的腿动不了,只是为了让我靠近你,然后咬碎我的喉咙。"

非常正确。

"没有……求你了!"

"阿米莉亚7303……你以为我没有查过你?那天你和罗恩4285来到SSD,我就进了数据圈,把你们都查清楚了。你的档案很详尽。顺便说一下,警察局的人都很喜欢你。可能也有点怕你。你特立独行,像一门容易走火的大炮。你开车的速度很快,枪法也准,还是一名犯罪现场专家。但不知何故,你竟然能在过去两年里参与五次战术小组行动……因此,我不得不在靠近你之前采取合理的预防措施,不然就太不明智了,不是吗?"

她几乎没有听到他的漫谈。来吧,她只是想着。快过来。来吧!

他走开了一会儿,回来时带了一把电击枪。

哦,不……不。

当然。作为一个保安,他肯定拥有这些武器。离得这么近他不可能失手。他拉下电击枪的安全栓,向前走来。然后他停下来,歪了歪头。

萨克斯也听到了一些噪声,是流水声吗?

不,是玻璃破碎的声音,就像一扇窗在远处的什么地方被打得粉碎。

戈登皱起了眉头,朝通向衣柜的门走了一步——突然门被踹开,他整个人向后飞去。

一个手里拿着金属短棍的人影闯了进来,努力眨着眼睛让自己适应屋内的黑暗。

戈登重重地摔倒在地，上气不接下气，丢掉了手里的电击枪。他龇牙咧嘴，想从地上爬起来，伸手去拿武器，但入侵者用力挥动金属短棍打在他的前臂上。骨头被敲碎了，凶手尖叫了起来。

"不，不！"戈登的眼睛因为疼痛流出了泪水，他眯起眼，注视着入侵者。

那名男子喊道："你现在也没有多神圣啊，不是吗？你这个混蛋！"来人正是罗伯特·约根森医生——住在临时酒店，身份遭窃的受害者。他双手举着金属棍，使劲殴打凶手的脖子和肩膀。戈登的头撞向地板，眼睛向后一翻，晕了过去，躺在那里一动不动。

萨克斯惊讶地看着这位医生。

他是谁？他是上帝。而我是约伯……

"你没事吧？"他问，走上前来。

"把这些报纸从我身上推下去。然后把这副手铐取下来，把他铐起来。快！钥匙就在我的口袋里。"

约根森跪下来，把报纸推到一边去。

"你是怎么找到这里的？"她问。

约根森的眼睛睁得大大的，就像她记忆中那样。"自从你来找我，我就一直在跟踪你。我睡在大街上。我知道你会带我找到他的。"他朝戈登那边点了个头，那人还是一动不动，呼吸极浅。

约根森气喘吁吁地抓起大把报纸，然后扔到了一旁。

萨克斯说："所以你才是那个跟踪我的人。在公共墓地还有西边的装卸码头。"

"是的，的确是我。今天我跟着你从仓库到了你的住所、警察局，然后又到了中城的办公楼，灰色的那栋。最后到了这里，我看见你走进小巷，然后就没有出来。我不知道发生了什么事，所以我敲了敲门，是他开的门。我告诉他，我在寻找一个被邻居接收的快递包裹。我往里面看了看，但是没有看到你。我假装离开，但后来又看到他穿过客厅的大门，手里拿着一把刀。"

"他没认出你来?"

约根森苦笑起来,掖了掖他的胡子。"他可能只见过我驾照的照片。那时我还愿意刮胡子,而且买得起刮胡刀……天啊,这真够沉的。"

"赶快。"

约根森继续道:"你是我能找到他的最佳机会。我知道你要逮捕他,但我首先要和他聊聊。拜托了!我要让他解除他施加给我的每一种痛苦。"

萨克斯的腿开始恢复知觉,她看了一眼躺在地上的戈登。"我的前口袋……你能拿到里面的钥匙吗?"

"不能完全拿出来,让我再搬开你身上的一些报纸。"

更多的纸张飞到了地上。其中一张上面的标题是《大面积停电致使骚乱,上百万人受伤》,另一个是《人质危机无进展,德黑兰:未达成协议》。

终于,她从报纸堆下爬了出来,在手铐长度允许的情况下,笨拙地从地上站起来,双腿生疼。她摇摇晃晃地靠在另一叠纸上,然后转向医生。"手铐的钥匙,赶快。"

约根森把手伸进她的口袋,找到了钥匙,从她的身后打开手铐。随着一声轻轻的金属叩击声,萨克斯的手铐被打开了,她终于站了起来。她转过身,从他手里接过手铐。"快。"她说,"我们——"

一声突然的枪响,她的手和脸同时感到有什么温热的东西溅了上来。彼得·戈登从他们身后偷袭,用萨克斯的手枪打中了约根森。他的血和器官组织溅了她一身。

他哭喊出来,瘫倒在她身上,把她向后推去,将她从第二枪中救下,第二发子弹自他们耳边飞驰而过,嵌进了旁边的墙里。

49

阿米莉亚·萨克斯别无选择，不得不进行攻击。而且是马上。她用约根森的身体作为挡箭牌，向佝偻着背、浑身是血的戈登扑过去，顺便从地上抓起电击枪瞄准了他。

电击枪不如子弹快，他正好向后倒下，没有被击中。她又抄起约根森的金属短棒向他进攻。戈登单膝跪地，当她与他只有十步之遥的时候，他设法抬起枪来，发射子弹。与此同时，萨克斯也将金属棒朝他抡了过去。子弹砰地飞进了防弹背心，痛得惊人，但幸好打在离她的腹腔神经丛很远的地方，否则就会令她全身瘫痪，倒地不起。

金属棒砸上他的头骨，发出了一声闷响，他痛得喊出了声。但是他没有把枪放下，手里的枪仍然握得很稳。萨克斯转身往左跑去，那是唯一可以逃离的方向。她冲刺跑过大峡谷般的各种垃圾，跑出这个诡异的地方。

"迷宫"是对它唯一确切的描述。他的藏品中有一条狭窄的过道：梳子、玩具（很多洋娃娃，早期案件中的玩偶头发可能就是从这里粘到的）、小心卷起的旧牙膏皮、化妆品、杯子、纸袋、服装、鞋、空食品罐头、钥匙、笔、工具、杂志、书籍……她从来没有见过这么多的垃圾。

屋里大部分灯是关着的，但也有灯泡投下微弱的橙光，街上暗淡的路灯透过染色的窗户和贴在窗上的报纸照进屋。窗外都被钉死了。萨克斯被绊了几次，但是努力稳住了平衡，没有摔进成堆的瓷器或一大桶晾衣夹里。

小心，小心……

这个时候摔倒将是致命的。

刚才打中她腹部的子弹让她想要呕吐，她在两座高耸的《国家地理》杂志之间停下来气喘吁吁地休息，然后回头看向戈登，他刚好在离她四十英尺左右的地方发现了她。他撑着骨折的手臂还有刚刚被重击的脸，朝萨克斯开了两枪，用的是左手，但两下都没有击中。他开始向前进。萨克斯将胳膊肘放在一摞闪亮的时尚杂志后面，然后用力推倒，阻止他前进。她摸索着向前，又听到了两声枪响。

子弹已经打了七发，她在心里数着，但那是一把格洛克，里面还有八发子弹。她四处查找出口，或者一扇没有被封死的窗户，可以让她钻出去。但是房子的这一面什么也没有，是死胡同。墙边的架子上摆满了瓷雕和各种小摆设。萨克斯能听到他愤怒地踢开地上的杂志，嘴里喃喃自语。

他的脸从成堆的杂志中显现出来，他试图爬过来，但光滑如冰的杂志封面让他滑倒了两次，他疼得哭喊出声，用骨折的手臂稳住自己。最后，他摸索着爬到了杂志堆的顶部。举起枪之前，他吃惊地僵在了那里，气喘吁吁，他喊道："不！求你不要！"

萨克斯的双手扶在一个装满古董花瓶和瓷器雕像的书架上。

"不，求你不要碰它！"

她记起特里·多宾斯曾经提到过，囤积狂无法忍受损失任何收藏品。"把枪扔到这边来。现在就扔过来，彼得！"

她原本不相信他会照做，但是面对即将失去架子上的东西的恐惧，戈登居然真的犹豫起来。

知识就是力量。

"不，不，求你了……"他发出了一声可怜的低语。

然后他的眼神变了。瞬间，他的目光变得阴冷无比，她知道他准备开枪了。

她将一个书架用力推到另一个上，将近两百斤重的陶瓷小件瞬间变成了地上的碎片，瓷器打碎的声音与彼得·戈登痛苦的尖叫声混在了一起。

随后她又推翻了另两个装着丑陋的小雕像、杯子和盘子的架子。

"把枪放下，不然我就砸了这里所有的东西！"

但他已经完全失去了控制。"我要杀了你，我要杀了你，我要杀了你——"他又朝她开了两枪，但萨克斯已经躲到了一旁。她早知道一旦他爬过那堆《国家地理》杂志就会发起攻击，于是她算准了位置。当他还在房子后面时，她已经开始向前面的衣柜门跑去。

然而从声音判断，要跑到那扇门到达安全的地方，她就必须穿过他所在房间的门廊，踩过地上破碎的瓷器发出声响。他是否意识到了她的困境？还是他是在等待，在她不得不跑向衣柜门的时候，在她的必经之路用枪瞄准她？

会不会他已经绕过了路障，从她不知道的路线悄悄来到了她身边？

吱嘎声回荡在这个阴暗的地方。是他的脚步声吗？是木地板被踩到的声音吗？

她忽然觉得一阵恐慌，猛地转过身，没有看到他。但她知道要跑，而且要快。跑！就现在！她默默地深吸了一口气，忽略膝盖传来的疼痛，低下身，向前冲去，翻越过前面的杂志堆。

没有枪响。

他不在那里。她迅速停下来，背靠在墙上，强迫自己冷静下来，放缓呼吸。

安静，安静……

天啊。他在哪里，在哪里，哪里？这条走廊是成堆的鞋盒，那条全是西红柿罐头，而另外一条是折叠整齐的衣服。

屋子里传来更多的吱嘎声,但她不知道声音是从哪里传来的。

又是一阵微弱的声音。像是风声,又像是喘息声。

最后,萨克斯下定决心——直接跑出去。现在!跑向前门!

她祈祷着,希望他不在自己身后,也没有走另一条路埋伏在门口。

跑!

萨克斯跑起来,快速地穿过更多走廊。堆成山的书籍、玻璃器皿、绘画、电线和电子设备,还有罐头。她的路线正确吗?

没错,是对的。前面就是戈登的那个办公桌,周围堆着黄色的记事本。罗伯特·约根森还躺在地板上。动作要快,快跑!她考虑了一下要不要打九一一报警,然后告诉自己不要去拿桌子上的手机。

逃出去,现在就逃出去。

朝衣柜门那里加速跑去。

离衣柜门越近,她就越觉得恐慌,等待着随时可能响起的枪声。

只有六七米远了……

也许戈登以为她还在房子后面躲着。也许他还跪在地上,疯狂地哀悼那些被摧毁的宝贝瓷器。

三米……

她在拐角停了一下,抓起金属棒,上面还有他的血迹。

不,逃出门去。

然后,她停了下来,大口喘着气。

她在正前方看见了他,只有轮廓,衣柜门外的光线刺眼地照在他身后。显然,他确实知道屋里其他的路线,提前跑到了衣柜门前,她感到了绝望。举起手里沉重的金属棒。

有那么一小会儿,他没有看到她,但她想蒙混过关的期望很快就落空了。他转过来面向她,弯腰从地上捡起手枪,对准她。萨克斯脑海中浮现出父亲的脸,然后又想起了林肯·莱姆。

她在那里，阿米莉亚7303，清晰地在我的视线里。

破坏了我无数珍宝的女人，想要从我身边夺走一切的女人，让我以后无法尽兴交易，把我的衣柜展示给全世界的女人。我没时间和她作乐，没时间记录她的尖叫。她必须得死。现在，马上。

我恨她，我恨她，我恨她，我恨她，我恨她，我恨她，我恨她，我恨她，我恨她……

没有人能从我身边夺走任何东西，再也不会了。

瞄准，按下。

面前的枪朝阿米莉亚·萨克斯开火，她向后倒去。

然后又是一枪。两枪。

她倒在地上，双臂挡在头上，先是觉得麻木，然后逐渐意识到了袭来的疼痛。

我要死了……我要死了……

只是……只是唯一的疼痛来自她的关节炎，因为摔在了坚硬的地板上，而不是因为子弹。她把手伸到眼前，摸了摸脖子。没有伤口也没有血。他不可能离得这么近都没有打中。

但他就是没有。

然后他朝她跑来。萨克斯的眼神冰冷，浑身如钢铁般绷紧，她喘了一口粗气，抓住金属短棒。

但他经过她继续向前跑去，甚至连看都没看她一眼。

这是怎么回事？萨克斯缓缓起身，因为疼痛咧了咧嘴。没有衣柜门外的反光，刚才那个人的轮廓变得清晰起来。那根本就不是戈登，而是一名她认识的警探，在附近的第二十分局工作——约翰·哈维森。这名警探稳稳地拿着格洛克手枪，小心翼翼地走到刚刚被他开枪射杀的男人的尸体旁。

那是彼得·戈登。萨克斯现在明白了，他一直悄悄藏在她身后，打算从后边向她开枪。因为跟踪在她身后，还有衣柜门廊的角度，他根本没有看到哈维森。

"阿米莉亚，你没事吧？"警探问道。

"是的，我没事。"

"还有其他持枪的人吗？"

"应该没有。"

萨克斯站了起来，站在警探身边。他枪里的子弹显然全都打在了目标上，其中一颗直接击中了戈登的额头。伤口很大，血液和大脑里的物质喷溅出来，溅到他办公桌上方，普雷斯科特的美国家庭画上。

哈维森是一个四十多岁的严肃男人。他因为参与缉拿重大毒贩，还有在交火时的英勇行为而取得过各种殊荣。此时他专业地审视着眼前的景象，将现场保护起来，没太在意奇特的房间本身。他提起戈登血淋淋的手，把他的手指扳开，枪滑了出来，他把枪放进口袋里，将电击枪也安全地转移到一边，虽然戈登不太可能奇迹般地复活。

"约翰。"萨克斯低声说，看着凶手残破的身体，"怎么回事？你到底是怎么找到我的？"

"有个人在对讲机里大声嚷着这个地址有人正在被袭击。我只隔了一个街区，在追一件毒品的案子，所以就过来了。"他瞥了她一眼，"就是和你一起工作的那个家伙。"

"谁？"

"莱姆。林肯·莱姆。"

"哦。"她对这个答案并不惊奇，但知道是莱姆后她又有了更多的疑惑。

随后他们听到了微弱的喘息声，于是转过身来，声音来自地上的约根森。萨克斯弯下腰。"叫救护车到这里来，他还活着。"她用力按住枪伤处。

哈维森掏出对讲机,请求医务人员到现场。

过了一会儿,另两名紧急勤务组的警官从门口闯进来,手里拿着枪。

萨克斯向他们指示:"主犯已经被射杀,应该没有其他人了。但是把这个地方查一遍,确认一下,以防万一。"

"当然,警探。"

一名警察和哈维森一起,走过堆满东西的走廊。另一名停下来问萨克斯:"这房子真吓人,跟鬼屋似的。你以前见过这样的地方吗,警探?"

萨克斯现在没有心情开玩笑。"给我找一些绷带或者毛巾。上帝,看看他堆在这里的东西,我敢打赌光急救包就有十来个。我需要东西给他止血,快!"

第五部分 无所不知的人

五月二十五日,星期三

美国公民的隐私和尊严被某些潜移默化、微不可见的手段削弱了。单独去看其中的某一项,似乎都轻如鸿毛。但全部加起来,我们会看到一个前所未有的社会形态:一个政府有可能侵入公民生活隐私的社会。

——美国最高法院司法处
威廉姆·道格拉斯

50

"好吧,电脑是帮忙了。"林肯·莱姆承认道。

他指的是 innerCircle、瞭望塔数据库和 SSD 的其他程序。"但主要还是靠证据。"他生硬地说,"电脑只给了我一个大方向,仅此而已。剩下的都是靠我们自己。"

午夜后,莱姆、萨克斯和普拉斯基坐在实验室里聊天。萨克斯已经从五二二的大房子回来了,那里的医务人员告诉她,罗伯特·约根森不会死,子弹没打中他的主要器官和血管。他正在哥伦比亚长老教会医院重症监护部接受观察治疗。

莱姆继续解释他是怎么发现萨克斯在一个 SSD 保安的房子里的。他说了合规档案的事情。梅尔·库柏把档案放在电脑上给她看,滑动鼠标查看里面的信息,她的脸色铁青。他们查看的时候,屏幕仍然在定时闪烁,实时更新。

"他们什么都知道。"她低声说,"我在这个世界上没有任何秘密。"

莱姆接着告诉她,系统在她离开布鲁克林分局以后,如何列出了她去过的所有地方。"电脑只能估算出你行走的大概方向,却算不出你真正的目的地。我一直在看地图,意识到你大致是在往 SSD 的方向走——这个,顺便说一句,他们自己的电脑居然该死的没算出来。我打了个电话,大堂保安说,你去问了和员工有关的事情,只待了半个小时就走了。但没有人知道你之后去了哪里。"

她解释说,在布鲁克林的房子里找到的线索把她带回了SSD。那个闯入她房子的人将SSD旁边一家咖啡厅的收据落在了那里。"这让我想到凶犯一定是SSD的雇员,或者和雇员有关系的某个人。帕米描述了这个家伙的衣服——蓝色外套、牛仔裤和帽子——我想SSD的保安可能知道今天哪个员工是穿着那套衣服的。但是值班的保安不记得看到穿成那样的人,所以我就请保安把没上班的保安的名字和地址都拿给我,然后就开始一个一个去问。"她露出了一个苦笑,"我从来没想到五二二就在他们当中,你怎么知道他是一个保安的?"

"哦,我知道你在找SSD员工里的一个人。但你找的是嫌疑犯还是其他人呢?该死的电脑在这个问题上没有任何帮助,所以我转向了证据。我们的凶犯穿着俭朴的工作鞋,身上有咖啡伴侣的痕迹。他身体强壮。这是否就意味着他在公司里做的是比较低端的力气活儿?收发室、送货员,或者保安?然后我想起了辣椒。"

"是辣椒喷雾器。"萨克斯说,叹了口气,"当然,那根本不是吃的东西。"

"的确,那是保安的主要武器。而且语音伪装盒子可以从任何销售安保器材的商店里买到。于是我就和SSD保安部门的头儿,汤姆·奥德通了话。"

"是的,我们是见过他。"朝普拉斯基点了个头。

"他告诉我,很多保安都是兼职,这就给了五二二充分的时间来实现他的业余爱好。我又和奥德核对了一遍其他的证据,发现植物树叶可能来自保安休息室里的植物。他们那里提供咖啡伴侣,但没有真正的牛奶。我和他说了特里·多宾斯的归类分析,并要求他把所单身、没有孩子的保安给我列个表。然后他又将这些人过去两个月在公司的时间和作案时间核查了一遍。"

"然后你就找到了约翰·罗林斯,也就是彼得·戈登,因为他每次都不在。"

"不,我发现,每次作案的时候,罗林斯都在办公室里。"

"在办公室里?"

"很明显。他进入办公管理系统里,对通勤记录做了改动,伪造不在场证明。我又让罗德尼·萨内克去检查了元数据。是的,他就是我们要找的人。然后我就去呼叫后援了。"

"但是,莱姆,我不明白,五二二是如何得到那些人的档案的?他访问了所有的数据圈,但是离开的时候,所有数据都会被销毁。他又不能在线访问 innerCircle。"

"这一点确实让人想不通。但是,我们必须感谢帕米·威洛比。是她帮我想明白了。"

"帕米?是怎么回事呢?"

"你还记得她和我们说,没有人可以从 OurWorld 上下载照片,但孩子们就直接用手机给屏幕照相吗?"

别担心,莱姆先生。很多时候,人们都会错过最明显的答案……

"我意识到,五二二就是这样从 SSD 得到信息的。他并不需要下载数千页的档案,只需要记下关于受害者和替罪羊的信息。可能是在深夜,他一个人在数据圈的时候。还记得我们发现的黄色记事本的纤维吗?安检站的透视仪和金属探测器都查不出纸张,甚至没有人会往那边想。"

萨克斯说,她在凶手的秘密房间里看到了上千个黄色记事本,都堆在他的办公桌周围。

朗·塞利托从市中心赶了过来。"那个混蛋死了。"他喃喃地说,"但我在系统里还是一个可恶的瘾君子。他们给我的唯一回复就是:'我们正在努力解决问题。'"

但他也带来了一些好消息,地方检察官将重新审阅所有被五二二陷害的案件。亚瑟·莱姆已经直接被释放了,而其他人的案子也即刻重审,他们会在一个月内被放出去。

塞利托补充说:"我去五二二住的房子里查看了一下。"

上西区的住宅价值都在数千万以上。彼得·戈登,作为一名保安,如何能够买得起这栋房子是一个谜。

但警探有了答案。"他根本不是业主。房子属于一位叫菲奥娜·麦克米兰的老太太,她是一位八九十岁的寡妇,没有任何亲近的家人。但她按时支付税金和水电费,从没有漏缴过一次。奇怪的是——在过去五年里没有任何人见过她。"

"那正是 SSD 搬到纽约的时候。"

"我估计他是得到了关于她的所有信息,杀害她,假冒了她的身份。他们打算明天开始寻找尸体。他们会先从车库开始,然后再去找地下室。"塞利托接着说,"我在筹备乔瑟夫·马洛伊的追悼会,时间定在周六。如果你想出席的话。"

"当然。"莱姆说。

萨克斯摸着他的手说:"不论是巡警还是长官,都是一家人,失去他们的时候,痛苦是一样的。"

"你父亲说的?"莱姆问道,"听起来像是他会说的话。"

走廊里传来了一个声音:"嘿,我来晚了。抱歉。刚刚得到消息,听说你都结案了。"罗德尼·萨内克蹀步走进实验室,站在汤姆面前。他手里拿着一沓打印出来的文件,然后又再次开始冲莱姆的电脑系统和电子控制设备说话,而不是对着人说。

"来晚了?"莱姆问道。

"主机刚刚拼凑起罗恩偷来的空白空间文件。哦,借来的。我正想来这里给你看看我们找到的结果,然后就听说凶手已经被找到了。所以我猜你现在不需要它们了。"

"我只是好奇,你都发现什么了?"

他走上前,把一些打印的文件拿给莱姆看。文件里全是数字和符号,以及大段的空白,根本不是人能理解的。

"我不懂电脑语。"

"嗯,这很有趣。你不懂电脑迷。"

莱姆没有刻意去纠正他,问道:"结论是什么?"

"我早些时候发现的那个人,逃跑男孩,的确从innerCircle下载了大量的秘密信息,然后又抹去了踪迹。但他没有下载任何五二二的受害人或其他替罪羊的档案。"

"你知道他的名字吗?"萨克斯问道,"逃跑男孩的?"

"知道,是肖恩·卡塞尔。"

萨克斯闭上了眼睛。"逃跑男孩……他说过:他正在为迷你铁人三项进行训练。我甚至没有往他那边想过。"

卡塞尔是销售和市场营销部的负责人,也是他们的犯罪嫌疑人之一,莱姆想道。他注意到,普拉斯基对这个消息很惊讶,他眨了眨眼,又扬起眉毛看了看萨克斯,露出了一个晦暗而了然的笑容。他想起来普拉斯基不愿意回到SSD,又因为不知道怎么用Excel被嘲笑。普拉斯基和卡塞尔之间的摩擦估计可以解释他现在的反应。

普拉斯基问:"卡塞尔都做了什么?"

萨内克翻了一遍打印资料。"我不能确切地告诉你。"他停下来,给年轻警察递上资料,自己耸了耸肩,"你想知道的话,就自己看看吧。这里有一些他访问过的档案。"

普拉斯基摇了摇头。"我不认识这里提到的人。"他大声将一些名字念了出来。

"等等。"莱姆大声说,"最后一个是什么?"

"迪恩科……在这里又被提起了一次。弗拉迪米尔·迪恩科。你认识他吗?"

"妈的。"塞利托说。

迪恩科——俄罗斯布莱顿海滩黑帮老大,去年被指控敲诈勒索和谋杀,他的案子因为证人和证据问题被驳回了。莱姆说:"他前面的又是谁?"

"亚历克斯·卡拉科夫。"

那是控告迪恩科的证人,被给予了假身份隐藏起来。但他在开庭前两周无缘无故地失踪了,警方认为他已经死了,但没有人能搞清楚迪恩科的人是怎么找到他的。塞利托从普拉斯基手里拿过打印资料翻看。"老天,林肯。地址、ATM取款记录、汽车登记、电话记录。正是一个凶手找人时需要的所有信息……哦,听听这个。凯文·麦当劳。"

"他不是你办的某个反黑案的被告人吗?"莱姆问道。

"对。在地狱厨房那一带,军火交易、阴谋活动,还有一些毒品和敲诈。他也跑了。"

"梅尔?把名单上所有的名字放在我们的系统里查一遍。"

罗德尼·萨内克重组出来的文件中有八个人的姓名,六个是他们过去三个月刑事案件的被告。这六个人不是被判无罪,就是由于在上庭前的最后时刻出了证据和证人问题而被取消了控告。

莱姆笑了一声。"这倒是机缘巧合。"

"什么意思?"普拉斯基问。

"去买本字典,菜鸟。"

警察叹了口气,耐心地说:"不管这个词儿是什么意思,林肯,反正我是永远不会用的。"

房间里的每个人都笑了起来,包括莱姆。"我同意。我的意思是,我们无意中发现了一些很有趣的事情,如果你愿意让我借用这个词,梅尔。纽约警察局在SSD的服务器里存有文档,用的是PublicSure。也就是说,卡塞尔一直在下载这些关于调查的信息,然后把它们卖给被告,最后再消除他的痕迹。"

"哦,我觉得他能干得出来。"萨克斯说,"难道你不觉得吗,罗恩?"

"一分钟都不会怀疑。"年轻的警官补充说,"等一下……卡塞尔是给我们客户名单光盘的人,所以是他出手栽赃了罗伯特·卡彭特。"

"当然。"莱姆说,点点头,"他改动了数据,把矛头指向卡彭特。他需要我们对 SSD 的调查走到歪路上,但并非因为五二二的案子,而是因为他不希望任何人找出这些文件并发现他在出卖警察记录。谁能比 SSD 的竞争对手更适合拿去喂狼呢?"

塞利托问萨内克:"还有其他 SSD 的人参与其中吗?"

"我没有发现其他人,只有卡塞尔。"

莱姆看向普拉斯基,后者正在盯着证据板看。他的眼睛里显出莱姆早些时候看到过的坚毅。

"嘿,菜鸟?你想去办这个案子吗?"

"办什么?"

"卡塞尔的案子?"

普拉斯基考虑了一下,随后肩膀塌了下来,笑道:"不,不是很想。"

"你有能力处理好。"

"我知道我可以。只是……我的意思是,当我正式独立办理第一件案子的时候,我希望自己不要留有私心。"

"说得好,菜鸟。"塞利托嘀咕着,冲他举起了咖啡杯,"也许你还是很有希望的……行啦。既然我仍在停职中,至少我可以做一做雷切尔一直唠叨的家务活儿。"塞利托抓起一块放了些时日的饼干,缓步走出大门,"大家晚安。"

萨内克将自己的文件、光盘收拾好,放在桌子上。汤姆作为犯罪学家的代理律师在证据保管卡上签了字。萨内克随后便离开了,临走前他提醒莱姆:"当你准备好加入二十一世纪时,警探先生,记得给我打个电话。"然后冲他的电脑眨了眨眼。

莱姆的电话响了,是找萨克斯的。她被拆毁的手机一时半会儿还修不好。是布鲁克林区的一个分局打来的,她的车已在附近的一家废车场里被找到了。

警方在彼得·戈登的车库里找到了帕米的车,萨克斯打算明天上午和女孩一起开着她的车去把自己的车找回来。萨克斯准备上楼睡觉，库柏和普拉斯基也都离开了。

莱姆在给副市长罗恩·斯科特写关于五二二的备忘录，说明他的主要犯罪手法，并建议他们去寻找他所犯下的其他罪行。囤积狂的住所里肯定还有其他证据，当然，去现场做这项工作并参与搜索将会是件浩大的工程，耗时耗力。

他写完了电子邮件，点击了发送。不知安德鲁·斯德林得知他的得力助手一直在私自贩卖数据的时候会有什么反应。正在此时，他的电话响了，呼叫方的身份不明。

"指令，接听电话。"

点击声。

"你好？"

"林肯，我是朱迪·莱姆。"

"哦，你好，朱迪。"

"不知道你听说了没有，他们放弃了指控，释放了亚瑟。"

"已经放了吗？我知道他们正在操作中，本以为还需要一点时间。"

"我不知道该说什么，林肯。我想，我的意思是——谢谢你。"

"当然。"

她说："你稍等一会儿。"

莱姆听到一个被压制的声音，她的手按在话筒上。于是莱姆想，她可能是在和一个孩子讲话。他们都叫什么来着？

然后，他听到对面说："林肯？"

奇特的是，他堂兄的声音听上去非常熟悉，但他已经很多年没听过这个声音了。"哦，亚瑟。你好。"

"我在市里。他们刚刚把我释放了，所有的控告都被撤销了。"

"那好。"

这就有点尴尬了。

"我不知道该说些什么,谢谢。非常感谢。"

"当然。"

"这些年来……我以前应该去看你。我只是……"

"没关系。"这到底又是什么意思?莱姆不知道。亚瑟从他的生活中消失并非无所谓,但也没什么特别的。他纯粹是在没话找话,填补对话中停顿的空白。

他想挂断电话。

"你其实没必要这么做的。"

"这是一件奇怪的案子,有很多疑点。"

这句话没有任何意义,而林肯·莱姆也不知道他为什么要分析对话的意义。也许这是一种防御机制,他想着,但这种想法和其他想法一样无聊。他只想挂掉电话。"你没事吧,在拘留所里发生了那些事以后?"

"不严重。很吓人,但有个家伙适时救下了我,把我从墙上放了下来。"

"很好。"

沉默。

"好吧,再次感谢你,林肯。没有什么人会为我做这些事。"

"很高兴能帮到你。"

"我们什么时候好好聚一聚。你、朱迪和我,还有你的那位朋友,她叫什么名字?"

"阿米莉亚。"

"我们要聚一下。"他沉默了半晌,"我得走了,我们必须赶回家看看孩子们。好吧,你照顾好自己。"

"你也是……指令,断开电话。"

莱姆的目光落在他堂兄的 SSD 档案上。

他的另一个儿子……

他知道,他们永远也不会"聚一聚"。因此这件事情便就此结束了。起先他对此感到有些困扰,那一声断开电话便将也许可能的事情变成了再也不可能的事情。但林肯·莱姆的结论是,这是过去三天里发生的事情,唯一合理的结局。

他想起SSD的标志,是的,他们的生命再次相交,在这么多年以后。他们中间隔着一扇密封的窗子,他们会看到彼此,分享只言片语,但是他们之间的接触程度也就仅此而已。而现在,是时候回到彼此不同的世界里了。

51

上午十一点，阿米莉亚·萨克斯站在布鲁克林一家破旧的废车场。她忍住眼泪，凝视着车的尸体。

这个被枪击中过的女人，曾在执行任务时打死过罪犯，也曾在营救人质的行动中劝说为非作歹的凶犯，如今却呆立在那里，无限悲伤。

她身形摇晃，食指掐着拇指，指甲对着指甲，直到出现血点。她低头看了看手指，看到绯红的颜色，但并没有停下，她无法停下。

是的，他们已经找到了她心爱的六九年雪佛兰科迈罗 SS。

但是，警方显然不知道车子不仅因为错过了付款时间而被抵押了，还已经被当作废品卖了。她和帕米站在废车场入口，这里简直可以拍一部斯科塞斯的电影。或者成为《黑道家族》里一个臭气熏天的垃圾站，烧着汽油或者垃圾箱里的东西。聒噪、凶恶的海鸥盘旋在附近，还有白色的兀鹫。她想拿出枪，打几声空枪，让它们在恐惧中飞跑。

那辆车最后就只剩下了一块被粉碎的金属，压成长方形铁块。这辆车自她十几岁的时候便跟着她，是父亲留给她最重要的三件遗产之一，另两件是他坚强的性格和他对警察工作的热爱。

"我找到文件了。都，呃，都整理好了。"废车场不安的负责人挥了挥那份文件，就是它把她心爱的车变成了一块废铁。

上面写着"按篮售出"。这意味着车的零件会被拆除出售,剩下的当作废铁按斤卖掉。这当然是愚蠢的,从车龄四十岁的小马车上卸下来的零件,在南布朗克斯的灰色市场里是赚不到任何钱的。但是她在办这件案子的时候已经非常清楚地领会到,当权威的计算机给出指令时,你就得听命行事。

"对不起,女士。"

"她是一名警察。"帕米·威洛比严厉地说,"是警探。"

"哦。"他说,想了想这意味着什么,发现他不太喜欢这背后的含义,"对不起,警探。"

不过,他有文件作为挡箭牌,所以他一点儿也不觉得抱歉。这个男人在她们身边站了几分钟,重心从一只脚换到另一只,最后悄悄溜走了。

她内心的痛苦远大于肚子上那块被九毫米口径手枪打中的瘀青。

"你还好吗?"帕米问道。

"不太好。"

"你一般不会这样。"

不,的确不常这样,萨克斯想着。但现在她彻底崩溃了。

女孩将挑染的红发绕在手指上。和萨克斯比起来,这种缓解神经紧张的方式温和得多。萨克斯又看了看那块丑陋的铁块,大小一立方米左右,被放在半打类似的铁块之间。

记忆在她的脑海里翻涌。星期六下午,父亲和十几岁的阿米莉亚在小车库享受彼此的陪伴,一起研究汽车化油器或离合器的工作原理。他们之所以会逃到后面的车库里,是出于两个原因:第一,享受一起动手搬弄机械零件的乐趣;第二,躲开家里阴晴不定的第三方——萨克斯的母亲。

"火花塞间隙?"他会问,开玩笑地考验她。

"火花塞是零三五。"年少的阿米莉亚回答道,"接触点是三十到三十二。"

"说得好,阿米莉亚。"

萨克斯又回忆起另外一次,是上大学的第一年,和一个在布鲁克林汉堡店认识的男孩(他管自己叫C.T.)。他们都惊讶于彼此的坐骑。萨克斯的科迈罗SS当时是黄色的,上面有黑色条纹点缀,而他开着一辆本田八五〇。

他们很快就吃完了汉堡包、喝完了汽水,因为他们距离一个废弃的飞机跑道只有几英里远,一场角逐是理所当然的。

他领头起跑。因为她在一辆重一吨半的车里,但不到半英里,她的大块头就追上了他。他开得很谨慎,但她不是。她在弯道漂移,而且保持着这个速度一路到达了终点。

还有,她人生中最爱的一次驾驶:一起侦破了第一个案子以后,全身瘫痪的林肯·莱姆被绑在她身边,车窗摇下,寒风瑟瑟。她把他的手放在换挡杆上,握住他的手换挡,她还记得他在风中喊:"我好像感觉到了,好像感觉到了!"

而现在,那辆汽车不见了。

对不起,女士……

帕米爬下了陡坡。

"你要去哪里?"

"小姑娘,你不应该去那里。"办公棚外面的负责人挥着手中的文件,仿佛想警告她。

"帕米!"

但她没有停下来。她来到铁块旁,用力挖着,拽出了一块什么东西,然后回到了萨克斯身旁。

"在这里,阿米莉亚。"是喇叭上的车标,雪佛兰的标志。

萨克斯感到泪水涌出,但她强忍着不哭出来。"谢谢你,亲爱的。来吧,让我们离开这个鬼地方。"

她们开车回到了上西区,中途停下来吃了一个冰淇淋恢复精神。萨克斯跟帕米的学校请了一天假。她不想让她再次被斯图尔特·埃弗里特包围，女孩对此欣然同意。

萨克斯想知道那位老师是否会接受帕米的拒绝。她想到了那些恐怖片，《惊声尖叫》和《黑色星期五》。她和帕米有时会在夜里一起看这些片子，肆无忌惮地吃着薯片和花生酱。萨克斯知道，前男友这种东西就像恐怖电影里的杀手，有时候会死而复生。

爱情让我们变得奇怪……

帕米吃完了她的冰淇淋，拍了拍肚子。"我的救命稻草。"然后，她叹了口气，"我怎么会这么蠢呢？"

帕米笑了起来，听上去出奇地像个成年人。阿米莉亚·萨克斯觉得这声笑就是帕米在曲棍球蒙面杀手坟墓上撒下的最后一抔黄土。

她们离开芭斯罗缤，朝莱姆家走去。她们离那里只有几个街区。帕米、萨克斯，还有萨克斯的另一位朋友，一位与她相识多年的女警察，打算晚上一起出去来个女子聚会。她问女孩："电影还是戏院？"

"哦，戏剧啊……阿米莉亚，你说外百老汇什么时候会变成外外百老汇？"[①]

"这是个好问题，我们回去就搜一搜。"

"还有，明明百老汇大街上一个剧院都没有，为什么还要说是百老汇的剧呢？"

"是啊。他们应该把名字改成'接近百老汇'的剧，或者'在百老汇街拐角'的剧。"

她们在东西向的街道上走着，临近中央公园西路。萨克斯突然注意到了附近的一个行人。有人跟在她们身后过了马路，朝着她们的方向走去，好像在跟踪她们。

[①] 外百老汇（off-Broadway）一般指百老汇剧院区外的中小型剧院，多为小成本戏剧，剧目多样，别具特色。外外百老汇（off-off-Broadway）指座位数在九十九以下的小型剧院，共有一百二十余间。在外外百老汇上演的剧目以其实验性质闻名，能看到许多形式新奇、内容独特的演出。

她没有提高警惕,把自己的忧虑归咎于五二二案的后遗症。

放松,凶犯已经死了。她根本没有回头,但是帕米回头看了。

然后她大声尖叫:"就是他,阿米莉亚!"

"谁?"

"那个闯进你家的人,就是他!"

萨克斯猛地转身。看到一个穿着蓝色格子外套,戴着棒球帽的人。他朝她们快速移动过来。

她伸手去摸自己的胯部想要取枪,但枪不在那里。

不,不,不……

由于彼得·戈登用她的枪开了火,那把格洛克现在是证据,连同她的刀一起都在皇后区的犯罪现场部门。她还没来得及去市里填申请表,拿到新手枪。

萨克斯僵在当场,认出了这个男人。是卡尔文·格迪斯,"隐私时刻"的员工。但她无法理解,想知道他们会不会都搞错了。难道格迪斯和五二二是一起预谋的每起谋杀案?

他现在离她们只有几米远。萨克斯只能用身体挡在格迪斯和帕米之间。她攥起拳头,看着走近的人把手伸进外套里。

52

门铃响了,汤姆去开门。

莱姆听到门口传来一阵激烈的对话。一个男人的声音,愤怒的。然后是一声叫喊。

他皱着眉头看了看罗恩·普拉斯基,菜鸟将武器从双肩皮套里掏出来,托在手上,随时备战。他的手势熟练,阿米莉亚·萨克斯是个不错的导师。

"汤姆?"莱姆喊了一声。

他没有回答。

片刻之后,一名男子出现在门口,头上戴着棒球帽,穿着牛仔裤和一件丑陋的格子外套。看到普拉斯基用枪瞄准了自己,他惊讶地眨了眨眼睛。

"别!等等!"男人喊了一句,低下身子,举起手。

接着汤姆、萨克斯和帕米都跟着他走进屋来。女警察看到了武器,说道:"不,不,罗恩。没关系……他是卡尔文·格迪斯。"

莱姆花了一小会儿回忆起来。啊,对了,这个男人是在"隐私时刻"工作的那个人,给了他们关于彼得·戈登的线索。"这是怎么回事?"

萨克斯说:"他就是闯进我住处的人,不是五二二。"

帕米点点头,确认了这一点。

格迪斯走到莱姆身旁,手伸进上衣口袋,抽出一些蓝底文件。"根据纽约州的民事诉讼法,我向你发出一张法院传票,案子是格迪斯等人状告战略系统数据公司。"他将文件递给他。

"我也有一份,莱姆。"萨克斯拿起了自己的那份文件。

"我又该如何处置这些文件呢?"莱姆问道。格迪斯仍将文件举在莱姆的面前。

然后他皱了皱眉头,低头看到了莱姆的轮椅,第一次意识到他的身体状况。"我,哦——"

"他是我的代理律师。"莱姆向汤姆看去,后者接过了文件。

格迪斯开始说:"我——"

"你介意让我们先看看吗?"莱姆尖刻地说,向汤姆点点头。

汤姆依言照做,大声朗读起来。传票要求莱姆上交关于SSD的所有文档、电子文件、备注等信息,以及合规部门和关于SSD与任何政府机构有联系的证据。

"她将合规部门的事情告诉我了。"格迪斯示意了一下萨克斯,"这完全没道理,其中的疑点太多了。安德鲁·斯德林是不可能自愿和政府在隐私问题上合作的,除非他得到了什么不得了的好处,否则他会和他们拼得你死我活。所以我怀疑所谓的合规、监察科是在做别的事情,我不知道是什么,但是,我们一定要找出来。"

他解释说,他提出的诉讼是根据联邦和州立隐私法,还有各种民事普法和宪法隐私权的条例。

莱姆想,格迪斯和他的律师团看到合规档案里的内容时肯定会无限惊喜。而他刚好在离格迪斯不到三米的电脑上有这样一个文档。

而且,考虑到安德鲁·斯德林在萨克斯失踪后见死不救,不肯帮忙,他很乐意把这个文档交出去。不知道如果媒体知道了所谓的合规操作,华盛顿或SSD哪边的麻烦会更大。

多半两者都会陷于水深火热之中。

萨克斯随后表示:"当然,格迪斯先生还要同时兼顾对他自己的控告。"然后给了他一个阴郁的脸色。她指的是他闯进她在布鲁克林的房子这件事,他想必是去那里找关于SSD的信息。她解释说,讽刺的是,其实是格迪斯,而不是五二二,漏掉了那张收据,最终引领她回去SSD调查。他经常去中城的咖啡屋,徒劳地想从那里探听到"灰岩"里的秘密,记下斯德林和其他员工、客户的来来往往。

格迪斯热切地说:"我会拼尽全力阻止SSD。我不在乎自己会变成什么样,如果我们可以夺回个人隐私权,我非常愿意成为讨伐SSD的牺牲品。"

莱姆尊重他的道德勇气,但他的台词水平还有待提升。

这位激进的活动家开始给他们上起课来。他重申了很多萨克斯此前讲到的事情,比如SSD蛛网似的数据搜索和其他数据挖掘公司;隐私权在这个国家正濒临灭绝,威胁到了民主。

"好的,我们已经拿到了传票。"莱姆打断了他烦人的说教,"我们会和自己的律师简单聊一聊,如果他们觉得可行,我敢肯定你能在控诉申请截止日期以前拿到一堆相关文件。"

门铃响了。一次,两次……然后是很响的敲门声。

"哦,老天。咱们这儿成了该死的中央车站了……又怎么了?"

汤姆走到门口,不一会儿就领来了一位身穿黑色西装和白色衬衫的男人,个子不高,自信英俊。"莱姆警监。"

莱姆把轮椅转过来,面向安德鲁·斯德林,他平静的绿色眼睛在看到莱姆的身体状况后没有任何惊讶。莱姆怀疑自己的合规档案已经相当详细地记录了他的事故和生活状况,而斯德林来到这里之前一定已经把他的事情看了个遍。

"萨克斯警探,普拉斯基警官。"他冲他们点点头,然后看回到莱姆这里。

他身后的人是塞缪尔·布罗克,SSD的合规部总监,以及另外两名男子,都是保守打扮、整齐的头发。他们可能是国会的助理,也可能是公司的中层管理人员,不过当莱姆得知他们是律师时也并不惊讶。

"你好,卡尔。"布罗克说,警惕地看着格迪斯。

"隐私时刻"的员工瞪了回去。

斯德林柔声说:"我们已经发现了马克·惠特科姆都做了什么。"尽管身材矮小,斯德林却有一种逼人的气势,他的眼中充满活力,身子挺得笔直,声音平静无波。"我恐怕他至少丢了工作,但那还只是开始。"

"因为他做了正确的事情?"普拉斯基抢言道。

斯德林脸上依然没有任何情绪。"而我恐怕这件事还远没有结束。"他朝布罗克点了点头。

"给他们拿去看。"合规总监告诉其中的律师之一,那名男子递出了自己的一份蓝底文件。

"又一份?"莱姆评论道,朝着第二套文书点了点头,"这些全都要看完,谁有那个时间?"他现在的心情不错,因为他们阻止了五二二,而阿米莉亚·萨克斯也安全归来了。

第二套文书是法院的命令,禁止他们向格迪斯提供任何与合规部门有关的计算机文件、光盘,或文档材料。并要求他们将任何此类文件转交给政府。

其中一位律师说:"如果你不遵守,就会遭受民事和刑事处罚。"

萨姆·布罗克补充道:"相信我,我们将不遗余力将这件事追究下去。"

"你不能这么做。"格迪斯愤怒地说。他眼神炯炯,汗水从他阴沉的脸庞流下。

斯德林数了一下莱姆实验室里的电脑,共十二台。"哪一个上面有马克给你的合规档案,警监?"

"我忘了。"

"你有没有留下副本?"

莱姆笑了:"永远备份你的数据,并将其储存在一个单独的、安全的位置。这不是当今人们的做法吗？"

布罗克说："我们只需要办一个没收令，拿走这里所有的东西，再到你所有的服务器上搜索你上传过的数据。"

"但是，那需要时间和金钱。谁知道这期间会发生什么？比如说，电子邮件或信封可能会发送给记者。当然，是无意的。但确实可能发生。"

"这对大家来说都是非常艰难的时刻，莱姆先生。"斯德林说，"现在没人有心情玩游戏。"

"我们没玩游戏。"莱姆心平气和地说，"我们正在谈判。"

这位总裁的脸上似乎第一次露出了真正的微笑。谈判是他的拿手好戏，他拉过一把椅子，坐到莱姆旁边。"你想要什么？"

"我可以把所有的文件都给你。没有诉讼，没有媒体。"

"不！"格迪斯被激怒了，"你怎么能妥协？"

莱姆和斯德林一样有效地忽略掉活动家的吵嚷，继续说："只要你把我同事的记录清理干净。"他解释了有关塞利托的药检和普拉斯基妻子的事情。

"没问题。"斯德林说，仿佛清理记录就像把电视的音量调高一样简单。

萨克斯说："你还必须修复罗伯特·约根森的生活。"她讲了五二二是如何摧毁了他的人生。

"把细节给我，我会搞定这件事。他可以重新开始生活。"

"好。只要一切都清理干净，你会得到你想要的东西。没有人会看到你们合规部的一张纸或文件，我承诺。"

"不，你必须起身战斗！"格迪斯恨恨地对莱姆说，"每一次你不站起来面对他们，每个人都是输家。"

斯德林转身对着他，他的音量比耳语高不了多少："卡尔文，让我告诉你一件事。我在'九一一'事件中失去了三个好友。另外四个被严重烧伤，他们的生活永远无法回到从前了。而我们的国家失去了数以千计的无辜公民。我的公司拥有能找到劫机者和预测恐怖袭击的科技。我们——我——是可以阻止悲剧发生的。我每一天都在后悔,那时的我什么都没有做。"

他摇了摇头。"哦,卡尔。你和你的黑白政治……你不明白吗?那才是SSD的使命。警察不会因为看不惯你和女朋友在床上做的事情就来敲你家门,也不会因为你只是买了本关于斯大林或《古兰经》的书或者批评了总统就把你逮捕。SSD的使命是保证你的安全和自由,所以你才可以在家享受你的隐私,购买、阅读、谈论任何的事情。但如果你在时报广场被自杀炸弹炸死了,你也就不会有什么隐私需要保护了。"

"别给我们上课,安德鲁。"格迪斯气得炸开了锅。

布罗克说:"卡尔,如果你不冷静下来,你会发现自己惹上了很大的麻烦。"

格迪斯发出一声冷笑:"我们已经惹上了很大的麻烦,欢迎来到美丽新世界……"男人转身,怒气冲冲地离开了房间,用力把大门摔上。

布罗克说:"我很高兴你是个明白人,林肯。安德鲁·斯德林在做很有意义的事情,我们所有人也都因此而更加安全。"

"我很高兴听到这个消息。"

布罗克错过了他话里的嘲讽,但安德鲁·斯德林没有。他毕竟是无所不知的人。但是,他回了一个幽默自信的笑容——仿佛知道自己的讲话最终会深入人心,即使他们暂时还没有完全体会到他所传达的深远意义。"再见,萨克斯警探、警监。哦,还有你,普拉斯基警官。"他朝年轻的警察挖苦地笑了一下,"我会想念在公司大厅里看到你的。但是,如果你想花点儿时间改进一下你的电脑技能,我们的会议室将永远为你敞开。"

"哦,我……"

安德鲁·斯德林朝他眨了一下眼睛,然后转身和随行人员一起离开了林肯家。

"你觉得他知道吗?"菜鸟问,"关于硬盘的事?"

莱姆只能耸耸肩。

"该死,莱姆。"萨克斯说,"那张法令是合法的,但我们因为 SSD 受了那么多罪,你是不是妥协得也太快了?还有那个合规档案……那么多信息,我可不乐意放在那儿。"

"法院命令就是命令,萨克斯。我们没有什么办法。"

随后她仔细地看了看他,一定是注意到了他眼中的一丝闪烁。"好吧,到底是什么?"

莱姆问汤姆:"你可不可以用你那可爱的男高音再把法院的命令给我读一遍。就是刚刚我们 SSD 的朋友送来的。"

他照做了。

莱姆点点头。"好……我正在想里面的一句拉丁文,汤姆。你能猜出是什么吗?"

"哦,你知道,林肯,我应该能,考虑到我在你这儿工作的空闲时间都坐在客厅里休息,研读经典之作。可惜我猜不出来。"

"拉丁文……多么奇妙的语言。表述时有令人钦佩的精确度。还有什么语言的名词有五种变格,还有那些惊人的动词变位?……嗯,我想的那句话是'明示其一即排除其他'①。意思是,如果包括了一类,其他相关类别就会被自动排除。你觉得困惑吗?"

"哦不,你必须集中精神听了才会觉得困惑。"

"优秀的还击,汤姆。但是让我给你举个例子。假设你是一名国会议员,如果你撰写了一个章程,上面写着,'生肉不可以进口到国内'就意味着你自动选择允许一些特定的词,比如肉罐头或熟肉制品的进口。你明白是怎么一回事儿了吗?"

"妙哉,妙哉。②"罗恩·普拉斯基说。

---

①原文是拉丁语 Inclusis unis, exclusis alterius。
②原文是拉丁语 Mirabile Dictu。

"我的上帝。"莱姆说,这一次带着真正的惊讶,"一个会说拉丁语的人。"

他笑了。"高中的时候学了几年。而且作为唱诗班的成员,耳濡目染地也学到了些。"

"我们这是在说什么,莱姆?"萨克斯问。

"布罗克的法令只是不允许我们把关于合规部门的档案送给隐私时刻。但格迪斯要求我们给他所有关于SSD的文件。因此——正因如此①——我们手上关于SSD的其他文件是可以给出的。卡塞尔从PublicSure里盗取的文件卖给了迪恩科,那可不是合规文件的一部分。"

普拉斯基笑了起来。但是,萨克斯却皱着眉头。"那他们就会再去找法院下另一道命令。"

"这可说不好。当纽约市警察局和FBI发现他们自己的数据承包商向外兜售重大案件的信息后会怎么做?哦,我有一种感觉,那些高管在这事上会站在我们这边。"这个想法让他想到了别的什么,而结论让人担忧。"等等,等等,等等……在拘留所——那个对亚瑟下手的人。安特伍·约翰逊?"

"他怎么了?"萨克斯问。

"那件事我一直想不通,他为什么会试图杀死亚瑟?朱迪·莱姆也提到过。朗曾说,他当时是作为联邦局的犯人被暂时扣在州立拘留所里。不知道会不会是合规部的人和他做了交易。也许是让他在那里看看亚瑟是否怀疑有人用个人信息陷害他。如果是这样,约翰逊就可能会杀了他,也许这样做能让他获得减刑。"

"政府,莱姆?想要让一个证人消失?会不会有点儿太多疑了,你不觉得吗?"

"我们面对的是长达五百页的个人档案材料、被藏了芯片的书,

---

①原文是拉丁语 Ergo。

还有城市里每条街拐角的监控摄像头,萨克斯……不过,没关系,我暂且不去怀疑他们:也许是SSD的人亲自去找的约翰逊。无论如何,我会打电话给卡尔文·格迪斯,然后把这些信息给他。让那头斗牛随便闯,只要他想的话。但要等到大家的各种问题都被清理干净以后。给他们一个星期吧。"

罗恩·普拉斯基道了别,去看自己的妻子和宝贝孩子们。

萨克斯走到莱姆前,弯腰吻住他的唇。腹部的疼痛让她向后缩了缩。

"你还好吗?"

"我今晚会告诉你的,莱姆。"她调情般地说,"九毫米子弹留下了一些有趣的瘀伤。"

"很性感?"他问。

"如果你觉得紫色的罗夏墨迹图性感的话。"

"事实上,我确实那样觉得。"

萨克斯给了他一个含蓄的微笑,然后走进走廊,叫上一直在前厅读书的帕米。"来吧,我们要去买东西。"

"太好了,买什么呢?"

"一辆车,我不能没有车。"

"真棒,什么样的?呵呵,油电混合的普锐斯就非常酷。"

莱姆和萨克斯都大笑了起来。帕米不太确定地跟着微笑,萨克斯解释说,虽然她的生活在很多方面都是绿色环保的,但燃油里程并不在其中。"我们要去买一辆肌肉车。"

"那是什么?"

"你会明白的。"她挥舞着从互联网上下载的候选车辆列表。

"你要买辆新车吗?"女孩问。

"永远不要买一辆新车。"萨克斯发表起演讲。

"为什么?"

"因为现如今的新车都是带着轮子的电脑。我们不想要电子产品,我们要的是机械工程学,用电脑的话你的手沾不上机油。"

"机油?"

"你会爱上机油的,你是一个沾得上机油的女孩。"

"你觉得我会是吗?"帕米显得很高兴。

"我敢和你打赌,我们走吧。一会儿见,莱姆。"

53

电话响起。

林肯·莱姆朝附近的电脑屏幕看去,呼叫用户开头的国家区号是 +44。

终于来了,等的就是它。

"指令,接听电话。"

"莱姆警探。"无可挑剔的英国口音从电话中传来,朗赫斯特的女低音从不泄露任何信息。

"说吧。"

她犹豫了一下,然后说:"我很抱歉。"

莱姆闭上了眼睛,不,不,不……

朗赫斯特继续说:"我们还没有做出官方声明,但是我想在媒体报道之前告诉你。"

所以,凶手最终还是成功了。"那么,谷德雷特牧师死了?"

"哦,不,他很好。"

"但——"

"理查德·罗根杀死了他原本的目标,警探。"

"他杀……"碎片慢慢重聚起来,逐渐变得清晰,莱姆的话音低下去。他原本的目标。"哦,不……他原本的目标是谁?"

"丹尼·克鲁格,那个军火商。他死了,还有他的两个保安。"

"啊,是的,我明白了。"

朗赫斯特继续说道:"原来自从丹尼弃暗投明,南非、索马里和叙利亚的一些军火商就觉得让他活着风险太大。一个有良心的军火商让他们感到紧张,所以他们雇用了罗根来杀他。但丹尼在伦敦的安全网络过于紧密,所以罗根需要把他拉到外边来。"

那位牧师只是用来转移目标的。至于要刺杀牧师的合同,也是杀手一手制造的谣言。他这样做是为了迫使英国和美国的警力从丹尼转移到牧师身上。

"更糟糕的是,我必须说。"朗赫斯特继续,"他得到了丹尼所有的文件。他所有的联系人,有谁一直为他工作——他的线人,可以被操纵的军阀、雇佣兵、丛林飞行员、资金来源,等等。所有可能的证人都被披露出来。有些已经直接被杀了。至少有十多个刑事案件不得不撤诉。"

"他是怎么做到的?"

她叹了口气。"他伪装成了我们的法国联络员——德埃斯通。"

所以狐狸从一开始就藏在鸡舍里。

"我猜,真正的德埃斯通穿越英吉利海峡的时候就被杀了。罗根把尸体埋了,或者干脆扔进海里。这一手真是精彩,我必须说。他研究了那个法国人生活的所有细节和他组织里的一切。他讲一口流利的法语,英语也带着完美的法国口音。就连成语都运用得十分准确。

"几个小时前,有个男的出现在伦敦交火区,罗根让他送来一个包裹。他是个送货员,他们快递公司都穿灰色的制服。还记得我们发现的纤维吗?杀手还特意要求了一位他认识的送货员——而他碰巧有一头金发。"

"头发的染料。"

"没错。是个可靠的家伙,罗根说。这也是为什么他只让这个人送。每个人都太专注于这里的特别行动,在交火范围内搜索嫌犯、寻找帮凶，担心有转移视线的炸弹，而伯明翰的人降低了警惕。杀手直接去敲了丹尼在杜威酒店房间的门，而他大部分的保安正在楼下的香槟酒吧里喝酒取乐。于是罗根开枪了，用的是那种达姆子弹。伤口非常可怕，丹尼和他的两个手下当场就死了。"

莱姆闭上了眼睛。"因此，那些中转文件也都是假的。"

"这些都是为了转移视线……我恐怕这是一个血腥的烂摊子。而法国——他们甚至不回我的电话……我都不愿意去想它。"

林肯·莱姆忍不住想知道，如果他坚持参与这个案子，亲自用高清视频去搜索在曼彻斯特郊外的现场，会不会看到别的可以揭示凶手真正计划的东西？他会不会下结论认为伯明翰的证据也是假的？会不会在出租屋里找出真正的线索，发现他拼命在追赶的那名杀手——其实是伪装成了法国安全部的特工？还有，他会不会在伦敦那个NGO组织的现场找到别的线索？

"那理查德·罗根这个名字呢？"莱姆问道。

"不是他的真名，显然的。完全是捏造出来的。他偷了什么人的身份。据说这是非常容易的事。"

"我最近也深有体会。"莱姆恨恨地说道。

朗赫斯特继续道："不过警探，还有一件很奇怪的事情。在交火范围里送来的这个包裹，里面的东西是——"

"——给我的。"

"啊，是的。"

"会不会是一个钟表呢？"莱姆问道。

朗赫斯特不敢置信地大笑起来。"一个相当豪华的老式台钟，维多利亚时代的。你到底是怎么知道的？"

"只是一种预感。"

"防爆组的人查过了，包裹是相当安全的。"

"不，那不会是自制炸弹……探长，请将它密封在塑料里并连夜寄到我这儿来。另外等你写完，我想看看你的案情汇报。"

"当然。"

"还有我的搭档——"

"萨克斯警探。"

"就是她。她会和每个参与此案的人进行视频专访。"

"我会把演员喊齐。"

尽管愤怒又沮丧,莱姆听到她的措辞还是笑了起来。他真是喜欢英国人。

"很荣幸能与您合作,警探。"

"我也是。"他断开电话,叹了口气。

维多利亚时代的台钟。

莱姆看向壁炉,上面有一块宝玑怀表,很老、很有价值,是来自同一个杀手的礼物。那名男子在不久前的十二月里非常非常寒冷的一天,从莱姆的手下逃走以后,便送来了这块怀表。

"汤姆,请给我一杯苏格兰威士忌。"

"出了什么问题?"

"没有什么问题。现在不是早餐时间,而我想要一些威士忌。我体检结果还凑合,你不是什么圣人,也不是绝对戒酒的浸礼会教友。你凭什么觉得有问题?"

"因为你说了'请'。"

"非常有趣,你今天特别机智。"

"我努力了。"但是,他看着莱姆皱起了眉头,研究了他的表情,轻声问,"也许双份?"

"双份甚好。"莱姆说,借用了一句英国人喜欢说的话。

于是汤姆倒了一大杯格兰杰威士忌给他并在他的嘴边放好吸管。

"要和我一起吗?"

汤姆眨了眨眼,然后笑了起来。"也许以后吧。"莱姆相信,这是他第一次请护理员一起喝一杯。

莱姆品着烟熏味的威士忌,盯着怀表。杀手在怀表里夹了一张字条。莱姆早就将上面的内容烂熟于心。

这是一款宝玑造怀表。在我的众多钟表收藏中,它始终是我的心头挚爱。宝玑在十九世纪初制造了它,此表的别致之处在于它的红宝石圆柱体擒纵装置、万年历和防震装置。鉴于我们之间的这段精彩冒险,我希望您会喜欢这只怀表上的阴历表盘。对我而言,想要阻止我完成任务的人有很多,但没有任何人成功做到过;而在这些人中,您的表现最优(我本可以说,我们之间不分伯仲,但那不是事实,毕竟,您还没有捉到我)。请记得给这只宝玑怀表上发条(但动作要轻一些);它会见证我们分别的这段时间,也会见证我们重逢的那一时刻。

一点小小的建议:我若是您,就会好好享受这段人生,把每一秒,都当作生命的最后一秒。

你很厉害,莱姆在心里对着杀手说。

但我也不错。下一次,让我们分出游戏的胜负。

然后他的思绪被打断了。莱姆的眼睛眯成一条缝,目光从怀表聚焦到窗外。某个东西引起了他的注意。

一个身穿休闲服装的男人,在街对面的人行道上磨蹭。莱姆操纵着电子轮椅到窗口往外看。他又喝了一些威士忌。那名男子站在毗邻中央公园的石墙前,那里摆着涂了很多层油漆的暗色长椅。他双手插在口袋里,盯着莱姆的房子。显然,他不知道自己其实正在被窗口里的人观察。

这是他的堂兄,亚瑟·莱姆。

那名男子开始往前走,几乎要过了马路。但随后他又停了下来,走回到公园外,在其中一个面对房子的长椅上坐了下来,他旁边是一个穿着跑步服的女人,她喝着水,跷起脚来,耳朵里播放着iPod

音乐。亚瑟将一张字条从口袋里拉出来，看了看，又放回去。他的目光回到了莱姆的房子上。

真有趣。他看起来和我长得很像，莱姆想着。在他们多年的友谊和疏远中，他从来没有意识到这点。

突然，不知怎的，他又想起了十年前堂兄的话：

你甚至没有试一试去了解自己的父亲吧？你觉得他有你这样一个比他聪明一百倍的儿子是什么感觉？总是不在家，因为你宁愿和伯父在一起。你给过泰迪任何机会吗？

莱姆喊道："汤姆！"

没有反应。他提高了音量。

"什么事？"助手询问道，"你已经喝完了威士忌？"

"我需要个东西，在地下室。"

"地下室？"

"没错。那里有几个老箱子，上边写着'伊利诺伊州'。"

"哦，那些。事实上，林肯，那至少有三十箱。"

"不管多少。"

"不是几箱。"

"我需要你从那里找一样东西。"

"找什么？"

"一个小塑料盒，里面有一块水泥。大约三英寸乘三英寸大小。"

"水泥？"

"是给某人的礼物。"

"哦，我已经等不及圣诞节了，真想知道你会往我的袜子里放什么礼物？"

"现在，请你快去。"

汤姆叹了口气，走去地下室。

莱姆继续观察他的堂兄，后者仍在盯着他房子的大门发呆。这名男子并没有什么改变。莱姆又喝了一口苏格兰威士忌。

他抬头再看时,公园前的长椅是空的。他感到震惊,还有些受伤——因为那个男人突然不见了。他快速将轮椅向前驶去,尽可能地靠近窗口。

他看到亚瑟躲开来往车辆,正朝着房子走来。

很长很长一段时间的沉寂之后,门铃忽然响起。

"指令。"莱姆赶紧对他的电脑说,"打开大门。"

The Broken Window by JEFFERY DEAVER
Copyright © 2008 by Jeffery Deaver
This edition is arranged with Gunner Publications, LLC in association with CURTIS BROWN – U.K. Through Bardon-Chinese Media Agency.
Simplified Chinese edition copyright © 2020 New Star Press Co., Ltd.
All rights reserved.

图书在版编目（CIP）数据

破窗／（美）杰夫里·迪弗著；屠珀译. ——北京：新星出版社，2020.6
ISBN 978-7-5133-4019-9

Ⅰ.①破… Ⅱ.①杰… ②屠… Ⅲ.①长篇小说-美国-现代 Ⅳ.①I712.45

中国版本图书馆CIP数据核字（2020）第063492号

午夜文库
谢刚 主持

破窗

[美]杰夫里·迪弗 著；屠珀 译

责任编辑：曹晓雅
特约编辑：郑 雁
责任校对：刘 义
责任印制：李珊珊
装帧设计：人马艺术设计·储平

出版发行：新星出版社
出 版 人：马汝军
社　　址：北京市西城区车公庄大街丙3号楼　100044
网　　址：www.newstarpress.com
电　　话：010-88310888
传　　真：010-65270449
法律顾问：北京市岳成律师事务所

读者服务：010-88310811　service@newstarpress.com
邮购地址：北京市西城区车公庄大街丙3号楼　100044

印　　刷：北京美图印务有限公司
开　　本：910mm×1230mm　1/32
印　　张：15.75
字　　数：280千字
版　　次：2020年6月第一版　2020年6月第一次印刷
书　　号：ISBN 978-7-5133-4019-9
定　　价：69.00元

版权专有，侵权必究。如有质量问题，请与印刷厂联系调换。